O selo do sultão

JENNY WHITE

O selo do sultão

Tradução de
JOSÉ EDUARDO MENDONÇA

EDITORA RECORD
RIO DE JANEIRO • SÃO PAULO
2008

CIP-Brasil. Catalogação-na-fonte
Sindicato Nacional dos Editores de Livros, RJ.

W585s White, Jenny B. (Jenny Barbara), 1953-
    O selo do sultão / Jenny White; tradução de José Eduardo Mendonça. – Rio de Janeiro: Record, 2008.

    Tradução de: The sultan's seal
    ISBN 978-85-01-07911-4

    1. Ficção americana. I. Mendonça, José Eduardo. II. Título.

08-3259
CDD – 813
CDU – 821.111(73)-3

Título original norte-americano:
THE SULTAN'S SEAL

Copyright © 2006 by Jenny White

Capa: Miriam Lerner

Todos os direitos reservados. Proibida a reprodução, no todo ou em parte, através de quaisquer meios.

Direitos exclusivos de publicação em língua portuguesa somente para o Brasil adquiridos pela
EDITORA RECORD LTDA.
Rua Argentina 171 – Rio de Janeiro, RJ – 20921-380 – Tel.: 2585-2000
que se reserva a propriedade literária desta tradução

Impresso no Brasil

ISBN 978-85-01-07911-4

PEDIDOS PELO REEMBOLSO POSTAL
Caixa Postal 23.052
Rio de Janeiro, RJ – 20922-970

"O propósito do vinho é que o barril esteja puro do lado de dentro."
Nossos homens sábios não conseguem avaliar o sentido que estas palavras
transmitem.

— BÂKÎ

Homens enfileiram seus cordões de lágrimas nas pontas de situações vergadas
com esmero;
Deles atiram suas flechas de esperança, desatentos ao que fez os arcos.

— HAYALÎ

Sumário

1. Olhos escuros	11
2. Quando sopra o Lodos	36
3. A filha do embaixador	44
4. 15 de junho de 1886	54
5. O mar Hamam	59
6. 18 de junho de 1886	72
7. Sua pérola rolando	75
8. Termos de compromisso	83
9. Memória	91
10. Colina de estrelas	102
11. Seu pincel é a corda do arco	109
12. O velho superintendente	120
13. Um encaixe perfeito	129
14. Sangue	133
15. 1º de julho de 1886	141
16. O solo limpo da razão	144
17. 3 de julho de 1886	147
18. Kismet	150
19. A linha carmesim	160
20. Avi	167
21. O Bedestan	170
22. Fenda	173
23. Os modernistas	176
24. O cão kangal	183
25. Mar profundo	186

26. Salgado, não doce	194
27. O cheiro das rosas	198
28. 9 de julho de 1886	202
29. Visões	206
30. Pés como leite	209
31. A garota esposa	216
32. Com pescoços de vermelho-vinho	227
33. O artesanato de usta Elias	245
34. O eunuco e o cocheiro	250
35. A poeira de sua rua	259
36. Vidro marinho	274
37. Princípios duradouros	285
38. Um cachimbo partilhado	295
39. A ponte dos colhereiros	301
40. 17 de julho de 1886	309
41. Bela maquinaria	312
42. O eunuco	323
43. O fim dos sonhos	326
44. O passado é o recipiente do futuro	339
45. Uma lâmina fina	352
46. Uma centena de tranças	357
47. Villa em Tarabya	360
48. A rede	364
49. O palco flutuante	366
50. Um som quase inaudível	369
51. O vaso ming	371
52. O olho da piscina	373
53. Caos na tapeçaria da vida	377
54. A morte é fácil demais	386
Agradecimentos	389

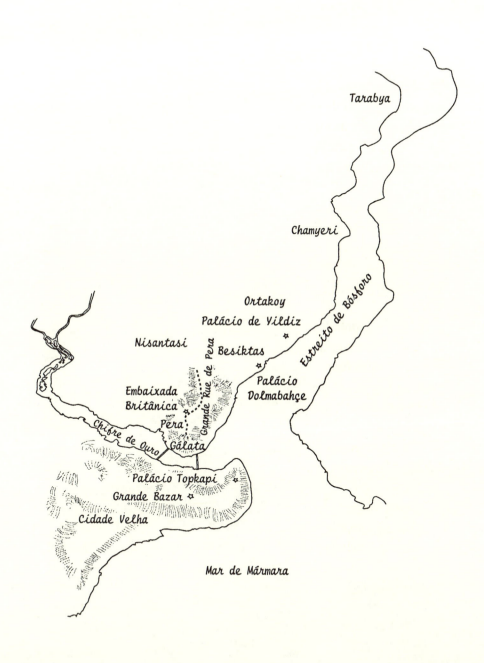

1

Olhos escuros

ma dúzia de lamparinas bruxuleia sobre a água, movendo-se em silêncio com seus remadores invisíveis. Da costa chega o ruído seco de uma briga, e a brisa está indolente demais para levá-lo muito longe. Cachorros selvagens latem e atravessam a floresta com alarido. Há rosnados, um ganido breve, e depois de novo o silêncio.

Enquanto os barcos cruzam a luz da lua cheia derramada sobre o Bósforo, pescadores ocupam suas posições, atores num palco luminoso. Na popa de cada barco um homem rema e outro permanece de pé, segurando uma rede cônica presa a uma vara. Atraídos pela luz das lamparinas de óleo penduradas na proa, agulhões se amontoam na superfície. Num movimento único, os pescadores jogam suas redes no líquido negro e as erguem sobre suas cabeças. O som das redes rompendo a superfície da água é tão suave que não se pode ouvir da costa.

Algo espadana. O pescador mais próximo da margem vira a cabeça e presta atenção, mas não ouve mais nada. Lança o olhar por sobre as rochas e árvores alvejadas pelo luar, para o que há além ou atrás delas, perdido nas sombras. Percebe um círculo de ondulações movendo-se da costa para fora, franze a sobrancelha e então aponta e murmura algo para seu irmão, que rema. O outro homem encolhe os ombros e fica atento aos remos. A quietude é tal que os pescadores imaginam poder ouvir o arranhar de caranguejos no promontório do vizinho vilarejo albanês, onde a corrente é tão forte que os animais não conseguem subir o estreito pela água. Tomando esse atalho ao longo dos séculos, os caranguejos cavaram uma trilha na pedra. É apenas um animal, ele pensa, e tenta afastar da cabeça histórias que ouviu sobre espíritos e demônios soltos na noite.

* * *

PAXÁ* KAMIL APALPA o criado-mudo atrás de um fósforo para acender a lamparina. É magistrado da Corte Baixa de Beyoglu, em Istambul, que inclui Pera, onde os europeus têm suas embaixadas e casas de negócios, e Gálata, o populoso bairro judeu abaixo de Pera — um amontoado de ruas estreitas que se curvam e serpenteiam descendo a íngreme colina até as águas do Bósforo e sua baía, o Chifre de Ouro. As batidas em sua porta deram lugar a um alto vozerio no vestíbulo de entrada. Neste momento, seu criado Yakup entra com uma lamparina acesa na mão. Sombras enormes singram pelo teto alto.

— Desculpe-me acordá-lo, bei**. O mestre de Ortakoy diz que veio por um assunto urgente. Ele insiste em falar diretamente com o senhor.

Piscando contra a luz, Kamil empurra a colcha de seda e se levanta. Seu pé escorrega sobre a revista que deslizara de sua cama. Kamil encontra o sono apenas quando se perde na leitura, no caso o *Gardener's Chronicle and Agricultural Gazette*, muito antigo. Agora é junho no ano Rumi de 1302, ou 1886, no calendário cristão. Adormeceu sobre a reclassificação que o botânico alemão H. G. Reichenbach

---

*Do turco, designação para um funcionário de alta patente. (*N. do T.*)
**Do turco, um título de cortesia. (*N. do T.*)

fez da *Acineta hrubyana*, uma orquídea multiflora descoberta na América do Sul, com suas bordas marrons rijas e desarticuladas. Kamil dormiu irrequieto. Em seus sonhos, fora derrubado por uma corrente de homens pequenos, de pele bronzeada, ágeis e sem rosto. Yakup, sempre vigilante, como todos os residentes das casas de madeira de Istambul, deve ter entrado e extinguido a lamparina de óleo.

Kamil joga água no rosto da bacia no lavatório de mármore para espantar o vazio entorpecido que sempre sente nestes momentos cinzentos entre o despertar e as primeiras e calmantes complicações de sua rotina cotidiana — barbear-se, envolver com os dedos o suave calor de uma xícara de chá exalando vapor, virar as páginas do jornal. O espelho mostra um rosto magro, cansado, lábios finos comprimidos em uma linha severa abaixo do bigode, olhos turvados por cabelos negros despenteados. Um único traço grisalho se arqueia sobre sua sobrancelha esquerda. Rapidamente, esfrega uma pomada em suas mãos úmidas e alisa seus cabelos, que se levantam de novo de imediato. Com um suspiro desesperado, volta-se para Yakup, que segura suas calças. Yakup é um homem magro e sorumbático, na casa dos 30, com maçãs do rosto salientes e um rosto comprido. Ele aguarda, com a aparência predisposta de um empregado vitalício não mais preocupado com as formalidades de classe, mas apenas empenhado em sua tarefa.

— Imagino o que possa ter acontecido — Kamil resmunga. Acreditando-se um homem de temperamento equilibrado, tem consciência da emoção desmedida que levaria alguém a bater em sua porta no meio da noite.

Yakup o ajuda a vestir uma camisa branca, um sobretudo turco e botas amarelas de pele de cabra, intricadamente trabalhadas. Feitas por um mestre sapateiro em Aleppo de acordo com um método passado apenas de pai para filho, são tão suaves quanto a pele do pulso de uma mulher, mas indestrutíveis e impenetráveis por faca ou água. Há uma série de minúsculos símbolos talismânicos gravados no couro do lado de dentro, que apelam a poderes além daqueles que possui o sapateiro para fortalecer o usuário. Kamil é um homem alto, esguio e musculoso, mas seus ombros ligeiramente curvados e o queixo erguido dão a impressão de que ele está se inclinando à frente para perguntar alguma coisa, um homem perdido em pensamentos, debruçado sobre seus manuscritos. Quando levanta o olhar, os olhos de cor verde-musgo contradizem este alheamento com sua força e clareza. É um homem que controla o ambiente entendendo-o. Como resultado, não se interessa por coisas além de seu domínio e se exaspera com o que se encontra fora de sua compreensão. A fé pertence à primeira categoria. Família, amigos e mulheres habitam a segunda. Suas mãos estão em movimento constante e as pontas dos dedos deslizam sobre um curto cordão de contas de âmbar em seu bolso direito. O âmbar se revela morno e vivo ao toque; ele sente sua própria pulsação magnificada. Os dedos de seu pai e seu avô antes dele aplainaram a superfície das contas. Quando seus dedos encontram estas plataformas, Kamil sente-se parte de uma cadeia mortal que o coloca em seu próprio tempo e espaço. Não explica nada, mas confere uma sensação de paz.

Vive frugalmente, com o mínimo de criados, numa pequena casa de campo de madeira de cor ocre herdada de sua mãe. A casa fica dentro de um jardim, sombreado por pinheiros, ciprestes e amoreiras, na costa do Bósforo sobre Besiktas. A casa fizera parte do dote de sua mãe. Lá ela passou seus últimos anos com dois filhos, preferindo a calma comunidade à beira-mar — onde todos a conheciam e haviam conhecido seus pais e avós — à mansão palaciana numa colina contemplando o Chifre de Ouro, da qual seu pai, paxá Alp, ministro dos gendarmes, governara a província de Istambul.

Kamil manteve o barqueiro que durante anos transportou seu pai nos finais de semana à casa de sua esposa. Toda manhã, Bedri, o barqueiro, remava estreito abaixo até a doca de Tophane, onde um faetonte esperava Kamil para subir a íngreme colina em direção ao tribunal na Grande Rue de Pera. Nos dias em que não há tantas pendências, Kamil caminha a partir da doca, encantado por estar ao ar livre. Depois da morte de sua mãe, construiu um pequeno jardim de inverno atrás da casa. Como magistrado, tem menos tempo agora para expedições botânicas que requerem semanas de trabalho, e assim estuda as orquídeas que colecionou em casa e das quais cuida, vindas de muitos cantos do império.

Respirando fundo, Kamil desce a passos largos a grande escada que conduz ao saguão de entrada. Um homem baixo e de face avermelhada, em tradicionais calças largas, colete amassado e uma das pontas da faixa em sua cintura se desfazendo, espera impacientemente dentro do círculo de lamparinas nas mãos dos criados de Kamil. Seu gorro de feltro vermelho está envolto por um tecido listrado. Ele desloca agitadamente o peso de uma perna robusta para a outra. Ao ver Kamil, inclina-se fortemente, tocando com os dedos de sua mão direita seus lábios e depois a testa, em sinal de respeito. Kamil imagina o que aconteceu para agitar tanto o mestre. Um assassinato teria sido reportado primeiro à delegacia de polícia, e não ao magistrado em sua casa no meio da noite.

— Que a paz esteja convosco. O que o traz aqui tão cedo?

— Que a paz esteja também com o senhor, bei paxá — o mestre gagueja, e sua face se torna ainda mais vermelha. — Por favor, desculpe minha intrusão, mas aconteceu uma coisa em meu distrito que eu achei que devia contar ao senhor.

Ele se calou, olhando subitamente as sombras atrás das lamparinas. Kamil faz um sinal para que os criados deixem as lamparinas e se retirem.

— O que foi?

— *Efendi**, encontramos um corpo na água ao lado da mesquita de Ortakoy.

— Quem o encontrou?

— Os varredores de lixo.

---

*Do turco. Senhor, ou amo, título de cortesia usado para altos funcionários do Estado ou alguém abastado. (*N. do T.*)

Esses coletores semi-oficiais começam logo antes da alvorada a juntar o lixo trazido pela água durante a noite para as praias e ruas da cidade. Depois de extraírem o que lhes interessa, carregam o restante em barcaças que o despejará no mar de Mármara, onde a corrente o dispersará.

Kamil vira a cabeça em direção à porta da sala de estar e à janela que fica além. Uma pálida camada de luz molda a silhueta das árvores em seu jardim. Ele suspira e se volta para o mestre.

— E por que não relatar isso ao chefe de polícia de seu distrito?

Kamil divide a jurisdição com outros dois magistrados pelo lado europeu do Bósforo, desde as grandes mesquitas e os mercados cobertos no sul, onde o estreito se perde no mar de Mármara, e a linha de vilarejos e imponentes mansões de verão que se estendem ao norte pelas colinas arborizadas até o mar Negro. Ortakoy fica a pouco mais de meia hora de montaria ao norte da casa de Kamil.

— Porque é uma mulher, bei — o mestre gagueja.

— Uma mulher?

— Uma mulher estrangeira, bei. Acreditamos que seja européia.

Uma mulher européia. Kamil sente um arrepio de apreensão.

— Como você sabe que ela é européia?

— Ela tem uma cruz dourada numa corrente no pescoço.

Kamil vocifera, impaciente.

— Ela poderia também simplesmente ser um de nossos súditos cristãos.

O mestre olha para o chão ladrilhado de mármore.

— Ela tem cabelo amarelo. E um bracelete pesado de ouro. E outra coisa...

Kamil suspira.

— Por que é que eu tenho de arrancar tudo de você? Você não pode meramente me dizer tudo o que viu?

O mestre levanta o olhar, sem ação.

— Um pendente, bei, que se abre como uma castanha. — Ele junta as mãos, e as abre em concha. — Dentro de uma metade há o *tughra** do padixá, que Alá o apóie e proteja. — Ele estica uma das mãos curvada em concha, depois a outra. — Dentro da outra há caracteres estranhos. Achamos que podia ser uma escrita européia.

Kamil franze as sobrancelhas. Não consegue pensar numa explicação para a marca pessoal do sultão estar em uma peça de joalheria em torno do pescoço de uma mulher fora de sua residência, muito menos em uma com uma escrita européia. Não faz sentido. O *tughra*, o selo do sultão, é afixado em posses especiais da casa imperial e em documentos oficiais por uma oficina especial no território do palácio. Os *tughranüvis*, escribas reais encarregados de criar o intricado e elegante desenho caligráfico do nome real, são os gravadores reais, e nunca se permite que deixem o palácio, por temor de que sejam seqüestrados e forçados a colocar a assinatura em itens forjados. Como o império é muito grande e tais falsificações podem passar despercebidas, a única solução é colocar as "mãos" do sultão sob seu controle. Kamil ouvira que, como precaução adicional, esses escribas portam consigo um veneno de ação rápida. Apenas três pessoas têm acesso ao selo real usado em documentos: o próprio sultão, o grão-vizir e a chefe do harém da casa, uma velha e confiável senhora que cresceu dentro do palácio. Objetos reais feitos de ouro, prata e outros materiais valiosos são gravados com o *tughra* apenas sob as ordens deles.

Os dedos rudes do mestre se cruzam e descruzam enquanto ele espera na frente de Kamil, cabeça curvada, olhos percorrendo ansiosamente o chão de mármore. Kamil percebe a crescente agitação dele, e nota que o mestre se culpa por tê-lo acordado. Ele suaviza sua expressão carrancuda. Lembra-se que mesmo cidadãos cumpridores da lei têm razão de temer o poder da polícia e dos tribunais. O mestre é também um artesão responsável por seu comportamento perante o chefe da corporação e teme que a ira oficial recaia sobre seus companheiros. Ele provavelmente levou o caso à atenção do magistrado, e não à polícia de Ortakoy, por causa do ouro encontrado no

---

*Do turco. O selo oficial do sultão. (*N. do T.*)

corpo. A polícia local poderia ter limpado o corpo das coisas valiosas tão eficientemente quanto os varredores de lixo, e ele poderia ser julgado responsável. Mas o selo do sultão e o fato de que a mulher poderia ser européia também indicavam que o caso cairia sob a jurisdição de Pera, de Kamil. Embora o sultão tivesse dado aos estrangeiros e às minorias não-muçulmanas de Pera o direito de administrar seu próprio distrito e de julgar casos relacionados a questões pessoais, como heranças e divórcios, a população ainda confiava no palácio e nos tribunais do Estado quando se tratava de justiça em outros assuntos.

— Você fez bem em trazer isso à minha atenção de imediato.

O rosto do mestre relaxa e ele faz uma reverência.

— Vida longa ao padixá. Que Alá o proteja.

Kamil faz um sinal para Yakup, postado logo atrás da porta do saguão.

— Prepare um cavalo e mande mensageiros para efendi Michael e para o chefe de polícia responsável pelo distrito de Ortakoy. Diga a eles que me encontrem na mesquita e que mantenham longe os curiosos até que eu chegue, especialmente os varredores de lixo. Eles a limparão. Eu quero ver aquele pendente. A polícia deve se certificar de que nada seja mexido. — Ele acrescenta em voz baixa, para que o mestre não ouça — O chefe deve se certificar de que a polícia não mexa em nada.

— Enviei um mensageiro à polícia local, bei, e disse a meus dois filhos que ficassem com o corpo até eu voltar.

Este mestre tem ouvidos saudáveis, Kamil nota.

— Você deve ser louvado, mestre Ibrahim. Vou me certificar de que as autoridades apropriadas sejam notificadas de sua diligência e desejo de agradar ao Estado. — Ele pedirá a seu assistente que envie uma menção favorável ao chefe da corporação do mestre.

— Vim até aqui no cavalo de um vizinho, bei paxá, e posso lhe mostrar o caminho.

* * *

OS ALDEÕES TIRARAM o corpo da água, colocaram-no no cais e o cobriram com um lençol usado. Kamil puxa o lençol e olha primeiro para o rosto, por respeito e uma certa relutância. Desde que foi nomeado magistrado, a maioria de seus casos envolveu roubo ou violência; poucos, mortes. O cabelo dela é curto, um estilo incomum, pálido e fino como seda não tingida. Fios dele repousam sobre seu rosto. Uma brisa fresca golpeia seu pescoço, mas ele sente o calor rastejando no ar. Já está suando. Depois de alguns momentos, puxa mais o lençol, lentamente, expondo a pele nua dela ao céu e aos olhos ansiosos dos homens à sua volta. O cheiro forte de amoníaco de excremento humano das rochas na base do cais faz com que vire o nariz e se movimente lateralmente até as pernas do corpo.

Ele não consegue mais evitar olhar o corpo dela. Ela é baixa e esguia, como um menino, com seios pequenos. Sua pele é de um branco total, com exceção de um triângulo escuro em seu púbis. Caranguejos haviam começado seu trabalho nos dedos das mãos e dos pés. Ela não usa anéis, mas um pesado bracelete de ouro pende de seu pulso esquerdo. As correntes esfriaram seu corpo, e por isso ainda não começou a se transformar em um cadáver; até agora é uma mulher morta. Mais tarde ela se tornará um caso, um quebra-cabeças intelectual. Agora, porém, ele sente apenas pena e a ansiedade disforme que a morte sempre desperta em seu corpo. Ela não é bonita no sentido comum — seu rosto é muito longo e estreito, seus traços, pronunciados demais, com lábios largos e grossos. Talvez o rosto em movimento tenha sido atraente, ele imagina. Mas agora a face dela tem o deslocamento impassível e desapaixonado da morte, os músculos nem relaxados nem empenhados no movimento, a pele uma tenda vazia esticada sobre seus ossos.

Uma cruz de ouro pende de uma corrente curta em torno de seu pescoço. É notável que a cruz não tenha saído durante o tumultuado percurso através das correntes, ele pensa. Talvez o corpo não tenha vindo de longe.

Ele se inclina mais para a frente para examinar o colar. A cruz é grande e vistosa, de ouro laminado, decorada com rosas gravadas cujos contornos foram preenchidos com esmalte vermelho, agora rachado. O metal está torcido onde a corrente atravessa, como se tivesse se prendido em algo ou alguém a tivesse tentado arrancar. Ele levanta a cruz com a ponta do dedo. Escondida sob ela, na funda concavidade do pescoço da mulher, há um pendente de prata redondo, simples, mas belamente desenhado. Uma linha fina o divide em duas partes.

Ele se inclina para mais perto do pescoço da mulher. Um frio úmido e mineral parece subir do corpo, ou talvez seu próprio rosto tenha se tornado úmido. Levanta o olhar em direção ao clarão do estreito para se fortificar. Respirando fundo, volta sua atenção ao pendente. Insere a unha de seu polegar e separa as metades, coloca-as num ângulo para que apanhem o sol da manhã e observa atentamente o lado de dentro. Um pequeno fecho recôndito que mantinha as metades juntas encontra-se quebrado. A superfície interior está gravada com um *tughra* na metade superior e na parte de baixo há estranhas marcas — como se uma criança tivesse tentado fazer um desenho usando apenas linhas curtas e retas — diferentes de qualquer escrita européia que ele já tenha visto.

Ele deixa a cruz e o pendente caírem de volta para o pescoço da mulher e se volta ao pulso dela para examinar o bracelete. É por demais incomum: tão largo quanto uma mão, é tecido por finos filamentos de ouro vermelho e branco num padrão de tabuleiro de damas. O bracelete cabe apertado em seu pulso, fechado por um delgado pino inserido em aberturas entrelaçadas. A multidão de pessoas se acotovelando para ver aumentou — é hora de ir embora. Ele faz um gesto a um dos policiais.

— Cubra o corpo e traga-o ao hamam.*

---

*Do turco. Banho turco. (*N. do T.*)

O policial se curva, pressionando seu punho solenemente contra a testa, e depois contra o coração.

Kamil procura o mestre, orgulhoso em meio a uma aglomeração, respondendo perguntas. Os dois jovens robustos que o cercam devem ser seus filhos, ele pensa com uma pontada de arrependimento. Kamil não se casou, apesar das apresentações de seus pais e agora de sua irmã Feride a um grande número de jovens de boas famílias. Adoraria ter um filho ou filha crescidos, mas a confusão emocional e as exigências de seu tempo que imagina serem feitas por esposa e crianças pequenas lhe causam aversão.

— Onde o corpo foi encontrado?

O mestre o conduz por uma curta escada até um estreito abrigo rochoso atrás da mesquita. A mesquita, elaboradamente ornamentada, repousa sobre a ponta de uma península rochosa que se alonga no Bósforo como um gancho, criando uma barreira natural. É semelhante a um bolo de casamento de mármore excessivamente decorado sobre a palma de uma mão estendida. Em seu lado sul há uma pequena praça aberta onde os homens se sentam e tomam chá sob os plátanos, olhando os pescadores prepararem seus barcos e remendarem suas redes.

Kamil escolhe cuidadosamente onde coloca os pés, para evitar os eflúvios da noite. Ele se agacha na beira da água. Opaca na primeira luz da manhã, ela espirra com força sobre as rochas, como se estivesse cansada pelo trajeto.

— Foi aqui que a encontraram. Há um redemoinho que leva as coisas à praia. Meus filhos são pescadores e estavam na praça limpando seu barco quando ouviram uma agitação. Correram e impediram que os varredores levassem o bracelete.

— Seus filhos são jovens admiráveis, efendi Ibrahim.

O mestre inclina a cabeça, suprimindo um sorriso.

— Obrigado. Eu tenho orgulho de meus filhos.

— Os varredores levaram alguma outra coisa?

— Não que eu saiba.

— Eu gostaria de falar com seus filhos.

Kamil os interroga. O mais jovem, com um bigode que é ainda uma suave sombra sobre seus lábios, responde tão ansiosamente que suas palavras se empilham umas às outras e o magistrado é forçado a lhe pedir que as repita. O corpo ficara preso numa saliência nas pedras e os irmãos chegaram aos varredores no momento em que eles acabavam de puxá-lo para a praia. Chamaram seus companheiros pescadores e juntos impediram que os varredores saqueassem o corpo enquanto o mais jovem correu para chamar o pai. Os homens não tinham idéia de quem fosse a mulher. Isto não surpreendeu Kamil, pois as únicas mulheres cujas faces estes homens provavelmente veriam seriam as de suas relações ou de mulheres de vida fácil. Embora as súditas cristãs e judias nem sempre escondessem seus rostos, eram ainda assim modestas e não se exibiam a estranhos nas ruas desnecessariamente. Kamil manda o jovem ansioso encontrar a parteira da aldeia. Ele vai precisar dela para examinar o corpo. O irmão mais velho informa a Kamil que os pescadores ouviram barulhos estranhos vindos da praia na noite anterior, o latido de cães selvagens e um ruído de água espirrando.

Os homens colocam o corpo em uma prancha que momentos antes havia carregado fileiras de pão para os fornos da padaria, enrolam-no no lençol e o carregam subindo uma suja e estreita viela entre os telhados suspensos das casas de madeira. Seus pés levantam uma poeira branca à medida que passam. Logo os moradores sairão para suas tarefas da manhã e respingarão água nas ruas para baixar a poeira. Pombas murmuram por trás dos altos muros dos jardins.

O hamam é um edifício quadrado de pedra encimado por um grande domo redondo. Como é cedo, as chamas que esquentam os canos sob o chão ainda não foram atiçadas, e a água ainda não flui para as bacias colocadas nas paredes em torno da sala. Os aposentos de mármore cinza estão frios e secos. Os homens se enfileiram através de uma série de antecâmaras que ecoam até atingirem a grande sala central sob o domo. Quando o hamam está em uso, os banhistas se molham nesta sala nas pequenas cascatas de água quente que jorram das bacias de mármore num nevoeiro de vapor. Kamil instrui os homens a deixar o corpo numa saliência do mármore, a plataforma redonda e elevada de massagem que domina o centro da sala, e a acender as lamparinas.

— Bom-dia. — Michel Sevy, o legista da polícia, aparece atrás de Kamil, assustando-o.

— Não esperava você tão cedo.

Kamil solicitara a ajuda do jovem cirurgião judeu neste caso, assim como em outros, não apenas por seu conhecimento médico, mas por sua habilidade em documentar os detalhes reveladores de uma cena de crime em suas notas e esboços. Ainda assim, Kamil acha um tanto perturbador o hábito de Michel de aparecer subitamente a seu lado, aparentemente vindo de lugar nenhum, como se não estivesse em seu poder comandá-lo. Em vez disso, o legista chega como chegaria um espírito, furtiva e imprevisivelmente.

— Você deve ter galopado todo o caminho desde Gálata — observa Kamil secamente. O rosto sólido de Michel e seu grosso pescoço estão vermelhos do esforço. Seus cabelos e bigode são da cor de areia molhada e os olhos grandes e sombrios de um castanho-claro indefinido. Eles perambulam lentamente pela sala enquanto ele tira seu robe e o entrega ao policial na porta.

Kamil reflete que Michel o faz lembrar das aranhas marrons nas montanhas do nordeste. As aranhas eram do tamanho de um punho, mas sua cor as camuflava perfeitamente no mato baixo e ressecado, para que os viajantes não as vissem até elas estarem sob seus pés. Eram rápidas e, quando corriam, emitiam gritos agudos, como bebês. Ele vira um homem morrer após ser surpreendido e mordido por tal aranha. Geralmente, a queda de Michel por roupas coloridas despertava a atenção que sua pessoa não despertava, mas quando perseguia criminosos em seus covis nas vizinhanças, Kamil vira Michel em calças e robes pardos que o tornavam quase invisível.

Hoje Michel vestia um *shalwar** azul sob um robe listrado de vermelho fechado por um largo cinto de tecido amarelo. Seus sapatos de couro preto não fazem ruído enquanto ele caminha pelo chão de mármore em direção ao corpo. Ele se movimenta com a deliberação cuidadosa de um lutador.

— Eu estava curioso. O mensageiro me contou apenas metade da história. Algo sobre uma princesa estrangeira afogada.

Seu sorriso esmaece quando olha a mulher morta.

— Além disso — ele continua, mais sério —, esta é uma vizinhança em parte judia, e aí pensei que podia ajudar de alguma maneira.

Apesar da brusquidão de Michel, Kamil aprecia suas respostas diretas, tão diferentes dos costumeiros circunlóquios polidos com os quais as conversas começam. Ele acha que as pessoas muitas vezes temem dizer a ele o que sabem, no caso de estarem erradas. Também temem dizer que não sabem algo. Seus professores na Universidade de Cambridge, onde estudara advocacia e procedimento criminal durante um ano, assumiam que, quando questionada, uma pessoa responderia com a verdade ou a mentira. Não tinham idéia da polidez oriental, que evita a vergonha da ignorância e se acabrunha com a brutal franqueza da verdade, e que encoraja a invenção e o circunlóquio como os mais altos sinais do comportamento ético.

Objetividade, em um subordinado, significa sacrificar a defesa da respeitosa dissimulação e obscurecimento de problemas que poupariam seu superior de preocupação. Mas Kamil, trabalhando desde a juventude sob o pesado manto do *status* de seu pai, fica bastante feliz de ignorá-la.

* * *

— EU TENHO os instrumentos.

Michel tira de seu cinto um estojo de couro e o coloca sobre uma cavidade na pedra, perto da cabeça do cadáver. Apanha de um alforje

---

*Do turco. Veste tradicional da região, calças largas em cima e estreitas embaixo. (*N. do T.*)

uma folha de um grosso papel em branco e uma estreita caixa laqueada da qual extrai uma pena e diversas varetas finas de carvão.

— Pronto.

— Vamos esperar a parteira. Enquanto isso, vá à rua e veja o que pode levantar. Alguém estava viajando ontem à noite, ou num barco, e viu ou ouviu alguma coisa? Os pescadores mencionaram cães latindo. Alguém notou uma mulher desconhecida na vizinhança? Além disso, mande dois policiais averiguarem ao longo da costa ao norte. Suas roupas desapareceram, e pode haver alguns sinais de luta. Talvez alguém tenha ouvido algo em alguma das outras aldeias perto da costa. Faça-os checar nas cafeterias. Esta é a melhor maneira de encontrar algo. Ao sair, dispense os curiosos. Faça com que deixem as lamparinas.

Michel faz o que lhe foi pedido e sai, deixando a porta entreaberta.

Poucos momentos depois, uma mulher em um manto puído aparece na porta dentro do círculo de luz. Sua cabeça e ombros estão cobertos por um xale marrom. Tirando seus sapatos, ela anda suavemente através do mármore em meias de couro. Remove o manto e o xale com movimentos rápidos e precisos, dobra-os cuidadosamente e os dispõe sobre uma bacia próxima. Por baixo, veste um robe listrado sobre calças largas e um lenço amarrado em seu cabelo encanecido.

— A senhora é a parteira de Ortakoy?

— Sim, meu nome é Amália. — Ela desvia seu rosto com modéstia, mas olhos alertas varrem a sala. Aproxima-se ao ver o corpo na placa de mármore.

— Pobre mulher. — Ela alisa os cabelos suavemente, afastando-os do rosto da mulher morta. — Foi assim que ela foi encontrada? — Ela começa a examinar o corpo. Está acostumada a ficar no comando de uma situação e parece alheia ao fato de partilhar esta atividade com um magistrado.

— Sim. Precisamos saber se mexeram nela indevidamente e qualquer coisa a mais que puder nos dizer. Eu espero aqui.

Ele se recolhe para as sombras e fica a uma distância discreta, mas de onde ainda pode ver o que ela faz.

As mãos experimentadas da parteira tateiam o corpo da mulher morta.

— Uma mulher na casa dos 20, eu diria. Não é uma virgem. Não deu à luz; não há sinais de elasticidade.

Kamil franze as sobrancelhas. — Talvez ela tenha se matado pela perda de sua honra se atirando no Bósforo. Não seria a primeira garota a fazer isso. Alguns dos europeus são tão melindrosos em suas expectativas com relação às mulheres como nós. Se ela é solteira, poderia estar arruinada.

— Possivelmente, eu suponho. — Amália move seus dedos sobre a face da mulher e abre suas pálpebras. — Olhos escuros. — Ela se inclina para mais perto e levanta os olhos abruptamente. — Olhe para isso, Sr. magistrado. Os olhos são azuis, mas as pupilas são muito grandes. Há apenas uma pequena borda de azul visível. Talvez ela estivesse drogada.

Kamil se aproxima e olha nos olhos da mulher.

— O que poderia fazer com que as pupilas se alargassem assim?

— Apoplexia, mas ela é jovem demais para uma doença como essa. — Ela pensa por um momento. — Muitos anos atrás, um velho tio em minha família morreu de envenenamento por ópio. Tinha olhos assim. No final, era pele e osso com olhos enormes, negros como xícaras de café.

Kamil sente-se arrepiado e coloca as mãos nos bolsos.

— Envenenamento por ópio?

Ela o olha com curiosidade, alerta à mudança no tom da voz dele.

— Sim, mas não acho que possa ser o caso aqui. — Ela aponta o corpo. — Ela é saudável demais. Viciados em ópio param de comer e de cuidar de si mesmos.

— Mas talvez ela tenha apenas começado a fumar ópio. Talvez o vício não estivesse tão avançado.

— Então seus olhos não estariam dilatados. Isso acontece apenas no final.

— No final — Kamil repete em voz baixa. Abruptamente, ele caminha até uma das bacias contra a parede. Vira a torneira, liberando um esguicho de água. Fecha-a rapidamente, não sem antes molhar sua manga.

Amália o observa atentamente e chega a suas próprias conclusões.

— Se há algo... — ela começa, mas Kamil a interrompe.

— Então se não é apoplexia nem ópio, que Alá nos proteja, o que mais pode ser?

— Há uma outra possibilidade — ela diz lentamente, pensando em como dará a resposta. — Clerodendro vermelho.

— Clerodendro vermelho? Isso não é para resfriados? — Kamil tem uma vaga lembrança de inalar o vapor de uma xícara com líquido viscoso amarelado para mitigar uma tosse.

— Sim, é usado como um xarope para tosse. Os herbalistas no bazar egípcio de condimentos o vendem. Mas ouvi dizer que bebê-lo faz as pessoas verem e ouvirem coisas inexistentes, e que pode mesmo causar a morte se for forte o bastante.

Kamil se surpreende.

— E por que razão venderiam uma coisa dessas no bazar?

A parteira chacoalha a cabeça perante a ignorância dos homens.

— Não se supõe que esta coisa seja bebida, mas apenas inalada ou fumada. O senhor ficaria surpreso de saber quantas coisas em um lar comum podem causar a morte.

— Isso tornaria nossa tarefa interminável.

— Isso mostra que as pessoas não são más — ela responde —, e podem resistir à tentação. Acredite-me, toda casa nesta aldeia tem um motivo para um assassinato. Tudo o que você precisa é de uma sogra e uma nora debaixo do mesmo teto. É um milagre que clerodendros não sejam mais populares. — Ela se vira antes que Kamil possa ver um fugaz sorriso tomar seu rosto.

O rosto está de novo sério quando ela se inclina e pega a mão da morta. Examina a palma e os dedos, olha o fecho intricado do bracelete de ouro. Os membros da mulher se movem com relutância. O rigor mortis está terminando o que os caranguejos deixaram por fazer.

— Uma dama. Estas mãos nunca trabalharam no campo, esfregaram roupas ou se ocuparam em uma cozinha. As unhas são perfeitamente modeladas, e não cortadas retas como as das mulheres que precisam trabalhar em suas casas. Não estão torcidas, como se tivesse havido uma luta. Na verdade, não vejo nela qualquer marca que indique que ela lutou. A pele não tem sinais, a não ser os efeitos de sua passagem pelo estreito.

Ela se afasta e observa o corpo.

— O cabelo dela é curto. Não sei o significado disso. Entre algumas minorias, as mulheres cortam suas tranças quando casam. Mas não existe aliança nem uma marca em seu dedo onde ela poderia ter estado.

Ela vira a cabeça na direção dele.

— Não parece que ela esteja morta há muito tempo. A água fez muito pouco. Vi pescadores e garotos que se afogaram no Bósforo e vieram dar em Ortakoy. Esta jovem não veio de muito longe.

Kamil se movimenta agitadamente. Perscruta em vão a sala em busca da trouxa de Michel, onde poderia encontrar papel e tinta para tomar notas. Foi um erro mandá-lo embora antes da chegada da parteira.

— Por favor, continue. Então a senhora acredita que ela se afogou.

Ela segura os ombros da morta para virar o corpo. Kamil a ajuda. A textura fria e úmida e a estranha rigidez da carne morta o chocam e repugnam, como sempre acontece.

O que é a vida, ele pensa, quando a morte pode reivindicar para si tanto do que somos? Eis a mulher inteira, mas onde está aquela que pensou, comeu e talvez riu e chorou no dia anterior?

Em tais momentos, ele deseja intensamente poder acreditar na vida depois da morte prometida pelo islamismo, os rios limpos e o companheirismo eterno. Mas não conseguira acreditar em sua juventude, e agora acredita num futuro de ciência e progresso, que é inevitável e eterno mas que não o inclui além de seu tempo de vida. Uma crença de pouco conforto para os fracos em seus barcos frágeis, ou para os fortes quando o imprevisto perturba o curso que estabeleceram para seus navios. Kamil conheceu ambos os tipos de homens e as âncoras impassíveis da fé que dão a eles a ilusão de um porto seguro. Eles não entendem que ainda estão no mar e que o perigo não passou. A fé é uma âncora em um mar sem fundo.

A parteira instrui Kamil a escorar o corpo de lado. Quando ela abaixa o queixo, um jorro de água escura se despeja pela boca. Ela inclina a cabeça para a frente e eleva o braço da morta. Uma espuma rósea borbulha nos lábios.

— Afogada. Se já estivesse morta ao entrar na água, não teria aspirado água para dentro dos pulmões.

Deixam o corpo se acomodar de volta sobre o mármore. Kamil se sente aliviado. Suas mãos estão úmidas e ele resiste à tentação de enfiá-las nos bolsos para esquentá-las.

A parteira aponta uma grande mancha no ombro direito da mulher morta.

— Isso pode ajudar a identificá-la.

Ela se afasta, aguardando mais instruções.

— Muito obrigado. A senhora foi muito útil e observadora.

Ela sorri palidamente. Kamil reflete que esta simples parteira de aldeia tem mais discernimento científico do que muitos burocratas educados de seu conhecimento. É uma simples questão de ler a evidência dada em busca de dados, e não de conjeturar com base em hipóteses possíveis.

Medos populares podem engordar fatalmente com o mais ralo mingau, especialmente em épocas de insegurança. Como o presente. O tesouro imperial assumido pelos poderes europeus como resultado dos débitos do império, guerras em muitas frentes, e facções lutando por qual tipo de governo o império deveria ter — um parlamento ou poder total nas mãos do sultão. Em todas as direções, as províncias do império estão sendo tomadas por nacionalistas apoiados pela Europa e pela Rússia. As ruas de Istambul fervilham de refugiados. Kamil duvida que mesmo um parlamento possa estancar a hemorragia de tesouros, terra e gente do grande e desajeitado corpo do estado Otomano, cujas fronteiras são nestes dias tão tênues e indistintas como as do Gordo Orhan no banho turco.

Mudanças criam ansiedades, Kamil pensa, em esferas altas e baixas. Uma ralé ansiosa fica ávida por ser distraída por contos de fada sombrios. Esta parteira, no entanto, manterá seu juízo.

Ela vê a aprovação nos olhos dele e sorri de novo, desta vez genuinamente.

— Eu gostaria que a senhora fizesse outro favor — ele acrescenta. — Pergunte na aldeia se alguém conhece esta mulher, ou ouviu ou viu algo fora do comum. Se for o caso, envie um mensageiro diretamente à sede da magistratura e eu enviarei meu assistente para falar com a senhora. — Ele presume que, como a maioria da população, ela não sabe ler ou escrever. — Nós compensaremos o mensageiro — ele acrescenta, contornando polidamente qualquer discussão aberta sobre dinheiro. — Mais uma coisa. A senhora não mencionará — ele pausa e faz um gesto em direção ao corpo — a condição da morta.

Ela concorda e faz uma ligeira reverência com a cabeça. Coloca suas vestes externas e sai.

Kamil está sozinho com o cadáver. O corpo ainda não começou a se decompor. Exala um cheiro úmido e indistinto.

Um movimento súbito fora do círculo de luz o surpreende.

— Michel! Há quanto tempo você estava aí?

— Cheguei logo depois de ela começar o exame. Enviei policiais para descobrir o que eles puderem. Eu mesmo falarei com os moradores depois. Achei que em vez disso você poderia precisar de mim aqui.

Kamil tem a consciência simultânea de Michel tê-lo desobedecido mas, como se pudesse ler sua mente, fez o que ele silenciosamente desejara.

— Sim, claro — ele concorda relutantemente, ciente de que de alguma forma perdera, mesmo sem saber qual era o jogo.

— Eu estava na sala ao lado, tomando notas. As salas têm eco. De lá eu a ouvia perfeitamente. Que velha esperta, hein? — ele diz, com admiração. — Nos economizou muitos exames.

— Sim, ela foi muito boa. Devemos checar com os mercadores do bazar se eles se lembram de quem recentemente comprou clerodendros vermelhos secos.

— Os sefaradins de Istambul falam de gotas usadas por seus ancestrais para deixar os olhos escuros e grandes. Chamam a substância de beladona, que quer dizer mulher linda. Imagino se é a mesma coisa que nosso modesto clerodendro.

Michel se encaminha para o corpo, com uma tigela na mão. Com um movimento súbito, vira o corpo de lado e pressiona seu peito. Um fino fio de líquido esguicha da boca para a tigela.

Ele examina o líquido.

— A partir disso vou poder dizer se ela se afogou em água doce ou salgada. — Ele olha a sacola de couro de ferramentas ainda na parte superior do corpo. — Eu poderia checar o conteúdo de seu estômago.

— Acho que não podemos fazer nada antes de contatar as embaixadas estrangeiras. Se for um de seus cidadãos, não vão querer que devolvamos um corpo cortado.

— É, você tem toda razão. — Michel parece desapontado.

— Me passe o cortador.

Kamil tira a corrente do pescoço da mulher. Trabalha no fecho do bracelete e o retira. Abre o pendente e o entrega a Michel.

— Há um *tughra* no lado de dentro.

Michel vira o pendente em sua mão e o examina de todos os lados.

— E algumas outras marcas. Você sabe o que são?

— Não sei.

— Ela tem alguma ligação com o palácio, então?

— Talvez. Fico pensando. Oito anos atrás, uma inglesa foi encontrada morta ao norte daqui, em Chamyeri. Uma governanta do palácio, Hannah Simmons. Encontraram-na flutuando numa lagoa. Tinha sido estrangulada. — Ele franze a sobrancelha. — Suponho que não haja uma conexão.

Ele não menciona que o nome da vítima grudou em sua mente porque o superintendente de polícia de Beyoglu foi removido do cargo pelo ministro da justiça — o homem que substituíra seu pai — por não ter conseguido achar o criminoso. Kamil examinara a pasta sobre o assassinato ainda no começo em seu trabalho, mas decidira não reabrir o caso. Muitos anos haviam se passado e não era politicamente aceitável tentar solucionar um caso insolúvel, especialmente um que envolvia membros da poderosa comunidade estrangeira e o palácio do sultão. Eis agora outra mulher estrangeira morta, desta vez sob sua guarda. Ele tensiona sua postura para esconder sua ansiedade e excitação.

— Foi o corpo encontrado na propriedade do erudito na aldeia de Chamyeri. Gerou muita fofoca na época — lembra-se Michel.

— Isso mesmo. A casa de Ismail Hodja. — Os detalhes menores na pasta de Hannah Simmons tinham sido deixados de lado pela pressão contínua de novos casos.

Ele pondera sobre a jovem na plataforma.

— Provavelmente, apenas uma coincidência. Ela poderia ser circassiana, ou dos Bálcãs. Geralmente eles têm cabelos amarelos e olhos claros. De qualquer maneira, Chamyeri fica bem ao norte de Ortakoy.

— Não tão longe pela água. A corrente lá é poderosa. Um corpo jogado em Chamyeri chegaria rapidamente a Ortakoy. Se o assassino for a mesma pessoa, ou ele vive na área ou é um visitante freqüente. Há que se conhecer o Bósforo para navegá-lo ou para vagar por suas costas durante a noite. Só os cachorros selvagens já manteriam as pessoas afastadas.

— Não posso imaginar que tenha qualquer coisa a ver com Ismail Hodja — Kamil responde com firmeza, com seus olhos acompanhando os cones de luz que descem do domo e atingem o corpo sobe a pedra. Ele se aflige pela rapidez com que o legista aceitou uma ligação entre os dois assassinatos. — A reputação do professor é impecável.

E não havia mais ninguém na casa de quem se pudesse suspeitar. Os detalhes do arquivo de Hannah Simmons se acotovelavam nos portões da memória de Kamil. A irmã do professor era uma reclusa, sua sobrinha uma mera criança na época. Havia apenas alguns criados; não se tratava de uma casa grande.

— De qualquer forma o corpo foi encontrado na floresta atrás da casa dele, perto da estrada, acredito. Poderia ter sido qualquer um. Ainda assim — ele pensa em voz alta — penso se valeria a pena falar com o professor ou sua sobrinha.

Michel não responde. Kamil se vira e o vê ainda segurando e observando atentamente o pendente.

Michel se volta e pergunta em voz neutra e cuidadosa.

— Você quer que eu embrulhe isso? — Ele indica o pendente em sua mão.

— O crucifixo e o bracelete também. Vou levá-los comigo. — Ele aponta o queixo para o corpo. — Nós nem sabemos quem é esta mulher. Ela parece estrangeira, e por isso começaremos pelas embaixadas.

Michel entrega a ele o pequeno pacote. Deposita sua capa sobre a pedra fria, senta-se sobre ela e pega seus materiais de esboço.

— Mas antes vou para casa me trocar — Kamil acrescenta camaradamente.

Michel não ergue o olhar, e começa a desenhar o corpo.

Kamil observa a cabeça de Michel inclinada sobre o papel, fascinado pela criação que emerge sob sua vareta de carvão. Reflete sobre o quão pouco sabe da vida pessoal de Michel, a não ser que é solteiro e vive com sua mãe viúva no bairro judeu de Gálata, e a história de suas histórias partilhadas. Eles passam o tempo em cafés e clubes discutindo tudo o que há debaixo do sol, mas Michel nunca abre para Kamil o livro privado de sua vida.

Ele e Michel freqüentaram a mesma escola e se conheciam de vista, mas pertenciam a círculos diferentes. Michel, cujo pai fora um comerciante de pedras semipreciosas, ganhara uma bolsa para freqüentar a prestigiosa escola imperial em Gálata Saray. Filhos de muçulmanos, judeus, armênios, gregos e outros filhos do vasto império inclinavam juntos suas cabeças sobre textos de história, lógica, ciências, economia, lei internacional, grego, latim e, é claro, otomano, aquela convolução de persa, árabe e turco. Não era classe social, religião ou língua que separavam Michel e Kamil na escola, mas a natureza de seus interesses.

Logo depois de se tornar um magistrado, e enquanto subia as ruas estreitas em direção a seu escritório, um homem levantou-se de um banco do lado de fora de uma cafeteria e o abordou. Kamil reconheceu as cores extravagantes das roupas de seu colega de escola e seu gingado de lutador. Naquela noite sentaram-se na cafeteria e, fumando narguilés de tabaco curado em maçã, trocaram informações de suas atividades desde suas formaturas. Michel estava terminando seu treinamento em cirurgia na Escola Imperial de Medicina. Kamil estava entre os jovens escolhidos para treinamento na França e Inglaterra como magistrados e juízes nas recém-estabelecidas cortes seculares de estilo europeu, que haviam prevalecido sobre as cortes religiosas dos juízes *kadi**. Michel ofereceu seus serviços a Kamil, que por fim patrocinara sua nomeação como legista da polícia. O conhecimento íntimo que Michel tinha da vizinhança ajudara Kamil a solucionar vários casos. Michel também o introduziu no Grande Bazar, uma cidade de pequenas lojas sob o mesmo teto, cercadas de uma multidão de oficinas — centenas de estabelecimentos, alguns não maiores do que um cubículo, de propriedade de homens

---

*Do turco. Juízes muçulmanos que interpretam e administram as leis religiosas do islã. (*N. do T.*)

de todas as fés do império. O pai de Michel e duas gerações antes dele haviam sido comerciantes lá.

Kamil pára sob o arco da porta de saída do hamam, a fórmula polida de despedida murchando em seus lábios, desistindo de se intrometer na concentração de Michel.

Ele se vira e atravessa as antecâmaras que ecoam. Pára numa bacia, gira toda a torneira de metal e esfrega suas mãos sob a água fria. Não há sabonete, mas ele se sente menos poluído. Chacoalha o excesso de água de suas mãos e sai a passos largos da escuridão. Na soleira, é subitamente atingido pela claridade do mundo.

Com as mãos ainda geladas, monta em seu cavalo e sobe rápido o caminho que passa pela aldeia e entra na floresta. Lá, a luz da manhã filtra-se com suavidade através das árvores. Pássaros chilreiam a plenos pulmões e os gritos penetrantes de crianças cortam o ar como facas.

Quando chega à estrada além da floresta, esporeia seu cavalo para o galope.

2

Quando sopra o Lodos

Toda manhã, meu *dayi** materno, Ismail Hodja, colocava um ovo mole em sua boca e sentava-se sem mastigar, com os olhos abaixados, até que o ovo desaparecesse. Foi só quando cheguei aos 20 anos que entendi. A antecipação é o esplêndido aguilhão para o prazer. Mas na época eu era apenas uma criança de 9 anos, transfixada na mesa do café-da-manhã. Tio Ismail tomava sempre o mesmo desjejum: chá preto em um copo em forma de tulipa, uma fatia de pão branco, um punhado de azeitonas pretas em salmoura, uma fatia grossa de queijo de cabra, uma pequena tigela de iogurte e um copo de soro de leite. Nessa ordem. E então o ovo, que ficava descascado e lascado em um pires azul-cobalto, o ovo de um branco azulado e cintilando de umidade. Seu lado mais largo ficava ligeiramente levantado, com a gema lançando uma sombra de lua nascente. Meu tio tomava o café-de-manhã lenta e metodicamente, sem falar. Aí alcançava o ovo com dois longos e finos dedos. Os dedos seguravam a casca do ovo enquanto ele o levantava,

---

*Do turco. Tio. (*N. do T.*)

tremendo, até sua boca. Depositava-o cuidadosamente na língua, tomando o cuidado de não tocá-lo com os dentes. Então fechava os lábios em torno do ovo e, com os olhos baixos, esperava até que ele magicamente desaparecesse. Nunca o vi mastigá-lo ou engoli-lo.

Durante este tempo, mamãe estava na cozinha, lavando os pratos e enchendo a chaleira dupla na qual o chá era preparado. Não tínhamos criados que morassem na casa de tio Ismail e minha própria mãe fazia o café-da-manhã antes que a cozinheira e sua assistente chegassem para as tarefas do dia. Quando eu perguntava a mamãe: "Por que tio Ismail deixa o ovo na boca?" ela desviava o olhar e se compenetrava no trabalho.

— Não sei do que você está falando. Não faça perguntas tolas, Jaanan. Beba seu chá.

Ismail era o irmão de minha mãe. Vivíamos em sua casa porque papai havia arrumado uma segunda esposa, e mamãe saíra de nossa grande casa em Nisantasi, onde papai agora vivia com tia Hüsnü.

A casa de tio Ismail tinha dois andares, e suas agradáveis alas de madeira eram pintadas de um vermelho enferrujado. Ficava num jardim na costa do Bósforo vizinho da aldeia de Chamyeri. Atrás da casa, uma floresta de plátanos, ciprestes e carvalhos pintava as íngremes colinas. A casa ficava na parte estreita da costa, na frente desse imponente pano de fundo verde. À nossa frente, a ampla faixa do Bósforo resplandecia de luz, com suas correntes se entrelaçando e espiralando como uma criatura viva. De vez em quando a água era irrompida por arcos de golfinhos que deixavam rastos de arco-íris aquáticos. As cores da água se alteravam constantemente em resposta a forças que ainda não entendo, de um negro oleoso a um verde-garrafa e, em dias raros e mágicos, de um verde-pastel translúcido tão claro que sentia que, se olhasse tempo bastante, veria o fundo. Em dias de claridade assim, eu me deitava nas pedras quentes da costeira e deixava minha cabeça pendurada na beirada, buscando o borrifo metálico das enchovas. Abaixo delas, imaginava os corpos frios e pesados de peixes maiores contorcendo-se e deslizando através da luz líquida. As areias ondulantes abaixo revelavam as pálidas faces lunares de princesas mortas, olhos fechados, lábios ligeiramente abertos em protestos infrutíferos contra seus destinos. Os fios dourados de suas capas brocadas as afundava com seu peso. Suas mãos delicadas jaziam, com as palmas para cima, presas à areia por enormes anéis de esmeralda e diamante. Seus cabelos negros ondeavam na corrente.

Em dias frios, eu ficava lendo no divã com almofadas no pavilhão do jardim. Era uma estrutura com uma sala de janelas altas voltada para a água. Pilhas de colchões e mantas ficavam arrumadas para visitantes que lá preferiam dormir em noites quentes. No inverno, venezianas de madeira a protegiam contra o vento e um braseiro fornecia calor e água quente para o chá, embora dificilmente alguém fosse para lá quando o tempo se tornava gélido.

Mamãe reclamava de estar isolada de seus amigos e da vida social da cidade. Era um longo caminho, de Istambul, em carro de boi ou barco, apenas para partilhar uma xícara de chá. A balsa de Istambul demorava quase duas horas e aportava ao norte, em Emirgan. Uma carruagem demorava mais outra hora para cobrir a distância. Poucas mulheres tinham a permissão de seus maridos para passar a noite lá. Nós socializávamos apenas no verão, quando as mulheres se mudavam para suas residências de verão no Bósforo. Mas eu adorava a casa de tio Ismail. Eu podia vagar pelo jardim sob o cuidado benigno de Halil, nosso velho jardineiro e, mais tarde, sob o olhar cuidadoso de madame Élise, minha governanta francesa e professora.

Naqueles primeiros anos em Chamyeri, papai vinha uma vez por semana tentar convencer mamãe a voltar. Eu os ouvia discutindo atrás das portas entalhadas de madeira da sala de visitas. Ele dizia que compraria uma casa separada para ela, que não havia necessidade de viver com seu irmão. Mas não importa quanto eu espremesse minha orelha contra a porta, nunca ouvi a resposta de mamãe. Em retrospecto, vejo que sua recusa em retornar à proteção de papai deve tê-lo humilhado perante sua família e colegas, e que esta pequena insurreição dava força a minha mãe. Ao se mudar para a casa de meu pai, mesmo em uma casa separada daquela em Nisantasi, onde ele vivia com tia Hüsnü, mamãe sinalizaria sua aceitação de tia Hüsnü como sua concubina.

Não sei se meu pai enviava sua obrigação financeira com minha mãe a tio Ismail e, se o fazia, se meu tio a aceitava. Apesar de suas excentricidades, tio Ismail era um professor respeitado, um jurista e um poeta que havia herdado a casa de seus pais e uma riqueza considerável. A herança de mamãe havia ido com seu dote de casamento, mas ela podia reivindicá-la. Entre as visitas de papai, mamãe sentava-se na sala de visitas com seu bordado, com os dedos dançando sobre a seda, esperando visitantes que raramente chegavam.

Esta foi nossa vida em Chamyeri até eu ter 13 anos, no ano Rumi de 1294, ou em 1878, pelas nossas contas, quando encontrei o corpo de uma mulher no lago atrás de nossa casa. O lago, alimentado por uma fonte invisível, é raso de um lado e insondavelmente fundo no outro. É tão largo que uma pedra arremessada por uma jovem não chegaria ao outro lado. Fica escondido atrás de um muro de pedra em ruínas na floresta. A mulher, Hannah, flutuava na água rasa, rosto para baixo, com os braços esticados num abraço. Sem experiência em tais coisas, não percebi que ela estava morta. Alisei seus cabelos. Ela parecia em paz, como uma princesa d'água, e tentei não perturbá-la muito quando peguei sua mão e virei seu rosto para o sol. Seus olhos azuis estavam abertos. Eu disse a ela que vivia ali com minha mãe e meu tio. Ela pareceu surpresa. Penteei seus cabelos com meus dedos, arrumei seu vestido e coloquei uma flor do mato junto de seu pescoço antes de voltar para casa. Quando disse a madame Élise que uma mulher dormia na água e não pude acordá-la, eu não sabia ainda que a água lá era profunda o bastante para um afogamento.

O Bósforo é uma poderosa força de água que se curva e se arremete e move turbulentamente em sua longa e larga calha até o mar de Mármara, impaciente para encontrar o morno Mediterrâneo e se dissolver no útero salgado do mar. Jovens da aldeia pulam nele e desaparecem, para emergir centenas de metros corrente abaixo, onde têm de usar toda a força de seus braços finos para alcançar de novo a costa. Apesar do remar vigoroso, um barco corrente acima parece seguro no lugar por uma mão invisível. Quando se olha de novo, o barco magicamente progrediu.

Passam barcos destinados ao sul, em direção a Istambul, com os passageiros se segurando firmes no casco que range, enquanto os barqueiros lutam com seus timões. Halil, que fora um barqueiro antes de perder dois dedos numa rede desgovernada e se tornar nosso jardineiro, me disse que o Bósforo tem duas correntes. Uma vai de norte a sul pela superfície, levando água doce do mar Negro até o Mediterrâneo. A outra, uma corda escorregadia de morno líquido salino, desliza de sul a norte 40 metros abaixo da musculosa superfície. Os pescadores sabem que, se jogarem a linha a uma certa profundidade, podem apanhar sardas, anchovas e carapaus, que na primavera pendem como moedas de prata das linhas dos pescadores. Se se abaixar o gancho mais um pouco, há badejos e turbots. Uma rede apanhada pela corrente mais profunda levará um barco inescapavelmente para o norte. Quando o Lodos sopra de sudoeste, as correntes se misturam e se alternam. Apanha-se peixes errados. Os garotos da vila não reemergem. Jovens mulheres se afogam com água pelos joelhos.

Madame Élise deixou-nos na mesma tarde em que viu a garota morta no lago, gritando e agitando os braços como se ninguém pudesse chegar perto dela.

Fiquei feliz, depois da partida abrupta de madame Élise. Sem lições, passava horas empoleirada na costeira, balançando as pernas em direção à água abaixo, olhando grandes caiaques de recreação passarem como criaturas com muitas pernas se movimentando para cima e para baixo em uníssono. Enxergava os chapéus vermelhos cônicos de feltro das equipes de remadores. Damas cobertas com véus sentavam-se em almofadas e tapetes na coberta de proa, as cabeças oscilando umas para as outras como pombas. Servos as protegiam com sombrinhas franjadas. Se fossem mulheres de altos funcionários ou da família real, um eunuco gordo estaria sentado entre as mulheres e os remadores, com sua pele escura se derretendo na sombra. Às vezes eu me deitava de costas nas pedras quentes, observando o céu adernando em torno. O cheiro de jasmim me roçava como um manto vestido pela brisa.

Quando fui até o grande espelho emoldurado de dourado na sala de visitas, o único espelho que mamãe permitiu em casa, vi alguém com aparência de uma menina, com cachos negros até a cintura, olhos de um puro azul-celeste, como se tivessem absorvido o céu de verão. Meus olhos, minha mãe me disse, foram herdados de uma antepassada circassiana, uma escrava que se tornou esposa de um alto funcionário.

* * *

APRENDI A NADAR. Devo esta habilidade a Violet. Violet é filha de um parente distante de mamãe, um pescador em Cheshme, na costa do Egeu. Eu nunca havia visto a costa na infância, mas Violet a trouxe até mim — a areia quente, o cheiro de pinheiros, e acima de tudo a afinidade com o mar que corre nas veias de todos os seus residentes. Violet cresceu e virou um golfinho. Quando chegou a nós, como acompanhante e empregada, eu tinha 14, e ela 15.

Violet nos foi enviada por seu pai porque ele precisava de um novo barco de pesca. Era comum que uma família rica adotasse um parente mais pobre como empregado. Esperava-se que a garota obedecesse à sua família e a ela servisse, e que se comportasse de uma maneira que lhes trouxesse crédito. Em retorno, a família mais rica lhe dava moradia e alimentação, talvez uma educação simples, encontrava para ela um noivo adequado e pagava os gastos consideráveis de um casamento. Através de intermediários, tio Ismail fez saber que sua sobrinha precisava de uma companhia e enviara ao pai de Violet o dinheiro para um novo barco em troca da oportunidade de uma vida melhor para sua filha. Como era tradicional no caso de criados chegando a uma casa, mamãe lhe deu o nome de uma flor. Violet, porque ela era pequena e tímida.

Halil a trouxe de carroça do barco do cais de Chamyeri. Uma pequena figura parda em um casaco grosseiro, ela escorregou da carroça, segurando sua trouxa. Recusou-se a deixar Halil carregá-la. Nos primeiros meses, manteve o olhar baixo e só falava quando se dirigiam a ela. Mamãe deu a ela um quarto no fundo da casa, com vista para a estrada e o bosque. O verde da floresta coloria o ar no quarto de Violet, diferente de nossos quartos oscilando entre os azuis da água e do céu. De noite, eu me esgueirava pelo corredor e colava meu ouvido na porta, ouvindo o som distante de seu choro.

O corpo de Violet era esguio, rijo e marrom como uma castanha. Ela se jactava de sua capacidade de nadar e eu lhe implorava que me ensinasse. Deixávamos cair nossos mantos e pairávamos como fadas aquáticas na roupa de baixo de gaze de seda, que eu simulara ser um traje de banho apropriado.

Em Cheshme, Violet confidenciou que entrara no mar — no mar, enfatizara, não num laguinho — vestindo, escandalosamente, nada. Quando não havia ninguém, ela se apressou a me assegurar.

— Como é que você consegue nadar com este saco? — ela perguntou mordazmente, envolvendo a gaze em seus pequenos punhos marrons.

Naquela tarde Halil fora à cafeteria na vila, e eu sabia que ele demoraria horas. Não se esperava visitas. Tirei a saia de baixo, e a seda branca se embolou a meus pés. Minha pele tinha um aspecto azulado, e fiquei imediatamente coberta de arrepios. Violet era como um animal de outra espécie. Reluzia com uma saúde mineral. Para mim não havia diferença entre o prazer ordinário do marrom de uma castanha comum e o sabor delicado da amêndoa imatura recém-libertada de seu verde véu. Eu invejava em Violet a rotação despreocupada de seus braços, e sua postura de pernas amplas, desatenta ao talhe de seu sexo, aquele lugar que, madame Élise gravara em mim, tinha de ser guardado contra a intrusão, e nunca revelado.

Violet deslizou para o lado profundo do lago e voltou à tona, olhando para mim esperançosamente. Mantendo as pernas juntas, sentei-me à beira da água, e a rocha fria e lisa era estranha e excitante à minha pele nua. Não me lembro de pensar muito tempo sobre as coisas. Esta é a vantagem e a desvantagem da mocidade. Em um gesto, deixei-me cair neste novo mundo. Lembro-me da sensação de seda viva envolver meu corpo. Afundei em um mundo de gritos emudecidos, enormes sombras e a letargia nos membros. Lembro-me de perceber a luz do sol cortando a água como uma gema. E abri minha boca. Pânico. Um aperto em meu pulso, e fui arrastada para um mundo ofuscante, e a luz dentro de minha cabeça era brilhante demais de suportar. Puxada para as pedras. Naufragada. Exposta. Violet resfolegava a meu lado, pingando para todo canto. Quando consegui respirar de novo, olhei-a de soslaio e começamos a rir.

3

A filha do embaixador

Kamil permanece na recepção na embaixada britânica enquanto um empregado leva seu cartão de visitas em uma salva de prata para o embaixador do governo de Sua Majestade no Império Otomano. Alguém tentara compensar a mobília escura e pesada com tecidos ricos e de cores quentes e um tapete claro. Kamil se aproxima de uma lareira atrás de uma grade de ferro ornamentada e se desaponta ao ver que não está acesa. Não consegue se livrar do frio do velho edifício, apesar do calor do começo de verão se acumulando do lado de fora das janelas. Seu olhar é atraído por uma grande pintura a óleo sobre a cornija da lareira, representando o que ele presume ser uma cena da mitologia clássica: um jovem nu e pálido tentando alcançar uma jovem núbil e igualmente nua que foge de seu abraço. Discretas ondas de tecido branco serpenteiam em seus quadris. Os membros da mulher são corpulentos e sólidos como pilares e assim, incongruentemente, ela parece ser mais forte que o jovem que a persegue. Os lábios dela, pequenos e cheios, estão abertos em um meio sorriso, seus mamilos são eretos e de um rosa vivo, e um matiz de vermelho sobre áreas de sua pele perolada sugere excitação. Kamil imagina qual seria o fim daquela perseguição.

Pensa tristemente na limitação de sua experiência: a atriz francesa que representara por uma temporada no teatro Mezkur; a jovem escrava circassiana para a qual, depois de um tempo, ele dera dinheiro bastante para um dote, de maneira que ela pudesse se libertar e casar com um homem de sua condição. Ele se lembra dela agora, seus membros longos e brancos misturando-se àqueles no quadro. Pergunta-se se ela chega a pensar nele. Partículas de pó dançam na tíbia luz do sol filtradas através das pesadas cortinas cor de ameixa.

A porta se abre atrás dele. Kamil se surpreende e não se volta de imediato. Subitamente, tem uma percepção mais penetrante da proibição muçulmana da representação do corpo. Que estranho, pendurar uma obra de arte tão provocativa onde convidados devem ser formalmente recebidos. Percebe que a luz mudou. Quanto tempo permaneceu esperando naquela sala?

O empregado idoso está logo após a porta, fitando um lugar atrás do ombro esquerdo de Kamil. Kamil considera se o homem vê o anjo que se senta no ombro de todo muçulmano, um à esquerda, um à direita, ou se está olhando a mulher nua na parede atrás dele. É um sorriso malicioso, no canto da boca do mordomo? Talvez ele ache engraçado reter muçulmanos em uma sala com uma mulher nua. Kamil presume que haja outras salas de recepção decoradas mais suavemente. Com certeza ali não se leva visitantes do sexo feminino. Ele luta para esconder seu aborrecimento. Lembra-se de outros mordomos de sua estada na Inglaterra, com todo o calor e personalidade esvaziados deles. Embora Kamil respeite e admire o conhecimento e a tecnologia européias, há muitas áreas em que eles têm muito a aprender com os otomanos.

Kamil não acusa a presença do mordomo, e permanece sério, com as mãos cruzadas nas costas.

— O embaixador irá recebê-lo agora, senhor.

Kamil tem certeza de ter havido uma pausa infinitesimal antes do "senhor".

O mordomo indica o caminho através do piso de mármore branco, passando pelo saguão em arco, com seu eco, e subindo uma magnífica escada curva. Enquanto o segue, Kamil admira os afrescos e perscruta as profundidades envernizadas das pinturas penduradas no saguão. Uma rainha Vitória carrancuda, com o pescoço coberto por um doloroso rufo, mira um ponto sobre a cabeça dele. Uma raça de mordomos, ele pensa de novo, mordomos desumanos. Como conseguiram se dar tão bem naquela sociedade amável e vibrante, tão rica de cor e emoção? Ele se lembra da lógica imaculada de seus textos de faculdade e suspira. Talvez este seja o futuro, pensa sombriamente. O caos vencido pelo asseio, a nuance perdida para a ordem.

O mordomo bate em uma pesada porta branca adornada em dourado. Seguindo um som vindo de dentro, empurra a porta e se coloca de lado. Kamil entra. A porta se fecha atrás dele com um clique.

* * *

O ESCRITÓRIO DO embaixador parece ainda mais frio que a recepção, apesar do calor que Kamil consegue vislumbrar além das pesadas cortinas de veludo. Kamil suprime um arrepio e cruza a expansão de tapete dourado e azul na direção de uma mesa enorme que encolhe o homem sentado atrás dela. A sala tem um cheiro embolorado, como se não tivesse sido arejada por um longo tempo. Enquanto Kamil se aproxima, o homem se levanta e se movimenta para cumprimentá-lo, colocando uma perna magrela após a outra em câmera lenta, como numa mímica de um avanço em um espaço mais amplo. O embaixador é mais alto do que parece vergado atrás de uma mesa do tamanho de um navio. Quase penosamente magro em seu terno escuro sob medida, tem um rosto alongado e elegante destituído de expressão. Grossas suíças engolem suas bochechas, fazendo seu rosto parecer ainda mais estreito. Kamil se lembra de que os ingleses as chamam de costeletas de carneiro.* A razão disso lhe foge. Ao se

---

*Literalmente, do inglês *muttonchops*. (*N. do T.*)

aproximar, Kamil vê que as bochechas e o nariz do embaixador são de um vermelho fosco, e sua pele uma teia de vasos capilares destruídos. Seus olhos pequenos são de um azul aguado. O embaixador pisca rapidamente e estica a mão ossuda para Kamil. Deleitado com a cortesia, Kamil sorri enquanto aperta sua mão. É seca como papel e quase não exerce pressão. O sorriso do embaixador é tênue. Seu hálito tem o mesmo odor úmido da sala.

— O que posso fazer pelo senhor, magistrado? — Ele aponta uma poltrona de couro e volta para trás da mesa.

— Vim por um assunto grave, senhor — Kamil começa a falar em seu inglês carregado, a formalidade cuidadosa do Oriente polida por uma cadência britânica. — Nesta manhã descobrimos uma mulher, morta. Achamos que ela pode ser um de seus súditos.

— Uma mulher morta, o senhor disse? — Ele se mexe nervosamente na poltrona.

— Precisamos saber se deram queixa do desaparecimento de alguém, senhor. Uma mulher pequena, loira, com cerca de 20 anos de idade.

— Por que os turcos estão envolvidos nisso? — o embaixador resmunga, como se para si mesmo. Ele olha Kamil de soslaio curiosamente, levantando um lado de seu lábio e expondo um dente amarelo. — Do que ela morreu?

— Ela foi assassinada, senhor.

— O quê? — O embaixador está surpreso. — Bem, isso é uma coisa diferente. Terrível. Terrível.

— Não sabemos se é inglesa ou não, e não conhecemos as circunstâncias de sua morte. Eu esperava sua colaboração nisso.

— Por que o senhor acha que ela é um de nossos súditos?

— Não sabemos se ela é. Ela era cristã. Foi encontrada uma cruz em seu pescoço. A julgar pelas jóias, ela era afluente.

— O que ela vestia? Isso poderia ser uma pista, não?

— Ela não vestia roupas.

— Meu Deus. — O embaixador ruboriza. — Um crime da natu
reza mais hedionda, então.

— Pode não ser um crime... como tal. Não há evidência de luta.
Ela usava um pendente com uma inscrição. Está aqui comigo.

Kamil alcança o bolso do casaco e pega um pequeno embrulho
amarrado por um lenço de linho. Desfaz o embrulho e o coloca sobre
a mesa.

— A cruz e o bracelete de ouro também eram dela.

O embaixador estica o pescoço e com as pontas dos dedos desliza
o lenço para mais perto. Pega o bracelete de ouro para testar seu peso.

— Bela peça de artesanato. — Ele recoloca cuidadosamente o
bracelete no lenço e toca a cruz laqueada e curvada com a ponta de
um dedo ossudo. — Onde está a inscrição?

— Dentro do pendente de prata.

O embaixador apanha a pequena bola de prata, abre-a e olha nas
duas metades.

— Não vejo nada. — Ele retorna o pendente para o lenço. — O
que diz?

— De um lado há o *tughra* do sultão Abdulaziz e do outro um
desenho de alguma espécie de ideograma.

— Interessante. Alguma idéia do significado?

— Não, senhor. O senhor as reconhece?

— O quê? Não. O que eu sei de jóias de mulheres? Eu lhe digo
quem saberia. Minha filha. Não é de usar muito, ela mesma. Nisso, é
como a mãe dela. — O embaixador pára por um momento, com a
face imóvel, a não ser pelo piscar nervoso dos cílios. — Como sua mãe.

Kamil sente-se embaraçado. Nunca se fala abertamente da família para um estranho. É quase como se o embaixador tivesse intro-
duzido na sala sua mulher nua.

— Ela é tudo que me restou agora. — O embaixador chacoalha a
cabeça lentamente, a mão brincando distraidamente com o pendente.

Kamil procura as palavras certas de condolência, mas o inglês é
tão frustrantemente vazio de respostas prontas. Em turco, ele sabe-

ria exatamente o que dizer. Em persa. Em árabe. O que isto diz dos europeus, o fato de que a linguagem para cada acontecimento importante tem de ser inventada a cada vez?

— Sinto muitíssimo, senhor embaixador. — Para Kamil, parece uma frase leve como uma pena. A fórmula turca, "Saúde para sua mente", parece mais cuidadosa e imediata, mas ele não sabe bem como traduzi-la.

O embaixador gesticula com a mão na direção de Kamil e depois a desloca até alcançar o cordão da campainha na parede atrás de sua cadeira. Um momento depois o mordomo entra. Kamil se pergunta se ele ouvia atrás da porta.

— Senhor?

— Por favor, peça à Srta. Sybil que se junte a nós.

* * *

ALGUNS MINUTOS DEPOIS, com o som de seda roçando seda, uma jovem rechonchuda entra e pára na porta. Usa um vestido cor de índigo com as bordas rendadas. Suspensa em uma corrente de ouro, uma simples pérola em forma de lágrima descansa na base de sua garganta, combinando com as pérolas em suas orelhas. Seu cabelo castanho-claro está preso em um círculo em torno de sua cabeça. Sua face é redonda, com traços finos, um rosto comum cuja graça reside numa aparência sonhadora que anima sua boca e seus largos olhos violetas. Ela lembra Kamil da vigorosa mas perfeitamente proporcionada orquídea *Gymnadenia*, comuns em florestas em torno da cidade. Suas sépalas se curvam para baixo, e com as pétalas formam uma tímida borla rosa que libera um perfume intenso.

O brilho da jovem é sombreado por tristeza, talvez resignação. Ela se move com a eficiência confortável de um criado muito precioso.

— Sim, papai. Me chamou?

Kamil se levanta apressadamente e se curva. Seu pai indica que se aproxime.

— Sybil, minha querida. Este é o magistrado paxá Kamil. Ele diz que alguém foi encontrado. Bom, é bastante desagradável. Vou deixar que o magistrado explique. — Seus olhos se dirigem para os papéis em cima de sua mesa.

Sybil se volta para Kamil com um olhar inquiridor. A cabeça dela bate em seu ombro. Seus curiosos olhos violetas o observam gravemente.

— Madame. — Ele faz uma extrema reverência. — Sente-se, por favor.

Ela se senta afetadamente na cadeira oposta à dele. O embaixador começou a ler seus despachos.

— O que o senhor deseja saber? — A voz dela é suave mas cadenciada, como água fluindo.

Kamil fica embaraçado. Não está acostumado a falar de tais coisas com damas. Hesita. O que deveria dizer para amortecer o efeito?

Ela inclina a cabeça e diz, encorajadoramente:

— Por favor, me diga qual é o problema. Quem foi encontrado?

— Encontramos uma mulher, morta. — Ele levanta os olhos rapidamente para observar o efeito na filha do embaixador. Ela está pálida mas composta. Ele continua. — Achamos que ela pode ser estrangeira. Assumi o caso porque é possível que ela tenha sido assassinada. No momento, estamos tentando identificá-la.

— O que faz o senhor pensar que ela foi assassinada?

— Ela se afogou, o que não é uma coisa incomum em si, dada a poderosa ressaca no Bósforo. Mas ela estava drogada.

— Drogada? Com o quê, se me permite perguntar?

— Acreditamos que ela tenha ingerido beladona. Acho que vocês a chamam de erva-moura.

— Sei. Beladona — ela reflete. — Isso não deixa as pessoas tontas?

— Não tontas mas, em quantidade suficiente, paralisadas. Em tal estado, alguém poderia se afogar até em uma poça.

— Que horrível. Pobre mulher. O que mais o senhor pode me dizer sobre ela? O que ela vestia?

— Ela foi encontrada sem... — Kamil pausa, imaginando como continuar.

— Sem roupas? — O rosto da jovem enrubesce.

— Foi encontrada no Bósforo horas depois de sua morte. É possível que as correntezas sejam responsáveis por seu estado, mas isto é improvável.

— E por que isso estaria fora do reino das possibilidades? O senhor mesmo disse que há correntezas poderosas.

Kamil considera como falar.

— Roupas de mulheres européias não se desarranjam com facilidade.

O rosto surpreso do embaixador levanta-se momentaneamente de seus papéis.

Os olhos de Sybil lampejam de deleite. Ela então diz, em voz baixa:

— Terrivelmente triste. O senhor disse que ela era jovem?

— Sim, na casa dos 20. Pequena, magra, cabelos louros. Encontramos algumas jóias com ela. — Ele alcança o lenço, ainda sobre a mesa do embaixador. — A senhora me permite?

— Sim. Deixe-me olhá-las. — A pele dela assume uma cor de pergaminho, revelando um ajuntamento de pequenas sardas na parte superior do nariz. Ela se inclina para pegar o embrulho de Kamil. Suas mãos são roliças, com covinhas nas juntas. Os dedos se afilam até as pequeninas unhas ovais, translúcidas como conchas. Ela coloca o embrulho em seu colo e o abre.

— Pobre mulher — ela murmura, enquanto acaricia um a um os itens. Ela levanta o crucifixo, e seu rosto se franze.

— O que foi? — Kamil pergunta com ansiedade.

— Eu vi isso, mas não lembro onde. Numa cerimônia noturna de alguma espécie, provavelmente em uma das embaixadas. — Ela levanta o olhar. — O senhor pode me dizer algo mais sobre ela?

— Apenas que seu cabelo era cortado bem curto e que ela tinha uma grande mancha congênita no ombro esquerdo.

— Ah, é claro! — A face dela se enruga. — Oh, isso é simplesmente horrível.

Kamil sente um arrepio. Ela sabe quem é.

O embaixador olha para ela, depois para Kamil, com expressão de desaprovação. Ele suspira profundamente.

— Sybil, querida. — Ele permanece em sua cadeira, com os dedos alisando compulsivamente os papéis à sua frente.

Kamil se levanta e caminha até a poltrona.

— *Hanoum** Sybil. — Ele tira gentilmente o embrulho das mãos dela e o substitui por outro lenço limpo tirado de seu bolso. Seus dedos pequenos e afilados se enrolam no linho fino e ela toca levemente os olhos. Kamil nunca usa lenços para seu propósito planejado, uma desagradável prática européia, mas descobriu muitos outros usos para um prático quadrado de tecido limpo.

— Sinto muito, paxá Kamil.

Kamil se senta de novo e olha para ela com expectativa.

— Deve ser Mary Dixon.

— Quem é essa, minha querida? — o embaixador pergunta.

— Você lembra dela, não, papai? Mary é governanta de Perihan, neta do sultão Abdulaziz.

— Ah, sim, Abdulaziz. Sujeito neurótico. Cometeu suicídio. Não agüentou quando os reformistas o depuseram. Isso o empurrou para além de seu limite. Deve ser duro se você é todo poderoso por quinze anos e então, nada. Pediu à mãe dele uma tesoura para aparar a barba. Em vez disso, usou-a para cortar suas veias. — Ele contempla as palmas das mãos, as vira e olha a parte superior. — Não sobrou nada. Apenas um conjunto de aposentos em um palácio decadente. — Ele olha para Kamil, exibindo uma fileira de dentes tortos e amarelados. — Faz uma década agora. Foi em 1876, não? Junho, eu me lembro. Pareceu uma coisa estranha de se fazer num dia tão quente. Bom camarada, apesar de tudo. — Ele move o pedaço de papel à sua frente

---

*Do turco. Princesa, ou uma mulher de distinção. (*N. do T.*)

até o canto da mesa e depois parece confuso, como se tivesse perdido alguma coisa. — Não conseguiu nada melhor para substituí-lo, não? — ele continua. — Aquele sujeito, Murad, um beberrão, pelo que ouço. Não foi sultão tempo o bastante para eu conhecê-lo. Teve um colapso nervoso depois de três meses. Deve ser uma doença ocupacional. — Ele ri num relincho. — Não consigo imaginar por que aqueles reformistas insistem em colocá-lo de volta no trono. Sujeito agradável, me dizem. Deve ser por isso.

Kamil evita encarar os olhos azuis que buscam os dele. Crítico como é de seu próprio governo, sente-se ofendido pelo comentário desrespeitoso do embaixador.

Ele se sobressalta com a voz animada de Sybil.

— Aceita um chá, paxá Kamil?

4

15 de junho de 1886

Minha querida Maitlin,

Espero que esta carta a encontre bem e com boa saúde e disposição. Não recebo cartas suas há semanas. Por mais que eu saiba dos percalços enfrentados por uma correspondência na longa jornada entre Essex e Istambul, mesmo assim, querida irmã, a falta de notícias suas me preocupa. Espero e rezo para que você, Richard e meus queridos sobrinhos Dickie e Nate estejam bem. Vejo vocês todos sentados no jardim com chá e bolos, ou correndo pelo gramado em um daqueles animados e disputados jogos de badminton que jogávamos quando crianças. Como sempre, a indômita Maitlin vence.

O calor tem sido opressivo, sem a menor brisa para aliviar. Os dias quentes desencadearam uma série de acontecimentos que mantiveram todos em alerta. O mais penoso é que Mary Dixon foi assassinada. Mary era uma governanta na casa imperial. Tenho certeza de a ter mencionado em uma das minhas cartas anteriores. Ela chegou aqui há mais ou menos um ano. Não a conhecia bem — ela era muito reservada — mas mesmo assim foi um choque.

Parece que ela se afogou, uma tragédia horrível, e tão parecida com a morte por afogamento daquela outra governanta, Hannah Simmons, oito anos atrás. O assassino de Hannah nunca foi encontrado e a cabeça do superintendente de polícia rolou por conta disso (dado que aqui é o Oriente, devo acrescentar que falo de maneira figurativa).

Ele foi substituído por um homem agudamente inteligente, chamado paxá Kamil. Seu pai também é um paxá, uma espécie de lorde, que foi governador de Istambul. Paxá Kamil não é um policial, mas um magistrado do novo sistema jurídico que os turcos estabeleceram há alguns anos, inspirado em nosso modelo europeu. Estudou na Universidade de Cambridge, imagine. De qualquer maneira, acho que agora estamos em melhores mãos com relação ao assassino de Mary. O velho superintendente era um ranheta. Veio ver mamãe uma vez depois que eu cheguei. Um homem desagradável com um traje desarrumado, como se tivesse sido amarrotado em uma briga e ele não pudesse trocá-lo. Em contraste, paxá Kamil é muito bem-apessoado.

Pobre Mary. Há pouco mais de um mês ela se juntou a nós para a primeira festa no jardim do ano. Estava uma noite adorável, com uma daquelas luas cheias que preenchem o horizonte. Eu lembro de tê-la visto no jardim, conversando com outros convidados. Era uma daquelas louras eriçadas cujos ossos parecem prestes a se quebrar. Deduzo que alguns homens acham atraente este tipo de fragilidade, embora ela usasse o cabelo curto, de um jeito chocante e nada feminino. Ela ria tão alegremente que me parte o coração lembrar. Pensei na época que deveria me sentar com ela e explicar gentilmente os costumes da sociedade otomana para que ela não se sentisse tentada a transgredi-los.

Madame Rossini, a mulher do embaixador italiano com sua língua ferina, veio me informar muito asperamente que Mary e um dos jornalistas turcos, efendi Hamza, pareciam estar discutindo, como se eu pudesse fazer algo a respeito. Eu disse a ela que minha impressão era que estavam simplesmente conversando de forma animada, provavelmente sobre política. Mary tinha opiniões muito definidas e parecia ter grande prazer em ser provocativa. Não é notável que raiva e alegria possam ser tão semelhantes a ponto de serem indistinguíveis? Fosse lá o que fosse, eu teria recomendado moderação. Pelo menos assim se sabe o que é o quê. Mas este é um conselho muito tardio para a pobre Mary. É claro, querida, que não estou sugerindo que ela tenha provocado seu próprio assassinato. Apenas que ela tinha um temperamento nada moderado.

O primo Bernie manda saudações afetuosas. Estou tão contente de ter tido a companhia dele nestes poucos meses, embora egoistamente eu desejasse mais. Ele vem freqüentemente jantar conosco e sua conversa espirituosa é uma bênção. Mas com exceção da ópera, raramente consigo persuadir Bernie a me acompanhar a qualquer lugar. Ele passa todo o tempo pesquisando para seu livro sobre as relações otomanas com o Extremo Oriente. Pera é uma colméia de atividade social e seria agradável ter um acompanhante, mas parece que vou ter de me contentar com madame Rossini e sua laia. De qualquer maneira, Bernie pediu que eu fizesse saber a você e Richard que, apesar de alguns transtornos, está levando seu projeto adiante e espera terminá-lo antes do final do ano.

Seu trabalho na clínica tem tido mais aceitação entre os doutores, agora que você demonstrou sua habilidade durante a epidemia? Suponho que a relutância deles de dar a você casos mais desafiadores pode ser atribuída tanto à suspeita deles em relação aos franceses, em cujos hospitais você se instruiu, quanto à convicção deles de que nosso sexo tem talentos limitados. Ainda assim, minha querida, você deve perseverar. Exercer a clínica médica sempre foi sua meta, e você sofreu muito para obter sua prática, mesmo que tenham lhe negado o reconhecimento formal de um título. Você deve dar o exemplo, para que outras mulheres vejam que pode ser feito. Eu admiro tanto você. Gostaria que meus talentos e minha coragem fossem uma fração dos seus.

Faço o que está dentro de minhas humildes habilidades para ajudar papai. Quando penso quão criança eu era quando vim para Istambul! Você deve saber que papai requereu de novo que os serviços dele aqui sejam prolongados. Ele não expressa qualquer interesse de voltar para a Inglaterra. Ele será embaixador por pelo menos mais um ano. Admito ter a tristeza de nem eu nem ele termos tido a oportunidade de conhecer Dickie e Nate. Quando voltarmos eles serão homens crescidos! Mas não vejo alternativa. Devo ficar ao lado dele até que ele esteja forte o bastante para retornar. No momento, ele raramente deixa sua biblioteca, a não ser para cuidar de seus deveres oficiais. Quando eles incluem viagens para outras partes do império, ele se torna particularmente ansioso, levando os criados à loucura, fazendo-os checar a todo instante suas bagagens e papéis. Como você vê, ele ainda não está bem. Tomo isso como uma indicação da profundidade do amor dele por mamãe, o que fez com que ele ficasse tão mal com a morte dela, por tanto tempo. Aqui, pelo menos, suas tarefas o mantêm ocupado, porque há muita coisa acontecendo que requer a atenção do embaixador britânico.

O sultão Abdulhamid ficou ofendido com as mãos estabilizadoras de nosso governo nas rédeas de sua rebelde província egípcia. Ele a chama de uma ocupação e, em represália, convidou à sua corte conselheiros alemães, pensando em nos tirar da situação, como se isso fosse possível. Os otomanos precisam do apoio britânico. Se nós não tivéssemos agido depois que eles perderam sua guerra contra a Rússia oito anos atrás, e insistido que o tratado de paz de San Stefano fosse renegociado, o sultão teria perdido para os russos muito mais que um punhado de províncias poeirentas da Anatólia. Papai vem tentando convencê-los há anos de que nos preocupamos apenas com o melhor para eles. Queremos o Império Otomano como um tampão contra a Rússia, sempre engordando à custa dos vizinhos. Você se lembra de que a rainha Vitória chegou a mandar bandagens para as tropas turcas quando elas lutavam com os russos. Que prova maior de amizade o sultão precisa?

A presença de Bernie aqui trouxe de volta memórias daqueles adoráveis verões juntos na Inglaterra, quando tio Albert e tia Grace o levaram para conhecer seus primos britânicos. Lembrar de novo daquelas visões e sons me levam para mais perto de você, minha querida irmã. Por favor fique bem e mande todo meu amor e meu desejo de tudo de melhor no mundo para seu marido e meus preciosos sobrinhos. Meus cumprimentos a Richard por sua promoção no ministério.

Devo parar por aqui. As olaias florescem vistas de minha janela em Pera. O Bósforo cintila como as escamas de um dragão adormecido. Como você pode sentir, o calmo verão deu lugar a uma grande excitação, ainda que angustiante. Nossas trilhas na vida são tão complexas, Maitlin querida, e se cruzam em interseções tão inesperadas. Quem teria esperado, quando éramos crianças brincando de pega-pega nos gramados, que um dia eu estaria escrevendo para você de onde os otomanos chamam "A Morada da Bênção"? Ou que Mary encontraria seu final aqui? Talvez os orientais estejam corretos em observar, como continuamente fazem, que estamos todos nas mãos de um destino escrito em nossas testas antes de nascermos.

Desejo a você, irmã querida, e à sua família, que é minha família, um caminho justo pela vida para suas moradas da bênção.

Sua irmã amorosa,
Sybil

5

O mar Hamam

Michel está na porta do escritório de Kamil, com os pés ligeiramente separados, mãos soltas do lado do corpo, como se pronto para enfrentar um lutador oponente. Kamil levanta os olhos e deixa de lado a pasta que vinha examinando. Ele indica para Michel uma cadeira confortável.

— Dois herbalistas no bazar árabe de temperos venderam clerodendros vermelhos secos — ele relata, inclinando-se para a frente em sua cadeira, com os braços nos joelhos. — Não é beladona, mas uma planta correlata, *Datura stramonium*. Os sintomas são quase os mesmos. Por azar, há um comércio bastante intenso de clerodendros. — Michel faz uma careta. — No mês passado, pelo menos quatro pessoas a compraram, três mulheres e um velho. Há outras fontes. É bastante comum. Cresce até mesmo sem cultivo fora dos muros da cidade.

Kamil está atrás de sua mesa de mogno escuro e polido visível em limpas alamedas entre pilhas de cartas e pastas. Ele batuca na madeira com os dedos.

— Fiz com que descobrissem duas das mulheres — Michel continua. — Ambas são parteiras que usam as ervas para curar problemas brônquicos. O homem também tinha uma tosse.

— Isso então não nos leva a nada.

— Tem mais. Uma das parteiras comprou uma grande quantidade. Ela a vendeu para diversas casas em torno de Chamyeri uma semana antes do assassinato.

— Alguém suspeito?

Michel franze a sobrancelha.

— Infelizmente não. Os homens checaram todas as casas e interrogaram os vizinhos. Verificaram que alguém em cada uma das casas havia estado doente naquela semana. Isso não quer dizer que alguém não possa ter pegado um pouco da erva e a usado para outro propósito, mas parece improvável. São famílias comuns do vilarejo. Que contato teriam com uma mulher britânica?

— Como foi administrada?

— Supomos que ela a bebeu. A única outra maneira de ingerir as flores secas é fumando-as, mas isso tem apenas um efeito suave e não dilata os olhos. As sementes são venenosas, mas não há sinal de que ela tenha morrido de outra coisa antes de cair na água. Talvez tenha sido dada a ela numa xícara de chá. Que pena que não pudemos dar uma olhada em seus fluidos estomacais — ele resmunga.

— Onde uma mulher como ela tomaria chá? E com quem?

— Não num vilarejo. Elas nem conseguiriam se comunicar.

— Chamyeri de novo. Ambas as mulheres eram governantas inglesas. — Kamil desliza a ponta dos dedos pela borda de luz do sol em sua mesa. — Imagino que alguém da família de Ismail Hodja fale inglês. — Ele levanta os olhos. — E a sobrinha dele?

— *Hanoum* Jaanan?

— Ela deve ter estado lá quando o corpo de Hannah Simmons foi encontrado. É claro que na época ela era uma menina. — Os lábios de Kamil se apertam. — Deve ter sido difícil para ela. A jovem encarou uma coisa violenta. — Ele meneia a cabeça, comiseradamente.

Michel ignora a avaliação de Kamil.

— Provavelmente educada por tutores em casa, como todas as mulheres daquela classe. Tinha uma governanta francesa, mas é possível que também tenha aprendido inglês. O pai dela é um daqueles alpinistas sociais socialistas.

— É um funcionário do Ministério do Exterior, eu acredito.

— Sim.

— Mas ela vive com o tio em Chamyeri, e não na casa de seu pai.

— A mãe dela foi viver com o irmão, o hodja, quando seu marido arrumou uma kuma. Um modernista — Michel acrescenta azedamente — e um hipócrita. Quanto mais as coisas mudam, mais elas permanecem as mesmas.

— O homem é insano. Duas mulheres. — Kamil balança a cabeça, incrédulo. — Ele poderia se jogar na frente de um bonde.

Os dois riem juntos, desajeitadamente.

— Quando *Hanoum* Jaanan chegou à maioridade, mudou-se de volta para a cidade, para a casa do pai. Lá em cima é muito isolado, não é lugar para uma garota que procura um casamento. Mas desde que teve problemas no ano passado, voltou a viver em Chamyeri.

— A sociedade de Istambul pode ser implacável. Pobre garota. Imagino como ela esteja.

— Ela partiu. Fiz umas perguntas no vilarejo ontem. Disseram que três dias antes a empregada de Jaanan teve um acidente. Escorregou e caiu dentro daquele lago atrás da casa, e quase se afogou.

— Mulheres deviam aprender a nadar — Kamil intervém abruptamente. — Logo na semana passada ouvi dizer que duas garotas de 17 anos se afogaram em um córrego raso. Uma delas caiu e a outra tentou salvá-la. Entraram em pânico e puxaram uma à outra para o fundo. É um absurdo que as mulheres sejam mantidas na ignorância das habilidades de sobrevivência mais básicas.

— Jaanan tirou a empregada — Michel continua —, mas ela perdeu a vista. Ela deve ter batido com a cabeça em uma pedra. *Hanoum*

Jaanan foi ao encontro de seus parentes em Paris, e partiu ontem bem cedo. Planeja estudar, aparentemente.

Kamil pensa naquilo, girando suas contas em torno da mão.

— Fico imaginando se alguma delas conhecia Mary Dixon.

— Coincidência? — sugere Michel.

— Não acredito em coincidências — Kamil murmura.

— Talvez a chegada da notícia em Chamyeri sobre a morte da inglesa fosse tragédia demais para a jovem.

— Talvez. Mas ainda assim eu gostaria de ter falado com ela. Quem ficou agora lá em cima em Chamyeri?

— Apenas seu tio Ismail Hodja, seu motorista, o jardineiro e alguns diaristas.

— Não consigo imaginar qualquer deles tomando chá com uma governanta inglesa, e menos ainda a drogando e assassinando. — Kamil balança a cabeça. — O que mais fica perto de Chamyeri?

Michel se levanta e percorre a sala, pensando. As dobras de seu robe se enroscam em suas pernas musculosas. Ele estaca.

— Pensei em uma coisa.

— O quê?

— A piscina de água salgada. Fica abaixo de Emirgan, logo ao norte de Chamyeri.

— Ah, sim, ouvi falar — Kamil reflete. — Foi construída sobre um molhe, para que as pessoas possam nadar privadamente.

— Mais se agitar em uma gaiola, do que nadar. A de Emirgan é para mulheres.

— Eu julguei mal o caráter progressista de nossas mulheres. O que fez você pensar na piscina marítima, entre tantas coisas?

— É um perfeito lugar para um encontro se você deseja total privacidade. Fica fechada de noite, mas não seria difícil entrar. Na verdade, provavelmente não foi usada desde o ano passado. Geralmente não abre até o meio do verão. Fora uns poucos vilarejos e vilas de pescadores, não há muitas possibilidades. Ninguém nos vilarejos diz se lembrar de uma inglesa.

Michel abre a porta para a antecâmara do judiciário, deixando entrar uma algaravia de vozes. Ele e Kamil abrem caminho entre os querelantes, peticionários, funcionários e seus assistentes para emergir no pátio quadrado de pedra e daí para a ruidosa Grande Rue de Pera. Um bonde puxado por cavalos se move com um clangor pelo boulevard, levando matronas dos novos subúrbios do norte para as compras na cidade. Enquanto esperam o motorista trazer a carruagem, Kamil inspeciona a agitação do começo da manhã no quarteirão mais moderno de Istambul. Aprendizes equilibram pilhas de marmitas de comida quente e bandejas de chá fumegante, apressando-se para chegar a fregueses que esperam em lojas ou hotéis. De gargantas treinadas, saem anúncios de seus serviços, ou de amoras, ameixas verdes, tapetes ou ferro velho. Vitrines de lojas exibem os produtos mais recentes.

Este tumulto, Kamil sabe, é cercado pela tranqüilidade da velha Constantinopla, o nome que muitos residentes usam para sua cidade, com as raízes bizantinas de capital do Império Romano do leste ainda evidentes em todo canto. Em uma extremidade de Pera há um agradável cemitério embaixo de um vasto pavilhão de ciprestes, onde as pessoas passeiam e fazem piqueniques nas sepulturas enfileiradas. Embaixadas cercadas por luxuosos jardins ladeiam o boulevard. A oeste, Pera se debruça sobre as águas do Chifre de Ouro, que toma seu nome dos reflexos brilhantes do sol se pondo. A leste, a terra decai ingrememente revelando o Bósforo e o amplo triângulo de água onde o estreito e a baía se misturam para mergulhar no mar de Mármara. Cascateando pelos declives, há uma trincheira de prédios de pedra e velhas casas de madeira encadeados por ruelas serpeando em torno dos restos de paredes, torres e arcos bizantinos e genoveses. As ruas se tornam largas escadas onde as inclinações são muito bruscas.

Kamil e Michel se dirigem para o norte num faetonte aberto, agasalhados contra o vento. É uma viagem longa e empoeirada através das colinas sobre o Bósforo, mas o motorista conhece bem o caminho e mantém um ritmo regular. Os olhos de Kamil passeiam pela borda da floresta enquanto eles passam, alertas às cores e formas reveladoras de plantas em florescência, desafiando a si mesmo a lembrar seus nomes botânicos. Seus dedos agarram-se ao âmbar morno em seu bolso.

Se fracassar na solução do caso, terá a desagradável tarefa de reportar o fracasso ao ministro da justiça paxá Nizam. Na primeira quinta-feira de cada mês, Kamil deve ficar de pé à sua frente na arejada sala de recepção, com as mãos cruzadas, os olhos baixos, esperando permissão para falar. Quando Kamil termina, paxá Nizam sussurra para seu subordinado, e depois dispensa Kamil com um indiferente gesto de mão e um contorcer da boca, como se tivesse provado algo conspurcado.

Apenas uma vez o ministro se dirigiu diretamente a Kamil, e isso na primeira audiência.

— Não se prevaleça aqui do manto de seus ancestrais. Você está nu aos olhos do padixá. Não o desaponte.

Paxá Nizam responde diretamente ao sultão, mas ele é apenas uma das veias entre muitas que bombeiam informação ao coração do império. A polícia secreta são os olhos insones do sultão, observando, suspeitosa, invisível a todos, com exceção de um punhado de pessoas do palácio. Espionam a polícia e os juízes, assim como fazem com todos os outros servidores do Estado.

Kamil reflete que sua posição como um paxá e filho de um paxá lhe dá pouca proteção da polícia secreta, que punirá não apenas aqueles que não a agradam, mas a suas famílias inteiras. As imagens de sua infeliz mas determinada irmã Feride e as jovens filhas dela saltam à sua mente. E seu pai ressurge, cativo de um mundo interior habitado apenas por sua mulher morta. Kamil sabe que deve trilhar um caminho delicado entre o silêncio politicamente astuto e as demandas impostas pelo procedimento judiciário apropriado e a investigação científica. Isso nunca foi mais importante que nestes dias incertos.

Enquanto o sultão se envolve cada vez mais no manto da religião ao cuidar dos poderosos xeques e líderes de irmandades islâmicas, há rumores de que mesmo entre o círculo íntimo do sultão há aqueles que gostariam de ver um governo representativo e um islã compatível com as noções modernas de progresso e razão. Estes são os homens que tornaram aceitável o novo sistema legal que efetivamente tirou poder de juízes kadi religiosamente treinados e os deu a magistrados, homens jovens como Kamil, com treinamento secular e preferência pela ciência e a lógica. Nos novos tribunais, os magistrados apresentam casos perante um juiz do Estado e supervisionam investigações. Os kadis, antes todo-poderosos, estão restritos a cuidar de divórcios e disputas de heranças, embora um kadi ainda tenha assento nos bancos da Majlis-i Tahkikat, ou Corte de Inquéritos, a mais alta na província de Istambul. Não é de surpreender, Kamil pensa, que homens como paxá Nizam, cuja educação foi obtida em medreses* e que não falam línguas européias, devam se sentir ameaçados pelos magistrados sob sua jurisdição.

Ele olha afetuosamente para seu companheiro no faetonte. Michel tem sido seu aliado em desvendar complexidades lógicas de tantos casos. Seu espírito se eleva quando se lembra de horas aprazíveis que passou ouvindo canções em judeu sefardita e de canções italianas em pequenos clubes escondidos em ruelas de Gálata, tendo Michel como guia no mundo insular, mas de rica textura, da comunidade judaica. Judeus e cristãos foram os mercadores, banqueiros, cirurgiões e artistas, o coração internacional pulsante do império por centenas de anos. A presença deles ali precede a dos otomanos. Os migrantes e refugiados judeus foram não apenas contentemente acolhidos, mas procurados pelos sultões, que valorizavam sua educação e perspicácia. Os judeus sefarditas expulsos em 1492 pela rainha Isabel e o rei Fernando da Espanha foram convidados pelo sultão Bayezid II a se estabelecer no império sob sua proteção, com o seguinte comentário:

---

*Edifício ou conjuntos de edifícios destinados ao ensino de teologia e leis religiosas, e que incluem geralmente uma mesquita. (*N. do T.*)

— Como alguém pode chamar este rei de sábio e sensato, quando ele reduz à mendicância seu próprio país e enriquece o meu?

Seus descentes em Istambul, como Michel, ainda falam sefaradita, o espanhol da expulsão.

Em suas tardes livres, Kamil e Michel freqüentam o café onde se reencontraram, discutindo os últimos avanços médicos e técnicas científicas nos livros e revistas acadêmicas dos quais são bem supridos pelos livreiros no pátio atrás do Grande Bazar. Lamentavelmente o jovem médico não partilha seu interesse em botânica, porém está mais interessado nas propriedades voláteis das plantas, nos segredos que são forçadas a revelar sob pressão.

Depois de um tempo, Kamil inclina a cabeça contra o descanso forrado e revestido em couro e se permite devanear. Encontra-se envolto em uma memória de Sybil levantando de seu colo o embrulho com as jóias da mulher morta. Suas mãos eram roliças e com covinhas, como as de um bebê. O sentimento terno despertado pela memória o surpreende. E ele então se dá conta de que aquelas eram as mãos de sua mãe.

* * *

ELES CAMINHARAM entre uma algazarra de gaivotas até o molhe rangente e chegaram à estrutura quadrada em sua ponta. Naquele ponto, o Bósforo erigiu uma longa série de curvas de areia marrom e tosca, e rochas. A piscina marítima está construída em estacas sobre água rasa, aonde se chega por um longo píer. Suas tábuas descoradas são barbadas por limo. A porta está fechada, mas não trancada. Dentro, não haveria nada a proteger. Kamil abre a porta e entra em um espaço sem janelas. Há um cheiro bolorento de madeira tumefata e roupa não lavada. O Bósforo não tem cheiro. É vivo demais. Desloca com ele o ar salgado, como uma bandeira na ventania. Mas há dentro da sala escura uma percepção do mar, uma sensação de movimento, como se o espaço estivesse balançando.

Kamil pára por um momento para esperar seus olhos se ajustarem, e então olha em volta. A passagem de entrada tem um anteparo, para que ninguém do lado de fora possa ter uma visão do interior. Há uma prateleira para sapatos, agora vazia. Ele vai até a porta na ponta da estrutura escondida do espaço. Não ouve Michel entrar atrás dele, mas sabe que ele está lá. Esta porta leva a uma plataforma em torno de um espaço quadrado de água. O mar bate ruidosamente nos frágeis pilares que mantêm a estrutura sobre o nível do mar.

Ele estala a língua em desaprovação.

— Duvido que isto esteja de pé até o meio do verão.

— Vão reformar antes de abrir. Eles não podem permitir que senhoras da sociedade nuas sejam levadas pela correnteza.

Cercando a plataforma, há cubículos com bancos baixos e largos que, durante a temporada, seriam almofadados para que as banhistas pudessem relaxar e tomar chá. Na frente de cada cubículo há uma porta dupla de ripas que pode ser fechada para manter a privacidade ou aberta para que a ocupante possa ver o mar aprisionado e conversar com outras banhistas.

Começam a examinar meticulosamente cada cubículo, Kamil no sentido horário e Michel no sentido anti-horário em torno da piscina.

— Há um colchão aqui — diz Michel. Kamil se aproxima para ver. É luxuoso, estofado com lã e coberto de algodão florido. Numa prateleira baixa ele encontra duas xícaras de chá, de má qualidade mas chamativas, decoradas com flores douradas rudemente pintadas. Michel alcança sua mala de couro.

— O que tem aí? — pergunta Kamil.

— Coisas que podemos precisar. — Michel pega um saco que se contorce e tira dele um gatinho branco e preto. — Um teste rápido. Eu diluo qualquer resíduo e depois coloco uma gota do líquido nos olhos dele. Se dilatarem, sabemos que temos datura. — Ele empurra o gato para dentro do saco e o cinge.

Kamil se diverte com a inovação do legista. Dá as xícaras a Michel, que as examina minuciosamente.

— Ruim — comenta um desapontado Michel. — Não há resíduos.
Kamil olha por sobre a orla da plataforma.

— Não é muito profunda. Fico pensando se não há alguma coisa lá embaixo.

— Se eu quisesse me livrar rápido de alguma coisa, que jeito melhor do que jogá-la na água? A corrente a levaria.

Kamil deita-se sobre a barriga e olha debaixo das pranchas de madeira.

— Sim, mas dê uma olhada.

Michel se ajoelha e olha também. Respingos molham suas faces. Uma rede de pesca, pregada no fundo da piscina, se estende por todo o perímetro.

— Suponho que isso sirva para manter criaturas, humanas ou não, afastadas da piscina — comenta Michel, abrindo um sorriso. — Vamos ver o que pegamos.

Michel se despe, fica com as roupas de baixo e se agacha dentro da água gelada. Parece não sentir o frio, e executa seu trabalho lenta e metodicamente, com pernas poderosas abrindo caminho sem esforço na água que lhe chega ao peito. Mergulha sob o assoalho e retira a rede, entregando-a a Kamil, acocorado na plataforma acima. Lentamente, alternando as mãos, como via os pescadores na juventude, ele a puxa. Michel a ergue por baixo, para que nada se perca. Quando toda a rede encharcada se encontra sobre o chão de madeira, Michel pula fora da água e veste suas roupas. Os dois estendem a rede e checam o que ela apanhou. Logo, Kamil aponta um brilho branco em meio à escorregadia planta aquática marrom, pedaços de roupa e outros entulhos. É um bule de chá.

A tampa desapareceu, mas o conteúdo ainda está lá. Michel enfia a mão e extrai um chumaço de uma matéria de pálido amarelo-esverdeado, inchada e lodosa por sua longa permanência na água. Não há mais como reconhecer a forma, mas não são as cerdas negras e curtas do chá comum. Michel dobra as folhas em um pedaço de pano untado com óleo.

Os dois colocam diversos itens de sua busca em uma pequena sacola: um pente quebrado de tartaruga, um pequeno espelho com a parte traseira de cobre, um chinelo feminino — itens que poderiam pertencer a mil mulheres. Kamil examina uma pequena faca, com cabo de chifre intumescido e separado em camadas, mas de lâmina limpa de ferrugem e ainda afiada.

— Coisa estranha de se encontrar em um banho feminino. — Ele a embrulha e a coloca na sacola. — Vamos olhar lá fora.

Bem inclinado, mãos juntas nas costas, Kamil caminha pela areia rochosa em torno da estrutura. Pára por um momento para ouvir, cheira o ar e então dá um longo passo e põe de lado um ramo baixo de um pinheiro. Vira o rosto para evitar uma erupção de moscas e chama Michel. A seus pés está a carcaça de um cachorro.

* * *

NO DIA SEGUINTE, Kamil observa Michel cortar as folhas de chá, embebê-las em álcool misturado a ácido sulfúrico e aquecer lentamente a mistura.

— Isso vai levar um tempo. Tem de esquentar por meia hora, e depois esfriar. — Michel senta-se em uma mesa na sala atravancada que serve de laboratório e escritório no Diretório de Polícia, uma grande construção de pedra em uma travessa da Grande Rue de Pera. Acorrentado a uma um fio preso à base de um armário, o gato lambe um pires de leite.

— Avise quando terminar. — Kamil volta para o divã no saguão de entrada e escora no colo uma prancha para escrever. Extrai de seu casaco uma pasta do caso que processará na manhã seguinte, de um grego acusado de esfaquear seu irmão até a morte quando ele tentou intervir em uma discussão de família sobre propriedade. Outros membros da família se recusaram a testemunhar, mas diversos vizinhos ouviram a altercação.

O assassinato ocorre sempre em torno de propriedade, Kamil pensa, e não por paixão, da maneira como os poetas o definem. Paixão por alguma coisa significa simplesmente exigir propriedade ou pelo menos controle. Pais querem possuir seus filhos, maridos suas mulheres, empregadores seus empregados, suplicantes, seu Deus. Os mais apaixonados destroem o que possuem, tornando portanto o objeto da paixão para sempre deles. Grande parte do mundo, da política ao comércio, é movida pelo medo da perda de controle sobre pessoas, terras, coisas. Medo de que o destino seja mais forte que a vontade. Kamil coloca sua confiança na vontade.

O que eu temo?, ele se pergunta. Há algo que eu ame tão apaixonadamente que mataria para manter? Não consegue pensar em nada e isso o entristece. Anima-se nele a memória do momento em que encontrou a orquídea negra, agora em sua estufa; de cheirar seu perfume pela primeira vez. Isso evoca uma imagem dos olhos violetas de Sybil. Ele percebe que suas sensações, a superfície de sua pele, se expandem de forma quase dolorosa, e sua respiração se acelera. Ele sorri e pensa: não sou tão seco assim. Como se a paixão fosse uma virtude.

Um jovem funcionário se inclina, assustando-o.

— O doutor efendi o espera. — Embaraçado, Kamil esconde o rosto do jovem perante ele, ocupando-se em juntar seus utensílios de escrita e os colocando na caixa estreita que enfia em sua cinta. Na hora em que o funcionário o deixa na porta do escritório de Michel, Kamil já afastara de sua mente todos os pensamentos de Sybil e seu corpo se tornara de novo o limpo templo da vontade e da razão.

Michel já comprimiu a pasta de folhas e passa o líquido através de um filtro umedecido. Transfere o líquido peneirado para um tubo de ensaio, acrescenta éter e o chacoalha e peneira de novo. Acrescenta potassa e clorofórmio, o que faz com que o líquido se separe. A sala recende a substâncias químicas, mas nenhum dos dois nota. Michel coloca o líquido remanescente em um recipiente côncavo de vidro e espera o clorofórmio evaporar. Raspa o resíduo para dentro de um tubo de ensaio e o dilui com água e uma gota de ácido sulfúrico.

— Agora podemos examiná-lo.

Michel pega uma gota de sua solução e a coloca sobre um vidro. Mistura uma gota de bromo e espera. O líquido não muda de cor.

— Deveria haver uma precipitação — Michel murmura.

Tenta vários outros reagentes, mas o líquido não cristaliza. A bancada de trabalho está tomada de recipientes de vidro e tubos de ensaio. Ele se volta para a massa encharcada de folhas cortadas.

— Não é datura. Sinto muito. Um tipo incomum de folha, um chá de algum tipo, mas não clerodendro.

Kamil suspira.

— Que pena. — Faz uma pausa ao se dirigir à porta. O pires está virado no chão perto de um brilho branco de leite. Ele se ajoelha para olhar debaixo da cadeira. O gato se fora.

— O que aconteceu com seu gato?

Michel se volta repentinamente e olha o pires. Naquele momento, antes que Michel pudesse compor sua expressão e oferecer uma explicação qualquer, Kamil vê nela uma mistura de culpa e medo.

6

18 de junho de 1886

Querida Maitlin,

Não estou certa sobre o quanto de notícias chega a você em Essex. Como se o assassinato de Mary Dixon não fosse o bastante, tem havido uma onda de prisões. O sultão Abdulhamid colocou na cabeça que um grupo que se denomina Jovens Otomanos trama contra ele com a ajuda de poderes estrangeiros, e decidiu aniquilá-lo. Eles têm publicado revistas literárias nas quais escrevem sobre liberdade e democracia, o que, compreensivelmente, causa certa ansiedade no palácio. Em sua maior parte, são otomanos de boas famílias, educados em francês. Vários são tradutores no Ministério do Exterior na Porta Sublime, onde têm acesso a publicações estrangeiras. Isso os torna mais perigosos, é claro, uma vez que estão dentro da própria administração. Eu acho a companhia deles muito estimulante e os convidei diversas vezes aos jantares na Residência. As conversas nessas noites são tão animadas e interessantes que até mesmo papai relaxa, muito embora, dado o desfavor com que muitos desses jovens são considerados pelo sultão, nossos convites podem se extraviar. Mesmo assim, por papai, eu encararia com prazer a desaprovação do palácio. É uma das poucas atividades que parecem realmente diverti-lo.

A mim parece que o sultão tem menos a temer desses jovens brilhantes, muitos dos quais querem simplesmente que o sultão se apegue à sua promessa de reviver a Constituição e reabrir o Parlamento — que teve tão breve vida e que ele fechou sete anos atrás —, do que daqueles que tentaram duas vezes um golpe para derrubá-lo, com a intenção de substituí-lo por seu irmão mais velho, Murad. Murad é o primeiro na linha de sucessão, mas foi substituído depois de alguns meses como sultão por causa de um problema nervoso. Os radicais acham que Murad agora está curado e mais receptivo a um governo constitucional — ou talvez simplesmente mais tratável. De qualquer maneira, o sultão decretou uma caça a todos por igual, leais ou desleais. Ele muda constantemente os membros de seu staff e segundo boatos não confia em ninguém. Diversos de nossos convidados regulares aos jantares foram recentemente enviados para o exílio. Acho amedrontador pensar nas conseqüências.

Para piorar as coisas, a cidade está cheia de refugiados. Agora que algumas províncias otomanas nos Bálcãs se tornaram autônomas, têm chegado a nós relatórios terríveis de muçulmanos mortos por vizinhos cristãos como vingança pela brutal repressão imposta pelo sultão a rebeliões anteriores. Estão todos fugindo para Istambul, o centro do mundo muçulmano, onde se acreditam a salvo. As ruas são uma Babel de linguagens e trajes regionais coloridos, até mais do que o costumeiro.

Tem havido mais distúrbios nas ruas de Istambul — não se preocupe, querida, não em Pera —, por conta do Parlamento fechado, embora a falta de alimentos e os preços altos contribuam com a instabilidade. Estamos seguramente fortificados aqui, entre as outras residências estrangeiras. Suponho que não seja de surpreender que o sultão tenha apertado mais os reios, embora seja difícil imaginar o que poderia derrubar um sultanato que já reina por meio milênio. A Pax Britânica certamente seria benéfica ao povo daqui, como aconteceu com os povos da Índia e da Ásia. Papai me disse que há esta possibilidade. Espero fervorosamente que sim, para o bem da paz. Pelo menos o sultão não é inimigo da Europa. Ouvi dizer que é um devoto do teatro e da ópera, de histórias de detetives e romances policiais, se é que você pode imaginar. Ouvi também que o chefe de seu guarda-roupa senta-se atrás de um biombo e lê para ele toda noite, e às vezes um livro inteiro, porque ele tem insônia. Ele gosta particularmente de histórias detetivescas e os livros novos são imediatamente traduzidos e lidos para ele. Ele também faz escultura em madeira e gosta de marcenaria, hobbies bastante incomuns para um regente. Não consigo deixar de pensar que um homem que ama a leitura e que constrói seus próprios móveis trará progresso e disciplina a seu império. Mamãe o achava muito charmoso, mas ele hoje raramente recebe visitas pelo prazer delas, e assim não tenho ocasião de fazer meu próprio juízo.

Quanto à minha diversão, você não precisa se preocupar, querida irmã. Há muito a fazer aqui. Na quinta à noite vou ao teatro com madame Rossini e a família dela ver uma peça francesa, e daqui a algumas semanas os italianos vão fazer sua feira religiosa anual no jardim da Residência deles. Um dos hotéis vai fazer em breve um baile de caridade. E hoje à noite, na verdade, temos um baile aqui na Residência. Não falta diversão em Istambul. Não se preocupe que eu esteja aqui mofando. E tenho papai. Seu trabalho o mantém ocupado, mas eu participo dele, para sua grande satisfação, eu creio. Agora preciso correr e falar com os chefs e músicos.

Fique bem e mande meu amor para toda sua família. Talvez eu ainda consiga convencê-la a vir nos visitar. Você ficará bem surpresa com nosso conforto e com a cor e a excitação de se viver no Oriente.

Afetuosamente,
Sybil

7

Sua pérola rolando

Eu nunca aprendi a dominar a água como Violet. Nosso lago como sala de aula era diferente do mar. Por fim, aprendi a me movimentar com liberdade neste ambiente diverso. Cansada dos limites do lago, Violet queria nadar no Bósforo. Eu lhe falei dos garotos que não reemergiram. Ela queria perguntar a Halil sobre as correntes, mas eu fiquei ansiosa de perguntar a ele. Tinha uma noção de que ele sabia de nossas nadadas no lago e desaprovava, mas acho que sua lealdade a mim o impedia de relatar essas indiscrições para minha mãe. Afinal de contas, como minha criada, Violet era responsável por tomar conta de mim. Mas duvido que deixasse de contar a mamãe sobre um mergulho no Bósforo porque, além do perigo, era provável que fôssemos vistas e traríamos desgraça à família.

Violet bateu o pé.

— Bom, então eu vou até a vila e pergunto aos pescadores. Você é medrosa — ela escarneceu.

Fiquei escandalizada. Uma mulher jovem não se aventurava fora de casa a não ser para ir, acompanhada, por uma rota circunspecta, até a casa de um parente ou de uma amiga. Ela vestiria um *feradje** e cobriria seu rosto. Em nenhuma circunstância falaria com um estranho. Essa fora minha vida até então, e eu não tinha razão para acreditar que a de qualquer outra pessoa fosse diferente.

Eu acompanho minha mãe em visitas a senhoras de nossa condição social nos dias em que estão em casa. Durante os meses quentes, as mulheres, crianças e suas *entourages* mudavam-se da cidade para as casas de verão, ao longo das arborizadas margens do norte do Bósforo, onde era mais fresco. Esta proximidade tornava as visitas mais fáceis e minha mãe parecia recobrar seu espírito durante aqueles meses curtos. Mas para mim verão significava me empoleirar em divãs acolchoados nas salas de estar frescas de haréns azulejados e pátios ensombrecidos, tomando chá preto em xícaras de bordas douradas e ouvindo polidamente as mulheres discutirem as idas e vindas de parentes e debatendo as qualidades de noivos e noivas em perspectiva para seus filhos. Dissecavam casamentos vindouros, o montante de dinheiro pago pela família do noivo e os dotes que as noivas trariam com elas. Fios de seda coloridos deslizavam pelos dedos delicados de jovens enquanto elas manejavam a cerrada coreografia de bordar seus enxovais. Naqueles anos, prestava pouca atenção nas conversas. Em vez disso, deitava no divã, com os cotovelos na almofada, examinando os detalhes das salas dos outros, deixando o timbre de suas vozes se arrastando através de mim, como um instrumento ao contrário.

As mulheres vestiam camisas brancas da mais suave seda, com os seios seguros por camisetas curtas brocadas. Sobre elas, usavam robes de seda floridos ou listrados em todas as cores do jardim e da caixa de jóias: verde-maçã, vermelho-cereja, heliotrópio, azul-pavão, o amarelo de pássaros canoros, rosa, rubi e vermelho-escuro e anil. O robe era envolvido por uma cinta de seda e uma túnica viva e contrastante com mangas longas e fendidas e saias longas e divididas.

---

*Do turco. Manto longo, de formas imprecisas. (*N. do T.*)

Os cabelos delas eram entrelaçados em muitas tranças, cingidos por fios de pérolas e correntes de jóias, ou torcidos para cima em lenços coloridos gotejando de bordados e franjas de contas que emolduravam seus rostos e oscilavam levemente contra suas faces quando se moviam. Pareciam alegres, como os papagaios coloridos e os canários melodiosos que algumas delas mantinham em luxuosas gaiolas em seus quintais. O trinar deles me embalava no langoroso sossego quando nada se espera de você e tudo lhe é dado. A curta bênção da infância.

Em anos seguintes, a rede de informações e conjecturas tornou-se mais cerrada e envolveu jovens garotas como eu, damas em treinamento que se esperava fossem de conduta séria, embora agradáveis e polidas. Meninas risonhas que andavam de um lado para o outro e sorriam muito fácil eram corrompidas e inevitavelmente acabavam mal. Fiz o que pude para não sorrir muito ou fora de hora, e acredito que me dei bem demais, dado meu tédio crescente com essas atividades.

Minha vida reclusa em Chamyeri não me deu prática na arte da conversa leve. Sabia quase nada de nossa família, exceto as notícias que meu primo e tutor, Hamza, me trazia quando nos visitava e no que Violet, que tinha suas fontes misteriosas, partilhava comigo, grande parte do que seria irrepetível. E nem conhecia as histórias de outras famílias proeminentes e dos personagens que as habitavam. Nosso modo de vida isolado me manteve ignorante das mudanças da moda. Mamãe e eu estávamos sempre pelo menos uma temporada atrasadas. Uma vez por ano, no outono, mamãe mandava chamar uma mulher grega de Istambul que vinha para a villa com amostras de tecidos e levava encomendas de novas roupas. Mas no verão seguinte elas estavam de novo fora de moda.

O fato de nossa casa não manter empregados residentes causava grande consternação entre as outras mulheres. Todo lar tinha de ter criados, repreendiam minha mãe. Era um sinal necessário de estatura social, e quantos mais deles, melhor. Algumas casas de classe média tinham dezenas de escravos e criados, e as casas da sociedade muito mais. Era um dever apoiar tantas pessoas pobres quanto possível, um ato de piedade que traz o *sevap*, a recompensa de Alá. Além disso, perguntavam à minha mãe, como ela se virava durante a noite? Era inimaginável que ela fizesse seu próprio chá e se trocasse sozinha. Olhavam para mim e diziam para mamãe: — Uma jovem precisa aprender a dirigir uma casa. — Nunca soube o que mamãe pensava da falta de criados. A casa de papai em Nisantasi tinha muitos, mas mamãe nunca reclamou da estranha aversão de Ismail Dayi a eles. Depois que Violet chegou, ajudava a mim e a mamãe de noite, quando os empregados haviam ido embora. De minha parte, eu não sabia nem como fazer chá.

Sabia, no entanto, um razoável tanto de literatura e política internacional, graças às tardes sob a tutelagem de meu primo Hamza, e sobre jurisprudência islâmica e poesia persa aprendidos em longas noites de inverno no estúdio de Ismail Dayi. Conseguia recitar o Corão e, mais que isso, conhecia o árabe bem o bastante para entendê-lo. Conhecia também as marés do Bósforo e como me movimentar na água. Não sabia bordados delicados ou como adornar roupas de cama e mesa e esteiras de oração para meu enxoval. Não sabia como as pessoas morriam, mas não demoraria a saber.

Gostava muito mais da primavera, com as cerejeiras florindo, as geladas rajadas de chuva, e das cores alaranjadas do outono, quando as casas de verão ficavam vazias e eu começava de novo meu caso de amor com a água. Um ano mais velha, Violet sabia mais do mundo, e eu era sua disposta pupila. Nos dias quentes, ela esticava um tapete sobre a borda de musgo do lago. Quando cansávamos de nadar, nos estirávamos sobre nossas roupas de baixo e abríamos o cesto que ela trazia. Com sua faca, descascava pêssegos vermelhos enrubescidos como bochechas de bebês. Quando seu sumo escorria pelo meu pulso, Violet se inclinava e o lambia. Abria mexilhões negros e me ensinava a sugar seu suco e pegar a carne entre os dentes. Na estação de alcachofras, nos revezávamos depenando as folhas externas uma a uma. E aí, com sua faca afiada, ela cortava as folhas internas até o coração, expondo os pêlos, que raspava até o coração estar suave e desnudado. Passava-me um limão e uma pitada de sal para eu esfregar na carne das alcachofras. Feria minha pele, mas eu fazia como ela pedia. Com seus dedos finos, pegava os corações das palmas das minhas mãos escorregadias e os imergia em água infundida em sal, aquecendo-os lentamente até a fervura num forno portátil de carvão. Quando terminava, ela me alimentava com pedacinhos de uma polpa delicada e fragrante.

Violet não nos acompanhava em nossas viagens de verão; não era de nossa classe e teria de ficar nos alojamentos dos criados, algo que minha mãe achava inaceitável, afinal de contas, ela era, uma parente de sangue. Eu invejava em Violet a privacidade de nossa casa no verão. E a imaginava deslizando pelo lago negro como uma enguia, enquanto eu repousava, um vidrilho num caleidoscópio, nos salões coloridos das famílias a veranear. Violet, eu estava certa, se deliciava com sua liberdade e não pensava em mim, confinada em sua gaiola dourada como os agitados pássaros canoros. Meu tédio era tingido pelo ciúme.

Até Violet, eu não tivera amigos reais, com a exceção de Hamza, que acompanha meu pai durante suas visitas semanais. Quando meu pai deixou de vir a Chamyeri com freqüência, Hamza ainda subia de Nisantasi regularmente e me trazia livros. Ele me instruía no pavilhão do jardim, tomando minhas lições da semana, e depois sentava-se um pouco com minha mãe. Passava a noite no quarto de recepção dos homens e saía depois do café-da-manhã no dia seguinte. Quando criança, eu me movimentava com liberdade pela casa e de noite me enfiava embaixo das cobertas de Hamza por uma hora, ou pouco mais. Apoiando minha cabeça na curva de seu braço, ele lia para mim livros escondidos em sua mochila, histórias coloridas de contos de fadas europeus e de djinns* árabes,

---

*Do Turco. Demônios, ou espíritos. (*N. do T.*)

poemas de amor franceses e histórias fantásticas muito diferentes da literatura séria que líamos e discutíamos durante o dia. Quando seus olhos começavam a se fechar, ele colocava sua mão debaixo de meu queixo e virava meu rosto para si. Beijava minha testa e murmurava, em francês.

— Quem é seu príncipe?

— É você, Hamza querido.

— Sou seu único príncipe?

— Claro, o único.

— Para sempre?

— Para sempre.

Seu hálito aquecia minha orelha.

— Durma agora, princesa. Sonhe com seu príncipe.

Era seu sinal secreto de que eu deveria voltar a meu quarto. Eu me livrava de seu braço relutantemente. Não pedia que eu andasse silenciosamente e me certificasse de que ninguém me visse. Eu sabia, de alguma forma, que aquele ritual carinhoso se evaporaria se exposto ao olhar de outros.

Meu tio era meu outro tutor. Nas noites em que não tinha companhia, Ismail Dayi ficava satisfeito de discutir o que eu havia lido e me guiar para outras leituras que considerava adequadas para minha idade. Durante os meses de frio, vestidos com robes acolchoados, colocávamos almofadas no grosso tapete de lã e púnhamos nossas pernas sob uma manta enorme preenchida de algodão, que havia sido deixada sobre um braseiro para segurar o calor. Meu excêntrico *dayi* não tinha noção, é claro, do que era considerado apropriado para uma garota, e assim me educou como educaria um jovem aprendiz, uma relação para ele ao mesmo tempo familiar e confortável. Aconchegados sob a manta, sentávamos opostos um ao outro, líamos ciência do direito otomano e nos revezávamos recitando poesia mística.

*Alguém que vir meu revolver sem rumo pode me tomar pelo
redemoinho do deserto*
Sou nada dentro do nada, e se tenho um ser, ele vem de você.

Quando era sua pérola rolando, por que deixou-me perder?
Se meu pó estiver no espelho da vida, é de você que ele vem.

— Olhe seu próprio coração para o conhecimento do divino —
meu *dayi* me instruía — e não para as interpretações de escribas e
clérigos. A natureza é sábia, ouça-a com seu coração. Seja humilde
em seu aprendizado, mas glorifique Alá com o que aprendeu. O xeque
Ghalib foi educado em casa, como você, e compunha poesia quando era um pouco mais velho do que você é hoje. Nada na vida é sem
sentido ou fora do lugar. Tudo é inspirado.

Ismail Dayi urgia mamãe a se juntar a nós, mas ela preferia ficar
em seus aposentos, enrolada no casaco de arminho que papai lhe
dera no primeiro inverno de seu casamento. Ela desenvolveu um
gosto pela leitura de romances franceses e, embora desaprovasse o
que chamava de frivolidade e a perigosa poluição estrangeira dos
romances em geral (e franceses em particular), Ismail Dayi mantinha mamãe abastecida com os livreiros da cidade. Um fluxo constante de aprendizes trazia a ele pacotes de livros novos. Eu cheguei
a ver espalhados pela biblioteca um grande número de livros e revistas em francês e outras línguas que eu não reconhecia. Aqueles
que eu conseguia ler tendiam a ser tratados difíceis que eu tentava
ler mas logo colocava de volta nas prateleiras.

Em algumas noites não encontrava tio Ismail, embora tivesse
ouvido a carruagem chegar e o cavalariço Jemal cantar uma inspirada
canção popular enquanto levava os cavalos, passando pela porta da
cozinha em direção ao pomar. Jemal era esguio e quase um menino,
mas muito forte. Diferentemente da maioria dos homens, não tinha bigode, embora usasse um gorro de feltro e as longas e largas
calças de homens do campo. Adorava romãs. Quando era a estação

delas, ele mantinha na mão uma das lustrosas esferas vermelhas durante horas, levando-a com ele e a amassando com os dedos. Um dia, no final do verão, eu observava os cachorros kangal* que ficavam largados em seu quintal. Eu tinha medo daqueles cachorros grandes, e me agachava atrás dos ramos de jacarandá. Jemal estava sentado em uma cadeira logo fora de sua porta da frente, pintada de azul, mangas enroladas acima dos cotovelos, concentrando toda sua atenção na romã que girava ritmicamente na palma de sua mão direita. Suas costas estavam tensas e o músculo de seu braço encrespado. Subitamente parou, levantou a fruta até seu nariz, cheirou-a e depois a roçou suavemente em sua face. Colocou a casca vermelha na boca e lentamente a beliscou com os dentes. Examinando a abertura que fizera, levantou a romã até a boca e chupou a abertura até que tudo que restou foi a pele lustrosa. Depois ficou sentado olhando o espaço, o rosto enrubescido, lábios ligeiramente franzidos. Gotas rubis brilhavam em seu queixo. A casca estava prostrada na grama a seus pés.

Certa vez, tarde da noite, no período solitário após a partida de madame Élise, eu perambulava pela casa e fiquei surpresa ao ver Jemal movendo-se furtivamente em meias de couro pela cozinha em direção à porta de trás, com sapatos e turbante nas mãos. Seus cabelos eram longos como os de uma menina. Seu rosto tinha a mesma expressão de quando terminou sua romã.

---

*Uma espécie de mastife, considerada a raça nacional da Turquia. (*N. do T.*)

8

Termos de compromisso

A luz se derrama através das portas abertas, chegando ao gramado da Residência Britânica. Lampiões de papel laranja estão pendurados pelas trilhas. Criados circulam com bandejas de tira-gostos, frutas e vinho francês gelado. Kamil está presente em busca de alguém que tenha conhecido Mary Dixon. Ele acha esta a parte mais difícil de seu trabalho, a de interagir socialmente com estranhos. Quando jovem, durante o reinado de seu pai como governador, suportou longas horas de futilidades em solenidades intermináveis, com cada palavra infligindo uma dor entorpecedora até que ele tivesse que se retirar. De um local privilegiado, no jardim ou em uma sala quieta, observava as figuras se encontrarem e se fundirem, e depois se recolherem e se rejuntarem a outras, num complicado jogo de tabuleiro. Via padrões naquelas interações: os ricos, os poderosos, os belos e aqueles que competiam por estar na presença deles; o respeito exibido ou contido; as ovelhas arrancadas do cercado por um predador; o indivíduo de espírito e erudição e uma multidão admiradora mas instável de consumidores; os olhares obviamente desviados demais; a interação de homens e mulheres quando os termos das relações não são claros. Era de um fascínio sem fim. Ele ainda prefere observar, a menos que encontre um parceiro atraente para uma conversa. A boa conversa vai se tornando rara, ele reflete, desde que o sultão aumentou o número de espiões e as pessoas não mais ousam ventilar o que pensam ou mesmo os temas mais mundanos em suas próprias salas de visitas.

Ao entrar, vê o embaixador se curvar para ouvir um homem cheio de dignidade em um uniforme com guarnições vermelhas e dragonas douradas. Mulheres com vestidos de fundos decotes nas costas ficam em grupos como buquês de rosas afetadas e florescentes demais. Nenhuma delas usa véu. Kamil se espanta ao ver esta quantidade de cabelos brilhantes e peles claras expostas à vista. A orquestra toca uma valsa. As mulheres se inclinam para trás nos braços dos homens, forças opostas canalizadas em um vórtice de movimento. As largas saias das mulheres ondulam como sinos, e suas jóias fulguram sob os lampiões. Homens em ternos e uniformes escuros são suas sombras. Kamil pensa em radiantes folhas de outono apanhadas pela corrente.

Ele se encaminha de volta ao jardim. Sybil veio a ele brevemente depois de sua chegada, um redemoinho de saias e cores, para lhe apertar a mão e dar-lhe as boas-vindas, antes de ser arrastada por novos convivas. A pressão da mão dela permanece na dele.

Um homem de meia-idade com traços irregulares e cabelos cor de cenoura o encurrala contra uma grade do pátio.

— Então você é o paxá. Sybil disse que tinha lhe intimado a vir a esta festa. Coisa agitada, não? — ele diz, meneando a cabeça e estendendo a mão em direção à ruidosa multidão. — Ninguém mais quer falar sobre as coisas realmente interessantes. — Ele pisca seus pequenos olhos azuis para Kamil. — Que bom que você veio, de qualquer maneira. Estava ansioso para conhecê-lo. Sou o primo de Sybil, Bernie Wilcott. Dos Estados Unidos, como o senhor deve ter adivinhado. — O hálito dele cheira a menta. Tem olhos sérios aprisionados em um rosto de festa.

— Kamil. Um prazer conhecê-lo. — Kamil estende a mão. Bernie a aperta e a chacoalha, uma vez.

— Esqueci. Sybil me disse que o senhor aprendeu seu inglês no Velho País.

— Universidade de Cambridge. Estudei lá durante um ano. Antes disso, aprendi inglês aqui, com tutores. E como aconteceu de *Hanoum* Sybil ter um primo americano?

— *Hanoum* Sybil? Soa muito bem. — Bernie riu. — Bem, seu tio, meu pai, era o irmão mais novo. O senhor sabe o que isso significa. O mais velho fica com tudo, a fazenda toda. Ou, no caso, o solar da família. Assim ele fez o que irmãos mais jovens fazem desde tempos imemoriais, saiu do reinado em busca de sua fortuna. Encontrou-a nas estradas de ferro, mas os filhos herdaram um sotaque miserável. — Ele se arqueou, rindo de sua própria graça.

Kamil não consegue evitar rir com ele.

— Você está visitando Istambul?

— Bem, na verdade, estou passando o ano. Dando aulas no Robert College.

— Ah, um professor. — Kamil acha isso improvável, dada a natureza excêntrica do homem, mas ele não conheceu muitos americanos.

— Bernie Wilcott, estudioso itinerante. — Bernie faz uma reverência e toca com a mão na fronte e no peito, imitando uma saudação otomana.

Kamil, incrédulo, pergunta:

— Qual é a sua área de estudo?

— Política. Leste da Ásia, China, mas tenho uma fraqueza pelos otomanos, e muita curiosidade de saber mais. — Ele pega Kamil pelo braço e o dirige ao jardim. — Talvez o senhor possa ser meu guia.

Não demora muito para que Kamil se sinta à vontade com Bernie e reconheça que o que tinha percebido como fanfarronice era simplesmente uma falta da formalidade que reveste as pessoas como verniz. Movimentando-se na sociedade, as pessoas se esfregam e chocam suas carapaças umas contra as outras como besouros no acasalamento. Bernie, em contraste, parece imediatamente disponível. Sentam-se em um banco, afastados da multidão, e conversam. Kamil se sente aliviado e contente de encontrar um observador do mundo inteligente. As brasas de seus cigarros pulsam alternadamente na escuridão.

Mais tarde, Bernie traz Sybil ao jardim. Ela está sem fôlego e aparentemente cansada, mas seus olhos brilham quando encontram os de Kamil. Cachos de cabelos se desprenderam e pregam em sua testa.

Kamil abaixa o olhar e se inclina.

— Madame Sybil. — É grosseiro olhar para alguém tão diretamente, especialmente uma mulher. Mesmo assim, ele sorri.

— Estou tão contente que o senhor tenha podido vir.

Sem delongas, Bernie se escusa e desaparece dentro da Residência. Kamil e Sybil sentam-se no banco de frente para o jardim, com os rostos na sombra. Kamil tem uma consciência inquietante do trecho que se revela do pescoço e das elevações arredondadas dos seios de Sybil, aflorando em seu vestido. Imagina sentir o calor do corpo dela irradiando para o seu, embora estejam sentados separados por uma discreta distância. Isso ao mesmo tempo o agrada e o perturba. Mantém seus olhos focados nas flores ensombrecidas de um oleandro próximo, a árvore que, segundo o Corão, cresce até no inferno.

— Seu primo é um homem interessante.

— Ele sempre foi assim, mesmo quando criança. Irreprimível. Acho que esta é a palavra.

— Eu o acho muito agradável. O resto da família é como ele?

— Não. Ele é único. Mas eu tenho uma irmã, Maitlin, que admiro tremendamente. Ela é irreprimível de uma maneira diferente, nunca desiste de ir atrás do que realmente acredita. Por isso, leva uma vida bastante aventureira. — Ela conta a Kamil das viagens de Maitlin, e de sua longa e ao final infrutífera luta para se tornar uma médica. — Então agora ela trabalha como voluntária numa clínica para os pobres, onde se aproveitam de suas habilidades médicas, mas sem dar a ela qualquer reconhecimento formal. Ela não parece se incomodar, embora eu me incomode por ela. — A voz de Sybil se torna saudosa. — Maitlin simplesmente dá o próximo passo. Nunca se prende a impedimentos.

— E a senhora, madame, se não for impertinente perguntar. Isso não é uma aventura? — Ele gesticula com a mão em direção à velha cidade dormindo para além do muro do jardim.

Sybil não responde de imediato. Sente-se estranhamente indefesa com este homem. Sente-se inocente, como uma criança, penitente, disposta a confessar.

— É, é sim. Mas sempre parece fora do alcance, do outro lado do muro.

Kamil a olha com curiosidade. Sabe que por vezes ela sai escoltada apenas por seu motorista. A polícia sabe dos passos de todos os estrangeiros das embaixadas.

— Você não sai?

— Claro que sim. Sou muito ativa. Faço visitas. Papai tem uma rotina pesada e eu o ajudo no que posso. — A voz dela é defensiva.

— Você está longe de sua família — ele sugere delicadamente. — Isso é sempre difícil.

É demais para Sybil. Ela pisca irritadamente.

— Sim, eu sinto falta de minha irmã. Nem sequer conheci meus sobrinhos. Não tenho outra família, com a exceção de meu tio e minha tia na América e o primo Bernie. Minha mãe faleceu, você sabe. — Ela faz uma pausa, balançando a cabeça para que a lágrima que se formou no canto de seu olho não se derrame e a traia.

— Saúde para sua mente — ele diz suavemente, em turco.

A luz da festa atrás deles se reflete na face molhada de Sybil.

— Obrigada. *Teshekkur ederim** — ela responde apropriadamente, e sua língua tropeça no conjunto de consoantes.

Não querendo chamar atenção para a dor dela, Kamil espera silenciosamente que ela continue.

---

*Em turco. Muito obrigado. (*N. do T.*)

Assustada por sua súbita fraqueza, Sybil apruma as costas e continua, em inglês.

— Isso foi há cinco anos. Papai mantém a memória dela viva ficando aqui, onde ela estava a seu lado.

— A memória de uma mãe é uma coisa preciosa.

— Eu penso que ele simplesmente acha mais fácil agüentar a ausência de mamãe se não romper definitivamente o ritmo da vida deles juntos. Ele mantém uma roda interminável de tarefas e visitas. Acho que papai se conforta com a rotina. Ela o ajuda a esquecer. E foi onde ele foi feliz.

— Você é louvável. Nossa sociedade valoriza uma filha que toma conta de seus pais.

— Não é difícil dirigir a casa, e papai não me impõe tarefas demais.

— Isso também a torna feliz? — ele arrisca.

— É claro! — Ela se volta para ele com indignação. E vê olhos verde-claros, cheios de preocupação.

Ela vira o rosto, tirando-o da luz. Passa-se um tempo antes que ela fale de novo.

Kamil sente um ímpeto de lhe tomar a mão, confidenciar sobre a dor aparentemente inconsolável de seu pai, seus laços se desenredando primeiro do trabalho, agora da família e, por fim, Kamil teme, da vida. Gostaria do aconselhamento dela para cuidar de seu pai. A morte de sua esposa o catapultou a um treino de seu próprio esquecimento. Depois que o corpo dela foi levado à mesquita, lavado, enrolado em linho branco e consignado à tumba com uma saudação de preces, paxá Alp nunca mais pôs os pés numa mesquita ou na casa onde viveram. Em vez disso, devotou um tempo cada vez maior a fumar ópio em um quarto escuro, eventualmente abrindo mão de qualquer pretensão de governar.

Quando o grão-vizir assumiu com relutância o cargo dele, paxá Alp mudou-se para a casa de sua filha Feride. Ele se recusa a visitar Kamil na villa onde sua esposa viveu, preferindo, à realidade, a visão induzida pelo ópio. Quando fuma, paxá Alp disse certa vez ao filho, consegue cheirar as rosas do jardim e sentir a brisa em seus cabelos. Kamil se preocupa de não ter feito o bastante, de não ser um filho diligente, deixando toda a carga para sua irmã Feride. Ele pondera sobre como trazer à tona um assunto tão pessoal, e depois imagina se é apropriado. A oportunidade passa.

— Para ser honesta, nunca pensei nisso. Suponho que manter papai feliz me faz feliz também — Sybil responde por fim. Ela soa insegura. — Eu tenho outros interesses — continua com uma voz mais forte — que me mantêm entretida. — Conta a Kamil do tutor que vem duas vezes por semana lhe ensinar turco. — Fico furiosa quando alguém fala longamente e o *terjuman** traduz em apenas três palavras, e assim me determinei a aprender.

Ela admite para Kamil que às vezes faz escapadas sozinha, disfarçada sob um *feradje* e um *yashmak*** escuro, querendo testar seu turco sem um séquito de servos, guardas e tradutores oficiais.

— Eles provavelmente são espiões! E aí quanto vão dizer de verdade em minha presença?

Agora animada, ela partilha com Kamil seu interesse por religião. Discutem o islã, não apenas como um livro de revelação, mas como um modo de vida. Ele descobre que ela sabe muito sobre os debates e intrigas políticas atuais. Afinal, recebe muitos dos participantes em sua casa.

Sybil sugere que ele pratique seu turco, e eles terminam a noite rindo de ditos e chistes mal traduzidos e lapsos verbais. Mesmo assim, Kamil acha notável o comando que ela tem do idioma. Ela não tem nada da finesse daquelas pessoas criadas na Corte ou educadas nos labirintos bizantinos da polidez burocrática, mas sabe conversar com grande liberdade e entende muito do que ouve. Ele a cumprimenta sinceramente e, pela primeira vez em muito tempo, lamenta

---

*Do turco. Tradutor. (*N. do T.*)
**Do turco. Véu que as mulheres muçulmanas usam para esconder o rosto. (*N. do T.*)

ver o final de um evento social. Ao se encaminhar para a porta, Bernie o alcança, lhe dá um tapinha nas costas, e pisca.

— Que acha de um jogo de bilhar alguma hora?

Enquanto seu cavalo transpõe as trilhas íngremes a caminho de sua casa, Kamil pensa nos súbitos lampejos de companheirismo e confiança que por vezes acontecem entre totais estranhos. Pode ele confiar na nova amizade com Bernie ou a amizade real é algo que emerge apenas depois de anos de histórias partilhadas e desafios enfrentados juntos, como no laço que se desenvolveu entre ele e Michel? Em sua experiência, a ponte inicial de confiança e camaradagem se estilhaça com muita facilidade sob a pressão da ambição pessoal, ou apodrece quando a proximidade leva a uma compreensão maior das falhas do outro. Antes que muito se passe, uma promoção ou uma mudança para uma província diferente arremessa as últimas tábuas rio abaixo.

Ele se dá conta de que não houve momento oportuno para perguntar a Sybil sobre Mary Dixon.

9

Memória

E sta é a terceira visita de Kamil à Embaixada Britânica e ele ainda não está habituado com as pinturas na parede da sala de recepção. Escolheu não mais perturbar o embaixador com perguntas. De qualquer maneira, geralmente é Sybil quem as responde. Ele diz a si mesmo que gostaria de perguntar a ela sobre atividades femininas. A porta se abre e ele se levanta, esperando que o mordomo o leve a outra área da cavernosa embaixada.

Em vez disso, é a própria Sybil, em um vestido bordado com flores azuis. Emergindo da gola de renda, seu pescoço tem a mesma solidez redonda da mulher na pintura atrás dele.

— Olá, paxá Kamil. Que prazer vê-lo de novo assim tão logo.

— Foi uma noite adorável, *Hanoum* Sybil. Muito obrigado. — Kamil tenta, mas não consegue deixar de olhar nos olhos dela. — É gentileza sua me receber de novo.

Sybil abaixa os cílios, embora Kamil ainda possa sentir o peso do olhar fixo dela. Ela aponta uma cadeira confortável perto da lareira.

— Sente-se, por favor.

Kamil percebe com algum desagrado que eles devem permanecer naquela sala tão inadequada.

Ele se senta, com as costas para a pintura, mas fica distraído pelo pensamento de que Sybil, que se sentou na cadeira oposta a ele, irá olhar diretamente para o quadro enquanto conversam.

Ela parece não perceber o quadro e sorri, com olhos postos no rosto dele. Sua face está ligeiramente ruborizada.

— Posso lhe oferecer chá?

— Sim, isso seria muito agradável, obrigado.

Nenhum dos dois olha diretamente para o outro.

Ela se levanta e puxa a corda do sino na parede atrás do sofá. Acima da gola de renda, a parte de trás de seu pescoço se ergue branca e suave até se perder na massa de cabelos castanhos. Seus quadris se expandem por baixo do vestido. Kamil olha suas mãos e se força a pensar em Mary Dixon, morta, um corpo, um segredo. É por isso que ele está ali, atrás de uma resposta.

Sybil se reacomoda na cadeira.

— A que devo o prazer de sua visita, paxá Kamil? Imagino que deva ser algo bem urgente.

— Gostaria de falar com você sobre minha investigação da morte de Mary Dixon. Talvez você veja alguma luz onde eu não vejo nenhuma.

Satisfeita, Sybil se inclina imperceptivelmente para a frente.

— Qualquer coisa que eu puder fazer para ajudar.

A ausência de objeções e falsa modéstia agradam Kamil. A empregada entra com um carrinho de chá e bolo de gengibre. Ela serve o chá e se retira.

Logo transparece que Sybil tem pouco a acrescentar sobre o que já se sabe de Mary Dixon. Ela estava em Istambul havia pouco mais de um ano. Seu emprego fora arrumado por um membro do conselho de curadores do Robert College em resposta a uma carta de seu pároco atestando o bom caráter dela. Viajou para Paris e lá alguém da embaixada otomana local lhe deu instruções e documentos. Uma semana depois, pegou um trem para Veneza e um vapor de lá para Istambul. Queixou-se a Sybil de ter de dividir um compartimento com outras três mulheres durante a viagem de quatro dias. Foi apanhada no desembarque por uma carruagem fechada que a levou direto à ala das mulheres no palácio Dolmabahçe.

— Ela veio aqui diversas vezes para tratar de questões do visto. No começo ela estava tão desapontada com seu novo ambiente e desconcertada com suas acomodações que se poderia pensar que estava aqui como uma convidada, e não como uma governanta. Ela disse que a garota que lhe mostrou seu quarto... — Sybil hesita mas decide que numa investigação de assassinato não tem direito de deixar que a modéstia censure seu relato. — Ela disse que a garota estava vestida com nada além de, como ela contou, calcinha e um agasalho. — Kamil engole uma risada. Sybil cora, e segue, apressadamente. — E ela reclamou que seu quarto era completamente desmobiliado. Ficou horrorizada quando percebeu que esperavam que dormisse em um colchão que tiraram do armário de noite e que comeria, como contou, no chão.

— Deve ser uma grande mudança para alguém acostumado a camas, mesas e cadeiras.

— Achei pouco razoável vindo de alguém que chega aqui para trabalhar. Ela certamente deveria ter esperado uma experiência diferente. Ou então, por que teria vindo?

— Tenho certeza de que era bem paga.

— Suponho que deva ter sido, embora, é claro, nunca falássemos sobre este tipo de coisa.

— Como ela se dava com sua patroa?

— *Hanoum* Perihan? Mary parecia não gostar dela. Disse que era arrogante e irracional.

— Você conhece *hanoum* Perihan?

— Não, mas conheci a mãe dela, sultana Asma, muitos anos atrás.

— A mulher de paxá Ali Arslan, o grão-vizir?

Sybil aquiesce com a cabeça.

— Era o inverno de 1878. Eu me lembro porque nevava. Uma jovem inglesa, Hannah Simmons, tinha sido morta naquele verão. Ela estava empregada como governanta e mamãe visitava os haréns reais para ver se descobria alguma coisa. A polícia parecia ter desistido do caso. — Ela levanta os olhos para Kamil, sorrindo com tristeza. — Você não conheceu minha mãe. Ela era muito determinada. — Ela faz uma pausa. — É uma história tão triste, sabe, mas do que eu me lembro melhor é que fomos lá num trenó. Não é horrível de minha parte?

— Você era muito jovem, então.

— Quinze — Sybil sorri timidamente.

Uma imagem de Sybil na neve invade espontaneamente a cabeça de Kamil.

— É louvável que você e sua mãe tenham feito tanto.

Indiferente ao elogio, ela responde:

— Não é direito ficar nostálgica quando outra jovem foi assassinada.

Kamil reflete por um momento.

— Você sabe de alguma coisa específica de que Mary Dixon tinha aversão em sua patroa? Elas discutiam?

— Ela nunca mencionou algo específico. Em retrospecto, penso se Mary gostava de alguém. Eu sei que é impróprio falar mal dos mortos, mas ela parecia tão desafeiçoada da vida. As únicas vezes em que a vi alegre, embora suponha que animada seja uma palavra melhor, foi nos jantares dos quais participava na Residência. Ela atraía um bocado de atenção com seu cabelo curto e seu comportamento ousado.

— Que espécie de atenção?

— De homens. Eles pareciam atraídos por ela.

Kamil sorri.

— Alguém em particular?

— Não que eu saiba. Bem, ela teve uma discussão muito animada com um jovem jornalista turco, efendi Hamza, não muito antes de... morrer. Mas não acho que tenha algum significado — ela acrescentou vivamente. — Apenas uma conversa. Eu a mencionei porque outras pessoas perceberam.

— Ela parece ter criado uma relação de confiança com você.

— Não, de jeito algum. Acho que ela precisava de alguém a quem reclamar, mas nunca tivemos uma conversa real. Falamos apenas um punhado de vezes e me lembro de me sentir muito desencorajada com sua reticência. Eu não deveria ter estes pensamentos sombrios, mas me ocorreu na época que ela talvez tenha me procurado simplesmente para ser convidada à Residência.

— Você sabe se ela tinha amigos?

— Eu não a via com freqüência — Sybil faz uma pausa. — Mas lembro que certa noite no outono passado ela passou muito tempo conversando com uma jovem turca. Aquilo me fez pensar. Parecia que se conheciam bem.

— Você lembra do nome da jovem?

— Acho que era *hanoum* Jaanan, filha de um funcionário do governo, creio que do Ministério do Exterior.

— A sobrinha do erudito Ismail Hodja?

— Sim, parece que é isso. Acredito que alguém mencionou que ela era uma parente. Suponho ser possível que Mary a tenha encontrado antes em um dos jantares. *Hanoum* Jaanan vinha às vezes com seu pai. Eu nunca me dera conta antes de que estavam juntos.

Kamil se inclina para a frente, ponderando mais esta ligação com Chamyeri.

Sybil baixa os olhos, com os dedos cruzados no colo.

— Meu Deus, você deve me julgar muito ruim por ser tão crítica, quando a pobre mulher não está mais aqui para se defender.

— De forma alguma, *hanoum* Sybil. Você foi extremamente útil.

Ela não levanta o olhar.

— Não se preocupe, por favor. Você se engana ao se achar de alguma forma injusta com a memória da Srta. Dixon ao me dizer o que sabia dela. Pelo contrário, você está me ajudando a pôr em ordem o que eu acredito que vocês ingleses chamam de "a fine kettle of fish".*

Sybil ri.

— Seu inglês é mesmo notável. — Ao virar seus sérios olhos violeta para Kamil, ainda sentado de costas para as pinturas ofensivas, ela arrisca: — Posso convencê-lo a ficar para o almoço?

— Seria uma honra.

Sybil chama a empregada para lhe dar instruções e então, para grande alívio de Kamil, o conduz para fora da sala de visitas.

* * *

— DE QUEM ENTÃO você herdou este paladar perspicaz?

Um criado em um terno preto bem passado está ao lado da porta dupla envidraçada, longe o bastante para não poder ouvir a conversa, embora Kamil note a cabeça do homem esticada para o lado deles. Estão sentados no pátio, refrescados pela brisa do Chifre de Ouro.

— De minha avó. Meus pais viajavam tanto para o exterior, que eu vivia com minha irmã Maitlin e minha avó, em Essex. Nana gostava muito da boa vida. Dava os jantares mais fantásticos, com *coq au vin*, flãs, aqueles delicados doces de amêndoas. Posso quase sentir o gosto deles agora. Ela contratou um cozinheiro francês. Era algo muito radical de se fazer, pois os franceses eram, e ainda são, muito impopulares. Na verdade, alguns empregados da cozinha se demitiram por se recusarem a trabalhar tendo como chefe um "francesinho". Mas o cozinheiro, monsieur Menard, era uma pessoa tão despretensiosa que os empregados por fim o aceitaram. Sua paixão era cozinhar, e ele produziu alguns pratos memoráveis. Outras pessoas serviam a modesta cozinha inglesa, mas os jantares de Nana sempre eram interessantes. Nem todos os convidados aprovavam, é claro. — Ela ri, expondo pequenos dentes arredondados. — Lembro

---

*Do inglês, uma constrangedora confusão. (*N. do T.*)

particularmente de uma costela de carneiro tão macia que eu posso, ainda hoje, sentir a bolha de sabor que estourou em minha boca quando dei a primeira mordida.

Sybil pára abruptamente e se inclina para a frente, embaraçada.

— Você deve achar que sou trivial, obcecada com uma costela de carneiro enquanto você está aqui tratando de um assassinato.

— O passado de uma pessoa nunca é trivial. Sua descrição me fez lembrar da casa onde cresci, a casa de minha mãe em Bahchekoy. Eu ainda vivo lá. — O vívido relato de Sybil sobre a casa de sua avó o arremessou numa trama de memórias da qual ele não tem a vontade ou o desejo de se desenredar. — Meu pai era governador de Istambul, e era também responsável pela polícia e pelos gendarmes, e assim estava ocupado grande parte do tempo. Eu raramente o via, mesmo quando estava em casa. O palácio do governador era enorme, com tantas salas sempre povoadas de criados e convidados, gente vindo consultar meu pai ou pedir visitas sociais a minha mãe como esposa do governador. Acho que foi um pouco demais para ela. Quando ainda éramos bem jovens, ela mudou a mim e minha irmã para a casa da infância dela. É uma villa adorável, cercada de jardins. Deles se pode ver o Bósforo. E em vez de seu monsieur Menard, nós temos Fatma e Karanfil — ele acrescenta com um sorriso.

— São seus parentes?

— Não. São mulheres locais, que cozinham para a casa. Fatma vivia então no alojamento do cozinheiro, que ficava atrás da casa, no fundo do quintal. Nunca se casou. Sua irmã Karanfil vinha de manhã e depois retornava para sua própria casa. Seu marido era um carregador de água.

Lembra-se de como elas eram em sua infância, duas mulheres baixas e redondas, suas folgadas calças largas de um florido vivo se encontrando na parte de cima com camadas de suéteres e cardigãs de padrões coloridos. Suas faces como luas cheias, mas feitas com traços desconcertantemente delicados, como se as mulheres tivessem personalidades diferentes e delgadas que de alguma forma tivessem erroneamente sido absorvidas por seus corpos pesados.

Uma memória poderosa e sensual da cozinha da sua infância o invade, enquanto ele espera Sybil reencher seu copo de água. Ele brinca com a tainha frita em seu prato.

As mulheres ficavam em constante movimento, cozinhando e limpando. No verão, levavam seu trabalho para o quintal. Ele lembra uma imagem de Fatma, ajoelhada ao lado de um balde de água ensaboada, com seus braços poderosos torcendo uma roupa molhada. No inverno, as paredes de azul lavado da cozinha eram adornadas com espigas de milho e fileiras de pimentas vermelhas, pulsando de cor. Uma urna de cerâmica com água ficava logo do lado de dentro da porta, coberta por um uma placa de latão no topo para manter a poeira para fora. Kamil se lembra de levantar a placa e olhar dentro da urna, que ficava quase na altura de seu peito, a insubstancialidade do ar e o cheiro barrento da argila molhada, a resistência do metal contra a superfície da água, e o prazeroso redemoinho entrando em sua caneca. A água que vinha direto desta urna sempre tinha um gosto totalmente diferente da água bebida em um copo. Até hoje ele mantém uma jarra de barro com água e uma caneca de estanho na penteadeira de seu quarto. Bebe dela para limpar sua mente e acalmar os sentidos.

Ele beberica de seu copo. Sybil espera com expectativa que ele continue, relutante em romper suas reminiscências ao instigá-lo.

Ele tenta descrever o jardim, a cozinha, a fresca e levemente temperada cozinha: berinjelas assadas, galinha recheada com nozes e óleo de gergelim, folhas picantes de uva recheadas de arroz com ervas e passas. Fatma e Karanfil o chamavam de meu carneirinho e o manipulavam com tortas de queijo de massa folhada e bolos, deglutidos com copos de chá preto açucarado e diluído. Sobre o crepitar do fogo e o bater de massa contra madeira, a voz rouca de Fatma desfiava fábulas e lendas turcas com histórias assustadoras de *djinns* e demônios.

— O que aconteceu com elas?

— O marido de Karanfil morreu em um incêndio e agora ela, seu filho Yakup e Fatma vivem em uma extensão que construí sobre a cozinha depois que minha mãe morreu. Eles mantêm a casa com a ajuda de poucos empregados. Cozinham para mim, e cuidam do jardim e de minhas plantas.

— Você mora sozinho, então, com seus criados. — Uma afirmação.

Desta vez, o silêncio é constrangedor. Uma palavra carrega um peso insuportável, enquanto uma conversa de uma hora voa com asas despreocupadas.

O rosto e o pescoço de Sybil se avermelham com o rubor. Ela faz um movimento brusco para o criado esperando na porta e pede que o chá seja servido no jardim. Levanta-se e conduz Kamil para uma mesa posta embaixo de uma palmeira incongruente.

— Fale-me de suas plantas — Sybil sugere, com uma voz carregada demais de interesse.

— Tenho um pequeno jardim de inverno, acho que é assim que você o chamaria. Coleciono orquídeas.

— Orquídeas? Que encantador! Mas como você as encontra aqui? Elas não vêm da América do Sul? Ouvi dizer que são muito delicadas.

— Não apenas da América do Sul, *hanoum* Sybil. Há muitas variedades de orquídeas por todos os cantos.

— Aqui? Na Turquia?

— Há uma orquídea adorável com ramos de flores violetas que cresce nas florestas em torno de Istambul, a *Cephalantera rubra*. — Ele sorri para ela. — É nossa conexão com a Europa, onde esta variedade também é encontrada.

Sybil está entusiasmada.

— Que adorável. Imagine minha ignorância. Mas eu gostaria de ver sua coleção — ela deixa escapar. Abaixa os olhos para arrumar sua saia com cuidado exagerado. — Desculpe. Isso seria inapropriado, é claro.

— Seria um grande prazer — ele pausa brevemente —, mas talvez seja melhor que seu pai a acompanhe. — A visão do rosto de Sybil, desanimado, o consterna, mas ele não está disposto a colocar em risco a reputação dela, ou, ele admite para si mesmo, sua privacidade. Ainda assim, a imagem de Sybil se curvando para apreciar suas flores perfumadas finca raízes em sua mente.

* * *

NAQUELA NOITE, Kamil seca com mata-borrão a tinta na carta que está tentando escrever. As palavras que escreveu parecem ter assumido uma cor excessiva, perderam o sussurro surdo da verdade e factualidade que o tornam científico e, portanto, crível para o recipiente, H.G. Reichenbach.

Desde a festa no jardim, seus pensamentos escorregam de seu âmbito costumeiro e ele se descobre demorando-se nos dedos afilados de Sybil envolvendo o pé da taça de vinho; a elevação carnuda na parte posterior de seu pulso, a concavidade na base de seu pescoço. Pensa em seu pai com inquietação, mas também com um pouco mais de empatia — seu pai que, em seus sonhos de ópio, se entregou à bem-aventurada comunicação com a mulher morta. Ele apanha a pena e continua a escrever.

Caro professor Reichenbach,

Escrevo como um botânico amador, mas com observações científicas que espero levar à sua estimada consideração. Estou na posse de uma orquídea gloriosa e muito incomum que, por meu conhecimento, jamais foi descrita em outro lugar. É uma planta pequena, com dois tubérculos arredondados e semivinculados e folhas basais com um espigão que culmina em uma única flor vistosa. A flor é de um negro aveludado, com um *labellum* arqueado e pétalas densamente peludas. O *speculum* é dividido em duas metades simétricas e tem um azul-claro e brilhante, quase fosforescente. Observei a planta e seu habitat por várias semanas. O *labellum* arqueado atrai insetos machos que polinizam a flor, talvez atraídos por alguma substância química volátil liberada por sua superfície.

Coletei esta orquídea em uma área pantanosa de uma floresta no noroeste da Anatólia, perto do mar Negro. Nunca vi outra, nem ela se encaixa em qualquer descrição de qualquer das orquídeas em seu famoso glossário.

É apenas uma das muitas maravilhosas orquídeas do Império Otomano, algumas das quais descrevi em cartas anteriores. Muitas são encontradas aqui em terras turcas e outras nos unem à Europa em uma ecologia contínua. A tulipa, o cravo, o lírio, são descritos em todo lugar, mas o verdadeiro tesouro do império, a orquídea, fica estranhamente ausente.

Espero com grande respeito sua resposta. Se o senhor desejar, posso providenciar que um esboço da orquídea lhe seja enviado, para que possa inspecioná-la em maior detalhe.

Sinceramente seu,
paxá Kamil
Magistrado e confrade amante das orquídeas

Esta não é a primeira carta sua para o professor Reichenbach, mas ele ainda não recebeu uma resposta.

10

Colina de estrelas

Hamza é meu amigo desde que me entendo por gente. Quando mamãe e eu ainda vivíamos com papai na colina em Nisantasi, ele contratou Hamza, o filho de sua irmã, como meu tutor. Ele havia se formado na École Superiore em Paris e, graças à influência de papai, obteve um posto como tradutor no Ministério do Exterior, em Istambul. Sua família vivia em Aleppo, onde, de acordo com papai, seu pai fora um kadi. Como o pai de Hamza era aposentado e incapaz de mantê-lo em sua própria casa, ele viveu conosco como parte de nossa família estendida. Toda manhã, saía para trabalhar vestido com calças européias e os paletós compridos e adelgaçados que estavam na moda entre os jovens otomanos. Papai também havia descartado o tradicional robe comprido e o turbante por calças e um ousado *fez* vermelho.

Eu olhava por trás da treliça de madeira que protegia o alojamento das mulheres da rua quando papai e Hamza embarcavam na carruagem para a viagem até a Porta Sublime. Acariciava em minha boca as palavras "Porta Sublime". Imaginava que se tratasse da entrada do palácio, uma enorme porta de madeira entalhada e cravada de jóias, guardada por eunucos núbios, pela qual papai e Hamza entravam todos os dias para trabalhar. Quando era pequena e estava em uma carruagem, minha governanta apontou os portões do palácio. Eram enormes, de pedra branca, e cercados pelo muro interminavelmente alto com a cor de sangue seco que se elevava em ambos os lados da rua estreita. Naquela primeira vez, conduzida através dos portões, entrei em pânico e gritei, imaginando que, com tão pouco de céu para se ver, as paredes estavam se fechando e nos esmagariam. Aprendi que aquele era o palácio Dolmabahçe, casa do sultão Abdulaziz, não o Velho Palácio de muitas portas e pavilhões colocado como uma caixa de jóias num promontório na confluência do Bósforo com o mar de Mármara.

Alguns anos depois, com Abdulaziz substituído pelo sultão Abdulhamid, e eu vivendo com mamãe em Chamyeri, Hamza me apontou estes palácios enquanto deslizávamos por eles num caiaque. Ele acompanhava a mamãe e a mim em um piquenique de verão nas ilhas na foz do Mármara, no caiaque impulsionado por quatro fortes remadores. Mesmo que mamãe e eu estivéssemos invisíveis sob nossos *feradjes* e nossos *yashmaks*, os remadores deliberadamente evitavam olhar em direção à popa, onde sentávamos em bancos estofados. Hamza sentou-se do meu lado, não encostando em mim, mas tão próximo que senti o calor de seu corpo. Os russos haviam invadido o império dois meses antes e lentamente abriam caminho até Istambul, mas naquele inigualável dia de verão, o horizonte era o de uma jovem apaixonada.

Os primeiros palácios que passamos eram confeitos brancos adornados, primeiro o pequeno palácio Chiraghan, desintegrando-se em torno de Murad — irmão mais velho do sultão Abdulhamid — e sua família que, segundo Hamza, estavam lá aprisionados, e depois a expansão interminável do Dolmabahçe ao longo da beira da água, ala após ala de pedra branca ornamentada atrás de enormes arcos de mármore. Percebi que deviam ter sido os muros de Dolmabahçe que tinham tanto me assustado, mas não disse isso a ele para que não pensasse que eu era um bebê. Afinal de contas, eu tinha 11 anos.

— A família e os serviçais do sultão Abdulhamid vivem e trabalham em Dolmabahçe — Hamza me disse —, mas o sultão quer privacidade e segurança. Não confia em ninguém, nem mesmo em membros de sua própria família e de seu corpo de funcionários. — Ele apontou o alto da colina. — Por isso construiu um novo palácio para si mesmo em cima do antigo.

Olhei para o alto e vi uma cobra amarela através das árvores no muro. Olhando mais para cima, tive o vislumbre de construções de telhados inclinados dentro da floresta. De Nisantasi, eu via o iluminado palácio de Yildiz preencher a noite como uma colina de estrelas. Sempre imaginei quem vivia lá, mas como ninguém da casa jamais olhava naquela direção, não quis revelar minha ignorância perguntando.

Finalmente, enquanto o barco deslizava do estreito Bósforo para o mar aberto, Hamza apontou o pedaço de terra percorrendo a confluência do Bósforo, o Chifre de Ouro e o mar de Mármara. O Velho Palácio na colina era como a terra mágica nos contos de Hamza, com suas pequenas torres e pavilhões agrupados como jóias entre árvores e jardins.

— Este é o palácio Topkapi, para onde servos e escravos são mandados para viver seus últimos dias quando estão velhos. E também os membros dos haréns e as famílias de ex-sultões e suas viúvas. — Ele apontou a porta no enorme muro vermelho que se estendia por toda a terra à margem da água.

— Esta é a única porta por onde as mulheres podem sair de novo. É por ela que os mortos são levados para os enterros.

Irritado com Hamza por ele ter estragado minha visão com suas observações deprimentes, respondi numa voz determinadamente vivaz:

— Mesmo assim, eu acho o lugar lindo. Eu gostaria de viver lá.

Hamza olhou para mim pensativo.

— Você não devia desejar isso, princesa. Não se permite que elas saiam, nem seus filhos. Os sultões temem seus irmãos e seus filhos. Se estão na linha sucessória, podem tentar depor o governante. Se não, tramam para eliminar aqueles que estão na linha antes deles. Mesmo as filhas, caso se casem, podem ser usadas por seus maridos para interferir nos afazeres do palácio. As conexões e laços familiares entre a casa real de Osman e o resto do império são sempre mantidas no mínimo. Um jeito de fazer isto é isolar os membros de sua família. Outro, é matá-los.

Aí eu desviei meus olhos do Velho Palácio. Um calafrio opressivo me fez ajustar mais meu *feradje* em torno de meus ombros. Senti-me vagamente ressentida com Hamza por ter me dito aquilo. Num pequeno gesto punitivo, deixei meu *yashmak* cair para a frente escondendo meus olhos e minha boca, e não falei mais até atracarmos na ilha Prinkipo.

A Porta Sublime, aprendi mais tarde, era nada mais que uma pesada construção de pedra agachada ao lado do Chifre de Ouro.

* * *

QUANDO EU ERA CRIANÇA em Nisantasi, apenas papai se movimentava com liberdade entre o harém — que minha avó paterna e mamãe presidiam — e o resto da casa. Eu tinha uma certa liberdade para explorações, desde que não interrompesse a reunião de homens que meu pai realizava toda noite no salão. Isso era fácil de fazer, porque o rumor de suas vozes podia ser ouvido a uma boa distância.

Hamza e uma sucessão de outros tutores me ensinaram a ler e escrever otomano e persa e me introduziram no inglês e francês, o que meu pai progressista considerava habilidades necessárias para uma mulher otomana ser uma esposa adequada, entretendo e falando inteligentemente com os convidados de seu marido. Ouvi por acaso papai dizer isso a Hamza e me perguntei por que mamãe se recusava a ajudar papai a receber. Mais tarde, entendi que tia Hüsnü condescendia em trajar um vestido europeu com o rosto descoberto, e se juntar aos convidados homens de papai e suas esposas modernas, e minha mãe não conseguia se persuadir a tirar seu véu e permanecer nua, como pareceria a ela, perante estranhos. Os criados costumavam esticar um túnel de seda entre a porta da frente e a carruagem para que mamãe saísse de casa sem ser vista.

De todas as minhas aulas, as que mais ansiava eram as de Hamza. Estudava intensamente para impressioná-lo, para ganhar a recompensa de seu largo sorriso e as palavras de elogio quando ele notava o que eu conseguira — e para evitar o leve tamborilar de seus dedos na mesa quando eu patinava. Esforçava-me para prender seus olhos e me angustiava quando seu olhar flutuava solto, talvez mesmerizado pelos reflexos brilhantes na água distante ou levado pelo céu fulgurante a pensamentos dos quais eu era excluída. Tinha ciúme até do mar. Estava cega de paixão por Hamza e amava papai, e nisso pelo menos cumpri minha tarefa de jovem mulher. Aprendia para agradálos. Foi minha sorte — embora muitos pensem que foi azar — me mover para a órbita de Ismail Dayi, que não tinha tais preconceitos sobre o que e por que as garotas deviam estudar.

Mas quando nos mudamos para Chamyeri, fiquei de coração partido ao deixar papai e Hamza. Sentia falta das salas e dos criados familiares e da vista de minha janela, dos minaretes das grandes mesquitas imperiais. Em Nisantasi, tínhamos um número incontável de criados. Eu era cercada pelo murmúrio de muitas línguas: turco, grego, italiano, armênio, árabe.

Chamyeri, em contraste, era de um silêncio assustador. Os criados vinham durante o dia, apenas para o necessário. Em sua maior parte, trabalhavam em silêncio, lançando olhares de soslaio para mim e mamãe quando achavam que nossas atenções estavam alhures. Imaginava o que fofocavam na vila sobre aquele lar incomum — meu tio, sua irmã sonhadora e a garota solitária que ninguém educava. Por fim, aprendi a gostar do silêncio, do tempo ilimitado para ler e explorar, das riquezas de minha jovem vida — uma biblioteca, um céu amplo, tanto meu quanto eu quisesse, as águas onduladas do estreito, um jardim de fragrâncias e, na floresta, o lago com suas profundidades negras que me faziam temerosa o bastante para me satisfazer.

Hoje eu percebo que as visitas de Hamza a Chamyeri só foram possíveis por conta da supervisão relaxada de mamãe e Ismail Dayi. Nós nos encontrávamos no pavilhão na tarde que caía. Sentados de pernas cruzadas no divã, discutíamos livros e poesia. Hamza descrevia a Europa, os boulevares e cafés de Paris. Se de vez em quando parecia desatento, eu atribuía isso à insignificância de minhas experiências. Depois que a cozinheira deixava a cozinha, de noite, eu roubava limões e os levava comigo para a cama, inalando seu perfume sob o acolchoado, imaginando que fosse a colônia cítrica de Hamza, e a rudeza da sua casca em minha pele, o picar da barba curta em seu rosto.

* * *

MADAME ÉLISE VEIO viver em Chamyeri não muito tempo depois de nossa viagem à ilha Prinkipo. Não demorou muito para Ismail Dayi proibir as visitas de Hamza. Ouvi ele dizer a mamãe que não era apropriado que um jovem com o sangue quente da juventude passasse a noite em uma casa com mulheres não casadas. Mamãe protestou, mas Ismail Dayi não cedeu. Proibiu mesmo as visitas durante o dia. Hamza o desobedecia, chegando depois que a carruagem de Ismail Dayi desaparecia estrada abaixo. Mas vinha com cada vez menor freqüência e nunca ficava muito tempo. Dizia-me que não deixasse mamãe saber que ele estava ali. Fiquei triste com mamãe por saber o quanto ela apreciava a companhia dele, mas lisonjeada por ele enfrentar o perigo e a ira de meu tio para me ver. Ainda assim, sentia falta de nosso ritual, e por um longo tempo não consegui dormir até as primeiras horas da manhã. Vagava pelas salas escuras, tentando ouvir a clara harmonia de sua voz, e me aconchegava no divã do quarto onde ele dormia, com os colchões e acolchoados agora guardados em um armário. Embora o francês de madame Élise fosse mais fluente que o de Hamza, na voz dela a língua era uma cola grudenta e pálida de sons. Às vezes imaginava ouvir a voz dele, sentada no jardim perfumado olhando os pescadores da noite.

11

Seu pincel é a corda do arco

O sorriso de Niko vacila por apenas um momento quando ele abre a pesada porta de metal entalhado e vê paxá Kamil perto de um homem magro com a face da cor de iogurte e o cabelo de sol poente.

— Sua chegada é um prazer — Niko diz com voz grave, exibindo uma falha nos dentes arreganhados debaixo de seu exuberante bigode negro. Num primeiro olhar o massagista parece gordo, mas seu peito é forte e bem musculoso de massagear os corpos de seus fregueses. E está tomado de pêlos negros. Uma toalha de banho axadrezada de vermelho o cobre da cintura aos joelhos.

— Prazer em vê-lo. — Kamil volta-se para Bernie e fica desconcertado de ver seus dentes em um amplo sorriso. — Decoro — ele não consegue impedir de dizer. — Decoro é importante.

— Verdade. Desculpe, amigo. — Bernie compõe sua expressão em uma caricatura de seriedade.

Kamil está apreensivo. É a primeira vez que ele permite que alguém o acompanhe ao banho turco. Não está mais certo de como Bernie foi parar lá. Foi ele quem sugeriu na noite anterior, ou foi

Bernie? De qualquer forma, uma garrafa de um poderoso *raki** fez seu papel. Ele se comprometeu de trazer Bernie à sauna e tem de garantir que a experiência não dê errado. Segue Niko à sala de descanso, seguido por Bernie, cujos olhos estão em todos os lugares ao mesmo tempo. Os outros homens na sala parecem chocados, mas logo escondem suas expressões.

Há sussurros.

— Um *giavour*, um infiel.

Kamil vê o Gordo Orhan deitado de lado em um divã, com um lençol amarrado em torno de sua cintura. Sua face vermelha está imóvel, mas ele segue os passos dos dois pela sala.

Niko dá a Bernie o cubículo ao lado do de Kamil.

— Pendure suas roupas ali. — Kamil indica o guarda-roupa com a palma da mão. — E depois se embrulhe nesta toalha.

— Que toalha? Este pedaço de pano, você quer dizer? — Bernie pega a toalha fina de banho. — Dava para fazer um terno com esta quantidade de pano. Ou talvez um kilt. — Ele relincha uma gargalhada e se contém. — Desculpe, desculpe. Decoro. Eu sei. — Ele dá um tapinha nas costas de Kamil. — Eu não vou embaraçá-lo.

Kamil se encolhe com a intimidade inusitada. Força um sorriso.

— Não estou nem um pouco preocupado. — Ele vai para seu próprio cubículo e fecha a porta, com alívio. Ouve barulhos de batidas e ruídos da porta ao lado, como se Bernie examinasse tudo. O que provavelmente está fazendo, Kamil decide. Talvez eu fizesse o mesmo. O pensamento o anima, com sua insinuação de pesquisa científica e exploração de coisas novas. Mas com decoro, ele pensa. Verdade e decoro. O estame e o pistilo da civilização, com os quais ela se reproduz. Um dos dois sem o outro se torna estéril.

Ele tira suas roupas e abre o armário. Subitamente ouve a porta abrir atrás de si. Vira-se e agarra rápido a toalha para se cobrir. Bernie

---

*Licor derivado da uva, com sabor de anis. Bebida nacional da Turquia. (*N. do T.*)

está na porta, com os pêlos de seu órgão brilhando vermelhos contra suas coxas brancas e magras. Kamil o agarra e o puxa para dentro do cubículo, com o rosto pulsando de vergonha de imaginar o que os homens lá fora devem estar pensando. Ele arranca a toalha das mãos de Bernie e ordena, com rispidez:

— Vista isso. — Naquele primeiro segundo de olhar contra sua vontade, Kamil vê algo ainda pior. Bernie não é circuncidado.

Bernie veste desajeitadamente a toalha em torno de sua cintura, e ela arrasta no chão.

— Desse jeito. — Kamil indica sua própria toalha, habilmente enrolada.

— Tudo bem. — Bernie reamarra a dele. — Parecia que você tinha visto um fantasma quando eu entrei. — Ele cora ligeiramente. — Nunca estive num desses lugares antes. É uma sauna, não é? Então as pessoas tiram as roupas.

— É impróprio se exibir entre a cintura e os joelhos.

— Ah. — Bernie parece confuso. — Bom, e todas estas gravuras e pinturas do banho turco mostrando mulheres em suas roupas de nascença?

— Roupas de nascença?

— Nuas como o dia é longo.

— Os homens têm responsabilidades diferentes. — Kamil fica insatisfeito com sua resposta. Na verdade não sabe por que as regras são diferentes para os homens. Acha as respostas costumeiras não-científicas: porque é tradicional, porque as mulheres são como crianças, irresponsáveis. Ele se decide pela honestidade.

— Eu simplesmente não sei, Bernie. Nas saunas masculinas, funciona desse jeito. Mantenha sua toalha em torno da cintura todo o tempo.

— Com certeza, parceiro.

Kamil se retesa para deixar o cubículo. Imagine o que o público na sala de descanso vai pensar quando vir dois homens saindo do mesmo cubículo. Tal coisa não é incomum, nem é mal vista, mas

Kamil não a deseja associada a ele. Não por conta de qualquer princípio contra a intimidade masculina, mas porque invade sua preciosa privacidade. Prefere ser o observador, não o observado.

* * *

SENTADO NO BAR do Hotel Luxembourg, Kamil pensa na rapidez com que pode mudar a atitude de alguém com relação à vida. Em vez de estudar seus livros e orquídeas, cá está ele encontrando um amigo. Depois do começo desfavorável na sauna, Bernie seguiu a orientação de Kamil assiduamente. Os pêlos vermelhos do *giavour* geraram curiosidade, talvez olhares velados, mas fora isso nada desandou. Bernie cedeu aos golpes vigorosos das enormes palmas da mão de Niko e à sua massagem de estalar os ossos. Depois de apenas uma hora na sala de vapor, jogando conchas de água quente retiradas de um balde sobre sua cabeça, Bernie reclamou do fôlego curto e eles se retiraram cada um para seu cubículo na sala de descanso. Refrescados por um sorvete de frutas e uma soneca, os dois se despediram amigavelmente e pediram carruagens diferentes para levá-los em casa. Poucos dias depois, Bernie enviou a Kamil uma mensagem desafiando-o para um jogo de bilhar.

Bernie ergue para ele seu copo de raki.

— Que partida ruim, amigo. Mesmo assim, à sua saúde.

Kamil abaixa a borda de seu copo para que ele bata no de Bernie. Bernie responde abaixando a borda do seu copo. Rindo, eles finalmente retinem seus copos perto do tapete, e Bernie vence na demonstração de respeito.

— Eu nunca deveria ensinar a você nossos costumes. Você depois usa seu conhecimento para me envergonhar. Você aqui é o convidado e deveria ser mais honrado.

— Eu aceito isso apenas se você jurar que irá aos Estados Unidos para que eu possa retribuir e lhe ensinar os costumes americanos.

— E como os americanos honram seus convidados?

— Bom — diz Bernie, enrolando as palavras num pesado sotaque americano. — Acho que damos a eles o último gole da garrafa de uísque. Com certeza nós não os desnudamos, jogamos água quente em suas cabeças e batemos neles de dar dó.

Kamil ri.

— Você sobreviveu bem. Isso faz de você um otomano honorário. — Bernie pega um cigarro e oferece um a Kamil, que o bate na ponta de sua cigarreira negra e prateada. Acende o cigarro de Bernie, depois o seu.

— Alguma sorte em nosso caso?

— Onze dias, e tudo o que temos é um pescador que ouviu ruídos na praia naquela noite, um cão latindo e algo sendo jogado na água. Meu associado Michel Sevy e eu fomos até lá e demos uma olhada. Há uma espécie de piscina marítima. Achamos perto um cachorro morto com a cabeça despedaçada. Mas nada mais.

— O nome de seu associado é Michel Sevy?

— Sim, por quê? Ele é o legista da polícia.

— Nada. Só curiosidade. Onde foi isso?

— Entre Chamyeri e Emirgan. Há um vilarejo um bocado grande lá. O corpo foi encontrado Bósforo abaixo, mas as coisas que apreendi apontam para o norte, Chamyeri. Foi neste lugar que outra governanta britânica, Hannah Simmons, foi encontrada assassinada oito anos atrás. O nome dela sempre vem à tona. Não consigo deixar de imaginar se as duas mortes não estariam relacionadas de alguma maneira.

— Chamyeri. Significa "palácio dos pinheiros", não? — Bernie pergunta pensativamente.

— Sim. Não sabia que você falava turco tão bem.

— Preciso ler otomano para meu trabalho, mas não posso falá-lo assim de montão.

Kamil repete lentamente.

— Assim de montão.

Bernie ri.

— Não se preocupe em aprender essa, velho amigo. Não consigo explicar como usá-la. Você ficaria a ver navios.

— Ver navios. Isso faz mais sentido.

Kamil repentinamente se lembra de Sybil mencionar ter se desencontrado por pouco de Bernie quando chegou pela primeira vez a Istambul. Pensando que Bernie possa ter cruzado em seu caminho com a mulher assassinada na embaixada, ele pergunta:

— Você a conheceu?

Bernie parece surpreso.

— Quem?

— Hannah Simmons.

Bernie olha para o copo de raki entre seus dedos como se esperasse encontrar nele uma resposta. Seu rosto infantil parece mais velho quando se franze, Kamil observa. A pele dele é grossa, como a de um animal. Ela se dobra, mais do que enruga. Aquele rosto terá poucas rugas na velhice, ele pensa, mas terá linhas profundas.

— Não — diz Bernie finalmente, evitando o olhar de Kamil.

Kamil levanta a piteira até os lábios, traga profundamente e espera.

Depois de um momento, Bernie pergunta, com o que Kamil julga ser um entusiasmo excessivo.

— E o que você acha disso tudo?

Kamil pondera o quanto revelar.

— Não sei. A mulher morta, Mary Dixon, aparentemente era amiga de uma garota muçulmana que vive na mesma casa em Chamyeri onde o outro corpo foi encontrado há oito anos. A casa pertence a um conhecido professor. A garota é sua sobrinha. Estranho, não? As duas mulheres mortas eram governantas no harém imperial. — Ele encolhe os ombros. — Provavelmente é uma coincidência.

Kamil franze a sobrancelha com sua própria admissão. Ele não acredita em coincidências.

— A garota, *hanoum* Jaanan — ele acrescenta — era uma criança no tempo do primeiro assassinato. Está na França agora.

— E o professor?

— Impossível. Ele é um dos religiosos mais respeitados do império. Simplesmente não posso imaginar que ele tenha qualquer coisa a ver com uma mulher inglesa, e muito menos que poderia matá-la. Não tem ligação com a comunidade estrangeira e não está envolvido com qualquer facção em particular do palácio. Mantém distância das lutas de poder. Não tem nada a ganhar com elas. É chefe de uma poderosa ordem sufi. Sua posição é inatacável por ser baseada em sua reputação e num círculo influente de relações e amigos. Sua família consiste de poetas famosos, juristas, filósofos e professores. E ele também tem uma riqueza independente. Por que mataria jovens inglesas? Não, meu amigo, acho que devemos olhar em outra direção.

Bernie toma outro gole de raki seguido de um gole de água, inclina-se para trás e cruza as mãos sobre o estômago.

— Trouxe o pendente — diz Kamil. — Ele tira do bolso do paletó o lenço com as jóias e as espalha sobre a mesa. — Eu pensei que, sabendo tantas línguas, você pudesse saber o significado destas linhas. — Ele abre o pendente e o entrega a Bernie. — É algum tipo de escrita?

Bernie apanha o pequeno globo de prata. Fica na palma de sua mão, extremidades abertas, como um inseto gordo.

— Jesus, Maria e José — ele exclama em voz alta. Sardas se destacam em seu rosto empalidecido.

— O que foi? — Os sentidos de Kamil ficam alertas para as nuances.

Bernie não responde. Ele vira a concha de prata aberta contra a luz e olha dentro dela com grande concentração. Kamil percebe o tilintar de copos e o baixo murmúrio de vozes masculinas em torno deles, e o almíscar da fumaça de tabaco. Os cigarros queimam no cinzeiro. Finalmente, Bernie fecha o pendente e o acaricia gentilmente com seu dedo, como se fosse uma amante. Ao levantar os olhos, parece surpreso de ver Kamil sentado à sua frente. A surpresa em seus olhos é substituída por um olhar de consternação. Parece lutar com alguma coisa.

115

Ele gira o pendente, examina a superfície, segura-o na luz e semi-cerra os olhos para olhar de novo para dentro. Por fim, coloca-o suavemente na mesa entre eles. Respira fundo.

— É chinês.

— Chinês? — Kamil está perplexo. — Tem certeza?

— Claro. Eu leio fluentemente.

Kamil olha para ele com curiosidade.

— É uma incrível coincidência que você esteja aqui para decifrá-lo para mim.

Ele estuda as marcas por um momento como se pudesse decifrá-las ele mesmo. No entanto, pensa na reação de Bernie.

— E o que diz?

— Os dois caracteres no pendente significam "pincel" e "corda de arco".

— O quê? — Kamil está pasmo. — O que significa? Tem algum significado?

— É uma referência a um poema chinês, "Quando se vê a geada matinal". — Ele recita.

No vento outonal a estrada é severa,
Os córregos se enchem de folhas vermelhas.
O que sobra para os corvos a não ser o solo pedregulhento e as
colinas infecundas?
Posso resistir, um pinheiro mirrado se agarrando à borda de um
despenhadeiro,
Ou partir na estrada brocada de gelo.
Seu pincel é a corda do arco que derruba o ganso selvagem.

— Você o conhece de cor.

Bernie tenta parecer modesto.

— Conheço alguns. Este é um poema de Chao-lin Ch'un, concubina de um príncipe manchu cem anos atrás. Aparentemente, ela e o príncipe partilhavam uma paixão por poesia e caligrafia. Afirma-se que ela era conselheira política dele, o que não a tornava benquista para o resto da família. Ela colecionava objetos de arte também, aparentemente uma coleção fantástica. Alguns viajantes europeus escreveram sobre ela. Ela deve ter sido uma dama e tanto.

— O que aconteceu com ela?

— Quando o príncipe morreu, seu filho de um casamento anterior herdou o trono e a chutou para fora.

— Ela voltou para sua família?

— Não. Mulheres como esta geralmente escolhem se tornar freiras, budistas ou taoístas. Dá a elas muito mais respeito e liberdade do que correr de volta para seus pais, caso eles a aceitassem de volta. É uma vida de contemplação, não muito confortável, mas muitas pessoas a acham compensadora. Eu às vezes penso se não gostaria de tentar.

— Eu consigo entender por que seria atraente.

— Você? Verdade? — Ele encara Kamil com curiosidade. — Nunca o vi como um tipo introspectivo. De alguma forma, não posso vê-lo passando horas a refletir sobre a transitoriedade das flores das ameixeiras.

Kamil ri.

— Você ficaria surpreso.

— Bem, amigo, eu respeito isso.

— E o poema?

— O poema. Bem, é um poema amargo. Provavelmente escrito depois que o príncipe morreu. — Bernie toma um largo gole de raki e o enxágua com água. — Mas as duas últimas linhas sempre me impressionaram mais como uma chamada à ação que à contemplação. E sempre pensei sobre o "você" na última linha, "o seu pincel". A quem ela se referia?

— Então é isso o que os eruditos da literatura fazem — Kamil comenta com um sorriso malicioso. — Como vacas comendo grama. É mastigada, digerida, regurgitada e mastigada de novo antes de se tornar o alimento da vaca.

Bernie solta uma gargalhada que ameaça derrubar o drinque em sua mão.

— E todos nós sabemos o que vem no final! — Limpando as lágrimas dos olhos, ele acrescenta: — Você devia ser um crítico literário.

Quando a risada deles se acalma, Bernie reflete.

— Ela teve um amante, um erudito chamado King, que publicou alguns artigos fervorosos pedindo a reforma do governo manchu. Deixou Pequim muito às pressas um ano depois de Chao-lin Ch'un desaparecer. Diz-se que foi para Hangchow. Mas dá o que pensar, não? Talvez seja ele o do pincel agressivo. — Ele levanta seu copo. — Ao amor e à revolução.

Kamil hesita e toca seu copo no de Bernie. E o põe na mesa sem beber.

— Por que revolução?

— Poucos anos depois de os dois terem deixado Pequim, houve uma tentativa de derrubar os manchus. Sem sucesso. Pode não ter nada a ver com os dois, mas torna a história romântica.

— O poema é conhecido?

— Nem um pouco. Não estou certo de que chegou a ser publicado. Cheguei a ele como um manuscrito de circulação restrita. Parece que alguém no palácio Dolmabahçe tem o mesmo manuscrito, embora eu não conheça nenhum sinólogo que tenha estado aqui para traduzi-lo.

— O que faz você pensar que o pendente veio de Dolmabahçe. Por que não de Yildiz?

Bernie parece inseguro.

— Bem, é onde está grande parte das mulheres, não? Seriam elas a usar um pendente.

— E a ler poesia chinesa?

— Provavelmente não. Sei que algumas delas têm tutores realmente muito bons, mas aprender chinês é um projeto para a vida toda. A menos que o sultão tenha uma concubina da China ou dos povos tribais fronteiriços a ela.

— O palácio prefere as circassianas, mas é possível. Não há como saber. Há centenas de mulheres na casa imperial. — Kamil reflete sobre o teto em caixotão. — Acho que foi demais esperar que o colar trouxesse algum tipo de pista. Talvez alguém tivesse um gosto incomum com respeito a jóias e ela nem tivesse sido feita aqui. — Ele a vira com a unha do polegar. — Mas o que dizer da *tughra*?

O sorriso de Bernie não chega a seus olhos, que parecem fixos em uma memória profunda, como se o presente momento não fosse mais que gelo fino. Ele balança a cabeça e encara Kamil.

— Coisa estranha. Não tenho como lhe ajudar nisso. Talvez o pendente tenha sido feito em outro lugar e inscrito com os caracteres chineses, e depois chegado aqui e marcado com o monograma da *tughra*. Ou talvez alguém no palácio estivesse interessado em poesia chinesa e o mandou fazer, dando-o depois a Mary como presente.

O tom de voz soa esquisito, despreocupado demais. Kamil tem certeza de que Bernie esconde algo.

— É possível. Mary estava aqui havia quase um ano. Mas quem iria saber chinês?

Além de Bernie. Kamil franze a sobrancelha. Vai ter de descobrir mais sobre seu amigo. O pensamento o entristece. Kamil se levanta para sair, alegando um compromisso.

12

O velho superintendente

O garoto soca um chumaço de tabaco dourado e cheiroso na cavidade do narguilé do velho homem. Quando ele se ajoelha, cabeça abaixada, para tomar conta de seus cachimbos de água, Kamil vê os caracóis de seus cabelos curtos, como a textura na madeira, e as beiradas de suas orelhas.

Bei Ferhat espera até que o menino saia e dá uma profunda tragada de fumaça estimulante antes de se voltar para Kamil e continuar.

— Não há muito que possa lhe dizer. Examinamos a área meticulosamente. Não havia pistas.

Os dois estão sentados em um café na área de Beyazit, não longe da entrada do Grande Bazar. O café é parte de um grande complexo de construções ligadas a uma venerável antiga mesquita. Final de tarde, e a chuva cai sobre o pavimento. Estão em um banco, os pés enfiados debaixo dos robes se protegendo do frio úmido. Num canto distante do salão um velho homem se reclina no banco, de olhos fechados, a mão retorcida em torno da boca de seu narguilé. O ar recende a perfume de tabaco e madeira secando.

Kamil tira o bocal de âmbar de sua boca e expira lentamente. A luz da janela tremeluz e se vai. Kamil ajusta seu manto de lã em torno dos ombros.

O ex-superintendente de polícia é um homem rijo, de cabelos prateados, o rosto profundamente sulcado, mas as mãos incongruentemente não são marcadas pelo tempo, tão suaves e elásticas quanto as de uma menina.

— Pensamos imediatamente na família de Ismail Hodja, claro. O corpo foi encontrado bem atrás de sua propriedade, afinal de contas, e não há outras residências na área.

— Sim — Kamil murmura em assentimento. — Este seria o primeiro lugar para se examinar. O senhor achou alguma coisa?

Ferhat espera um momento para responder, com os olhos fixos nas brasas, e então se volta para Kamil. Tem uma consciência aguda de que Kamil se omitiu de se submeter a ele e assume ser porque ele é filho de um paxá e acostumado a ser esnobe. Ainda assim, Kamil deveria falar menos diretamente, em deferência à sua idade. Mostra-se respeito através da formalidade, da dissimulação — são necessárias locuções dentro das quais perguntas e respostas possam se esconder, silenciadas, como a água escorrendo nos cascos de um cavalo, para que os fatos concretos permaneçam prerrogativa do mais velho, o professor. O que ele tem a ensinar a este principiante? Bei Ferhat pensa com amargor. Ele fracassou e este jovem ousado fracassará também.

— Quem eram as pessoas da casa na época? — pergunta Kamil.

O velho suspira e responde com vagar, mostrando seu desprazer em ser interrogado. O jovem iniciante deveria ler o arquivo. Até este ponto pelo menos ele chegou antes de parar de escrever.

— Na casa? Ismail Hodja, é claro. Sua irmã e a sobrinha. A governanta da sobrinha, uma francesa. Ela encontrou o corpo. Um jardineiro e um cocheiro que vivem na propriedade. Empregados diaristas e uma cozinheira que vive no vilarejo.

Ele pára e traga o cachimbo. Kamil espera até que ele exale a fumaça na sala, mas o pressiona ansiosamente ao ver que o velho superintendente não prossegue.

— Pode me dizer o que falaram, onde estiveram naquele dia e na noite anterior? Viram alguma coisa?

Bei Ferhat deseja não ter concordado com aquele encontro. Ele prolonga obstinadamente o silêncio.

Kamil entende que se adiantou muito. O homem é velho demais para ser convertido a uma abordagem moderna na solução de um crime, Kamil pensa. Para ele, o que importa é que é um idoso que já foi um homem de posição. O quebra-cabeças de um crime não vale nada se comparado a seu lugar na sociedade. O fato de Kamil resistir a isso não quer dizer que outros concordem. Ele ajusta seu comportamento de acordo.

— Superintendente efendi — ele diz, usando o título do homem por polidez —, eu gostaria muito de qualquer ajuda que o senhor puder me dar na solução deste crime. Pergunto-me se sua experiência com a outra investigação pode me ajudar a lançar luz sobre esta. Parece haver algumas similaridades, embora eu possa estar errado. Nisto, eu me submeto a seu julgamento.

Apaziguado, o interesse de Ferhat desperta.

— Que similaridades?

— Ambas eram inglesas e tinham empregos como governantas de membros da família imperial. Ambas foram encontradas na água. A segunda mulher foi provavelmente jogada no Bósforo entre Emirgan e Chamyeri. — Ele conta a bei Ferhat o que os pescadores da noite viram. Não menciona o pendente, ou as pupilas dilatadas.

O superintendente ergue os olhos para Kamil astuciosamente, seus olhos perscrutando o rosto dele para ver a reação ao que dirá em seguida.

— Você acha que há uma ligação com o palácio?

Se houver, bei Ferhat pensa com satisfação, isso arruinará este homem como arruinou a mim — deixado com uma pensão que mal paga seu tabaco. O escorpião, ele sabe, fez seu ninho na pilha de lenha do magistrado. Fingindo desinteresse na resposta, com um sorriso quase indiscernível, ele leva a xícara de chá aos lábios e depois coloca-a vazia na mesa.

Kamil não responde de pronto. Faz um sinal para o garoto, que se apressa em reabastecer suas xícaras do enorme samovar de cobre soltando vapor em uma mesa de canto. Os homens silenciosamente se envolvem em seu ritual de preparar o chá. Cada um deles balança o pires e a xícara na palma da mão, mede o açúcar de um pote e cria um pequeno redemoinho que margina a beira da xícara mas permanece confinado dentro dela como que por uma força misteriosa. Kamil levanta sua xícara contra a luz, admirando o vermelho âmbar do líquido.

— Excelente chá!

Bei Ferhat não se incomoda com a cor de seu chá. Espera uma resposta. Pensa se Kamil está sendo insolente ou se não sabe mesmo. Bem, se não sabe, eu não direi, pensa o velho. Deixe-o descobrir da maneira mais árdua que é melhor manter sem solução crimes ligados ao palácio.

Mesmo assim, ele está curioso com o novo caso.

— Pode ser uma coincidência — ele sugere ardilosamente, esperando que Kamil baixe sua guarda e conte a ele do caso atual. Não está interessado em discutir história.

Kamil coloca cuidadosamente sua xícara sobre a mesa.

— Talvez. — Ele senta-se imóvel, a atenção capturada pelas partículas de pó que dançam no raio de luz da janela. Caos tão tamanho, ele pensa, mas o mundo é por natureza ordenado. Sempre existe um padrão.

O alto tilintar de vidro batendo no pires leva sua atenção de volta ao superintendente. Ele é impaciente, Kamil pensa. Bom. Talvez ele esteja disposto a partilhar algumas de suas memórias do caso. Ele se volta para o velho.

— Não posso dizer se há uma ligação porque sei muito pouco sobre o primeiro caso. — Ele não acrescenta que as anotações de bei Ferhat estavam tão incompletas e mal organizadas que fora impossível tirar delas uma opinião.

Bei Ferhat suspira. Parece que no final das contas terá de pagar por seu entretenimento com memórias, mas não irá revelar nada. Deixe que ele adivinhe sozinho. E então será tarde demais. Não consegue deixar de sorrir com a idéia, mas seu rosto mostra uma afetação.

— O que você quer saber?

— O que quer que seja mais importante saber. Onde o corpo foi achado, quem falou com quem, o que disseram. A condição do corpo — ele acrescenta com cuidado.

— O corpo. Ela estava morta, e isso é tudo. De barriga para cima no lago. Achamos que ela tinha se afogado, mas o legista apertou seu peito e descobriu que não havia água em seus pulmões. Ela havia sido estrangulada. Dava para ver a marca no pescoço. Afiada como uma faca, mas não feita com uma faca. Uma corda muito fina e forte.

— Seda?

Bei Ferhat arreganha os dentes.

— Sim, uma corda de seda. Nenhuma outra corda deixaria aquela espécie de marca. — Todos sabem que este é o método preferido pela realeza. Ele não ameaça mais a eles que eu, apesar de seu título caprichoso.

— Ela era virgem?

Ferhat é um tanto surpreendido pela maneira direta de Kamil tocar em um tema tão delicado, mesmo entre homens. Seria muito diferente se fossem companheiros de copo ou amigos de escola, em cujo caso poderiam discutir tais coisas obscenas com liberdade. Mas são colegas, e ele é um idoso. Ele delibera brevemente se aquilo é ou não desrespeitoso, mas conclui que Kamil é simplesmente socialmente inepto. É comum entre crianças mimadas da elite, ele pensa. Isso o fará ainda mais suscetível à podridão do palácio, ele pensa com satisfação.

— Não.

— Outra similaridade. — Kamil faz uma pausa. — Havia alguma outra coisa marcante com o corpo, a não ser isso e a marca da corda em seu pescoço?

— Bem, não estou certo de poder se chamar de marcante o fato de ela não ser virgem — Ferhat ri à socapa. — Afinal de contas, ela era européia, e você sabe como são estas mulheres. — Ele se recosta e traga com satisfação seu cachimbo.

Kamil sorri palidamente, recusando-se a ser seduzido.

— Algo mais? — ele repete.

O superintendente se agita irrequieto. Não sabe o que este jovem principiante procura.

— Nada mais. A não ser que você esteja interessado em rumores.

— Que rumores?

— Houve alguma conversa de que ela estava tendo um caso com um turco, um jornalista.

— Estava?

— Como eu saberia? Ninguém tinha qualquer informação real, e há centenas de jornalistas hoje em dia, jornalistas demais, se quer saber.

— Como você estabeleceu a conexão com o palácio?

Bei Ferhat retrai-se.

— Houve uma testemunha — ele admite de má vontade.

Kamil está surpreso. Não sabia que havia uma testemunha.

— Do assassinato?

— Não. Do rapto. Exceto que aparentemente ela foi por vontade própria. Um dos eunucos disse que uma carruagem a apanhou no portão de trás. E não era a primeira vez. Ela sempre ia sozinha, com o mesmo motorista, de aparência infame. O eunuco planejava dizer ao empregador dela para demiti-la por sua falta de, como ele disse?, aptidão moral. Isso foi antes de ela aparecer morta. — Ele deixa escapar uma risada matreira.

— Que eunuco?

Bei Ferhat está agitado. Deixou-se trair. Não queria que Kamil soubesse do eunuco.

— Pertence ao pessoal de sultana Asma, no harém — admite com relutância.

— Sultana Asma? — Kamil tenta se lembrar onde ouviu o nome recentemente.

— A filha do sultão Abdulaziz, que ele descanse em paz. Ela é casada com paxá Ali Arslan.

A esposa do grão-vizir. Sybil na neve. Ele a vê, faces avermelhadas, viajando no trenó com sua mãe para o harém de paxá Ali Arslan.

— Mas havia muitas outras mulheres naquele harém — continua bei Ferhat.

— Outras mulheres de *status* alto?

— O paxá não tinha tanto apetite quanto seu sogro. Ou sua mulher fazia questão que ele mantivesse sua espada na bainha. — Bei Ferhat ri. — Nada de concubinas, apenas sultana Asma e sua filha, *hanoum* Perihan. O resto eram criados, como a inglesa. Embora os parentes de sultana Asma chegassem e partissem com tanta freqüência que poderiam bem viver ali. Todos conheciam a governanta — ele acrescenta.

— Quem mais visitava?

— Suas sobrinhas Leyla e Shukriye iam muito lá. *Hanoum* Shukriye estava noiva daquele beberrão, o príncipe Ziya, que foi morto com as calças arriadas em Paris.

Kamil tenta conter sua irritação. Nunca encontrara o príncipe Ziya, mas conhecia o bastante de sua reputação como homem zeloso e apoiador de causas justas para ter um grande respeito por ele. Nunca acreditou no rumor de que Ziya tivesse morrido num bordel.

— Então qual é a ligação entre o palácio e o assassinato? — Kamil pergunta. O velho superintendente implicou que havia um elo. Ele tem certeza de não ter ouvido errado.

— Esta é a ligação. O eunuco com olhos de águia de sultana Asma. Pergunte a ele você mesmo. E se certifique de levar um grande presente. — Ele ri com escárnio. Sultana Asma, seu eunuco, e a senhora Hannah, eram peões em um jogo de gigantes. Ele acaba de colocar este jovem principiante no tabuleiro. Ainda assim, não devia ter mencionado sultana Asma. Não quer ter mais problemas do que já tem.

— O senhor nunca encontrou a carruagem ou o motorista?

— Não.

O superintendente conhece sua reputação como um fracasso. Poderia explicar que foi forçado a uma aposentadoria precoce e a largar o caso sem solução. Mas negociar sua reputação pela verdade poderia fazê-lo perder bem mais que sua posição. Suas notas sobre o caso eram incompletas por esta mesma razão.

Kamil pergunta:

— E as pessoas de Chamyeri? O que elas lhe disseram?

— Nada. Ninguém afirmou ter visto alguma coisa. A não ser aquela francesa patética e histérica. Ela achou o corpo, correu para casa, empacotou suas coisas e estava pronta para partir antes mesmo de nós chegarmos. Ela nem falava nossa língua, e a jovem, sobrinha de Ismail Hodja, traduziu para nós.

— O que a francesa estava fazendo no lago?

Bei Ferhat pensa por um momento.

— Bem, ela disse que estava passeando. Suponho que isso seja razoável.

— Ela tinha o hábito de andar por lá? Se me lembro corretamente, o lago é bastante isolado, na floresta.

— Quem conhece a cabeça das mulheres? — bei Ferhat responde em tom exasperado. — Elas caminham nas florestas. Talvez tivesse se desentendido com o amante e queria alguma privacidade para lamber as feridas.

— Ela tinha um amante?

O superintendente chegou ao fim de sua paciência. O homem com certeza não tem imaginação, ele decide.

— Como eu saberia? Eu não posso simplesmente pedir a uma garota que pergunte a uma mulher se ela tem um amante, posso? E se tivesse, nunca admitiria. Que diferença isso faz, de qualquer jeito? Tínhamos uma testemunha. Não teve nada a ver com o pessoal da casa. — Ele decide parar antes que sua língua se espiche mais no caminho para o qual negligentemente já dirigiu o jovem.

A luz na janela ficou tépida e descorada. Lá fora, a chuva cessara e um gelado vento noturno começara a soprar. O salão começava a se encher com homens que tinham fechado suas lojas e procuravam seu momento de conforto antes de caminharem para casa pelas ruas escuras. Suas respirações se condensavam nas janelas numa cortina de umidade.

Bei Ferhat murmura que é hora de ir e levanta-se tremulamente. Kamil o agradece por sua gentileza e assistência e se oferece para ajudá-lo a ir para casa. O velho resmunga e o dispensa com um gesto.

— Não vivo longe. Vou caminhando.

Ele claudica até o pátio. Kamil fica para trás para pagar a conta. Quando sai, o superintendente havia desaparecido. Kamil encolhe os ombros, se embrulha em seu casaco e passa pela grande porta de pedra até a rua.

Assim que Kamil some de vista, bei Ferhat emerge das sombras por trás do pátio. Pára por um instante, inclinando-se contra o vento, como se esperasse para ver se Kamil retornaria, e depois entra de novo no café.

13

Um encaixe perfeito

amil e Sybil sentam-se opostos um ao outro na sala de recepção. Ele está ansioso para falar e recusou a inevitável oferta de chá. Evita olhar para Sybil e mantém a mente resoluta no propósito da visita. Para seu alívio, Sybil veste modestamente um vestido azul-china.

— *Hanoum* Sybil, você disse estar aqui quando Hannah Simmons foi assassinada.

— Pensei que você estivesse investigando a morte de Mary. Existe alguma ligação?

— Eu não sei. Pode não haver, mas eu gostaria de ter certeza. Falei ontem com o superintendente de polícia que tratou do caso. Talvez você consiga se lembrar de mais alguma coisa.

Sybil parece cuidadosa e diz, lenta e apologeticamente:

— Talvez eu tenha erroneamente menosprezado a polícia. Mamãe também não conseguiu descobrir muita coisa. Hannah foi vista pela última vez no quarto de crianças do harém, lendo para elas.

— Você a conhecia?

— Ela deve ter vindo à embaixada, mas não lembro de tê-la conhecido.

— Quem era o empregador dela?

— Mamãe disse que era sultana Asma. Mas geralmente há outras mulheres no harém, também.

— Você sabe quem mais?

— Não, mas posso tentar descobrir. Mandarei um bilhete para sultana Asma solicitando uma visita.

— Não é preciso fazer isso — Kamil se apressa em dizer. — Prefiro que não faça. Quer dizer, não sei o que está envolvido, ou quem. Pode ser perigoso.

— Você não pode falar com as mulheres, e talvez eu consiga achar algo útil. Vou só tomar chá, e não colocar minha cabeça na guilhotina — ela brinca.

Kamil não sorri.

Os dois ficam quietos por um momento, perdidos em pensamentos.

— Pobre Hannah — diz Sybil, finalmente. — Mamãe escreveu uma carta para os pais dela em Bournemouth, explicando tão delicadamente quanto pôde o que acontecera com a filha deles, mas nunca recebeu uma resposta. Nós a enterramos no cemitério inglês de Haidar Pasha.

— Terrivelmente triste — ele diz, sem jeito. — Então você não sabe nada sobre a família de *hanoum* Hannah?

— Não conseguimos saber nada. Exceto pelas memórias que algumas pessoas tinham dela, é como se ela nunca tivesse existido. — Sybil vira o rosto para o lado.

Kamil descarta um impulso de pegar na mão de Sybil e confortá-la.

— Ela deve ter membros da família em algum lugar que se lembram dela — ele a tranqüiliza. — E ela teve uma vida memorável, pelo menos enquanto estava entre nós. Afinal de contas, não é todo dia que uma jovem inglesa vem a Istambul para trabalhar com a família real. Certamente havia coisas boas em sua vida que a tornavam significativa. Isso representa para ela mais do que a memória de alguém, depois de ela ter partido.

— Suponho que você esteja certo. Imagino o que aconteceu com seus pertences. Lembro que foram enviados para cá. Duvido que papai saiba. Ele não se preocupa com este tipo de coisa. Mamãe teria cuidado disso. Há um quarto anexo à cozinha onde ela guardava coisas estranhas. Por que não damos uma olhada lá? — Sybil se apruma na cadeira e dá um sorriso, alegre pela perspectiva de uma tarefa comum.

* * *

A EMPREGADA NA COZINHA fica na porta, de boca aberta, enquanto Kamil e Sybil tiram potes incontáveis de pêssegos e geléias em conserva que haviam sido empilhados na parte da frente das prateleiras na despensa, obscurecendo uma variedade de objetos cuidadosamente arranjados: um velho relógio de mármore encimado por uma águia dourada, três tigelas de cobre amassadas com o metal gasto, uma caixa de colheres de prata e, no fundo da estante mais baixa, uma mala firmemente fechada com barbante. Na alça há uma etiqueta com uma letra tortuosa: 'Hannah Simmons, d. 1878. Pertences. Não remetidos.'

Kamil leva a mala até a mesa da cozinha. Sybil faz um gesto para que a empregada se retire.

— Vamos ver o que há nela. — Sybil puxa a mala em sua direção e começa a desatar o barbante. Kamil tira do bolso do casaco uma faca curta com cabo de chifre. Corta o barbante, abre a mala e deposita cuidadosamente seu conteúdo sobre a mesa: duas saias comuns, um par de sapatos de cadarço, um conjunto de escovas de cabo de prata, um par de pantufas turcas bordadas e alguns documentos.

— As sobras de uma vida — Sybil diz com tristeza. — Tão pouco.

Kamil percorre com os dedos a borda do forro da mala. Acha uma abertura e a força, revelando uma pequena caixa de veludo dentro de um espaço oco atrás do fecho. Kamil retira a caixa e a coloca sobre a mesa. Levanta-se abruptamente e vai até uma grande jarra de barro no canto da cozinha, tira a tampa e enche a caneca de estanho presa por uma corrente. Depois de beber tudo, recoloca a tampa e volta para a mesa.

Kamil alavanca o fecho com a unha de seu polegar e com um gesto abre a tampa. Dentro há um descanso almofadado de seda azul, com um entalhe no centro. Kamil coloca a mão no bolso e retira o pendente encontrado no pescoço de Mary Dixon. Coloca-o suavemente na marca. É um encaixe perfeito, como ele sabe que seria.

14

Sangue

Um eunuco espera na entrada da vila do grão-vizir. Veste um robe branco imaculado, que faz um contraste notável com sua pele negro-azulada. Seu rosto é suave e arredondado como uma berinjela, mas seus membros parecem esticados, mais longos do que se esperaria para seu tamanho. Na cinta larga que segura sua considerável cintura há um abanador para moscas num ângulo displicente, como um ornamento ou penas de garçota num turbante. Quando Sybil desce da carruagem, ele faz uma profunda reverência, passando a mão na boca e depois na testa, num grande gesto de mesura. Há nele também uma certa arrogância. Seus olhos fixam-se o tempo todo em um ponto acima da cabeça de Sybil. Não dá atenção ao tenente de casaco escarlate que saúda Sybil com luvas brancas nas mãos e depois comanda o resto de sua escolta armada em direção à casa da guarda. O eunuco jamais fala. Ao guiar Sybil através das maciças portas de mármore, as palmas de sua mão lampejam um amarelo, como um peixe que se vira.

Sybil acompanha o eunuco através de salões ricamente decorados e com tapetes finos enormes. Nas paredes há pinturas a óleo e inscrições corânicas penduradas no alto, próximas ao teto. Ela vê seu reflexo nas paredes espelhadas — um espectro branco deslizando atrás de um eunuco negro, dois fantasmas nas paredes do império.

Na porta entalhada com grinaldas douradas de rosas, o eunuco dá a ela pantufas amarelas bordadas com flores feitas de minúsculos cristais coloridos. Mas as mulheres que a recebem além da porta vestem-se à maneira européia, orientais apenas no excesso de fios e bordados em ouro e prata cobrindo todas as superfícies. Estão envoltas dos pés à cabeça com jóias, como ovos Fabergé. Sentam-se formalmente em cadeiras de braço forradas, mantidas eretas por seus espartilhos. Algumas têm lenços de seda enrolados sensualmente sobre seus cabelos, presos por broches de diamante.

Oh, o que foi que obramos*, pensa Sybil com desânimo, se isso é o que o mundo aprendeu conosco?

Sultana Asma se levanta e caminha em direção a Sybil, com as mãos estendidas em saudação. Seu rosto é redondo e agradável, com um nariz como um botão e olhos pequenos. Um rosto indistinto, do tipo que alguém vê mas do qual não se recorda ter visto, bebericando chá no lobby de um hotel ou dando moedas para um neto. Uma delicada pele branca se afrouxa em suas faces e embaixo de seu queixo. Os olhos que miram suas convidadas, porém, são firmes como pedras.

— Minha família sente-se honrada por sua presença na circuncisão de meu neto.

— Estou feliz por estar aqui, vossa alteza. — Sybil não lembra se deve se curvar ou fazer uma mesura, faz as duas coisas e tropeça nas pantufas, não familiares.

Grandes janelas emolduram a vastidão do Bósforo. Uma porta dupla de vidro permanece aberta. O cheiro de jasmim se insinua do terraço. A sala está inundada de luz.

---

*Verso de abertura do *Livro das horas*. (*N. do T.*)

— Deixe-me apresentar *hanoum* Sybil, filha do ilustre embaixador inglês — a anfitriã anuncia com um ligeiro sotaque.

As mulheres sorriem e a cumprimentam com vozes estridentes. Sybil responde em turco, causando murmúrios de aprovação. Ela se movimenta pelo salão, parando em frente de cada mulher, esperando que a anfitriã a apresente e mencione, em floridos elogios turcos, a posição do marido ou pai de cada uma delas. As mulheres são apresentadas na ordem de seu prestígio.

— Sua chegada é bem-vinda.

— Estou feliz de estar aqui.

— Como vai?

— Bem, obrigada. E você?

— Bem, graças a Alá.

— Como estão seu pai e sua mãe? E sua família?

— Bem. E seu pai, está bem?

A anfitriã, com certeza, disse tudo que sabia de Sybil antes de sua chegada. Não perguntariam de uma mãe morta, ou de um filho, porque Sybil é solteira aos 23 anos, idade que a maior parte delas considera avançada. Sybil, evidentemente, depois da morte de sua mãe, dedicou-se a cuidar de seu pai, renunciando ela mesma a uma família. Uma filha boa e zelosa.

Todas as cadeiras estão colocadas junto a paredes, como se as mulheres estivessem ainda reclinadas em um longo divã. Isso torna a conversa possível apenas com as vizinhas imediatas de Sybil, que tem um problema em acompanhar o que se fala. Uma das mulheres começa a falar em francês, mas o francês de Sybil é fraco, e ela retorna ao turco.

O menino de 7 anos que em breve será elevado à virilidade na ponta de uma faca está vestido com robes amarelos e azuis e anda pomposo entre as mulheres como um pavão, seguido por sua governanta.

Mais tarde, as mulheres cruzam a porta dupla de vidro e atravessam o pátio em direção a um pomar ensombrecido, além de ramos de jasmim e buquês de rosas, para a hora dos refrescos. Sybil caminha ao lado de sultana Asma. O cabelo dela está seguro por um turbante de gaze de seda orlado de pérolas, preso por um ornamento de diamante e rubi que lembra um buquê de flores. Um lado do turbante fica solto. A seda desliza por seu rosto quando ela se movimenta.

— Diga-me — ela pergunta a Sybil enquanto caminham pelo jardim —, como é a vida de uma mulher na Europa?

Com pouca experiência, Sybil conta da luta de Maitlin para se tornar uma doutora. Sultana Asma interrompe.

— E Paris?

— Nunca estive em Paris, vossa alteza — Sybil admite com relutância, ferida pela falta de interesse dela nas conquistas de Maitlin.

— Mas Londres é um lugar fascinante — ela arrisca, lançando-se numa narrativa um tanto ficcional da vida na cidade, onde esteve brevemente, mas sobre a qual leu em Dickens e Trollope. Ela joga na conversa a nova linha de trem subterrânea que, segundo ouviu, foi recentemente concluída.

Logo sultana Asma a interrompe mais uma vez.

— Meu sobrinho foi a Paris muitos anos atrás. — E cai inexplicavelmente no silêncio.

Sybil percebe agora que as perguntas anteriores de sultana Asma eram mais um prelúdio para isto, a questão importante. Ela tem também a impressão de que a própria Asma está surpresa e desconcertada por sua admissão mas, ao mesmo tempo, impelida a falar.

Ela pergunta, tateando:

— Ele gostou de sua estada?

— Ele morreu lá.

Esta, pensa Sybil, é a chave da questão.

— Que sua mente permaneça em saúde.

Elas caminham no jardim distanciadas das outras.

— Ziya era um bom homem. Eu queria que ele casasse com minha filha, Perihan, mas como neta do sultão, sua mão era muito valiosa para ser desperdiçada com um parente. Meu marido achou melhor comprar a lealdade de um ministro. Meu marido é esperto, um barco com velas que sopram ao mais leve vento. Deu-se bem com meu pai até ajudar a depô-lo. Agora serve ao sultão atual.

Sybil tenta esconder sua surpresa com a confissão de sultana Asma.

— Mas isso é normal, não? Quando há uma mudança no governo, as pessoas servem a quem quer que esteja no comando de seu país.

— Você não entende, *hanoum* Sybil. Somos todos escravos de Alá. Mas somos também escravos do sultão. Ele determinará nossos destinos. O palácio não é um lugar ou um governo, mas um corpo que alcança cada canto do império. Meu sobrinho não conseguiu escapar a ele mesmo em Paris. Eu sou menos do que a ponta de um dedinho. Embora eu mesma seja filha de um sultão.

No palácio, Sybil ouviu, a lealdade é fundamental; parentesco e amizade não importam nada, a não ser para alguém nascido da mesma mãe. Aqueles mais próximos do sultão estão mais em perigo, por estarem diretamente no compasso de seu olho crítico. Ela imagina se isso também vale para parentes de ex-sultões. Talvez mais ainda, decide, porque eles podem competir pelo trono. O homem mais velho da família herda.

— Eu estava lá quando meu pai foi deposto por seus próprios ministro de confiança — Asma continua em voz baixa. — Eles o envergonharam até ele se matar. O homem mais poderoso do mundo, e a quem não era permitido ver ninguém, a não ser suas mulheres. Guardas comuns observavam cada um de seus passos. Dá para imaginar? É indescritível.

Sybil, chocada, não pôde oferecer muito conforto.

— Que horrível, vossa majestade.

Sultana Asma prossegue, com voz melancólica.

— Ele amava minha mãe e me amava por eu ser filha dela. Ele nos amava mais que tudo. Limpamos o sangue de seus braços com nossos próprios véus.

Sybil não sabe o que dizer. Chegou a Istambul logo antes do golpe e se lembra dos assustadores conflitos nas ruas, de ouvir falar de tropas e navios de guerra cercando o palácio.

— Minha mãe ficou destruída — sultana Asma murmura.

— Minha mãe falou dela, vossa alteza. Ela a encontrou uma vez — Sybil diz em tom de empatia.

Sultana se volta subitamente.

— Quando?

— Deve ter sido em 1876, logo antes... — Ela deixa a frase sem final. — Mamãe visitou o harém em Dolmabahçe enquanto meu pai mantinha uma audiência com seu pai, o sultão Abdulaziz. Lembro de ela ter dito que ele trouxe um par de faisões como presente para o sultão.

— Meu pai tinha paixão por animais coloridos — sultana Asma recorda com carinho. — Papagaios, galinhas brancas com cabeças pretas. Tinha até uma coleção de vacas de diversas cores, lindos animais.

— Minha mãe contou ter achado sua mãe muito bonita.

— Ela era uma dama da alta classe russa, educada na França. Seu barco foi capturado em alto-mar e ela foi vendida para o palácio. Seu nome de batismo era Jacqueline, mas no harém a chamavam de Serché, o pardal, por ela ser tão pequena. As outras mulheres tinham ciúme do amor de meu pai por ela.

Sybil espera que sultana Asma continue a história de sua mãe, mas ela se vira e caminha sem pronunciar outra palavra. Ainda curiosa, Sybil a segue.

Depois de um momento, sultana Asma volta-se para Sybil e diz:

— Não há lealdade a não ser no sangue, *hanoum* Sybil. O dever de alguém para com seus pais é fundamental. Você fez a coisa certa ficando em casa com seu pai. O mundo está em suas mãos. Ao se casar, a chama de extingue.

Sybil fica perplexa com esta advertência.

— Mas vossa alteza, o dever de uma mulher para com seus pais não tem de tomar o lugar de se ter uma família e uma casa próprias.

Sultana Asma volta os olhos agudos para Sybil.

— Como está seu pai, *hanoum* Sybil? Está bem?

Sybil se surpreende com a súbita mudança de tom. Fica por um instante tentada a dizer a verdade, mas responde diplomaticamente.

— Ele está bem, graças a Alá.

— Você usa o nome de Alá, e ainda assim é cristã.

Sybil não esperava um argumento teológico.

— É o mesmo deus, vossa alteza.

Sultana Asma suspira, como se vexada consigo mesma.

— Não me tome ao pé da letra. Estou apenas preocupada com sua saúde e a da sua família.

Ela se inclina na direção de Sybil, o véu caindo sobre sua boca, e abaixa a voz.

— Talvez você possa levar esta mensagem a seu pai.

— Uma mensagem?

— Sim, que estamos preocupados com a saúde dele, que é tão vital para a saúde de nosso império. É difícil para nós sabermos o que se passa fora destes muros, e realmente não é um assunto para mulheres. Mas eu gostaria que seu pai soubesse que confio nele, como representante de seu poderoso império. Vocês nos ajudaram no passado, e nos ajudarão novamente. Nossa jornada é dura, mas suportaremos. Você pode dizer isso a ele, nestas palavras?

Embaraçada, Sybil responde.

— Claro, vossa alteza. Vou dizer a ele. E agradecemos sua confiança. Fazemos o que podemos pela liberdade no mundo. — Sybil exulta com suas próprias declarações grandiosas mas lembra-se que é assim que um diplomata fala.

— Não há liberdade, *hanoum* Sybil — sultana Asma responde secamente —, apenas o dever. Vamos onde nossos superiores mandam. Da mesma forma, não vamos onde nos proíbem. Por favor, leve a mensagem assim como eu a disse.

Algumas das outras mulheres olham para elas.

— Que Alá a proteja. — sultana Asma se volta e se afasta pela trilha.

A filha de sultana Asma, Perihan, aparece ao lado de Sybil e, olhando-a longamente, cumprimenta-a em turco.

15

1º de julho de 1886

Querida Maitlin,

Minha vida teve uma excitante reviravolta. Por favor não me repreenda por tomar esta iniciativa, irmã querida, você que sempre soube o que quis. Sei que você desaprovaria meu interesse nesses assassinatos por medo de que eu pudesse cutucar um vespeiro e acabar picada. Mas, querida irmã, esses medos, embora demonstrem seu amor, são inapropriados. Afinal de contas eu não sou uma governanta e tenho um protetor, o que Hannah e Mary não tinham. E é para ajudar Kamil em suas investigações que estou na diligência desses assuntos. Não consigo imaginar que você agiria diferente se tivesse a oportunidade de ajudar a solucionar não apenas um assassinato, mas talvez dois. Sua vida tem sido preenchida com tamanha excitação. Não desaprove a minha pequena aventura. Mas, como você sabe, eu sou cuidadosa e deliberada em minhas atitudes, e por isso você não precisa se inquietar.

Fiz algumas descobertas interessantes. Apresso-me em lhe assegurar que não forcei as coisas, mas que as informações caíram em minhas mãos, como uma maçã madura cai no avental de alguém que, por acaso, está debaixo da macieira.

Visitei ontem sultana Asma, a mulher do grão-vizir. Seu pai foi o sultão Abdulaziz, que foi deposto em 1876 e depois cometeu suicídio. Os ministros do sultão o forçaram a abdicar pois queriam uma Constituição e também porque ele estava levando o império à bancarrota com suas extravagâncias. Mamãe me contou que ele tinha mil mulheres em seus haréns e mais de 5 mil cortesãos e criados. Construiu dois palácios novos só para acomodá-los. A mãe de sultana Asma era uma de suas concubinas. Mamãe a encontrou uma vez, antes do golpe. Disse que ela era pequenina, com o rosto de camafeu. Achou-a linda e romântica.

Naquela época, sultana Asma já estava casada e por isso escapou do destino de sua mãe e de outras mulheres no harém do sultão depois que ele se matou — o banimento para o velho e decrépito palácio Topkapi. O marido de sultana Asma foi feito grão-vizir no novo governo, e agora ela é muito poderosa. Não sei o que aconteceu com a mãe dela. Hesitei em perguntar, em caso de a resposta ser inoportuna. Como é de entender, ela tem muita amargura com o golpe contra seu pai. Seu marido aparentemente estava envolvido, e ela testemunhou o suicídio de seu pai. Não é terrível? Sinto muito por ela. Apesar de toda sua riqueza e poder, ela é uma mulher triste.

Ela pareceu muito preocupada em desejar o bem-estar de papai, como se soubesse de sua condição. Por razões óbvias, temos nos esforçado para que ela não se torne pública. Ainda assim ela me pediu que dissesse a ele que ela — acho que quis dizer o império — continua a confiar nele, e talvez eu tenha interpretado errado suas palavras e ela não se referisse de jeito nenhum à saúde de papai. Não contei a ele. Ele ficaria mais ansioso se soubesse que a notícia se espalhou.

Descobri algo que pode ser do interesse de Kamil. Sultana Asma insinuou que seu sobrinho, Ziya, foi morto em uma viagem a Paris por alguém do palácio. Isto aconteceu bem na época em que Hannah foi morta. Desde então, descobri que a noiva de Ziya, Shukriye, vivia entrando e saindo do harém onde Hannah trabalhava, e que desapareceu da cidade logo depois. Ela se casou com alguém em Erzurum, do outro lado do país. Será que o desaparecimento e morte de tantas pessoas que se conhecem pode ser uma coincidência? De qualquer maneira, Shukriye volta em breve para visitar seu pai doente. Como homem, Kamil não pode abordá-la, mas vou visitá-la e ver se consigo alguma informação sobre Hannah.

Bernie manda lembranças. Ele pediu que eu acrescentasse uma nota para Richard. Quer saber se ele se lembra de um poema chinês sobre um pincel e uma corda de arco (espero que esteja lembrando disso corretamente), e para dizer a Richard que recentemente encontrou de novo o poema em um lugar surpreendente.

Bem, termino esta carta com este floreio de mistério. Como sempre, mande meu amor para Richard e os meninos. Não deixe que eles me esqueçam.

Sua irmã que a ama,
Sybil

16

O solo limpo da razão

Num dia de setembro do ano rumi de 1294, ou 1878, em nossas contas, acompanhei Hamza quando ele levava seu cavalo até a estrada principal. Folhas amarelas escorregadiças revestiam o chão. A floresta exalava um cheiro poeirento e acre da chuva. Fazia um mês que eu encontrara a mulher no lago. Madame Élise partira e Ismail Dayi estava fora, e por isso Hamza veio em visita abertamente. Queria ver mamãe. Ela nos serviu chá na sala de visitas, feliz por vê-lo depois de todo aquele tempo.

— Mamãe gostou tanto de sua visita, Hamza. Não a via assim jovial há tempos. Fico feliz de vê-la sorrir, o que ela não faz com freqüência. Gostaria que você viesse mais.

Chegamos ao portão.

— Sempre me surpreende que seu pai arrumou uma *kuma** — ele disse sem me olhar — dados os seus pontos de vista.

— Seus pontos de vista?

---

*Do turco. Amante. (*N. do T.*)

— Ele é um modernista, Jaanan. Um homem que acredita, como muitos de nós, que o império vai sobreviver apenas se aprendermos os segredos do poderio europeu. Alguns acham que basta copiar a tecnologia deles. Mas há mais do que isso. Se um dia quisermos ser respeitados como uma grande potência de novo, temos de nos juntar ao mundo civilizado. Isso quer dizer que temos de mudar a forma como pensamos e vivemos. — Ele se voltou para me encarar. — A poligamia não tem lugar neste mundo.

— Quem vai decidir o que é permitido neste seu novo mundo? — eu perguntei com uma aspereza que me surpreendeu.

— Cientistas, estadistas, escritores. Há mais de nós do que você pode imaginar, Jaanan. Alguns de nós foram a Paris, mas temos muitos simpatizantes aqui também. — Sua voz era baixa e rápida. — Publicamos um jornal, *Hurriyet**. Talvez você o tenha visto na biblioteca de seu tio. Eu sei que ele coleciona jornais reformistas, embora não saiba se os lê. Você devia lê-los, Jaanan. Vamos arrancar o império por suas raízes podres e plantá-lo no solo limpo da ciência e do pensamento racional.

Senti-me um tanto alarmada com a extensão do que ele propunha. Não havia nada podre que precisasse de conserto. Ciência e pensamento racional podem ser extremamente estéreis.

Eu, porém, não disse nada disso. Para agradá-lo, mais tarde eu daria uma olhada nos jornais.

Hamza sorriu para mim e mexeu suavemente em um cacho sobre meu ombro, abaixo da gaze afrouxada.

— Não vou poder vê-la por um tempo, princesa. — As vogais suaves e estendidas e o rastro sibilante da palavra francesa ficaram suspensas em torno de mim e amorteceram a notícia importuna num nevoeiro de prazer. — Eu vou viajar.

— Por quanto tempo? Aonde você vai? — eu perguntei melancolicamente.

---

*Do turco. Liberdade. (*N. do T.*)

Ele balançou a cabeça.

— Não posso dizer. Tenho de ser cuidadoso. O sultão suspendeu o Parlamento. Ele perdeu um terço do império para os russos. Se não fosse pelos britânicos, teríamos perdido Istambul e muito mais. E justo quando nós mais precisamos da Europa, ele ameaça uma revolta muçulmana mundial que afirma poder liderar como um califa. Está na hora de agirmos. Somos turcos, Jaanan. Seus ancestrais e os meus atravessaram as estepes da Ásia, homens e mulheres juntos. Não há necessidade de religião em um império turco. A religião é inimiga da civilização. — Ele envolveu meu queixo com sua mão e acrescentou suavemente: — Mas nem todos querem a mudança. Não quero criar problemas para você ou sua família, e por isso não posso mais vir aqui.

— É a sua família também.

Fiquei com raiva de Hamza e de sua política, que o afastava de mim. Não achava que minhas noites estudando textos islâmicos com Ismail Dayi eram incivilizados. Dei um passo para trás, em protesto. Hamza esticou a mão e apertou meu braço com tanta força que chegou a me machucar.

— Hamza! — eu gritei em protesto e me afastei, mas ele me puxou até que nossas cabeças estivessem próximas.

Ele introduziu um objeto no xale amarrado em minha cintura, suas mãos deixaram um rastro de calor e ele sussurrou:

— Seus olhos são tão luminosos quanto este vidro do mar.

Soltou meu braço e, sem outra palavra, montou no cavalo e partiu.

Das dobras da seda tirei uma pedra lisa e verde que parecia brilhar por dentro. Estava envolta por um ornamento de ouro e pendurada em uma corrente fina.

Será que este belo objeto poderia ser o caco mundano de um vidro de remédio depois de anos sendo gasto pelo mar e polido pela areia? Senti na época que havia um significado a ser apreendido, algum tipo de parábola, mas aquilo me fugiu.

17

3 de julho de 1886

Querida Maitlin,

Papai teve mais uma de suas indisposições. Acho que o assassinato de Mary Dixon o perturbou. Ele não suporta ser lembrado da morte de mamãe — de qualquer morte. Dorme na biblioteca e lá faz todas as suas refeições. Vou cuidar para que sua mente se mantenha livre de coisas assim no futuro. De resto, ele é zeloso como sempre, cuidando ele mesmo da interminável papelada. Recentemente mandou embora seu secretário porque disse que ele não era confiável. Talvez papai esteja certo pois, desde sua demissão, o homem ficou em Istambul e se estabeleceu como um agente de comércio em vez de comprar uma passagem de volta para a Inglaterra. Isso pode soar melodramático, mas é verdade que, aqui, deve-se sempre estar alerta com relação a espiões pagos pelo sultão ou por outros interesses estrangeiros, ou mesmo pelos britânicos. Eu ainda me preocupo com o interesse de sultana Asma pela saúde de papai. Quantas pessoas sabem de seu declínio?

Fico pensando em como seria permanecer aqui, uma vez que papai não mostra interesse em partir. Há muito a se admirar na vida de uma dama otomana, embora haja nela algo infantil e sedutor, muito inapropriado para a mente civilizada. Parecem não usar suas cabeças para nada mais que intrigas intermináveis, como crianças brigando, embora com conseqüências muito mais severas. Mas estas mulheres não são dóceis e passivas como podem parecer. Podem se transformar de langorosas e infantis a magnificentes e mandonas em instantes. A natureza delas não é fixa, como a nossa.

Como você pode ver, mantive minha objetividade e não me tornei, como você sugeriu em sua última carta, "uma nativa". As famílias de funcionários que visito com papai nos dias de hoje, na verdade, vivem muito como você ou eu. Os vestidos das mulheres são da última moda em Paris, muito mais atualizados que os das mulheres de Essex. Os homens também se vestem em estilo europeu. Homens e mulheres jantam na mesma mesa e depois se recolhem a salas separadas, como fazemos em casa. É verdade que o gosto deles, quando se trata de mobiliário europeu, é bruto. O mancebo pode estar perto do piano. Têm um amor pela ostentação que torna horrendo até o melhor vestido quando o cobrem com um xale incrustado de jóias. E os homens usam em suas cabeças aqueles potes de flores de feltro com borlas. Mas isso é a inexperiência com a civilização, tão natural como crianças aprendendo a andar. Se eu algum dia tiver meu lar aqui, vou incitar você, Richard e os meninos a virem me visitar e talvez o Oriente os seduza, como você afirma que me seduziu.

Estou sentada à sombra dos pinheiros no pátio e ouço as alegres buzinas das balsas a vapor que navegam pelo Bósforo além dos muros da residência. Eu gostaria tanto de poder partilhar meus pensamentos com você aqui a meu lado. Tenho tentado reinar em minha imaginação, como você tão freqüentemente me aconselhou a fazer. Shukriye chega dentro de dias. Acho que vou visitá-la primeiro e ver se há algo que eu possa descobrir antes de mencionar a Kamil.

Quando Kamil vem, nós às vezes nos sentamos na cozinha, muito companheiramente, como um velho casal em torno de uma xícara de chá. Convidei-o para jantar comigo e papai hoje. Ultimamente tenho lembrado um bocado de nosso velho chef monsieur Menard. Um sinal da idade que chega, talvez — reminiscências, embora eu tenha pouco passado com o qual me ocupar. Mas, como você gosta de dizer, há sempre o futuro.

Já me espichei demais de novo, minha querida. Você escreve que lê avidamente estas digressões minhas e que elas são um bem-vindo alívio de suas tarefas. No entanto, acho que me imponho demais com estas longas missivas. Em minha defesa, nunca me senti tão viva. E quem melhor para partilhar isso comigo do que minha devotada irmã, com quem sempre desfrutei de uma rara amizade e de tanto em comum em mente e sentimento? Em nome de nossa amizade, perdoe-me minha imposição em seus dias ocupados com estes caprichosos relatos meus.

Como sempre, meu amor para você e os homens de sua família — porque é isso que encontrarei quando por fim ver meus sobrinhos queridos.

Sua irmã que a ama,
Sybil

18

Kismet

Depois do jantar, Sybil e Kamil estão no terraço do salão de recepção do segundo andar e olham para a cidade palidamente iluminada além do alto muro de pedra que cerca a área. O crepúsculo os apanhou de surpresa. O Bósforo é um vazio além da cidade, mais sentido que visto. A meia distância, uma guirlanda de luzes oscila entre os minaretes de uma mesquita, marcando o feriado que celebra o fim do mês do jejum. A lua, delgada como um pedaço de unha cortada, suspende-se sobre o domo.

— Você acredita mesmo no *kismet**, que nossa sorte está escrito em nossas testas? — pergunta Sybil.

— Não existe algo como *kismet*. É só uma expressão, uma crença supersticiosa, o recurso daqueles preguiçosos demais para lutarem e se tornarem alguma coisa.

— Isso é um tanto impiedoso, não? Pense em todas as pessoas por aí — ela estica a mão em direção à cidade escura —, que tentam o que podem e ainda assim vivem vidas miseráveis.

---

*Do turco. Destino, em português. (*N. do T.*)

— Sim, isso é verdade. Mas acho que muita gente não tenta tanto quando devia. O que eu quero dizer é que é exaustivo contemplar a idéia de ser completamente responsável pelo próprio futuro. É uma responsabilidade enorme, e até diria uma carga, para o homem comum.

Sybil se volta para ele, surpresa.

— Então você acha que as pessoas são simplesmente preguiçosas demais para melhorarem suas vidas, ou incapazes de assumir a responsabilidade?

— Acho que, colocado desta forma, soa um tanto maldoso.

— Penso que se pode confiar que as pessoas farão o melhor com o que lhes é dado. Um homem pobre, com apenas um xelim no bolso, irá usá-lo mesmo assim para vestir e alimentar seus filhos.

— Ou pagar bebidas para os amigos.

— Isso é horrivelmente cínico. — A voz de Sybil subiu um tom.

— Suponho que seja verdade — ele concorda, tentando aliviar a tensão entre eles — por eu ter sido abençoado com uma família rica e bem situada, uma casa, uma educação, e que assim é mais fácil para mim ser progressista. — Ele expele a última palavra, surpreendendo até a si mesmo. Quando eu me tornei tão cínico?, ele pensa.

— Você acha que é o islã que mantém as pessoas atrasadas?

— *Kismet* não tem nada a ver com o islã. É simplesmente uma superstição, como o olho do mal.

— As pessoas precisam de religião, não? — Sybil pergunta pensativamente. — De outra forma, como poderiam suportar toda a miséria e as privações?

— A religião é o andaime dentro do qual construímos nossas vidas. Desmorona quando não precisamos mais de seu apoio.

— Que definição curiosa de religião. O que é a religião sem crença, sem fé? A fé não é necessária?

— Eu não saberia dizer — ele responde cansadamente. — A mim a religião parece nada mais que um conjunto de rituais vazios e refinamentos litúrgicos que não significam mais do que dizem.

— Tudo significa mais — Sybil contesta. — O que você descreve não é uma vida, é uma aparência de uma vida. O que é progresso, então, se nada tem significado?

— Progresso significa agir racionalmente, com base em fatos conhecidos, não de acordo com o *kismet* de alguém ou os resmungos de um *hodja*.

— Certamente significa também levar uma vida moralmente correta. Dar os xelins a seus filhos em vez de bebê-los, como você mesmo disse.

— Sim, claro. Civilização não quer dizer que tudo é aceitável. Ao contrário. Há padrões que todos podem aprender.

— E onde aprendem padrões morais? Na igreja, na mesquita.

— Dos pais. E nas escolas, que podem corrigir as falhas dos pais. Escolas apropriadas, que ensinem ciência e artes, os triunfos verdadeiramente grandes da idade moderna, não os mesquinhos "faça ou não faça" dos livros de orações.

— Mesquinhos? Deus meu, estes "faça ou não faça" são a civilização. São um compasso moral. Sem isso, as pessoas são recipientes vazios, não importa o quão espertas ou racionais pensem ser.

Kamil não gosta de discussões acaloradas, mas respeita Sybil por manter a posição dela. Sente-se cansado, com sua investigação sem apoio.

— Devo ir, *hanoum* Sybil. — Ele vê a tristeza no rosto dela e se envergonha por ter sido a causa. Não se move.

— Sim. — Ela não encontra palavras. Os dois ficam no terraço, debruçados na balaustrada de ferro trabalhado. Olhando para as formas escuras de árvores e edifícios, Kamil reflete sobre quantas cores há no que se chama desatentamente de preto.

Finalmente ela diz:

— Concordo que a religião não é o único meio de aprender comportamento moral. E é verdade que a religião é usada com freqüência de modo inescrupuloso para manipular as pessoas e para encorajar e justificar comportamentos não civilizados. Vimos isso demais na Inglaterra, com nossos vários reis, guerras e injustiças. Mas seria triste perder — ela levanta o queixo e olha para ele — estas pequenas delicadezas.

— Sim, talvez você esteja certa. — Ele está intrigado com a discussão e se sente estranhamente em paz. Ela está parada ao lado de seu cotovelo esquerdo, voltada para vê-lo. As mãos deles na grade quase se tocam. Eu ficaria aqui para sempre, ele pensa. Olha para ela mais atentamente na luz que se derrama do salão atrás deles. Olhos grandes e sinceros num rosto determinado, pescoço arredondado, a pérola aninhada no encaixe abaixo dele, um ligeiro perfume de lilás. O cabelo dela está enrolado frouxamente atrás de sua cabeça, e cachos escapam em torno de sua testa e orelhas. Ele sente a pressão sob o tecido esticado no colo dela, um desejo de se expandir na direção dele. Enquanto olha, percebe as faces de Sybil se avivarem. A pérola se destaca como uma lua cheia contra sua pele corada. *Gerdanlouk*, ele pensa. Uma evocativa palavra turca, de raiz árabe. Significa joalheria, mas apenas as jóias que adornam uma mulher entre a parte baixa de seu pescoço e o topo de seus seios. *Gerdanlouk*. Ele desvia o olhar.

Kamil deixa-se ficar no terraço, olhando o espaço mais escuro além das árvores, esperando que o ar frio e envolvente limpe sua mente de distrações. As distantes e infinitesimais lanternas sobre as mesquitas bruxuleiam e cintilam no vento, marcando o fim do Ramadan. Uma nova estação, ele pensa, uma nova lua. Pessoas limpas por um mês de jejum. Talvez esta seja uma boa coisa, poder começar de novo a cada ano, fresco como um recém-nascido. Livre de pecados e vícios, diriam os cristãos. Para os muçulmanos, que não têm conceito de pecado, a reforma significa reajustar o comportamento para que ele fique impecável aos olhos dos outros. Nunca é tarde demais para isso. O que os outros não vêem, bem, esta é uma outra história.

* * *

CEDO, NA MANHÃ SEGUINTE, Kamil vai a cavalo para a casa de sua irmã Feride. Uma manhã em cada semana ele visita sua irmã e suas filhas gêmeas, Alev e Yasemin — apropriadamente chamadas de Chama e Jasmin, uma irrequieta e curiosa, a outra amavelmente tranqüila. Tomam o café-da-manhã juntos. Às vezes se junta a eles o pai de Kamil, paxá Alp, que vive em uma ala separada da mansão de Feride. Kamil evita chegar em horas que pode encontrar seu cunhado em casa. Não gosta de bei Huseyin, um primo distante e membro menor da família imperial. Para Kamil, ele é um legalista do palácio, porém, mais crucialmente, um homem teimoso e egocêntrico.

Kamil sente que sua irmã é sozinha, apesar da grande casa cheia de criados, crianças e visitas constantes. Para Feride a vida social é um mecanismo desesperado e bem azeitado.

A agitação aliena o coração, ele reflete. É mais fácil estar em paz quando o mundo se recolheu para uma distância observável. Mas ele sabe que Feride não entende isso e não acreditaria nele se ele tentasse explicar. Quando garota, ela queria desesperadamente ir a eventos sociais e visitas, mas quando voltavam, ele se lembrava do rosto dela como tristonho e desnorteado. Ela raramente trazia amigos à vila. Pensava na época que ela tinha vergonha de levar os amigos a uma casa tão fora de moda, mas agora acha que ela era sozinha mesmo então. A diferença entre eles é que ele saboreia sua solidão, enquanto Feride luta contra ela com uma atividade contínua. Ele espeta um pedaço de melão de seu prato e mastiga lentamente, olhando Alev tentando se contorcer para sair do controle de sua mãe enquanto Feride refaz o laço de seda atrás de seu vestido e depois diz a ela que se sente à mesa ao lado de sua irmã.

Seu pai senta-se na cabeceira da mesa, desolado e curvado sobre a comida intocada. Seus lábios e dedos estão manchados de marrom. Kamil vê o couro cabeludo nu através dos cabelos rarefeitos de seu pai, uma visão que o comove com pesar. Kamil tenta fazer com que seu pai levante o olhar para que possa enxergar seus olhos. O pesar cede lugar à raiva. Paxá Alp não levanta o olhar ou responde às tentativas de seu filho de tirá-lo de dentro de si mesmo. Alev e Yasemin estão incomumente quietas, com os olhares atraídos inexoravelmente para a figura sombria arquejada ao lado delas. Feride continua a conversar cordialmente, como se estivesse com o pleno comando de seu público.

— Quando vamos encontrar uma noiva para você? — ela pergunta com um sorriso provocador. — Outro dia destes visitei a casa de bei Jelaleddin. Sua filha é amável, educada e tem a idade certa. É linda como uma rosa. Não espera muito ou outra família irá colhê-la debaixo do seu nariz.

Kamil faz um círculo no ar com a mão para sinalizar exasperação, mas sorri. É um velho jogo entre eles.

— Um casamento bem arranjado trará você de volta para nós. — Ela olha para suas filhas silenciosas e seu pai desolado. — Se você fosse casado, poderíamos sair todos juntos com nossa cunhada. Isso não seria divertido, meninas? — Feride tem duas cunhadas, as pavorosas irmãs de seu marido Huseyin, mas não são as amigas que procura. As duas guardam ciumentamente os interesses do irmão contra qualquer usurpação por parte da esposa.

— Sim, mamãe — as sobrinhas de Kamil respondem em uníssono.

O pai de Kamil se ergue sobre seus pés e, com olhos vagos, caminha para a porta. Um criado o segue de perto, caso ele caia.

Feride olha diretamente para Kamil, mas ele não a encara. Luta contra a raiva que seu pai sempre evoca nele. É um sentimento indigno que ele tenta esconder de Feride.

Kamil usa o pão para capturar um pedaço de queijo de cabra do prato e olha sub-repticiamente para sua irmã, que ajuda as meninas a terminarem o café-da-manhã. Ele pensa como, apesar de todas as suas tarefas e preocupações, ela sempre consegue parecer tão calma, com os cabelos penteados para trás sob uma intricada touca de tecido engrinaldada com fios de pequenas pérolas, o vestido apertado, as mãos descansando quietamente sobre o colo ou trabalhando eficientemente em alguma incumbência. Seu rosto longo e pálido, com seu nariz reto e lábios finos, não é convencionalmente bonito, mas carrega uma certa seriedade, uma radiância pacífica que atrai. Será que esta vida a satisfaz?

É uma satisfação que pode matar, ele pensa. Sempre perdoando a sutil violência cometida contra o tempo e as aspirações das pessoas. Transformando minutos em horas e dias em anos, quando há tanto a ser feito. Ele não quer verter sua vida em uma ampulheta que vaza.

Não existe conceito de tempo no Oriente, ele pensa severamente. O tempo é quando você casa e tem filhos, e depois seus filhos se casam e têm os filhos deles. É assim que vidas são computadas. Entre estes marcadores, as pessoas sentam-se na sombra, bebem chá com seus companheiros e transformam as colinas de seus vizinhos em montanhas ou causam injúrias.

Ele prefere medir seu tempo e calcular o que pode ser feito com ele minuto a minuto. Sua mão acha automaticamente o relógio de bolso que ganhou de sua mãe antes de ir para Cambridge. Ele o acaricia distraidamente.

As garotas saem correndo assim que terminam seu café-da-manhã. Feride e Kamil vão para a sala de visitas. Feride fecha a porta.

— Eu não sei o que fazer — ela sussurra, ansiosa. — Você acabou de ver papai. Tornou-se insuportável. Ele raramente fala e nunca deixa a casa. Tudo o que ele faz é ficar em suas instalações fumando seu cachimbo. Não apenas ele se recusa a falar com Alev e Yasemin, mas agora as evita em casa. Quando o questionei sobre isso, ele me disse que elas estão numa idade em que não é apropriado estar na mesma sala com um homem mais velho. Quer que elas cubram seus cabelos!

— Mas elas são apenas crianças.

— Eu sei. É ridículo. — Feride diz aflita. Duas linhas verticais entre suas sobrancelhas estragam a suavidade de seu rosto. — Ele é o avô delas. Não há regras que o proíbam de vê-las. As meninas amam o avô. Ele costumava brincar com elas quando eram menores. Agora sentem que de alguma forma o desagradaram.

Kamil tem um lampejo súbito.

— Sabe, Feride, as meninas estão começando a se parecer muito com a avó delas, com cabelos avermelhados e sardas. E as vozes delas, especialmente a de Alev. Você lembra de como descreveu uma vez a voz de mamãe, como pombos arrulhando? Talvez papai não agüente a lembrança — ele sugere.

— Bobagem. Ele apenas está se permitindo ser velho e desagradável.

— Você disse a ele que elas estão chateadas e sentem falta da companhia dele?

— Claro, mas ele diz que é a vontade de Alá. E desde quando ele se importou um centavo com a vontade de Alá? A única vontade com a qual ele jamais se preocupou foi a dele mesmo — ela acrescenta com amargura.

Kamil percebe subitamente que Feride tem uma experiência muito diferente de sua família. Ele com certeza nunca pensou em seu pai como turrão — muito pelo contrário. Ao que mais ele ficou cego?

— Eu não consigo imaginar o que aconteceu com papai. E ele não come nada — ela acrescenta com uma voz dolorida. — Você viu como ele está.

Kamil pega a mão dela.

— É o ópio, Feride. Depois de um tempo, ele enfraquece o apetite. Você notou algo incomum nos olhos dele?

— Nos olhos?

— Estão mais escuros?

— Não percebi. Isso é um sintoma?

— Acredito que sim.

Ela o encara e retira sua mão.

— Por que você não me disse isso antes?

— Eu acabei de aprender. Li num livro — ele mente. — Aparece nos últimos estágios do vício.

— Você e seus livros. Bom, o que eu devia fazer? Tentar fazê-lo parar com o ópio? Posso ordenar aos criados que não o consigam mais para ele, mas ele pode ter outras fontes, e isso apenas o enraiveceria. O que eu devo fazer? — ela pergunta de novo, exasperada.

Kamil se lembra de Sybil e do pai dela. Ele gostaria de poder falar a ela sobre seu pai. Talvez o faça. Por que não? Ele olha mais uma vez para sua irmã e deseja poder suavizar o franzir de seu rosto como conseguia quando era menino. Como ela e Sybil se dariam? Como fogo e fogo, ele pensa. Ou gelo e gelo. Ele se inclina e passa o dedo indicador sobre a sobrancelha dela, como se removendo o franzir. Feride mantém-se tensa e quieta por um momento, e então começa a chorar.

— Não chore, minha alma. — Kamil senta-se perto dela e a segura até que ela se acalme. Tira do bolso um lenço e o entrega a ela.

Kamil se recosta, cansado, e pega em suas contas.

— É possível tirar o ópio de papai, mas por um tempo as coisas vão ficar piores, muito piores. E vai ser você quem vai agüentar o peso de sua ira.

— Mas o que mais podemos fazer? As coisas não podem continuar assim. Ele vai morrer de fome.

Os dois ficam em silêncio por um instante, lado a lado.

— Talvez possamos conseguir que o ópio seja diluído lentamente até que ele se cure. — Feride senta-se ereta, os olhos ainda molhados pelas lágrimas, mas excitada com a idéia.

— Sim, sim. É isso que temos de fazer. Você acha que ele vai perceber? Se fizermos bem, bem devagarinho? Os criados me ajudarão.

— Eu não sei, *Feridejim**. — Kamil afaga a mão dela. — A pasta é muito característica. Ele com certeza vai notar alguma mudança. Nem tenho certeza de que possa ser diluída. Vou ler mais um pouco sobre isso. Por enquanto, tente reduzir a quantidade e se assegure de que os criados não contrabandeiem mais. Nesse meio tempo você deve preparar as meninas para um período difícil. Papai pode se voltar contra elas. Isso será pior que a omissão.

---

*Do turco. Diminutivo, tratamento carinhoso. (*N. do T.*)

— Talvez eu deva mandá-las por um tempo para a mãe de Huseyin. — A voz dela oscila e ela começa a chorar de novo.

— Você sabe que não se dá com sua sogra, Feride. Deixe as meninas ficarem aqui por enquanto. Apenas mantenha-as longe de papai se ele começar a agir diferente. É uma casa grande.

— Sim, meu irmãozinho. É o que farei — ela diz com mais confiança do que sente. — Obrigada. Você sempre sabe o que fazer.

Você vai encarar as conseqüências se eu estiver errado, ele pensa, mas não diz nada.

19

A linha carmesim

Quando eu tinha 17 anos, papai decretou que eu me mudasse de Chamyeri de volta para Nisantasi para viver com ele e tia Hüsnü. Ele estava me chamando, como disse mamãe, para a civilização.

— Chega dessa indolência, de se sentar em almofadas e comer *lokum** de mel. Você e seu irmão estão enchendo a cabeça dela de bobagens. Tudo bem com a poesia, mas o que ela sabe de dirigir um lar e se movimentar em sociedade? Que marido quer uma mulher que foi educada pelos lobos?

Violet e eu nos olhamos. Estávamos agachadas atrás do arbusto de rododendros abaixo das janelas treliçadas da sala de visitas do harém. Tremi de raiva com a grosseria de papai. Como ele sabia o que acontecia naquela casa se nunca estava lá? Não nos visitava há mais de um ano. As palavras inflamadas que vazavam pela janela faziam meus membros se curvarem com seu peso. Tentei levantar e sair correndo, mas Violet segurou meu braço e me conteve. Ela ba-

---

*Doce turco feito com amido e geralmente com sabor de água de rosa e limão. (*N. do T.*)

lançou a cabeça impacientemente e comprimiu-se mais contra a parede da casa. Eu ouvia minha mãe chorando silenciosamente. Queria que ela falasse, mas ela não discutia, não lutava por mim. Ajoelhei-me, estremecendo, sob as flores fulgurantes até ouvirmos o clangor da carruagem de papai. Naquela noite não consegui ser consolada pelos carinhos de Violet, e ela me aquietou em seus braços. No dia seguinte, descobri cinco marcas redondas e avermelhadas em meu braço, onde Violet havia me apoiado.

Mamãe não olhou para mim no dia de minha partida, embora eu me ajoelhasse por um tempo no tapete a seus pés, segurando em minha mão a ponta de seu robe. Ela estava arquejada sob sua zibelina no divã. Ajoelhei-me à sua frente, beijei sua mão e a pressionei respeitosamente contra minha testa. A mão dela estava leve e irreal como uma mariposa. Minha mente lutava para encontrar as palavras certas, as palavras mágicas que romperiam seu transe e a ligariam a mim, uma luminosa linha carmesim enrolada uma vez em seu pulso e de novo em minha cintura, uma linha que se estenderia entre os mais longínquos cantos do império e seu quarto em Chamyeri. Quando eu tocasse a linha, sentiria seu pulso bater as canções de ninar de minha infância em Nisantasi, antes de tia Hüsnü chegar.

Eu a assegurei que ficaria bem, que escreveria e viria visitá-la, mas não tinha certeza se ela me ouvia.

— Adeus, mamãe. Que Alá a mantenha protegida.

Ela virou o rosto na direção da luz dourada que fluía para o salão do jardim. Vi sombras se moverem em sua face, mas não lágrimas.

Pressionei a borda de seu robe contra meus lábios e o deixei cair no divã, um material quase negro contra as almofadas vivas. Meus dedos escorregaram pelo cetim quando me levantei. Andei de costas para a porta. Ainda podia sentir a fria maciez de seu robe como água em meus dedos.

Violet estava pronta, com nossas poucas trouxas e nossos baús de madeira. Não tínhamos muitas roupas. Meu baú estava pesado com livros. Ismail Dayi havia me convocado a seu estúdio na noite anterior e me entregado todos os seus livros favoritos. A lamparina acentuava os traços pronunciados e as cavidades de seu rosto. Achei que ele parecia cansado.

— Eu sempre posso substituí-los, minha filha. São seus — estes e o que mais você quiser levar. Esta casa será sua depois de minha morte. Não, não interrompa. E também é sua enquanto eu estiver vivo, também. Não tenho filhos. Você é minha única filha. Esta é e sempre será sua casa. Eu lhe digo isso agora para que você se sinta segura com seu futuro. Bem, eu talvez não devesse me intrometer.

Ele tomou minhas mãos em seus dedos finos, franziu os lábios e examinou meu rosto à luz da vela enquanto refletia.

— Não pense, minha filha, que você precisa casar para estar segura. Você tem a riqueza para poder tomar suas próprias decisões. Faça tudo em seu tempo, até sentir o impulso dentro de você mesma. Não se deixe guiar pelo medo, e nem pelo desejo. E certamente não pela vontade dos outros, embora — e ele sorriu ternamente para meu rosto levantado — eu não consiga imaginar uma vontade forte o bastante para tirá-la de seu caminho, minha leoazinha.

Caminhamos até a porta aberta e olhamos a lua cheia dançando sobre o Bósforo.

— Como a lua e as marés, o coração humano tem muitas fases. Espere por elas. Elas não se apressarão.

Não tinha certeza do que Ismail Dayi queria dizer, mas sob seu meigo abrigo eu pude chorar.

* * *

O ADIVINHO ATRÁS do bazar de temperos era quase cego. Tinha uma longa barba branca e vestia um robe marrom gasto e um gorro listrado. Violet lhe deu uma moeda e ele abriu a gaiola de madeira. Um gordo coelho branco emergiu dela timidamente para o tabuleiro da sorte. Depois de um momento, ele cutucou o tabuleiro com seu trêmulo nariz rosa e o velho homem libertou o pequeno pedaço de papel fixado ao tabuleiro no local que o coelho havia indicado. Violet esticou a mão para pegá-lo. Eu a cutuquei e ela deu ao homem outra moeda. O coelho saiu de novo e focinhou outro pedaço de papel. Violet e eu levamos nossas sortes para o parque ao lado e nos sentamos sob uma árvore para lê-las. Em meu papel estava escrito: "Sempre um dia abundante. Uma vida de movimentação e novidades." No papel de Violet se lia: "Lealdade no lugar certo e na hora certa a salvarão de uma situação difícil." As sortes estavam escritas com uma letra elegante e conjeturamos sobre a identidade de mão tão cuidadosa. O filho do adivinho, talvez. Com certeza o velho não ganhava dinheiro suficiente para contratar um escriba que escrevesse suas sortes.

Minha sorte, pensei, parecia ser o casamento, e eu não via o que aquilo tinha a ver com abundância. Movimentação e novidades, com certeza. Abundância de riqueza talvez, também. Mas não a abundância de mulheres satisfeitas e de bochechas gordas em seus quartos cheios de cantos de pássaros. Eu seria sempre o pardal bicando as barras da gaiola.

Papai decidira que eu me casaria com seu colega na Porta Sublime, efendi Amin. Um homem 15 anos mais velho que eu, com um bigode abundante que se estendia além de suas faces nos dois lados. A primeira vez que o vi foi quando chegou com um grupo de homens para visitar papai. Achei estranho que papai tivesse pedido a mim, e não ao criado, para servir café aos homens. Não pude evitar observar o homem que mais tarde soube ser efendi Ami. Seus joelhos ressaltavam pontiagudos nas pernas de sua calça. Descansava o cotovelo sobre o braço da cadeira e traçava com seus dedos longos e brancos um círculo lento e indolente sobre sua camisa. Seus olhos me seguiram em torno do salão enquanto eu servia pequenas xícaras de café sobre uma bandeja de prata. Quando me inclinei para aproximar a bandeja, senti o cheiro de lã passada a ferro quente e um leve odor de rosas, que acho repelente em um homem. Senti seus olhos seguirem o movimento de meus seios sob o tecido. Ele apanhou a xícara e, por um breve momento, nos tocamos através da bandeja. Eu recuei, derrubando café das outras xícaras.

Papai insistiu que eu usasse vestidos ocidentais quando recebêssemos visitas. Permitia um lenço sobre meu cabelo quando havia estranhos presentes, mas insistia que meu rosto ficasse descoberto. Não me incomodava em usar aqueles vestidos, mas resistia ao espartilho. Que espécie de civilização, eu pensava, torturava o corpo ao comprimi-lo de tal forma que era um desafio respirar e se mexer e até mesmo tornava difícil sentar nas já desconfortáveis cadeiras européias? Como criada, Violet foi poupada dos esforços civilizadores de meu pai. Ela amarrava meu espartilho, mas não se esforçava para que ficasse apertado. Tia Hüsnü, cuja criada a amarrava tão forte que seu corpo tomava a forma de uma abelha, me olhava com inveja quando eu saía de meu quarto. Mas não dizia nada. Minhas curvas livres e meu movimento fácil lhe davam grande vantagem para destacar seu torso disciplinado. Meus vestidos escorregavam desajeitadamente sobre meus quadris e em meus ombros, enquanto os dela pareciam perfeitamente proporcionados, como os desenhos das francesas da moda nas revistas.

* * *

POUCAS SEMANAS depois de eu ter servido café aos convidados de papai, ele me chamou a seu estúdio. Eu fiquei de pé no tapete persa azul na frente de sua mesa. Ele estava atrás da mesa, mãos cruzadas no colo, lábios curvados para cima nos dois cantos. Tinha um rosto largo e afável, um rosto que prometia que ouviria pacientemente e entenderia o que você tivesse a dizer. A única pista de que se pudesse estar errado nessa conjetura é que seus olhos permaneciam impassíveis e avaliadores. As linhas suaves de seu queixo e seus traços tornavam sua face inescrutável. Na época eu me enganava com freqüência, mas agora vim a perceber que sua face encorajava que se projetasse nela a resposta que se precisava e desejava.

Papai me disse que seu colega, efendi Amin, queria se casar comigo.

— Você não acha que está na hora de você começar a constituir sua própria família? Você tem 20 anos. Ele é um homem bom, firme, confiável. Pode lhe dar um belo lar. Sua esposa morreu dois anos atrás. Ele quer casar de novo, e quer casar com você.

Fiquei quieta, e papai acrescentou:

— Você não precisa se preocupar. Não há filhos do primeiro casamento.

Eu olhei para ele e tentei sorrir.

— Mas não estou planejando casar, papai. Pelo menos não no momento. E não quero me casar com efendi Amin. Ele é muito velho para mim.

Ele abriu a boca como se fosse falar, mas nada disse.

Durante o longo silêncio que se seguiu, ele se recostou em sua cadeira e me fitou com uma expressão impenetrável. Para não pensar, contei os objetos em sua mesa — dois tinteiros, um abridor de cartas, uma pilha de papéis de linho, quatro penas. Uma das penas vazava sobre o mata-borrão.

— Sua pena está vazando, papai — eu disse nervosamente, apontando a mancha.

Papai levantou-se abruptamente e saiu da sala a passos largos. Mais tarde, no jantar, não olhou para mim mas disse casualmente, olhando seu carneiro cozido:

— Você vai ficar noiva de efendi Amin em três meses. Isso lhe dará o tempo suficiente para se preparar. Sabe Alá onde vamos obter um enxoval para você. Sua mãe não lhe ensinou nada. Vamos ter de comprá-lo. — Olhou para tia Hüsnü, que concordou com um gesto de cabeça.

— Eu não vou casar com ele, papai. É proibido pelo Sagrado Corão forçar sua filha a se casar. — Coloquei-me contra meu pai. A presença aprovadora de minha mãe parecia observar a cena de longe.

— Que asneira é essa? Foi isso que o ignorante Ismail Hodja lhe ensinou? — papai gritou. — Encheu você de religião como um *dolma** recheado. Esta é uma casa moderna e eu espero que você me obedeça, e não a um livro velho e bolorento resmungado por uma porção de velhos sórdidos com um pé na escuridão da história e outro na tumba.

Durante esse diálogo tia Hüsnü continuou a mastigar, como se nada pudesse suprimir seu deleite ao comer o carneiro cozido com damascos.

Violet veio pela porta de serviço atrás de papai e tia Hüsnü carregando uma terrina. Eu a vi cuspir na sopa.

---

*Do turco. Um prato de tomates, pimentões verdes e folhas de uva recheados com uma mistura de arroz, carne e temperos. (*N. do T.*)

20

Avi

A s notas claras e altas da voz do garoto erguiam-se acima do clamor da sala de espera do escritório de Kamil.

— Não posso contar para você. Só devo dizer ao bei.

Subitamente o menino começa a chorar. Há som de tumulto.

Irritado, Kamil chama seu assistente e pergunta o que está acontecendo.

— Um menino afirma ter uma mensagem para o senhor e se recusa a divulgá-la ao secretário-chefe.

— Tudo bem — Kamil suspira. — Faça-o entrar.

O garoto tem cerca de 8 anos, é esguio e alerta como um gato de rua, cabelos cortados rentes à cabeça. Veste calças carinhosamente remendadas e um colorido suéter tricotado. Ao ver Kamil, cai de joelhos e se prostra no chão, pressionando seu nariz contra os arabescos azuis do tapete. Kamil vê que ele treme. Anda e coloca sua mão nas costas curvadas do menino.

— De pé — ele diz gentilmente. — Fique de pé, meu garoto.

O garoto se levanta cautelosamente do chão, mas permanece com sua cabeça abaixada. Kamil percebe, no entanto, que os olhos do menino dardejam pela sala, notando tudo.

— Qual é o seu nome? — ele pergunta, tentando colocá-lo à vontade.

— Avi, bei.

— Então, Avi, por que você precisava me ver?

Avi ergue o olhar para Kamil. Seus olhos castanhos são enormes em seu rosto ossudo. Kamil pensa para si mesmo que aqueles são os olhos que enxergam tudo, olhos vorazes. Sente uma pontada de saudade pela liberdade onívora do apetite de uma criança pela vida, ainda não disciplinada a distinguir o cru do cozido, regalando-se sem se importar se a vida é servida em uma mesa ou de uma bandeja no chão.

Ele sorri para Avi.

— Amália Teyze me mandou. De Ortakoy. Ela pediu para dizer ao senhor que tem uma informação importante.

Kamil nota com aprovação que as palavras do menino não são apressadas e que ele reconquistou sua autoconfiança.

— Qual é a informação?

Com as mãos cruzadas atrás das costas, Avi continua com sua voz melodiosa, como se estivesse recitando.

— Ela disse para lhe contar que algumas semanas atrás o jardineiro de um *konak** em Chamyeri encontrou uma trouxa de roupa num lago na floresta. Ela disse que o senhor saberia qual era a casa. O jardineiro queimou as roupas, mas uma das empregadas o viu. A empregada tem parentes na vila. Quanto veio nos visitar, soube que tia Amália tinha interesse em tais coisas e contou a ela.

O menino pára, ainda empertigado como um pau. Seus olhos, no entanto, erram curiosamente pelo tinteiro de prata, penas e livros abertos espalhados sobre a mesa de Kamil.

— Esta é uma informação sem dúvida importante — diz Kamil, procurando em seu bolso uma moeda de prata. — Agradecemos por você trazê-la.

---

*Do turco. Estalagem. (*N. do T.*)

— Não posso aceitar um pagamento — ele responde. — É meu dever.

— Kamil estica o braço e pega uma pena de ave de seu suporte.

— Por seu serviço, aceite por favor esta pena. Se você aprender a usá-la, volte para me ver.

A radiância no rosto do menino ao aceitar solenemente a pena atravessa Kamil com uma deliciosa dor, um misto de arrependimento, saudade e prazer.

— Obrigado, Avi. Pode ir. Por favor agradeça a sua tia.

Ele se vira de costas para o garoto para que ele não veja a emoção em seu rosto, ele, o administrador racional, representante do governo todo-poderoso.

21

O Bedestan

— *E*stamos perdidas — eu disse queixosamente. Violet afirmara conhecer as cercanias do Grande Bazar, mas já tínhamos passado duas vezes pela mesma fonte de mármore na rua dos Gorros.

— Eu sei aonde estou indo — Violet repetiu pela quinta vez.

Eu parei na rua estreita e busquei orientação. Violet olhou por sobre o ombro e, vendo que eu não mais a seguia, retornou e esperou pacientemente a meu lado, seus olhos examinando atentamente as vitrines das lojas. Ela assegurara a tia Hüsnü que conhecia os caminhos no labirinto de ruas cobertas, embora tia Hüsnü soubesse tanto quanto eu que aquilo era uma mentira. Como minha acompanhante, eu ia aonde ela ia, mas nunca tinha estado no Grande Bazar. Tia Hüsnü pareceu tão aliviada quanto nós de não pedirmos que nos acompanhasse em nossa expedição para comprar itens do meu enxoval. Eu não tinha intenção de comprar qualquer coisa do gênero, mas a aventura acenou. O bazar resplandecente jogou seu feitiço sobre mim assim que atravessei seus enormes portões.

Devíamos ir a uma loja de um amigo de papai, um ourives na Avenida dos Joalheiros, para olhar braceletes. No começo vadiamos por todas as lojas, impressionadas pela grande quantidade de pantufas, rolos de tecidos, tapetes, suprimentos de banho e pedras preciosas, cada estabelecimento com sua própria rua de lojas vendendo os mesmos itens em profusão quase impensável. Quando o dono de uma loja falou conosco, nos esquivamos, apenas para parar mais uma vez em uma loja diferente poucos passos adiante.

Finalmente eu disse:

— Vamos achar a loja do ourives. Ou papai vai ficar nervoso.

Foi aí que ficamos perdidas na rua dos Gorros.

— Veja — Violet apontou. — Uma rua toda de roupas.

Ela me dirigiu a uma loja que vendia túnicas brocadas. Eu comprei uma para Violet e um corte de tecido para mim e pedi que entregassem em Nisantasi. Depois pedi ao vendedor a indicação para a loja do ourives.

— Siga esta rua — ele nos instruiu, apontando mais para dentro do bazar — até chegar a um portão. Esta é a entrada do Bedestan. Passe por ele. Ao atravessar o portão, você vai encontrar do outro lado a Avenida dos Joalheiros — ele nos assegurou.

Violet já estava me puxando.

Breve, chegamos a um conjunto de portões pesados, de ferro trabalhado. Levavam a um salão tão grande como um edifício incrustado no coração do bazar. Estiquei meu pescoço para o teto alto e abobadado sobre as estreitas ruas de lojas. Uma passarela de madeira estendia-se em torno da circunferência bem abaixo do teto. Violet me cutucou e apontou uma pequena loja tomada por antigos ornamentos e vasos de prata. Uma mulher esguia com um vestido ocidental inclinava-se sobre um tabuleiro de colares. A loja da porta ao lado vendia joalheria de ouro, mas de um desenho e qualidade que eu nunca tinha visto. Lojas semelhantes se espalhavam à nossa frente ruelas abaixo do domo daquele estranho salão, como um palco em um teatro. O ourives de meu pai fora esquecido.

— Que lugar é este? — perguntei ao vendedor armênio curiosamente, enquanto ele colocava outro tabuleiro de braceletes de ouro no balcão à minha frente.

— Esta é a parte mais antiga do bazar, *chère hanoum* — ele explicou com orgulho. — É onde estão guardadas as coisas mais valiosas do bazar. É à prova de fogo e patrulhada por guardas de noite, depois que os portões são fechados. — Ele apontou a passarela sob o telhado. — É tão seguro quanto qualquer banco da Europa.

Na porta ao lado, uma mulher ocidental tentava pechinchar com o vendedor, que subitamente deixou de entender inglês. Deixando que Violet pagasse pelo bracelete de ouro que eu tinha escolhido, entrei na loja de pratarias.

— Posso ajudá-la? — perguntei a ela.

Ela se voltou e eu fui apanhada pela expressão de surpresa de seus olhos azuis. Parecia olhar direto dentro dos meus, como se fosse através de uma janela. Sorrimos ao mesmo tempo e, sem outra palavra, nos dirigimos ao vendedor. Não tenho muita experiência mundana mas tenho ousadia, e logo a mulher européia estava com seu colar de prata por menos da metade do preço que o vendedor exigira no começo.

— Obrigada — ela disse ao voltar para a calçada. — Meu nome é Mary Dixon.

22

Fenda

Kamil encontra Halil limpando suas ferramentas dentro de um depósito no fundo do jardim. Na luz bruxuleante de uma lamparina de óleo, Kamil vê apenas um único espaço baixo. Halil levanta os olhos da bancada. Suas sobrancelhas são tão densas e peludas que seus olhos ficam quase invisíveis. A frente do espaço está empilhada de utensílios e ferramentas de jardim cuidadosamente organizados.

Respondendo a Kamil, ele diz:

— Sim, bei. Encontrei algumas roupas. É verdade. E daí as queimei.

— Por que você fez isso?

— Eram roupas de mulher, bei.

— Que diferença isso faz?

— Quem sabe o que aconteceu com aquelas roupas? No bosque. Não servia para ninguém vestir. Por isso as queimei.

Como uma reflexão tardia, Halil acrescenta:

— Por quê? Alguém reclamou a perda delas?

— Não, mas é possível que elas tenham pertencido a alguém que foi assassinado recentemente.

— Assassinado. — É uma afirmação, não uma pergunta. Com sua mão boa, ele distraidamente acaricia os cotocos de seus dedos perdidos.

Kamil se pergunta o quanto ele sabe sobre o assassinato de Mary Dixon. Com certeza todos os habitantes do vilarejo sabem.

— Onde você as encontrou?

— À beira do lago.

— Mostre-me onde, por favor.

Sem uma palavra, Halil se mistura às sombras da tarde porta afora e indica o caminho através do jardim. O ar está tomado de abelhas. Eles passam o pavilhão e pulam o muro em ruínas em direção à argilosa escuridão da floresta. O lago fica atrás de um anteparo de rododendros.

— Ali. — Ele aponta atrás de um grupo de seixos cobertos de musgo. Subindo cuidadosamente nas pedras escorregadias, Halil aponta uma fenda estreita. — Estava enfiada ali.

Kamil escorrega no musgo úmido e se agarra em um arbusto, girando quase até se ajoelhar enquanto os ramos cedem sob seu peso e outros o açoitam. Ele se segura por um momento, respirando pesadamente, antes de se colocar de pé.

Percorre o solo com cuidado, afastando as folhas, mas muito tempo havia se passado para que houvesse qualquer sinal de luta. Debaixo de uma camada de folhas marrons quebradiças, há matéria vegetal em decomposição úmida e escorregadiça, restos de anos anteriores. Ele se ajoelha ao lado dos seixos e examina a fenda. No fundo da rocha há algo que brilha. Enfia a mão cautelosamente mas ela volta apenas com dedos arranhados e barrentos. Ele tira o paletó e enrola as mangas. E desta vez força todo o braço dentro da fenda. Seus dedos tocam algum tecido. Ele o prende com as pontas dos dedos e cuidadosamente o puxa para fora. É uma blusa de mulher. Rastreia a área sistematicamente e descobre dentro de um buraco, na altura dos ombros em um tronco de árvore, um par de sapatos femininos de amarrar. Colocado ali por alguém que conhece bem a floresta, ele pensa. Se a roupa for de Mary Dixon, seria um elo concreto entre sua morte e Chamyeri. Outro elo é o pendente de Mary. Cabe na caixa de Hannah, e Hannah foi assassinada ali. Mary e Hannah, ligadas pelo selo do sultão e um pedaço de verso. As margens do lago estão anormalmente calmas, exceto por uma marcada ondulação no extremo da água metálica, onde é alimentada por uma fonte. Kamil imagina Hannah Simmons flutuando na água negra, as roupas ondeando em torno dela. Ele olha com desagrado para o musgo escorregadio e as folhas úmidas.

Com os braços e o rosto arranhado e as calças cobertas de lama, volta à cidade com a blusa e os sapatos embrulhados em oleado.

* * *

MICHEL LIMPA cuidadosamente a lama dos sapatos e os coloca na prateleira do escritório de Kamil, junto da blusa dobrada e dos itens encontrados na piscina marítima. Kamil pára por instantes de frente para os itens ordenadamente expostos como se estivesse perante um santuário. Lembra-se que muitas das coisas com as quais escolhemos nos importar são fugazes. Para afugentar a melancolia que começa a se apossar dele, volta-se para Michel e sugere:

— Vamos à cafeteria? Acho que merecemos um descanso.

— Tenho uma idéia melhor — Michel contrapõe. — Vamos a um restaurante muito especial que eu conheço. O fígado albanês deles é delicioso. E a filha do dono também — ele acrescenta, rindo.

23

Os modernistas

Alguns dias depois de papai e eu discutirmos sobre a proposta de casamento de efendi Amin, ele convidou seus amigos políticos para uma *soirée* em nossa casa. Tia Hüsnü e eu deveríamos aparecer em trajes ocidentais e receber os convidados, entretê-los durante o jantar e depois nos retirarmos, deixando-os a discutir política. Eu os havia ouvido antes. Nas noites em que papai tinha convidados, eu me movia silenciosamente pelos corredores escuros e ocupava uma posição em uma cadeira na sala contígua, de onde podia ouvir as discussões. Os criados são invisíveis mesmo na luz, e Violet achou uma razão para pairar pelos salões e me avisar se alguém se aproximasse do meu esconderijo. Mas isso acontecia raramente, uma vez que os homens não se sentiam livres de se movimentar pela casa de meu pai, e menos ainda trespassar a porta para o reino privado onde as mulheres habitavam. Nós éramos apropriadas apenas quando expostas. De outra forma, éramos frutas perigosas e proibidas.

Os homens chegaram com suas esposas. As mulheres, duras e desconfortáveis em seus espartilhos inabituais, ajustavam os véus com pérolas e bordados que emolduravam seus rostos abertos. Estavam vestidas na última moda francesa. Os olhos das mulheres eram baixos, não se sabe se por modéstia ou embaraço. Dirigiram-se em bando a tia Hüsnü e a mim, longe dos homens, e nos cumprimentaram efusivamente, como se as tivéssemos resgatado de um naufrágio.

Efendi Amin cumprimentou polidamente todas as mulheres em conjunto, mas seus olhos pararam nos meus. Eu fiquei envergonhada e desviei o olhar, esperando que ninguém tivesse percebido. Não podia imaginá-lo como meu marido. Não podia imaginar um marido qualquer que fosse. Pensei em meu primo Hamza. Pensei na voz exasperada de papai atrás de portas fechadas. Isso era tudo o que eu sabia de homens e maridos.

Andamos em dois grupos, homens e mulheres, até a sala de estar. As mulheres se ajuntaram em um canto da sala. Os homens espalharam-se em grupos de dois ou três e assim ocuparam mais espaço. Mas não se moveram além dos sofás, uma fronteira inconfessada.

Ouvi as portas da sala rangerem em suas dobradiças, e ouvi as vozes dos homens vacilarem e depois crescerem em volume. Virei-me e vi Hamza na porta. Em princípio não o reconheci. Havia se passado sete anos desde que ele me dera o cristal de vidro e se fora, deixando-me sozinha em Chamyeri. Ouvi que esteve na Europa. Seus traços estavam mais acentuados, como se desenhados por uma faca. Os grossos cachos dos quais me lembrava estavam penteados para trás contra os lados de sua cabeça. Linhas permanentes marcavam o espaço entre as sobrancelhas, dando a ele uma seriedade que achei intimidadora. Ele parecia mais magro e vital, como um cavalo excitado no qual cada pequeno movimento é um sinal quase incontido de grande poder.

Ele me olhava e voltou seu rosto para cumprimentar meu pai, que foi até ele. Hamza se dobrou para beijar a mão de papai, na maneira tradicional de honrar os homens mais velhos, mas papai retirou a mão e esticou-a para ser apertada. Supus que papai não permitiu que Hamza beijasse sua mão porque o havia aceitado como um igual. Mas notei repentinamente o rosto de papai enquanto ele afastava a mão, e depois disso não tive certeza. Há muitas razões para não permitir que alguém o honre.

Papai o arrastou animadamente para o lado masculino da sala. Hamza apertou várias mãos, mas percebi uma distinta falta de entusiasmo nos breves acenos de cabeça de reconhecimento por parte dos homens. Ele então se virou, e com passos largos foi para trás dos sofás e estendeu seus braços para mim. Nós nos inclinamos um para o outro e nos beijamos nas duas faces. Éramos, afinal de contas, primos e amigos de infância. Seu toque fez meu pulso saltar. A sala estava inteiramente silenciosa.

— Como vai, *hanoum* Jaanan?

Fiquei atrapalhada com toda a atenção e fiz uma mesura, como me fora ensinado. Tia Hüsnü se enfiou entre nós e dirigiu Hamza para os homens que esperavam do outro lado da sala. Cabeças começaram a se mover em direção a outras, num alvoroço de sons como pássaros alçando vôo. Derrotando meus esforços de focá-los em outro lugar, meus olhos ficavam escapando para seu rosto através da sala

* * *

PAPAI ERA UM MODERNISTA, mas era também um legalista e os homens se acaloravam acusando os Jovens Otomanos que, acreditavam, estavam solapando o império com suas conversas sobre um parlamento.

— O império está sendo ameaçado e todos os homens deveriam falar com uma única voz. De outra forma, nossos inimigos vão perceber nossa divisão como fraqueza e se aproveitar dela.

Os homens se agrupavam perto das portas duplas de vidro abertas para o lusco-fusco do jardim. Eu ouvia a conversa deles com clareza através do ruído e agitação das vozes das mulheres a meu redor. Hamza estava mais próximo do jardim, com seu rosto no escuro.

— Uma coisa é ser moderno — meu pai explicava — e completamente diferente é ser um traidor a nosso sultão. — Diversos homens lançaram olhares aguçados para Hamza. — Estes jornais espalham propaganda maldosa. Toda essa conversa de liberdade e democracia promove os movimentos separatistas nas províncias e atende o interesse dos europeus. Os jornais devem ser fechados e os radicais presos.

Houve um grande murmúrio de assentimento. Diversos homens se agitaram desconfortavelmente em suas cadeiras.

Um homem distinto e de barba prateada voltou-se para meu pai. Seu peito amplo estava tomado por laçadas de galões dourados e uma faixa reluzindo de medalhas. Embora falasse lentamente, pesando cada frase com a gravidade do silêncio, ninguém interrompia.

— Eu concordo. É bastante possível sermos civilizados sem macaquearmos os europeus em tudo o que fazem. Nós não precisamos de um parlamento. Temos mecanismos que funcionam bem há quinhentos anos. Nossos funcionários experientes podem fazer um trabalho muito melhor conduzindo um governo do que este grupo de jovens esquentados e esquecidos dos princípios do justo mando. Quem pode assegurar que eles promovam o interesse do governo e não façam mal uso de seu poder para apoiar um grupo ou outro, solapando a unidade de nosso glorioso império? Nós já não temos um sistema esclarecido que permite que todos floresçam, muçulmanos ou minorias? — Ele estendeu a mão amplamente. — Olhem em volta. O banqueiro do sultão é armênio e seu supervisor de negócios estrangeiros é um grego. Seu médico é judeu. Na verdade, não sobra quase nenhum trabalho para nós muçulmanos a não ser no exército e atrás de uma mesa!

Isso ocasionou gargalhadas entre os homens e mesmo alguns risos nervosos entre as mulheres.

— De qualquer forma, não existe esta coisa chamada de civilização européia. — Meu pai seguiu o enredo. — A Europa não é nada mais que uma região, lar para uma porção de nações em conflito que nem conseguem se entender entre elas mesmas. A civilização européia é um mito impingido sobre nós por aqueles que buscam destruir nosso modo de vida e enfraquecer nosso governo. Estes radicais estão trabalhando a comando dos poderes europeus, que não gostariam de nada mais que nos dividir e ver o império ser trinchado em pedaços que possam engolir facilmente.

Hamza manifestou-se.

— O império é fraco porque permitimos que os europeus nos comprem. Estamos endividados e qualquer imposto que pudermos espoliar das costas de nossos pobres camponeses serve apenas para pagar os juros. Não são idéias que ameaçam o império. Apenas idéias podem salvá-lo.

— Não há nada de civilizado em suas idéias — um homem contrapôs exaltadamente. — Elas são uma ameaça à moralidade pública.

— Isso mesmo. — Ouviu-se do grupo um murmúrio de aprovação.

— Você está absolutamente correto.

Efendi Amin acrescentou, com um olhar malicioso para Hamza.

— Outro dia, uma mulher de minha família foi, acreditem, a uma palestra política.

Houve uma onda de risos.

— Uma palestra de um homem — ele acrescentou.

Os homens voltaram-se uns para os outros consternados. Diversas mulheres pararam de falar. Sem virarem as cabeças, continuaram a sorrir polidamente para suas vizinhas, mas seus ouvidos estavam claramente postos no debate do outro lado da sala.

— Eu pus um fim àquilo, claro. — Uns poucos homens aquiesceram com simpatia. — É inapropriado que um homem faça uma palestra perante mulheres. Não importa qual seja o tema, ou mesmo se é uma conferência apenas para mulheres. É imoral.

Outro homem irrompeu de uma cadeira de braços. Sua voz parecia alta demais, e as mulheres pararam para escutá-lo.

— O papel da mulher na vida é casar e ser mãe, apoiar seu marido e dirigir a casa. Ela não precisa aprender ciência ou política. Não precisamos de técnicas mulheres nem, Alá não permita, de mulheres políticas. Uma mulher deve aprender as coisas que precisa para dirigir um lar e ficar satisfeita com isso.

O homem de medalhas no peito discordou.

— Mas você deve admitir, bei Fehmi, que uma mulher educada é uma mãe melhor.

— Sem dúvida, mas depois que ela se casa e se torna uma mãe, todas as suas energias devem estar focadas em seu dever de zelar pelo bem-estar da família. Estas mulheres modernas são egoístas. Só pensam nelas mesmas. Se todos pensássemos como elas, isso levaria à destruição de nossa sociedade. Precisamos de mães e esposas, mulheres que possam treinar a próxima geração.

Minha voz, uma vez lançada, viajou pela sala como um sino retinindo numa câmara vazia.

— Os direitos que uma sociedade moderna dá a uma mulher não são diferentes dos direitos que ela tinha nos primeiros períodos do islã. As regras estabelecidas pelo profeta, que a paz esteja com ele, protegem os direitos das mulheres. Mas com o tempo estas regras foram desviadas de seu propósito verdadeiro. Ao dar às mulheres direitos e liberdades, não estamos imitando a Europa. Estamos reafirmando nossa própria tradição de respeitar as mulheres. Afinal de contas, a Europa está longe de ser um modelo invejável. Há muito tempo restringiu os direitos de suas próprias mulheres. Mulheres têm um papel importante em uma sociedade muçulmana civilizada e moderna. Elas têm um dever para com a sociedade, assim como para com suas famílias.

Percebi que tinha me levantado da cadeira. Houve um burburinho, um pulsar de silêncio, antes de papai tossir e se voltar para falar com o homem a seu lado.

— Mulheres adequadas sempre cumpriram seu papel com a sociedade ao serem boas mães e esposas — ele disse. — Não há necessidade de mudar a família apenas para sermos modernos. A família tradicional é bastante aberta a ideais modernos, esteja ela na Europa ou aqui. Não há diferença. O que alguns consideram maneiras orientais não são nada mais que as maneiras do mundo civilizado em todo canto: solidariedade, apego à família, respeito pelos mais velhos e preocupação com aqueles que são mais fracos e dependem de nós. A família moderna européia não rejeita estes valores tradicionais. Não há aí qualquer contradição. A etiqueta moderna é um indicador da civilização em todo lugar. Devemos estar abertos a isso. Não vejo razão para o temor da desintegração da nossa sociedade. Nosso sistema familiar é resistente, como uma árvore.

Seguindo a trilha de papai, os homens continuaram a conversar, embora o rumor das vozes deles tivessem subido de intensidade, como se suas palavras tivessem sido aceleradas pelo embaraço.

As mulheres começaram a sussurrar, e a direção dos olhos delas indicava o destino de suas línguas. Eu me sentei pesadamente, com todo o meu corpo palpitando em sintonia com meu coração.

Depois de ousar voltar meus olhos para ele, não vi o rosto de Hamza. Sua postura era defensiva. Eu simplesmente assumi que ele concordara e aprovara. Não conseguia pensar de outra forma. Quando olhei de novo, ele havia ido embora.

24

O cão kangal

Eles entram em uma viela estreita, e Kamil vai à frente. Está escuro, mas uma lua baça ilumina um pouco. O dia foi chuvoso e de um frio fora de estação. A lama marrom coagulou-se em ondulações e valas viscosas. Bernie escorrega e Kamil o segura pelo braço. Um débil som de música serpenteia pelas vielas. Eles a seguem como uma criança perdida num dos contos de Karanfil. Kamil se inclina e passa por uma porta baixa para dentro de um salão enfumaçado iluminado por lamparinas a óleo. O proprietário se precipita e o cumprimenta efusivamente. Pede a um jovem que tire seus casacos e os leva a uma mesa na frente do salão. Kamil sussurra em seus ouvidos e o homem curva a cabeça e os leva em vez disso a uma pequena alcova nos fundos onde podem conversar sem ser perturbados, mas que ainda assim permite uma visão do espetáculo. Um jovem soprano canta uma canção italiana, acompanhado por uma mistura de instrumentos europeus e orientais que acrescentam à música um ar de lamento.

Dois copos de *raki* e pequenos pratos de homus, vegetais recheados, molhos de iogurte, fígado frito temperado e pão aparecem magicamente na mesa perante eles. Enquanto a noite segue, pratos vazios desaparecem e são substituídos por novos e diferentes acepipes. Copos vazios são preenchidos. Kamil e Bernie se envolvem em entusiasmadas discussões sobre ópera italiana e o papel das canções folclóricas na música clássica.

— Eu devo dizer — Bernie comenta, esticando as pernas com prazer — que as pessoas daqui certamente sabem como se divertir. — Ele move a cabeça na direção dos pratos na mesa.

— Nós chamamos isso de *keyif*. Um sentimento de bem-estar. — Kamil estica o queixo na direção dos suados músicos e das mesas fervilhando com conversas e risadas. — Na presença de amigos, boa comida e um local agradável.

Bem mais tarde, eles tropeçam porta afora, desta vez com Bernie apoiando Kamil. Dirigem-se para a Grande Rue de Pera, onde carruagens aguardam fregueses até a madrugada. Atrás deles a forma compacta de um homem desliza pela escuridão, movendo-se porta a porta. Subitamente um enorme objeto negro se arremessa para a frente e pula no peito de Bernie, e seu peso o joga para trás. Kamil alcança sua adaga. A enorme mandíbula do cão kangal tenta alcançar a garganta de Bernie, mantido a centímetros dela pelo aperto de Kamil no pescoço do cachorro. Um estampido seco, um grito agudo e o kangal cai pesadamente no chão.

Kamil ampara Bernie, que está dobrado e tentando recobrar o ar, com uma pequena pistola de prata pendurada em sua mão esquerda. Uma porta de taverna abre-se por um momento e um freguês olha curiosamente para a rua. A luz que vaza de dentro ilumina a face de um homem pressionado contra o muro, observando atentamente. Seus olhos se encontram com os de Bernie antes de ele virar a esquina e desaparecer na viela.

— Que diabo foi isso? — Bernie tosse.

— Um cão kangal. São criados para guardar vilarejos. É raro ver um deles na cidade.

Kamil coloca seu braço em torno de Bernie e sente uma umidade pegajosa em sua camisa.

— Onde você foi ferido? — ele pergunta ansiosamente.

Bernie se ergue aprumado, tateia a si mesmo, e leva suas mãos para mais perto de seu rosto.

— Acho que isso é do cachorro, mas minhas mãos estão bem machucadas. Jesus! — ele exclama. — Esta foi por pouco. — Ele olha para o cachorro e o cutuca com o pé. — Está bem morto.

— Venha. — Kamil, agora totalmente sóbrio, coloca seu braço em torno do amigo. — Vamos limpá-lo. Todos os americanos portam uma arma de fogo?

Bernie arrisca um sorriso esmaecido.

— Mesmo no banho, amigo. Mesmo no banho.

25

Mar profundo

Em abril, as correntes fervilham com peixes se esforçando em direção ao norte para desovar no mar Negro. Lufer, palamut, istavrit, kolyos, kefal, tekir. Peixes grandes e encorpados moviam-se mais lentamente com as correntes de baixo, peixes vividos com histórias e personalidades, diferente da extrovertida e superficial multidão acima, gotejando prata enquanto pulavam e se exibiam insensatamente para as criaturas maiores que freqüentam a costa. Kalkan, iskorpit, trakonya, kaya*. Os pescadores os chamavam de "peixes profundos". Seus corpos tinham a carne e o peso de um animal. Eram içados pela cauda para ficarem pendurados no ar abafadiço. Suas feridas sangravam onde a corda cortava seus corpos. Pessoas passavam e se maravilhavam com os animais que viviam nas profundezas. Cada um deles era tão grande quanto uma criança.

---

*Do turco: Lufer — Anchova; Palamut — Bonito; Istarvit — Cavala; Kolyos — Atum; Kefal — Mugem; Tekir — Salmonete; Kalkan — Rodovalho; iskorpit — Peixe-escorpião; trakonya — Perca; Kaya — Peixe-unicórnio. (*N. do T.*)

Violet nunca se importou com esses peixes, pendurados em uma viga de madeira no café de sapé onde se encontravam os pescadores e outros homens, mas eu me sentia ferida pelas mortes deles. Uma vez coloquei minha mão na barriga de um peixe daqueles, quase tão alto quanto eu. Embora ele estivesse morto, seu olho marrom fixava-se em um único e último ponto, sua carne tinha um toque muscular e vibrante, e quase esperei que respirasse. Isso foi mais surpreendente para mim do que se o peixe fosse escorregadio e frouxo, como minha inexperiência esperara, e fiquei dividida entre recuar e continuar afagando o corpo morto.

Apesar de minha recusa, a data para a cerimônia tinha sido marcada para dois meses à frente, o próximo passo depois da aceitação de papai do pedido de casamento de efendi Amin. Esperei que Hamza me procurasse, mas ele não se manifestou. Sentia que o caminho se tornaria claro se apenas eu pudesse falar com ele. Papai disse não saber onde Hamza estava, mas eu não acreditei nele. Pensei em segredar a Mary Dixon, mas quando nos encontramos para nosso almoço semanal no Palais des Fleurs e ela me fez rir com suas histórias das mulheres do palácio, percebi que simplesmente queria desfrutar da companhia de minha nova amiga sem sacrificá-la com meus problemas.

Efendi Amin me trouxe um relógio de ouro para selar o compromisso, mas eu me recusei a abrir a caixa. Papai podia ter me prometido, mas eu não prometera nada. Ainda assim, tia Hüsnü permitiu que efendi Amin se sentasse comigo na sala de estar acompanhados pelos criados, sempre presentes, enquanto ela desaparecia.

Tentei fazer meu melhor, mas encontrei pouco em comum com ele. Ele era um homem cujos olhos olhavam para si mesmo e que viam o mundo apenas perifericamente. Talvez fosse simplesmente timidez. Violet não gostava dele.

Quanto a mim, não podia me imaginar passando todas as noites de minha vida sentada com um homem como aquele. Tentei envolvê-lo em discussões políticas, mas ele era um legalista e entendia como traição toda crítica ao sultão ou a conversa sobre os méritos e deméritos das alternativas políticas. Sabia que estas coisas eram discutidas abertamente na casa de meu pai e que efendi Amin estava presente nestas conversas, mas suspeitei que ele estivesse preocupado que, como sua futura esposa, minhas idéias voassem muito alto. Talvez papai tivesse razão. Talvez eu tivesse sido criada por lobos e foi o rastro deles que deixou as narinas de efendi Amin alertas sobre a linha pontiaguda de seu bigode. Eu achava às vezes que ele não me via, mas sentia uma presença perturbadora que ao mesmo tempo o atraía e repelia.

Não dei a ele razão para pensar que concordava com os planos para nosso noivado e, na verdade, tentei insinuar que não o desejava. Considerei o possível efeito de dizer isto a ele diretamente — talvez ele concordasse em desistir de seu pedido. Eu devolveria contentemente o relógio. Mas eu temia que não. Ele tinha a tenacidade de um cachorro de rua faminto. Sentia-me desconfortável quando ele olhava para mim. Seus olhos me possuíam. Recusei constantemente a me encontrar com ele, mas tia Hüsnü me emboscava com sua presença. Eu era polida demais para ir embora, como gostaria de ter feito. Um convidado é sagrado, e eu não ousava quebrar o costume de receber bem um deles, ainda que fosse indesejável.

Um dia tia Hüsnü anunciou que efendi Amin e eu faríamos nossa primeira excursão pública, caminhando juntos nos jardins de seu protetor, paxá Tevfik. O paxá concordara, todos os preparativos haviam sido feitos e pessoas convidadas, ela me disse. Não envergonharia meu pai nos altos círculos aos quais ele devia sua posição. Decidi ir, mas planejei usar a ocasião de um passeio, longe dos ouvidos dos criados e de tia Hüsnü, para dizer a efendi Amin que eu não desejava me casar com ele. Eu lhe daria a chance de salvar as aparências ao ser ele a romper.

Cheguei em uma carruagem fechada. Ele esperava num arco de mármore na entrada do parque. Não vi criados para me ajudar a descer da carruagem e, depois de um momento de hesitação, aceitei sua mão. Seus dedos longos curvaram-se em torno dos meus. Eram frios e secos como um pergaminho. Em deferência ao calor fora de época, vesti um *feradje* de seda branca. Um *yashmak* de uma delicada gaze de seda cobria minha cabeça e a parte de baixo de meu rosto. Quando descia da carruagem, o salto do sapato prendeu-se ao degrau. Eu tropecei ligeiramente e suas mãos se apressaram a me segurar. As palmas de suas mãos se comprimiram contra meu *feradje* e queimaram meus seios. Fiquei atrapalhada e confusa. Devia ter expressado gratidão por sua ajuda, ou ultraje? Olhei efendi Amin com atenção mas vi apenas uma solícita polidez. Onde estavam os criados do paxá?

Efendi Amin disse ao motorista da carruagem para partir. E me levou através do portão para dentro do parque, onde eu esperara pelo menos ver nossas companhias e as outras carruagens. Mas estávamos sozinhos. Estava extremamente quieto — até os pássaros esperavam.

— Onde estão os criados e os convidados? — perguntei, tentando afastar o tremor de minha voz.

Efendi Amin sorriu. Vi seus dentes debaixo do bigode, manchados pelo tabaco.

— Estão esperando por nós no lago com os refrescos. Achei que seria bom para nós termos um tempo juntos longe dos outros.

— Não me sinto confortável com este arranjo — afirmei, tentando a voz arrogante que tia Hüsnü usava para colocar em seus lugares criados e mercadores erradios.

— Bem — efendi Amin sorriu tensamente, apontando o caminho vazio para trás e a trilha vermelha adiante — não há nada que possa ser feito agora. — Ele esticou seu braço. — Com certeza você pode acolher seu noivo para um pequeno passeio à beira-mar.

— Você ainda não é meu noivo. — Ignorei seu braço e caminhei adiante a passos largos.

Seus passos eram maiores e ele facilmente me acompanhou. Abri minha sombrinha e a mantive entre nós. Sabia que não devíamos ficar sozinhos antes de casarmos, ou pelo menos de estarmos formalmente noivos. Estava muito quente, e meu vestido de linho tinha diversas camadas. O véu se pregava à minha face suada, tornando difícil a respiração. Diminuí minha marcha. A bainha de meu *feradje* ficou vermelha com a poeira do caminho.

— Papai não vai gostar de saber que estamos desacompanhados. O que você deseja falar comigo que requer tal transgressão da honra?

Ele não pareceu surpreso com minhas palavras. Em vez disso, seu sorriso se ampliou.

— Seu pai não se importa.

Eu me virei para olhá-lo.

— Ele concordou com isso? — perguntei, incrédula.

— Seu pai fará o que estiver no melhor interesse dele.

— O melhor interesse dele — eu repeti, inexpressivamente. — O que você quer dizer com isso?

— Tenho observado você desde que voltou a morar na casa de seu pai e decidi que você é exatamente o que quero, bela, esperta, mas com espírito. Você não me quer. Isso é bastante claro. Mas isso manterá as coisas interessantes. Eu vou torná-la uma esposa perfeita. Será um grande prazer instruí-la e formá-la, e no final você ficará agradecida por isso.

Recuei até ser parada pelo tronco de um pinheiro. Estava com tanta raiva que só conseguia repetir suas palavras.

— Instruir? Formar? — Ele tornou mais fácil expressar minhas intenções. — Eu não vou casar com você.

Um passo o trouxe à minha frente.

— Vai, sim. — Ele agarrou meus pulsos e me apertou contra a árvore. O cheiro de rosas era esmagador.

— Você está me machucando. Pare com isso! Já!

Eu sentia toda a extensão de seu corpo pressionando o meu através das camadas de meu vestido. Ele colocou em minha mão um objeto grosso e duro como uma enguia, mas mornamente vivo e com a suavidade de pele. Recuei e tentei tirar o objeto de minha mão. Efendi Amin proferiu um termo insultuoso que foi tão chocante para mim como se tivesse me estapeado. Usando meus pulsos, me empurrou para o chão. Lutei contra a força de suas mãos, mas meus pulsos eram tão delicados em seu aperto quanto agulhas do pinheiro no chão em volta de minha cabeça.

Com súbita clareza, lembrei de histórias contadas por mulheres em suas casas de verão sobre jovens comprometidas que não conseguiam se casar ou cujas famílias ou maridos as rejeitavam. Histórias tecidas nas mentes de garotinhas que mais tarde tecem vidas com elas. Ou mortes.

Ele levantou minhas saias sobre meu rosto e com elas aprisionou meus braços. Seus joelhos pontudos fincaram-se em minhas coxas, pressionando para abri-las. Então meu corpo foi cortado por uma faca de dor que perfurou até meu cérebro. Tenho certeza de que gritei, mas não ouvi nada exceto o rosnar de um animal perto. Os sons assumiram o mesmo ritmo de minha dor e eu percebi que ela era efendi Amin. Não conseguia ver o que ele fazia. Via apenas o vermelho dentro de minha mente.

Ele gritou uma bênção, um sacrilégio, e minhas coxas foram inundadas com um líquido quente. Subitamente o fio da faca se entorpeceu e eu me ouvi gemendo. Abri meus olhos e vi luz através da gaze de algodão. Meus braços e pernas doíam e algo abrira uma ferida em meu próprio centro. O céu era uma testemunha hostil.

A luz me cegou quando ele puxou as saias de minha cabeça e liberou meus braços.

— Pegue. — Ele empurrou uma toalha em minhas mãos. Percebi com um choque que ele planejara aquilo. Eu não tinha aberto meus olhos. Eles eram ainda inocentes.

Eu sentia sua presença montado em mim, com a biqueira de sua bota empurrando meu joelho para o lado. Seu olhar queimou minha ferida e eu lutei para me cobrir. Eu o ouvi rindo.

— Agora você vai ter de casar comigo, minha dama. Ninguém mais o fará.

Abri meus olhos. Ele parecia exatamente o mesmo. Seu terno estava imaculado. Seu *fez* circundava sua cabeça como a um demônio.

— Eu nunca vou casar com você. — Eu cuspi. — Você pode me matar primeiro.

Ele riu.

— Não vou precisar. Seu pai vai insistir, se não quiser ter a honra manchada. Uma filha que se entrega como uma mulher comum das ruas. Imagine o que isso faria com a carreira dele.

— Você fez isto contra minha vontade. Ele vai acreditar nisso.

— Se ficarem sabendo, não fará diferença. E se alguém descobrir... bem, meu silêncio será o pagamento por minha noiva.

Pensei em Hamza e em Ismail Dayi. Não aceitariam isso como uma mancha em mim. Eles se vingariam. Eu estava certa disso. Nem sempre se podia esperar da sociedade que julgasse inocente uma mulher vítima de tal crueldade, e isso era claro. E nem sempre se devia honrar as expectativas raivosas da sociedade de que uma mulher que errasse limpasse os pecados dela — os pecados dela? — pela morte ou o exílio. Percebi num momentâneo afluxo de clareza que aquilo mudaria minha vida para sempre.

Sentei-me e respirei com dificuldade pela dor e pela visão do sangue em minha roupa.

— Vou levar você até algum lugar perto onde possa se limpar. Depois pode voltar para a carruagem e ir ao piquenique ou alegar estar adoentada e o motorista a levará para casa. Ninguém vai saber o que aconteceu exceto seu pai, e ele vai querer manter as coisas como estão. Venha. A carruagem espera na porta.

Ele esticou a mão para mim, mas me levantei sozinha. Meu estômago se revirava com a idéia de seu toque. Minha sombrinha estava coberta de agulhas de pinheiro. Quando a levantei, as agulhas banharam minha cabeça num afago. A floresta me perdoa, pensei.

Endireitei-me para encarar efendi Amin. Suas mãos estavam cruzadas nas costas, os olhos desfocados, os lábios ligeiramente abertos, como se revivesse um momento de prazer. Enfiei a ponta de minha sombrinha no fundo de seu olho direito.

26

Salgado, não doce

im, isto pode ter pertencido... pertenceu a Mary. Acho
que a vi vestindo uma como esta. — Sybil ergue a blusa
em decomposição. Estão sentados na ampla mesa da cozinha, com sua madeira tosca tornada côncava por décadas de uso. Sybil o levou ali sem pensar quando ele disse que tinha algo a lhe mostrar, e depois pediu aos criados que saíssem e fechou a porta. Parecia de qualquer forma apropriado que a cozinha fosse o cenário de revelações.

A voz dela falha apenas o bastante para Kamil perceber que, por trás de seu jeito calmo, ela está consciente de que lida com a morte, os últimos momentos de Mary Dixon. Ele luta contra o desejo de tomá-la nos braços, como fez com Feride. Elas têm muito em comum, pensa. Uma filha dedicada e zelosa lidando sozinha com um pai ausente em mente e sentimentos. Vivaz e inteligente. Uma mulher moderna com virtudes otomanas. Uma boa esposa para o homem certo. É permissível que um homem muçulmano case com uma mulher *giavour*, mas de qualquer maneira ele não se importa com estas regras. Ele casará ou não se lhe agradar, e com quem lhe agradar. Respira fundo, enfiando as mãos no bolso do paletó, e se recosta em sua cadeira. Os dedos de sua mão direita se envolvem na cadeia de contas de âmbar, enquanto a outra se fecha em torno do metal frio de seu relógio. De qualquer maneira, pensa com um culpado alívio, a família dela nunca aprovaria. Ele sabe que europeus não confiam em um homem muçulmano, não importa se ele veste um *fez* ou uma cartola.

Sybil deixa a blusa sobre a mesa. Não está rasgada ou em decomposição, mas amarrotada, como se tivesse sido compactada úmida e secado dentro do nicho na rocha. Seus botões de pérola estão intactos. A vida, pensa Kamil, agarra-se desesperadamente a tudo, contra todas as contrariedades. Ele larga o relógio e alcança a mão de Sybil. Os olhos de Sybil encontram os seus. Eles estão imóveis, os dois temendo perder o toque do outro ao alterar qualquer coisa. Cada palavra, cada movimento constitui um risco.

Uma batida na porta os assusta e as mãos se separam subitamente.

— Srta. Sybil, devo fazer o chá agora?

— Não agora, Maisie. — Luta para colocar um tom animado em sua voz, mas ela sai rouca de nervosismo. — Mais tarde. Eu a chamo.

— Sim, Srta. Sybil. — Os passos da criada afastam-se no corredor.

Sybil sorri com timidez, não mais propensa a encarar o olhar de Kamil. Kamil sorri também, sua xícara mergulhada fundo no cântaro do bem-estar. Um gole, ele pensa. Basta?

Subitamente consciente do que se pode esperar dele, Kamil levanta-se abruptamente.

— Desculpe-me, *hanoum* Sybil. Devo partir. — Ele começa a juntar os objetos na mesa e os embrulha no oleado.

— Não, por favor, não vá ainda. — A abruptidão dele interrompeu seu prazer. Exasperada por ser ela a estar subitamente suplicando, Sybil aponta a mesa. — Não terminamos de olhar estas coisas. — Há uma aspereza em sua voz que faz as mãos de Kamil estacarem em sua atividade frenética.

Ele se inclina para a frente, coloca as duas mãos na mesa e respira fundo. Não sabe o que dizer.

— Por favor, sente-se, bei Kamil. — Sybil indica regiamente a cadeira a seu lado. — Sei que você está muito ocupado, mas como veio até aqui — ela sorri para ele radiante — eu gostaria de poder ajudar.

Kamil senta-se e, por um breve momento, olha os objetos na mesa sem vê-los, e olha para ela.

— Obrigado, *hanoum* Sybil. — Confia que ela saiba o que quis dizer.

Sybil puxa o embrulho para mais perto, o desembrulha mais uma vez, passando os dedos suavemente pelos objetos lá reunidos.

— Não sei dizer dos sapatos, mas parecem o tipo que ela usaria. Ela não andava terrivelmente na moda, e este é um sapato bastante comum na Europa. As mulheres turcas, como sabe, preferem chinelos de couro, como este aqui. — Ela aponta para um chinelo amassado e decomposto. — Onde achou estas coisas?

— Achamos os sapatos e a blusa na floresta atrás da casa de Ismail Hodja em Chamyeri.

— Estes — ela acrescenta apontando a presilha de cabelo e o pente — são muito comuns. Podiam pertencer a qualquer uma. — Ela toca com o polegar o fio da faca. — Afiada. Isto estava com as outras coisas?

— São de um lugar ao norte de lá.

— Você então suspeita de Ismail Hodja?

Kamil pausa e respira fundo.

— Não.

Sybil roça levemente a manga de sua camisa.

— Isso lhe ajuda de alguma forma?

— Confunde as coisas. Ela se afogou na água salgada, e não doce. Mas o que ela fazia no lago?

— Talvez ela tenha caído no Bósforo e alguém escondeu suas roupas no lago mais tarde — Sybil sugere.

— Pensamos ter encontrado o lugar onde ela se afogou, uma piscina marítima. Está fechada por conta da estação, mas alguém a usou recentemente. Porém, não havia evidência de que alguém tivesse sido morto ali, apenas um cachorro que encontramos por perto. — Ele encolhe os ombros. — Cães estão em toda parte. Quem pode dizer que aquele em particular tem alguma coisa a ver com o assassinato?

— Por que um cão?

— Os pescadores ouviram um cão latir naquela noite. Ele sorri obliquamente. — Eu sei. Não há muito com o que prosseguir.

— Então ela pode ter sido jogada no estreito em qualquer ponto.

— O que nós realmente precisamos saber é se ela bebeu o chá que a paralisou antes de ser empurrada. De outra forma, uma jovem como ela poderia ter conseguido se salvar.

— Datura causa paralisia?

— Torna difícil mexer os membros e respirar. Depende da dose. As pessoas não morrem logo. Pode levar horas. Primeiro a garganta delas fica seca e elas têm dificuldade de respirar. As pupilas dilatam e não respondem à luz. Podem ficar cegas. Há uma paralisia lenta dos membros, vertigens, alucinações. Mas ela não morreu disso. Ela se afogou.

Sybil sente sua garganta se apertar. Não se mexe, mas Kamil nota seu rosto pálido e as gotas de suor sobre seu lábio superior. Ele coloca a mão no ombro dela.

— *Hanoum* Sybil, você está bem? Perdão. Isso foi desnecessariamente descritivo. Eu peço desculpas.

— Não, não precisa pedir. Eu quero saber. — Os olhos de Sybil encontram os dele. — Eu preciso saber.

O espaço entre eles parece se encolher por alguma fórmula da física ainda não descoberta. Seus lábios se tocam. Suspensos em um universo que começa e termina na interseção de suas peles — até os passos de Maisie no corredor anularem o encanto.

27

O cheiro das rosas

Sentia-me entorpecida e de certa forma aliviada. Depois de ter cambaleado da floresta ao jardim, as mulheres que haviam se juntado para o piquenique me levaram ao jardim de inverno do paxá e me deitaram em uma *chaise*. Agacharam-se em torno de mim, suas vozes sussurrantes agitadas pela preocupação, sibilando de curiosidade. Lembro-me da face morena de Violet se inclinando sobre mim. Uma das mulheres borrifou minhas mãos e rosto com água de rosas. O cheiro das rosas me enjoou e a água de rosas, ao me tocar, queimou minha pele. Lembro-me de me contorcer violentamente para me livrar daquilo e do jarro de prata estatelando-se no chão. O cheiro se tornou dominante e vomitei. Então finalmente mergulhei na escuridão que me esperara convidativamente nos limites de minha visão.

Acordei com o rosto de um homem em meu peito e me recolhi de medo. O homem se afastou, mas continuou sentado na cadeira a meu lado. Violet sentava-se austeramente do outro lado, apertando minha mão. Virei-me e sorri para ela. O mundo era tão profundo quanto as pessoas a meu lado.

O homem estava bem barbeado, o que fazia seu rosto parecer o de uma criança, mas sua voz era grave e segura. Falava com um pronunciado sotaque francês.

— Sou o médico do paxá. Não precisa se preocupar. Você está segura, agora.

Olhei para ele. Estava segura? Comecei a me lembrar. Será que o encontraram? Eu seria presa?

— Pode nos dizer o que aconteceu?

Alguém acreditaria em mim?

— Efendi Amin.

— Foi levado para o hospital. Foi incapaz de nos dizer qualquer coisa. Vocês foram atacados por ladrões? — Seu rosto traía a ansiedade de que bandoleiros estavam por perto e haviam invadido os jardins do paxá.

A dor se espalhava a partir de meus quadris até que eu incandescesse com ela. Eu disse tudo a ele.

* * *

FUI LEVADA A MINHA CASA, colocada diretamente na cama e sedada com uma tintura de ópio. Violet esperava ansiosa no andar de baixo. O próprio paxá havia vindo, ela me disse, trazendo seu médico. Papai estava imóvel na porta. Tia Hüsnü inclinava-se contra o mantel. O paxá se desculpava por uma coisa tão terrível ter acontecido enquanto a família de papai estava sob sua proteção. Violet disse que, quando terminaram, papai tentou dizer algo como resposta, mas não conseguiu falar. Os dois o ajudaram a se sentar em uma cadeira e lhe deram um copo de brandy. Mas a expressão de tia Hüsnü não se alterou, Violet percebeu. Quando os homens colocaram papai em sua cadeira e conseguiram acalmá-lo um pouco, tia Hüsnü lhes ofereceu refrescos. Eles declinaram e, embaraçados e confusos sobre o que mais fazer, acabaram partindo.

* * *

Quando acordei, vi papai sentado no divã, olhando para fora de minha janela, fumando com a intensidade de um soldado. O cinzeiro de vidro a seu lado estava cheio de pontas de cigarro. Quando ouviu as colchas farfalharem enquanto eu tentava me levantar, virou seu rosto para mim, com uma expressão toldada pela sombra. Ele acreditava em mim? Me culpava? O que faria agora? Eu era muito inexperiente para saber que repercussões aquilo teria para papai, mas sabia bem o bastante que a posição honorável da família de um homem sempre afetava sua carreira.

— Desculpe, papai.

Ele pareceu não me ouvir, e por isso repeti, mais alto.

— Sinto muito, papai. Por favor me perdoe.

Papai se levantou e caminhou lentamente até mim. Acomodou-se com um suspiro na cadeira próxima de minha cama. Seu grande corpo em seu uniforme de lã azul-escura parecia grande demais e inadequado no quarto de delicados ornamentos e adornos em tons pastéis. A borda de rendas de minha roupa de cama destoava de suas calças de lã.

— Jaanan. — Ele parou, embaraçado. Tirou um cigarro do bolso, acendeu-o e deu uma profunda tragada. — Jaanan, eu não pude lhe dar uma boa educação — ele disse em meio à fumaça. — Você cresceu selvagem. Eu me culpo por isso.

— Mas papai...

— Você deve ouvir. — Sua voz reconquistara o tom familiar de autoridade, mas eu percebia nela a urgência. — Esta família ganhou um inimigo formidável. Efendi Amin. — Ele engasgou no título. Efendi não é apenas um título de honra, mas implica um modo de vida exemplar, um homem de honra. — Ele perdeu sua posição no palácio e o apoio de seu padrinho, mas ainda tem amigos poderosos. E perdeu um olho. — Nessa hora papai me olhou com curiosidade. O cigarro pendurado em seus dedos soltava arabescos no ar.

Não respondi, e aguardei que ele continuasse.

— Ele não é um homem de perdoar tais coisas. Trabalhará para nos destruir.

Não podia imaginar o que significava ser destruído. Pensei no peixe suspenso na corda. Comecei a chorar.

Os olhos dele varreram o quarto como se algum objeto lá pudesse resgatá-lo, mas viu apenas a tessitura delicada e frágil da vida de uma garota, nada a que se apegar. Quando se voltou para mim, achei que os cantos de seus olhos estavam umedecidos.

— Não é culpa sua, minha filha. Eu não deveria ter forçado este casamento. Não tinha idéia do caráter baixo deste homem. Ele foi altamente recomendado por todos os que o conheciam profissionalmente. *Hanoum* Hüsnü fez perguntas sobre seu caráter entre as mulheres. Ela me assegurou que todos disseram que era um homem delicado e generoso.

Ele fez uma pausa, como se algo lhe tivesse ocorrido.

Franzindo as sobrancelhas, continuou.

— Acho melhor você ir para a casa de sua mãe. Você pode descansar lá, enquanto decidimos o que fazer em seguida.

Acariciou minha mão sem me olhar no rosto, levantou-se e saiu apressadamente do quarto.

28

9 de julho de 1886

Querida irmã,

Se isso não for uma imposição demasiada aos laços entre você e seu marido, gostaria que esta carta permanecesse entre nós. Preciso de um conselho seu. Não há ninguém aqui a quem possa pedir isso, ou em quem possa confiar. Como sinto falta de mamãe. Tenho certeza de que ela saberia me guiar. Não, não há nada muito errado, embora nos últimos dias eu ande me sentindo bastante deslocada. Sinto-me pensando tempo demais em paxá Kamil, o magistrado que mencionei anteriormente. Afinal de contas, apesar de seu porte civilizado, é um infiel e eu não tenho direito de imaginar uma vida que difamaria a carreira de papai. Paxá Kamil não se declarou a mim tão diretamente — não é dado a insinuações — mas o que ele quer é claro. O que devo fazer, minha queridíssima Maitlin? É impossível dizer que eu não vá vê-lo novamente — ele vem aqui em caráter oficial por conta do assassinato de Mary Dixon. Eu nunca senti atração tamanha. É como se eu estivesse montada em um cavalo fora de controle e minha única chance fosse segui-lo ou cair, o que me traria muita dor. Foi isso que aconteceu entre você e Richard?

Meu temor real, porém, é que eu possa envergonhar papai. Estou tomada pelo desprezo de que tais pensamentos tenham sequer sido cogitados. É claro, Maitlin, que estou falando de casamento. Eu jamais aprovaria outra coisa, sem importar a atração. Nós todos sabemos o que acontece com jovens ansiosas demais para ceder seu único trunfo e serem desvalorizadas pela sociedade. Tenho menos preocupação com a sociedade por mim mesma, mas muito mais por papai. Ele não poderia levar seu trabalho adiante aqui se fosse maculado por algum escândalo. E há a questão da religião — o escândalo de sua filha se casar com um pagão causaria quase tanto dano.

Bernie tem vindo passar as noites aqui. Diz que suspendeu por um tempo seu projeto de escrever e precisa de tempo para repensar sua abordagem. Fico muito feliz que ele tenha decidido ficar aqui. Eu realmente gosto de sua companhia e me sinto bem com a distração durante as longas noites. Já faz um tempo que venho sofrendo de solidão, particularmente à noite, algo que nunca partilhei com você por não querer preocupá-la. Esta solidão tem sido acentuada agora pela ausência de alguém que nem entra no desenho de minha vida, pelo menos como ele foi feito pelas sociedades britânica e otomana. As mulheres de nossa família têm um ranço de teimosia, uma necessidade profunda de alterar a moldura que colocaram em torno de nós. Mas não posso sacrificar papai a esta tentação. Você sabe do que estou falando.

Espero um conselho seu, minha sábia e querida irmã.

Sempre sua,
Sybil.

* * *

SYBIL DEPÕE A PENA E, pegando o véu de um branco imaculado da cama, senta-se perante um espelho e o prende a seu cabelo, acomodando-o contra sua testa. Arremessa o véu sobre a cabeça, fazendo com que escorra como cabelos em suas costas, e ri. A risada irradia das profundezas, de um lugar que Sybil não percebera que era dela. O véu é nada, uma insignificância, como se ao vesti-lo ela pudesse se movimentar na sociedade ao lado de Kamil.

Mas ela não acredita que ele vá exigir que o use. Pensa em uma casa, uma daquelas adoráveis construções otomanas contemplando o Bósforo. Ela decorará seus quartos em estilo oriental — tapetes floridos, almofadas em damasco, cortinas de veludo — com cadeiras e sofás suficientes para receber nas recepções que ela está certa de fazer parte de seu papel como esposa de um alto funcionário do governo otomano. Poder-se-ia dizer, ela pensa, que vinha treinando para aquilo sua vida toda. Ela também ajudará Kamil com seu trabalho, como ajudou seu pai. Poderia ser os olhos e ouvidos dele entre as mulheres. Encontrar Shukriye, uma testemunha das circunstâncias que cercaram a morte de Hannah, irá provar seu valor.

Em sua mente, Sybil povoa sua nova casa de crianças, um filho e uma filha, e seus sobrinhos queridos. Talvez eles escolhessem ficar. Os meninos podiam ir para o Robert College, encastelado no alto da colina, em meio a uma floresta sobre o Bósforo. Eles iriam querer ficar com certeza, uma vez que o vissem. Maitlin poderia abrir um hospital para mulheres. Richard concordaria, como sempre faz. Talvez ele pudesse ter um posto na embaixada, assumir finalmente as rédeas de seu pai exausto. E Bernie estaria lá, um rosto familiar.

Um pensamento agradável lhe ocorre. Eles poderiam todos viver em propriedades contíguas, como fazem as famílias turcas. Quanto os turcos se casam, mudam-se para casas perto das dos pais e irmãos. Suas crianças crescem escorregando pelas sebes que dividem um jardim do próximo.

Sybil cora ao pensar em crianças. Ela cobre o rosto com o véu e senta-se pesadamente na cama. A presença física de Kamil, a memória de seus lábios intensos e desejosos sobre os seus, sobrepujam seus sentidos como uma onda do mar. O timbre da voz dele desperta um desejo de se submeter que, em seu estado normal, ela jamais revelaria. Debaixo do véu, dentro daquela câmara estreita e suntuosa de solidão, ela se sente liberta. Cheia de energia, Nana diria.

29

Visões

*K*amil está sentado num banco almofadado sob uma treliça de jasmins no jardim da casa de sua mãe, lendo o *Manual de toxicologia*, de Reese, que tomou emprestado de Michel com a desculpa de que o ajudaria em suas investigações. Kamil sempre teve satisfação em saber exatamente como as coisas funcionam. Mas sua leitura de hoje está a serviço de um projeto mais incerto, seu pai. O envenenamento por ópio, ele lê, deixa poucas pistas consistentes no corpo após a morte. As pupilas com freqüência ficam contraídas, mas podem também estar dilatadas. A morte pode ser súbita, ou protelada, dependendo de o estômago estar cheio ou vazio, e se o veneno estiver em sua forma líquida ou sólida, como tintura de láudano ou cristais de *morphia*. Mas uma gota de amido diluído com ácido iódico identificará um resíduo de apenas um décimo de milésimo de um grão de *morphia* ao se tornar azul. Não há nada no livro sobre como curar um homem do vício do ópio.

Raios de luz do estreito dão ao jardim um ar de movimento e exuberância que intensificam sua tranqüilidade. Uma das memórias mais vívidas da infância de Kamil é das borboletas coloridas e bifurcadas cercando o xale de algodão largamente acomodado sobre o cabelo de sua mãe. Quando ela se inclinava sobre seu pai para lhe servir chá, as borboletas vibravam na brisa e pareciam tentar levantar o véu de seu rosto.

Por que sua mãe escolhera viver aqui sozinha?, ele se pergunta mais uma vez. Sua presença no jardim é forte. Ele quase acredita que a vê, fazendo um tapete de crochê no banco ao lado das roseiras. Talvez esteja tendo visões como seu pai, ele pensa. Supõe que sua mãe se cansou do imenso corpo de funcionários, da vigilância constante, das mulheres e famílias de funcionários e outros visitantes que ela tinha de entreter na residência oficial. Kamil lembra-se de, naquela época, olhar seus pais cuidadosamente quando estavam juntos. Um dia, detrás de uma porta, Kamil viu seu pai abraçar sua mãe, rápida, quase furtivamente, num corredor. Este abraço, embora breve, aliviou o temor de Kamil de que seus pais fossem se separar, que os perderia. Naquele momento ele se conscientizou desta possibilidade, alojada como um estilhaço em seu coração.

Depois disto, a família se mudou permanentemente para a casa de sua mãe. O pai de Kamil vinha duas vezes por semana, trazendo seus documentos e um pequeno séquito de assistentes. Estabelecia-se para trabalhar em uma mesa sob o pinheiro baixo e robusto com vista para as roseiras e, além delas, para o estreito. A mãe de Kamil se recusava a deixar que os empregados lhe servissem o chá, e ela mesma pegava a xícara vazia e a levava ao samovar fumegante em uma mesa próxima. Despejava os resíduos numa tigela de cobre, lavava a xícara com água quente da torneira na base do samovar e esvaziava também a água dentro da tigela. Depois despejava cuidadosamente dois dedos do concentrado negro-ferrugem de um pote de cerâmica sobre a fervente urna de latão, cobrindo-o com água quente. Inspecionava cuidadosamente a cor do chá segurando a xícara contra a luz, ajustando-a com mais concentrado ou mais água até que a cor estivesse correta — um brilhante vermelho acastanhado que ela chamava de sangue de coelho. Ela levava a xícara para o marido equilibrada na suave palma de sua mão e se inclinava para depositá-la na mesa à sua frente.

Arrebatado por aquela memória serena, Kamil cochila. Seu aperto do livro se afrouxa e ele desliza de sua mão. É acordado pelo tilintar de vidro contra vidro. Por um breve momento, nas sombras de fim de tarde do pátio, julga ver sua mãe parada na porta. Com seu rosto escondido atrás de um ornamento de tecido, ela está com o vestido de Sybil. Quando se muda para a inclinada luz do sol, vê que é Karanfil, o cozinheiro, trazendo o chá.

30

Pés como leite

— Sou como o cozinheiro em um navio de grãos no mar Negro. O cozinheiro fica ao sabor das ondas em um pequeno escaler ligado ao barco por uma longa corda porque, quando acende um fogo, não coloca o navio em risco com sua carga combustível.

Violet e eu caminhávamos no jardim. Sobre meu ombro, o sol queimava alaranjado atrás da colina. Nossos chinelos de couro faziam delicados sons arrastados nas pedras do pavimento ao nos aproximarmos no pavilhão. O céu sobre o estreito tingira-se de cinzas.

— Como eles pegam a comida?

— Esperam até que ele tenha apagado o fogo e aí o puxam. Mas é perigoso. Se houver tempestade ou um incêndio, ele está perdido.

— Como você sabe disso?

— Hamza me contou.

Violet nada disse, mas senti sua desaprovação. Ela nunca gostara de Hamza e nos espionava quando ele me visitava, até eu a repreender.

Não ouvia falar de Hamza desde o jantar em nossa casa em Nasantasi, mesmo nas semanas depois do ataque de efendi Amin.

Isto me pesava. Se ele mandou uma mensagem, tia Hüsnü pode não ter se dado ao trabalho de me entregar aqui. Mesmo assim, sentia-me machucada por seu silêncio. Ele deve ter ouvido sobre o que efendi Amin fez. A cidade vibrava com a notícia.

Meus sentimentos não estavam estáveis desde o ataque. A autopiedade se apossava de mim durante as noites de insônia. Eu a repudiava e queria cortá-la de mim como um membro inútil. Ficava satisfeita com a ira amarga, porque ela sumia com a dor. Mas o ódio transbordava. Eu estourava com Violet, e me enfurecia silenciosamente com mamãe, Ismail Dayi e Hamza por não me protegerem, mesmo sabendo que eles não poderiam ter feito nada. Mais que tudo, tinha raiva de mim mesma por ter ido atrás do golpe das visitas. Mas abaixo da raiva havia uma calma lucidez, uma nova convicção de que estava agora mais perto de entender a morte. Era bastante simples, no final das contas.

* * *

A TRILHA DO JARDIM serpenteava em torno da base da pequena colina sobre a qual se empoleirava o pavilhão de vidro. Violet caminhava alguns passos na minha frente, mas meus olhos estavam atentos a um movimento do lado de dentro. Estiquei minha mão para alertar Violet, mas a recolhi ao pensar que poderia ser Hamza. Seu perfil moreno se voltou para mim. Atrás dela, o céu estava cinza.

— Vá para dentro — eu disse a ela. Ela pareceu surpresa, e logo contrariada. Sem uma palavra, girou nos calcanhares e seguiu na direção da casa, com a ponta de seu xale de cabeça oscilando fortemente a cada passada.

Esperei, mirando a água, até que ela fechasse a porta. Meus ouvidos se esforçaram para ouvir o assobio de rouxinol de Hamza, mas captou apenas o ruído de pássaros comuns. As cinzas no céu se derramavam e infectavam o ar, agora denso de poeira. Uma coruja se lamentava na floresta.

Voltei-me e subi a ladeira até o pavilhão. A porta estava semi-aberta. Eu a abri e entrei. Não havia ninguém lá. Sentei-me pesadamente sobre uma almofada. A maioria das persianas estava fechada e a sala estava escura e fria, mas eu não me incomodei muito para me levantar. Ouvi um gemido e percebi que viera de meu próprio peito.

Lembro-me claramente da mão pequena e fria que se colocou em meu braço saindo da escuridão. Olhei em torno para uma luz tênue suspensa no escuro, como um véu branco. Assustada, fiquei quieta.

A aparição surgiu a meu lado. Sua mão tocou minhas faces e as afagou sequiosamente, primeiro uma, depois outra. Uma pequena faísca.

— Você não deve chorar — o rosto disse, em inglês.

— Mary? É você?

— Vim vê-la, mas sua criada disse que você não estava em casa. Por isso decidi descansar aqui um pouco antes de voltar. É um caminho tão longo. Deixei o motorista roncando na carruagem do lado de fora do portão. Acho que ele está acostumado a estas longas visitas femininas.

— Não sabia que você estava aqui.

— Você não estava no Palais des Fleurs na hora costumeira, e mandei uma mensagem para a casa de seu pai. Estava preocupada, poderia estar doente. Depois ouvi o que aconteceu com você e que você estava aqui em cima, e vim vê-la. Não tinha idéia de que era tão longe. Enviei uma mensagem dizendo que vinha visitá-la hoje, mas você não me respondeu. — Ela encolheu os ombros. — Eu vim de qualquer jeito.

— Não recebi qualquer mensagem sua, Mary, aqui ou em Nisantasi.

Mary se recostou, franzindo a sobrancelha.

— Mas eu as mandei. O mensageiro disse que as deu à sua criada.

Por uns momentos olhamos o céu de tinta lavada pela janela do pavilhão com as persianas abertas, cada uma perdida em seus próprios pensamentos. O que mais será que Violet escondia de mim?

— Então você nem tinha idéia de que eu vinha? — Mary disse, incrédula.

— Não — respondi, sorrindo para ela — mas fico feliz de você estar aqui. Eu também queria vê-la mas a vida ficou muito, como deveria dizer, diferente. De outra maneira teria enviado uma mensagem a você também ou respondido as suas. Você é muito gentil de vir de tão longe.

— Sinto muito pelo que aconteceu, Jaanan. — Ela se aproximou mais, cruzando seu braço com o meu. Olhamos nossos reflexos no escuro crepúsculo da janela. — Sabe — ela sussurrou finalmente — alguma coisa assim aconteceu comigo também.

Eu sentia o calor de sua mão através do tecido de minha manga.

Não sabia o que dizer, e mantive meu olhar no reflexo. Seu cabelo parecia feito de luz.

— Seu noivo? — perguntei finalmente, para ajudá-la.

— Não Punição. — A voz dela era amarga.

— Pelo quê?

— Por não querê-los.

Não entendi o significado de suas palavras, mas vi que ela estava triste e raivosa. Ela retirou sua mão e sentou-se de cabeça curvada, na sombra.

— Eram três deles. Um hóspede e seus amigos. Viram-me beijando uma amiga. Espiaram-me em meu quarto enquanto estávamos juntas.

— Que mal há em se beijar uma amiga?

Mary me olhou surpresa.

— Quando minha amiga se foi, eles forçaram a entrada e disseram que me machucariam se eu não fizesse o mesmo com eles.

— Que horrível — exclamei, lembrando das histórias de jovens que se flagelavam até a morte, preferindo isso a serem tocadas por um homem antes do dia dos seus casamentos. Suponho que isso incluísse um beijo, mas aquilo agora parecia para mim bastante inofensivo.

— O que você fez?

Ela disse em voz baixa:

— Fiz o que eles queriam. Que mais eu podia fazer? Me ameaçaram. Disseram que contariam à senhoria. Eu trabalhava lá, na cozinha. Teria perdido meu emprego. Não tinha outro lugar para onde ir.

— E sua amiga?

Mary encarou a janela escura um longo momento antes de responder.

— Foi ela que disse a eles onde olhar. Ela me vendeu por uns centavos.

Não entendia por que homens pagariam para ver mulheres se beijarem. Talvez na Inglaterra mulheres fossem mantidas escondidas, como entre os otomanos, e homens inescrupulosos pagassem para vê-las.

— Mas as pessoas souberam do que aconteceu. Eles saíram se vangloriando do que tinham feito. Ninguém quis me contratar. Eu perdi tudo. — Eu ouvia Mary chorando silenciosamente, com o rosto no escuro. — A esposa do ministro de nossa igreja teve pena de mim e me deu uma boa referência, mas apenas se eu prometesse me emendar. E assim vim para cá.

Inclinei-me e acariciei os filamentos sedosos de seu cabelo. Ela deixou que os acariciasse, como eu deixei que acariciasse minhas faces. Ela era adorável, tensa, confusa. Pensei em acalmá-la, da maneira que as mulheres fazem entre elas.

Quando, após um instante, ela tocou meus lábios com os seus, eu interpretei mal e ela se afastou.

— Você me assustou — disse.

— É apenas um beijo — ela disse arfante. — Você não vai deixar?

— Você tem razão — eu admiti, envergonhada de tê-la repelido. — Entre as mulheres não há vergonha, apenas conforto.

Sorrimos timidamente uma para a outra, com nossos rostos próximos o bastante para enxergar na treva. Permiti que ela beijasse minha boca, depois meu pescoço. Lembrei-me do conforto que me percorria quando Violet aquietava meus medos quando criança e, depois de Hamza cessar com suas visitas, quando me confortava na tristeza. Eu não desejara o toque de Violet desde o vergonhoso ataque de efendi Amin, mas o toque desta pálida mulher me trazia de volta a meu corpo. É uma bênção das mulheres podermos tirar força e prazer umas das outras.

Como um marinheiro em águas inexploradas, sua mão percorreu a palpitação de meu pescoço até o topo de meus seios, cobrindo-os de chamas. Nossos lábios se juntaram como gêmeos. Senti que estava me arqueando contra as almofadas enquanto suas mãos tiravam as camadas de tecido que nos separavam.

— Nunca estranhas — ela respirou dentro de meu ouvido. — Nunca, desde o início.

Ela não falou de novo, nem quando eu me deixei estremecendo em seus braços, meu corpo a lhe suplicar.

Isto não era o comum das carícias de Violet, e sim uma veneração.

* * *

DEPOIS DISSO, retomamos nossos encontros semanais. Com os passar dos meses, eu pensava cada vez menos em Hamza, que não voltou de novo. Em vez disso, eu saboreava as sensações desconhecidas de minha primeira amizade real com uma mulher. Mary alugava uma carruagem e íamos a passeios no campo no outono. Quando descobrimos a piscina marítima abandonada, começamos a fazer lá nossos piqueniques. O motorista retornava depois de um tempo combinado ou esperava, roncando, na estrada.

Eu desempilhava os potes aquecedores de cobre e os dispunha em um círculo sobre a mesa. Colocávamos um cobertor de algodão franjado no colchão para cobrir a madeira úmida. Nossos pés nus se juntavam em pares, os dela pálidos como leite, os meus da cor de porcelana fina. Como sempre, Mary trazia carvão e acendia um pequeno fogo no braseiro. As jóias que eu havia lhe dado cintilavam das sombras enquanto ela esquentava a água para o chá. De um recesso em um canto eu tirava duas xícaras de chá, do tipo barato que se compra no mercado.

Sentadas no colchão sob um acolchoado, alimentávamos uma a outra com sacos de massa folhada recheada de queijo e salsinha, arroz temperado com groselhas enrolado em folhas de uva, pães fragrantes mantidos quentes em panelas de cobre estanhado. Depois de comermos, fumávamos cigarros e jogávamos os restos do pórtico sombreado para o brilhante quadrado cativo de água. Em outra estação aquelas paredes suportariam a algazarra de gritos de crianças, torrentes agudas de som em meio ao murmúrio plácido das vozes de suas mães contando e recontando. As pernas delas entrando timidamente no mar até a renda nos joelhos. Trajes de banho como ousados vestidos da moda. O corpo vulnerável rapidamente enrolado entre toalhas felpudas para não adoecer com uma corrente de ar.

Mas não ainda. Ainda era nosso sol e nosso mar, nossas venezianas batendo, nossos suspiros sob as tábuas descoradas. Deitávamos imóveis como mexilhões abertos, juntando uma crosta de sal. O cabelo loiro dela era cortado como o de um menino, e quando ela o penteava molhado para trás, seu rosto ficava nu.

31

A garota esposa

Para surpresa de Sybil, não é difícil um arranjo para ver Shukriye. Os encontros das mulheres fervilham com a notícia de que ela está ficando com sua irmã, Leyla. As mulheres se preparam para visitar a casa em bandos oferecendo solidariedade às irmãs, cujo pai jaz moribundo, e para saciar sua curiosidade sobre este membro da sociedade delas que ficou tanto tempo fora. No primeiro dia de a família receber visitas, Sybil se junta à invasão dos preocupados e curiosos. Sybil ouve a mulher a seu lado sussurrar para uma vizinha que Shukriye teve três filhos mas que apenas um sobreviveu, um menino de 2 anos.

— *Mashallah*, pela vontade de Alá — a outra mulher responde surpresa, virando a cabeça e olhando apreciativamente para Shukriye.
— A pobre mulher. Mas pelo menos ela tem um filho.

Shukriye, uma mulher rechonchuda num *kaftan* de exótico brocado, senta-se no divã com o rosto meio escondido atrás de um xale de gaze que cai sobre seu peito. Sybil vê que seus olhos estão vermelhos de chorar. A irmã de Shukriye, Leyla, mantém os cumprimentos formais e dirige os criados para oferecer aos convidados chá, bolos e guloseimas em grandes bandejas de prata. Outro criado fica a um canto com um pequeno fogão e utensílios, pronto para fazer café para quem desejar.

Sybil nota a filha de sultana Asma, Perihan, sentada ao lado de Shukriye, com sua mão ocasionalmente alisando seu robe. Lembra-se de que Shukriye fora noiva do homem com quem Perihan queria se casar. Talvez, ela pensa, estejam unidas como amigas pela tristeza de sua morte.

Uma velha mulher em um canto do divã próximo à janela move sua cabeça ritmicamente de um lado para o outro, entoando uma litania de reza, entremeada por altos suspiros e apelos a Alá.

— Esta é a avó de Shukriye.

— Que Alá a proteja. Ela reza por seu filho.

Há uma comoção entre as mulheres, um murmúrio crescente e um farfalhar de sedas enquanto elas abrem caminho para um eunuco alto que Sybil reconhece como aquele que a introduziu na casa de sultana Asma. As mulheres silenciam. Atrás dele, sultana Asma entra na sala. Ela parece cansada e mais velha do que Sybil se lembrava da cerimônia de circuncisão duas semanas antes. Usa um vestido europeu de cintura apertada e anda inflexível passando a fila de mulheres em folgados robes turcos acomodadas confortavelmente no divã.

Leyla se precipita em sua direção, com os braços abertos para recebê-la. Sinalizando Shukriye e Perihan para que a sigam, leva sultana Asma para uma sala privada contígua. Ao passar por Sybil, sultana Asma pára e, com um sorriso deleitado, gesticula para que ela também acompanhe. Isso ocasiona murmúrios excitados entre as outras visitantes. O eunuco espera ao lado da porta, braços cruzados, e a fecha atrás das mulheres, quando as cinco a atravessam.

Sybil se vê em uma sala de estar decorada apenas com um divã baixo almofadado que ocupa três lados do aposento. No meio há um tapete de cores vivas sobre o qual estão espalhadas mesas baixas de madeira marchetadas de marfim e madrepérola. As janelas atrás do divã se abrem para o Bósforo, convoluto com a luz. Ela ouve a triste interrogação de uma pomba no jardim.

Dão a sultana Asma o lugar de honra no canto do divã, com Perihan a seu lado. Com um olhar curioso, Leyla senta Sybil do lado esquerdo de sultana Asma.

Seguem-se as formalidades de apresentação e as perguntas sobre saúde. Criados trazem refrescos e se retiram. Shukriye afunda no divã. Ela não come ou fala além das respostas padronizadas requeridas.

Finalmente sultana Asma pergunta:

— O que há com ela? — Para Shukriye ela diz, encorajadora-mente: — Componha-se, garota querida, e nos diga o que lhe ocorreu nestes oito anos desde que a vimos pela última vez.

Leyla, ao lado dela, ajeita as almofadas em suas costas e gentilmente retira o véu de seu rosto. Fala com ela em uma voz baixa e confortante, como se para uma criança.

— Lembre-se, minha rosa, requeri ao palácio para trazer você de volta à cidade. Vai ficar tudo bem.

Shukriye pára de chorar e se apruma. Aperta a mão de sua irmã. Seus olhos estão margeados de vermelho, mas seu rosto é branco e redondo como uma lua cheia, com traços equilibrados e uma pequena boca vermelha. Um ornato para a cabeça, com pequenas moedas de ouro, roça sua testa.

Sultana Asma continua, em uma voz afável.

— Assim está melhor. Agora podemos vê-la. Qual é seu problema, minha querida? Eu sei. Seu pobre pai, é claro. Que sua doença passe. — Sybil sabe que é uma simples fórmula de conforto. Ela ouviu que o homem se encontra perto da morte.

Leyla segura as mãos de sua irmã e acaricia seu rosto, murmurando:

— Shukriye, minha querida, minha rosa. Finalmente você está em casa. Sentimos muito sua falta.

Shukriye suspira profundamente, como se precisasse de todo o ar da sala. Ao terminar, diz para ninguém em particular:

— O que se pode fazer? Está nas mãos de Alá.

Ela percebe Sybil pela primeira vez.

— Quem é esta? — pergunta.

Leyla apresenta Sybil novamente, enfatizando o fato de que seu pai é o embaixador britânico.

Sybil começa repetindo a fórmula ritual de cumprimento. Leyla interrompe, com um exausto aceno de mão, e diz:

— *Hanoum* Sybil, você é bem-vinda. Consideramos você um membro de nossa casa. Por favor, sente-se.

Leyla chama a criada postada na porta e diz a ela que traga café e que depois saia e assegure que não sejam interrompidas.

Depois que a garota serve o café e sai, Leyla diz:

— Quando estiver pronta, minha rosa, conte-nos tudo.

— Tenho uma casa grande — Shukriye começa lentamente — com criados o bastante para não poder dizer que não estou confortável. E as pessoas me dizem que meu marido é um bom homem. — Ela pausa e perde o olhar no jogo das luzes além da janela. — Talvez ele seja — ela sussurra — mas é também um homem fraco. Sinto-me como se estivesse casada não com ele, mas com sua mãe. — Sua face se transforma numa careta e ela começa a chorar de novo, um choro disforme de injúria. — Ela é responsável pela morte de minhas filhas — desabafa.

As outras mulheres se retesam, arrebatadas. Sybil se surpreende ao ver um sorriso de satisfação no rosto de Perihan, mas decide que deve ter se enganado.

Finalmente, Shukriye se acalma e prossegue em uma voz roufenha.

— Minhas filhas adoeceram depois de comer a comida dela. Acho que ela as envenenou por rancor de eu não ter tido um filho homem até então. Não permitiu que eu levasse as crianças para o médico na cidade. Em vez disso, chamou seu curandeiro. Tudo que ele fez — ela diz com desgosto — foi escrever alguns versos do Corão num pedaço de papel, jogá-lo na água e fazer as meninas beberam a água. Dá para imaginar?

Perihan disse com calma:

— Beber a palavra de Alá é um santo remédio, querida Shukriye. Talvez elas não devessem viver. É a vontade de Alá.

Shukriye fecha os olhos.

— Certamente tratar doenças com remédios também está bem aos olhos de Alá.

Sultana Asma pergunta:

— Você não está preocupada com seu filho durante sua ausência?

— Claro que estou, mas agora ele tem um guardião.

— Seu marido?

— Não, ele ainda é um escravo de sua mãe. Depois de minhas filhas morrerem, meu marido arrumou uma amante. Sua mãe sugeriu, claro. E deixou as armas em suas mãos — ela acrescenta com raiva.

Uma segunda esposa, pensa Sybil, chocada.

Ao ver os rostos aflitos das mulheres, Shukriye diz a elas:

— Não é tão ruim. Ela se tornou como minha filha. Tentei protegê-la, mas cada mês acrescentava um ano a seu rosto. Ela engravidou e abortou no meio do inverno, sem que uma parteira conseguisse chegar a ela a tempo através da neve. Ela não pode mais ter filhos, pobre garota.

As mãos de Shukriye acompanham o traçado das flores em uma almofada.

— Desde seu infortúnio, seu espírito endureceu. Até nosso marido teme seu temperamento. E ela tem o apoio de três irmãos que moram perto. Meu filho está seguro nas mãos dela.

A sala mergulha no silêncio.

Finalmente, Sybil arrisca:

— Você deve sentir uma falta terrível de sua família. Não vejo minha irmã que mora na Inglaterra há sete anos, e nem conheci meus sobrinhos. Às vezes é difícil de suportar. Diga-me, por que você se casou tão longe? — Atrapalhada, ela acrescenta — Se não for impertinente de minha parte perguntar.

— Não sei, *chère hanoum*. Eu estava noiva para me casar com meu primo, o príncipe Ziya. — Ela luta para controlar a voz. — Ele foi assassinado e depois minha vida foi tomada de mim. Quem quer que o tenha matado, matou a mim também. Recusei-me a acreditar que minha vida em Erzurum era *kismet*. Alguém além de Alá teve a mão nisso. — Ela ajusta o véu para cobrir a parte inferior de seu rosto, levanta o olhar para as mulheres e acrescenta, em voz baixa: — Aqueles que tomam o destino das mãos de Alá são culpados de soberba e certamente serão punidos.

— Alá conhece nossos destinos — Perihan rebate. — Estão escritos em nossas testas quando nascemos. Nenhum ser humano pode alterar isso. — Sua voz tem um tom áspero que pode ser facilmente confundido com mágoa. Ela ajusta o véu para que cubra a parte inferior de seu rosto, e Sybil vê o profundo vinco entre seus olhos.

— Talvez você esteja certa. Mas qual foi o objetivo de sua morte? Não acredito por um momento que ele tenha sido morto por ladrões em uma casa de má reputação, como me disseram. Tenho certeza de que o palácio mandou matá-lo. Pensam que todos os turcos em Paris tramam contra o sultão. Mas estão errados. Ziya estava lá para supervisionar a assinatura de um acordo de comércio, e apenas isso.

Leyla tenta acalmar sua irmã.

— Minha irmã querida, por favor, não se emocione. Alá é a única testemunha. — Tentando mudar o assunto, ela se volta para Sybil.

— Você me lembra uma governanta que tivemos no palácio há muito tempo, que Alá descanse sua alma. Você tem os mesmos olhos pálidos.

— Hannah Simmons? — Sybil sente sua pele comichar de excitação.

— Sim, era este seu nome. Você a conheceu? — Leyla se inclina para mais perto de Sybil. — Você parece muito jovem.

— Minha mãe a conheceu. Por favor, me fale de Hannah.

— Uma garota calma, doce como *lokum* de mel. — Leyla olha em torno da sala. — O que mais há para dizer? Sultana Asma, você deve se lembrar dela.

Sultana Asma pensa por um momento e responde.

— Não, infelizmente não. Embora, claro, todos saibamos o que aconteceu com ela.

Perihan olha sua mãe com surpresa e parece prestes a falar, mas muda de idéia.

Leyla também parece surpresa.

— Mas ela era uma governanta em nossa casa.

— Temos muitos criados — sultana Asma despeja, irritada.

Perihan fala, em tom conciliatório.

— Ela não era muito memorável. Talvez sua morte seja a única razão pela qual nos lembramos dela.

— Eu a achava muito agradável — Shukriye diz. — Eu a via com freqüência nas reuniões de mulheres e no *hamam*. Ela tomava conta das garotas mais jovens. Uma vez tentei dar a ela um tecido de seda, mas ela parecia contente em se vestir como um rouxinol descolorido. Pobre mulher. Parecia desinteressada até mesmo no mais simples ornamento ou joalheria.

— Apenas aquele colar de prata que ela sempre usou — Leyla acrescenta. — Você lembra, Shukriye? A única hora em que ela o tirava era para dormir ou na sauna. Ficava surpresa ao vê-la tirá-lo ainda assim, porque insistia em vestir um camisolão. Será que tinha um defeito? — Ela olha para Sybil interrogativamente. — Nunca entendi por que ela escondia o corpo na sauna. É ridículo. Somos todas mulheres. O que há para esconder?

Sybil não consegue pensar numa resposta que não ofenda suas anfitriãs. No nível físico mais baixo, o que Leyla diz faz sentido lógico, mas não leva em conta noções mais altas e civilizadas de modéstia. Ela sorri, nervosa.

— Por que ela não tirava o colar? Era alguma coisa especial? — pergunta Shukriye.

— Não acho. Só uma esfera, uma bugiganga de prata — Leyla diz com desdém.

Sybil se manifesta. Quer defender Hannah desse julgamento aviltante das mulheres.

— Acho que era provavelmente uma peça muito preciosa. Pelo menos, parece ter sido feita no palácio.

— Por que você acha isso? Não me lembro de nada particular nela — Leyla pergunta com curiosidade. — Claro que isto faz muito tempo.

— Tinha uma *tughra* dentro — Sybil diz vivamente, aliviada de não ter de defender a modéstia e o orgulho britânicos de ter algo a contribuir com a conversa.

Leyla respira fundo.

— O quê? Onde uma garota estrangeira conseguiria uma coisa destas? Você deve estar enganada.

— Na verdade, não. Eu a vi.

Leyla olha para sultana Asma.

— Deve ter sido presente de alguém no harém.

— Não tenho o hábito de dar presentes valiosos a criados — sultana Asma responde com leve censura.

— *Hanoum* Sybil — Perihan pergunta — você diz que a viu? Achei que a polícia a tinha apreendido.

As cabeças de todas as mulheres se voltam para Sybil.

— Dixon Mary, a jovem inglesa que foi morta no mês passado, a tinha em torno de seu pescoço. Com certeza vocês ouviram sobre a morte dela. — Voltando-se para Perihan, acrescenta: — Era sua governanta, acredito.

— *Hanoum* Mary — Perihan murmura. — Uma mulher estranha, mas eu não lhe queria mal. Que Alá tenha piedade de sua alma. — E, para Sybil: — Nunca a vi usar tal colar.

— Como você sabe que é o mesmo do pescoço de Hannah? — Leyla pergunta.

Sybil explica sobre a caixa.

— É especial também por ter uma escrita chinesa nela.

— Chinesa? — As mulheres exclamam.

— Então deve ser algo de fora do país — Perihan sugere. — Talvez o selo do sultão tenha sido adicionado mais tarde.

Leyla concorda.

— Nossa comida é servida no palácio em porcelana trazida da China.

— E aqueles vasos enormes nas salas de recepção não são da China? — Shukriye acrescenta. — Eu me lembro de quase ter derrubado um quando era criança.

— Sua mãe não tinha uma coleção de arte chinesa? — Leyla pergunta a sultana Asma.

Sultana Asma não responde. Em vez disso, pergunta a Sybil:

— Como você sabe que é chinês?

— Meu primo Bernie está aqui em visita. Ele é um estudioso da Ásia. Quer dizer, está escrevendo um livro sobre as relações entre seu império e o Oriente. De qualquer forma, ele conseguiu lê-la. É parte de um poema.

— Um poema — sultana Asma repete sabiamente. — Claro. Provavelmente foi um presente dado a Hannah por seu amante. Mas como aquilo chegou àquela mulher, Mary?

— Hannah tinha um amante? — Sybil tenta esconder sua agitação.

— Alguém que encontrava em seus dias de folga. Ela podia deixar o palácio uma vez por semana, mas Arif Agha ficava de olho nela.

— Arif Agha?

— Um dos eunucos. A cada semana, Hannah embarcava em uma carruagem com o mesmo cocheiro e não voltava até o outro dia de manhã cedo. Arif Agha perguntou aonde ela ia, mas tudo que conseguiu tirar dela foi:

— Visitar uma amiga.

Ele tentou fazer que a seguissem, mas o incompetente não deu conta. E daí foi tarde demais.

— Mas Arif Agha descreveu o cocheiro? — pergunta Sybil.

Sultana Asma pensa.

— Disse que o cocheiro usava roupas surradas e não libré, como era de se esperar de alguém visitando uma casa de boa sociedade. Mas tais famílias teriam enviado um acompanhante. De qualquer maneira, Arif Agha disse tudo isso à polícia. — E ela murmura para si mesma: — O tolo de língua de raposa sempre fala demais.

— Arif Agha se encontra aqui? — Sybil acha que Kamil pode querer falar com ele.

— Ele se aposentou. Sua incompetência nos fez perder a confiança nele.

— E sua venalidade — acrescenta Perihan.

— Foi estúpido da parte da garota entrar em uma carruagem desacompanhada — observa sultana Asma. — Qualquer coisa poderia acontecer.

— E certamente aconteceu. — Perihan completa a sentença de sua mãe com um tom satisfeito.

— O cocheiro era turco? — Sybil pergunta.

Sultana Asma suspira profundamente, sem conseguir esconder sua irritação com o interrogatório constante.

— Não acho. De acordo com Arif Agha, o homem tinha cabelos árabes da cor da areia. Talvez um curdo. O cabelo deles é cacheado assim, mas eles são geralmente mais escuros. De alguma das minorias? Mas de qual? — Ela levanta as mãos simulando desespero. — Como alguém poderia saber? — Depois de um momento acrescenta, sombriamente: — Se você brincar com uma cobra, ela irá lhe morder.

Perihan pergunta a Sybil, um tanto áspera:

— Por que você quer saber disso?

Leyla intercede.

— Ela era uma de suas compatriotas — ela diz a Sybil com gentileza. — É natural que você queira saber o tanto quanto possível sobre ela.

— O assassino dela nunca foi encontrado — Sybil acrescenta.

— Está debaixo de uma rocha, sem dúvida, entre outros de sua laia. — Sultana Asma encolhe os ombros.

— Você acha que isso tem qualquer importância agora? — pergunta Shukriye.

— Não sei. Estou ajudando paxá Kamil, o magistrado que investiga a morte de Mary Dixon. Ele parece achar que há alguma conexão entre as duas mortes. — Ela se volta para sultana Asma. — Você disse que sua mãe tinha uma coleção de porcelana chinesa? Meu primo teria grande interesse em dar uma olhada nela... se for permitido, é claro. E eu me certificarei de falar sobre ela a paxá Kamil. — Ela diz o título dele com orgulho, como se já pertencesse a ela, saboreando o peso em sua língua. — Ele virá jantar conosco depois de amanhã.

— Minha mãe faleceu — sultana Asma responde tensamente. Sybil está mortificada.

— Sinto muito, vossa alteza. Eu não sabia. Saúde à sua mente.

— Foi há muito tempo. — Sultana Asma se levanta. — É hora de nos retirarmos.

Envergonhada por sua gafe, Sybil observa enquanto sultana Asma, alheia aos protestos de Leyla, caminha para a porta e bate nela. A porta é imediatamente aberta por seu eunuco. Ela espera enquanto Perihan beija sua anfitriã nas duas faces em despedida. Sybil sente os olhos de sultana Asma sobre ela, mas quando se volta, percebe que ela se fora.

32

Com pescoços de vermelho-vinho

Era de manhã cedo. O caminho que levava ao vilarejo de Chamyeri estava ainda gélido embaixo dos pinheiros e eu tremia em meu *feradje* leve. O ar estava saturado pelo cheiro das pinhas. Sentia o gosto de sal em minha língua.

— Faz quase um ano. Por que eu deveria continuar banida por mais tempo? Não há ninguém com quem falar aqui, e nada para fazer — eu acrescentei com petulância.

Não mencionei Mary. Violet não gostava dela, assim como não gostara de Hamza, meus únicos dois amigos. Eu havia ralhado com ela por deter as mensagens de Mary. Se Violet não fosse uma criada, eu teria suspeitado de ciúme. Era verdade que eu não mais me divertia tanto com sua companhia como no passado, quando eu não tinha meus próprios amigos. Era verdade que eu tinha me tornado muito crescida para seu toque. Da última vez em que veio durante a noite querendo partilhar o acolchoado, eu disse a ela que não éramos mais crianças e não podíamos mais rolar despreocupadas como os filhotes de cão kangal. Ela sentou-se na beirada do acolchoado, emburrada, com a boca torcida para baixo. Notei as linhas que se aprofundavam ao lado de sua boca e entre seus olhos. Por hábito e preocupação, estiquei a mão para alisá-las. Ela apanhou minha mão e aninhou sua face em minha palma. Quando tentei retirá-la, prendeu a borda de minha mão entre os dentes e chacoalhou-a, como se fosse um kangal, antes de libertá-la e sair quietamente do quarto. Olhei as marcas deixadas por seus dentes em minha carne, querendo rir, mas também curiosamente temerosa, como se uma corrente violenta tivesse perturbado o ar.

Ela me era querida, mesmo assim, como deveria ser. Estávamos sempre juntas, exceto quando Mary me apanhava para nossas excursões. Durante os meses mais frios, as estradas bloqueadas pela neve interromperam nossos encontros. O barco que entregava nosso carvão trouxe também cartas de Mary no começo daquele inverno. Mas eu não a havia visto ou ouvido falar dela durante meses, embora as estradas estivessem agora abertas. Ela escrevera que tinha alguns negócios para cuidar e que viria me ver assim que pudesse. Mas eu não queria mais ficar andando em círculos esperando e decidi me atirar de volta na corrente da vida.

— Ismail Dayi quase nunca está aqui e mamãe se recusa a ouvir qualquer coisa. É como se eu fosse uma criança de novo. — Pensei na pobre mamãe deitada em seu divã, tossindo, enrolada em seu casaco de pele apesar do morno conforto da primavera, e senti minha queixa grudar-se em meu estômago. — Espero que mamãe fique bem logo — eu sussurrei em tom de desculpa. O que está escrito virá a ser, mas o que é falado também provoca o destino.

Violet caminha silenciosamente a meu lado. Tinha me acostumado com seus novos silêncios. Lembro-me dela chorando em seu quarto quando chegou em Chamyeri. Ela deve ser solitária, eu decidi. Olhei para ela com o canto do olho. Sua boca estava tensa e um franzir havia se estabelecido em sua testa. Talvez estivesse na hora de eu pedir a papai ou Ismail Dayi que achassem um marido para ela.

Passamos por pomares por trás de muros de tijolos em ruínas. Folhas de figueira recobriam os muros como mãos verde-escuras movendo-se com a mais suave brisa, guardando os pequenos e puros invólucros das frutas. Pares de pombos com pescoços vermelho-vinho chamavam suavemente uns aos outros. Entramos na sombra de uma alameda estreita embaixo de construções que sobrepairavam.

Violet olhou em torno nervosamente.

— O que foi? — eu murmurei

— Nada. Nada mesmo.

Violet mentia. Algo a preocupava.

O pequeno armazém na praça aberta no centro do vilarejo ainda estava fechado. Dois cachorros ossudos retiraram-se a contragosto para trás da barraca com a nossa aproximação. Outro cão estava deitado de lado na poeira, com sua pata traseira se contraindo. Diversos idosos sentavam-se em bancos baixos de madeira cobertos de palha sob uma tenda esfarrapada, bebendo chá. Os olhos deles se voltaram para nos ver passar.

Cruzamos rapidamente a praça e mergulhamos na escuridão de uma rua estreita que dava para a praia. Os andares superiores das casas de madeira quase se encontravam acima. Estávamos ali para alugar um barco que nos fizesse descer o estreito de Besiktas, o píer mais próximo de Nisantasi. Sei que mamãe não nos permitiria ir. Sem sua autorização eu não poderia enviar um criado para alugar um barco, e convenci uma relutante Violet a ir junto. Deixei um bilhete para mamãe e Ismail Dayi dizendo que tinha voltado para a casa de papai. A casa de meu tio sempre seria minha casa, mas eu sentia necessidade de retomar minha vida. Agora que não iria mais me casar, tinha que pensar o que fazer da vida. Nunca desejara muito a companhia da sociedade, mas eu também era solitária. Eu esperava na cidade pelo menos retomar minha educação.

Ao passarmos por baixo das casas muçulmanas, ouvi mulheres chamando uma as outras por detrás das treliças de madeira que cobriam as janelas. Subitamente um balde de água suja aterrissou do nosso lado e explodiu sobre nossos casacos. Chocada, parei e olhei para as mulheres ainda debruçadas nas janelas, baldes nas mãos, sorrindo. Vozes e risos abafados vinham detrás das treliças ao longo da rua. Violet pegou minha mão e me puxou para a frente, quase derrubando o homem à nossa frente.

Corremos para a área aberta na costa. Jovens sentavam-se nas rochas e remendavam redes. Os barcos de pesca tinham partido bem antes do amanhecer. Os homens pararam seu trabalho e nos olharam com curiosidade. Nossos *feradjes* estavam borrifados de manchas amarelas. Ajustamos mais nossos véus. Minha mão estava ainda presa no aperto da de Violet. Eu havia entendido o que Violet já sabia. Nós tínhamos de sair dali. Com certeza as matronas de Nisantasi não atirariam lavagem sobre nós. Tinha certeza de que elas tinham meios mais sofisticados de cortar a corda que me amarrava ao navio da sociedade.

Senti-me subitamente com muita raiva. Soltei minha mão da de Violet, endireitei os ombros e andei até o homem que cuidava do samovar.

— Gostaria de alugar um barqueiro que nos leve ao píer de Besiktas. Vocês serão bem recompensados.

* * *

O PEQUENO ROSTO de Violet era escuro e forte, quase muscular, feito de planos e ângulos. Era atraente de um modo masculino, e a única alusão de suavidade eram os olhos ricos de um castanho líquido que se inclinavam nos cantos externos como amêndoas. Impaciente, ela continuamente se mexia e reajustava sua posição, com os dedos finos arrumando suas roupas, tão diferente de quando estava nua na água e se tornava tranqüila e macia.

Lembro-me de como ficou furiosa com o preço exorbitante de dez *kurush* que o barqueiro exigiu. E ele ainda cometeu a temeridade de pedir dois *kurush* para o vendedor de chá.

— Eles conseguem cheirar o desespero, estes vadios — ela sussurrou através de nossos *yashmaks*. — Se aproveitariam de suas mães.

A viagem Bósforo abaixo foi rotineira. O barqueiro mal teve de mover seus remos — a correnteza fazia todo o trabalho. Passou o tempo olhando-nos de soslaio. Quando atracamos em Besiktas, no entanto, ele nos levou ao píer sem incidentes.

Violet tomava conta da bolsa. Ela era muito melhor para ficar de olho nela em meio a uma multidão. O cais estava cheio — barqueiros, passageiros, pescadores descarregando suas cargas, compradores de peixes e os costumeiros vendedores de ruas, carregadores e mendigos. Violet segurou meu braço enquanto abríamos caminho pela multidão, procurando uma carruagem que nos levasse a Nisantasi. Não estávamos em uma rua principal. Ela apontou uma grande carruagem — na verdade, grande demais para estar naquela rua — parada junto ao píer. Nós a notamos de imediato porque os cavalos tinham tirantes muito coloridos, vermelhos e azuis. O cocheiro era baixo e atarracado, com cabelos claros em pequenos cachos, como o carneiro que Halil uma vez trouxera para ser abatido para nossa refeição de dia santo. Vestido com roupas comuns de trabalho, usava os sapatos pretos de um judeu. Violet pechinchou um pouco e depois me ajudou a subir na cabine, enquanto o cocheiro subia na frente. Lembro-me de ela ter ficado intrigada pelo preço baixo.

— Ele não estava nem um pouco interessado em barganhar — ela me disse. — Parecia estar com pressa.

A carruagem estava muito escura quanto entrei. Quando me voltei para olhar Violet um cheiro súbito tomou minha garganta. A carruagem balançou rudemente para frente. No pequeno espaço, asas escuras me envolveram. Vi um brilho e Violet ser arremessada na luz. Então, apenas a luz permaneceu. Depois, nada.

* * *

O BORDÃO BAIXO e lamentoso do vendedor itinerante de ferro-velho. Era tão familiar: a primeira letra enunciada, um tartamudear rápido de consoantes e depois a cauda da palavra, deixada como o leque de um pavão na rua atrás de sua carroça. Eu estava em meu quarto em Nisantasi, esperando que Violet abrisse as cortinas e me acordasse. Comecei com felicidade a esticar meus membros mas as dimensões da cama estavam erradas e as cobertas muito pesadas.

Abri os olhos e vi um teto alto e não familiar sobre mim, consistindo de filas paralelas de arcos rasos. As janelas altas estavam bloqueadas com folhas de aço pintadas de branco e trancadas com uma pesada trave. Estava em uma cama estreita, coberta por uma pesada manta de lã. Totalmente vestida, a não ser por meus sapatos, *feradje* e o véu. Andei até uma janela, mas ela estava obstruída. Sons da rua penetravam palidamente através das janelas — o ranger de uma carroça, vendedores apregoando seus produtos, o grito súbito de uma criança. Coloquei meus sapatos. Meu casaco pendia de um gancho na parede. Havia sido limpo e passado. As manchas amarelas haviam desaparecido. Andei silenciosamente até a porta. Para minha surpresa, estava destrancada. Abaixei o trinco lentamente, abrindo apenas uma fração da porta, e espiei pela abertura.

Uma velha mulher sentava-se no tapete ao chão, com uma panela de cobre de berinjelas entre suas pernas. Pegou uma delas em sua mão, cortou cuidadosamente o talo e com habilidade retirou a parte central. Colocou a berinjela agora oca em outra panela a seu lado.

— Venha — ela disse, sem olhar em minha direção. Abri a porta mais um pouquinho. Onde está Violet?

— Venha, venha.

Abri totalmente a porta. Não havia mais ninguém no aposento. Era decorado com um divã coberto não por seda e almofadas de veludo, mas por um algodão intensamente florido. O tapete era surrado, mas as largas tábuas de madeira debaixo dele brilhavam. As janelas estavam abertas e uma brisa suave trazia à sala os sons da rua que eu ouvira antes. De uma janela, através das cortinas de renda, vi a fachada de outra casa. De outra, os ramos carregados de folhas de uma tília, agitando-se na luz do sol. O quarto era frio.

A mulher olhou para mim e sorriu. Vi que diversos de seus dentes faltavam.

— Seja bem-vinda.

Agachei-me no tapete. Ela continuava a desentranhar as berinjelas.

— Por favor, pode me dizer onde estou? Como eu vim parar aqui? Havia outra jovem comigo. Onde ela está? A senhora sabe?

A velha mulher deixou de lado sua faca, limpou as mãos num pano e se levantou. Ajustou o amplo avental branco colocado na frente de sua roupa. Reconheci o estilo. Ela era judia.

— Venha, sente-se aqui — ela disse, apontando o divã. Seu turco tinha um ligeiro sotaque. Sentei sobre as almofadas floridas, cruzei as pernas e aguardei na luz irregular. Sentia-me inexplicavelmente em paz, dada a situação. Qual era a situação? Eu fora raptada?

A mulher retornou com duas xícaras de chá numa lustrosa bandeja de prata com alças ornamentadas, o único item de luxo que vira. Pensei: do dote dela.

Sentamo-nos em silêncio por alguns instantes. Seu rosto era sério, mas seus olhos azuis límpidos me olhavam com ternura.

— Não posso lhe dizer meu nome e não sei o seu — ela começou, em seu sotaque cadenciado. — É mais seguro assim.

— Eu estou em perigo, então?

— Entendo que você corre um sério perigo. É por isso que foi trazida aqui.

Eu estava perplexa.

— Que perigo? Quem me trouxe aqui?

— É melhor que você não saiba agora. Meu filho entende desses assuntos. Eu não interfiro. — Ela pegou sua xícara de chá. — Embora eu não concorde. É perigoso demais. — Ela olhou-me de um modo que nossos olhos se encontraram. — Ele é meu único filho.

— É generoso da parte de seu filho me ajudar. Qual é o nome dele?

Ela me examinou cautelosamente e desviou o olhar.

Senti-me de repente ansiosa.

— Violet? A jovem que estava comigo no píer?

A velha franziu a sobrancelha.

— Sua criada fugiu. Isso cria uma situação perigosa para nós. Ela vai disparar o alarme e vão tentar encontrá-la em Besiktas.

Ela me olhou inquisitivamente. Aquiesci com a cabeça. Ela acrescentou, pensativa:

— Mas eles não têm razão de estender a busca até Gálata.

* * *

TENHO CERTEZA de que Ismail Dayi procurou ajuda assim que percebeu que tínhamos desaparecido. Suponho que, depois de ler minha nota, ele iria diretamente à casa de papai e descobriria que nunca chegamos lá. Enviaria Jemal ao vilarejo de Chamyeri para perguntar se alguém tinha nos visto. Os pescadores poderiam relatar que duas garotas alugaram um barco e que o barqueiro as deixara no píer de Besiktas. Mas lá a trilha desapareceria. Meu tio estaria bravo porque eu partira? Suponho que ele buscaria se aconselhar com seu velho amigo, o *kadi* de barbas brancas de Gálata. O que um *kadi* faria? Ele era um juiz. A situação ainda estava incompleta, como um ovo cozido ainda sem descascar. Cedo demais para julgamentos. O *kadi* colocaria a polícia em nosso encalço.

A polícia, é claro, suspeitaria dos pescadores. Olham sempre para as classes mais baixas pois, tendo tão pouco, elas têm mais a ganhar ou razão para inveja. Mas se a polícia apenas pensasse no caso, iria ver que os pescadores nunca fariam mal a duas garotas de uma família conhecida e importante. A polícia discordaria, argumentando que alguém poderia ter pago os pescadores para me raptar. Teriam sabido através de papai — ou no caso, de qualquer um — que efendi Amin buscava vingança.

Ou talvez Ismail Dayi tenha dito que ninguém desaparecera por temor de destruir o pouco que restava de minha reputação.

Não senti um puxão no fio carmesim em torno da cintura que me ligava a mamãe. Ela achava que eu estava segura?

Violet estaria acordada, eu sabia, com seus olhos negros brilhando como pirilampos no escuro, como eu a via freqüentemente na infância, quando não conseguia dormir e pedia para esticar meu acolchoado até o dela.

* * *

A MULHER JUDIA sentava-se numa almofada na parede oposta, com as mãos se agitando furiosamente. Ao lado dela se agachava o homem de peito largo com o compacto gorro de cachos loiros, o cocheiro da carruagem, que eu assumira ser filho dela. Os sussurros agitados dela se recusavam a se acalmar com as respostas ponderadas e em voz baixa dele. Falavam o que reconheci como ladino, o espanhol arcaico dos judeus de Istambul que fugiram para o reino benigno dos otomanos depois que a rainha Isabel os expulsara da Espanha. Mantinham os olhos desviados do divã onde eu me sentava. Uma xícara intocada de chá descansava no divã entre meu joelho e o de Hamza.

— Estou aqui há dias sem ter idéia do porquê e sem ter como dizer a Ismail Dayi que estou segura. Só Alá sabe o que ele está pensando.

Hamza vestia-se como um simples trabalhador em folgadas calças marrons, camisa branca e um xale listrado envolvendo sua cintura. Seu turbante de algodão estava cinza de tantas lavagens. Deixara crescer uma barba.

— Desculpe-me, Jaanan. Este foi o único jeito que consegui pensar de mantê-la a salvo.

— A salvo? Do quê?

— Eu tentei alcançá-la em Chamyeri, mas sua Violet colocou um cordão impenetrável em torno de você. Você recebeu alguma de minhas cartas?

— Cartas? Não. Eu não ouvia falar de você desde aquela noite em casa de papai. — Um tom de amargura despontou em minha voz. — Isso faz quase um ano. Assumi que você tinha ido de novo para o exterior. — Subitamente me lembrei das mensagens não entregues de Mary. Ela tinha interceptado também as cartas de Hamza?

Hamza balançou a cabeça em sinal de frustração.

— Estive em Paris até recentemente. Escrevi para você.

Quando eu balancei minha cabeça, ele continuou.

— É por isso que você nunca respondeu. Bom, como eu não conseguia contatá-la, contratei alguém no vilarejo para vigiá-la. Ele sabia para onde você estava indo, e ultrapassou seu barco para me dizer que você estava a caminho do píer de Besiktas.

— Você pediu que me vigiassem? Para quê?

— Você está em perigo. Eu estava preocupado com você.

— Você fica dizendo isso, mas eu não sei que perigo. Por que você simplesmente não foi me ver em Chamyeri para me advertir sobre sei lá o que o preocupa?

— Não tinha certeza de que Ismail Hodja aprovaria. Ele nunca gostou de mim.

— Isso não é verdade — exclamei.

— Fui até lá duas vezes quando seu tio não estava em casa, mas Violet não me deixou entrar.

— O quê? Violet é minha criada. Ela não tem controle sobre o que eu faço ou quem eu vejo.

— Ela me disse que você não queria ver ninguém. Esperei no pavilhão e a chamei. — Ele fez um beicinho e imitou um rouxinol. — Mas você não apareceu. Suponho que Violet a mantivesse ocupada dentro de casa quando suspeitava que eu estava por perto. Eu não sei quais eram seus motivos. Talvez ela esteja na trama.

Ergui minha voz, exasperada.

— Que trama? Se você estava tão preocupado comigo, por que não veio me encontrar em pessoa no píer em vez de se esconder dentro da carruagem como um bandido? Ou simplesmente se revelar para mim assim que entramos?

Fiquei agitada ao me lembrar dos detalhes do que vivenciei como outro ataque.

— E por que o clorofórmio? Presumo que seja o que você usou.

Hamza baixou os olhos, seus longos dedos brincando com sua xícara de chá.

— Não posso me exibir. Estou sendo procurado pelos espiões do sultão por sedição — ele acrescentou apressadamente, me encarando. — Estava em Paris quando ouvi sobre o que aconteceu no ano passado.

Pareci confusa, e ele desviou seus olhos, focando-os na luz amarela que se filtrava através das folhas do lado de fora.

— Com aquele cafetão, Amin. — Ele se chocou com suas palavras impróprias e finalmente olhou para mim. — Desculpe. Sinto muito.

Não respondi, e ele prosseguiu rapidamente.

— Ouvi sobre os planos de vingança de Amin e comecei a voltar assim que as estradas foram abertas. Não há nada que eu possa fazer para mudar o que aconteceu, mas pelo menos posso me assegurar de deixá-la a salvo.

— Você não deveria ter se arriscado a voltar.

— Eu conheço Amin — ele disse com vigor. — Você não tem idéia do que ele é capaz.

— Que trama é esta da qual você está me salvando? — eu perguntei, rangendo os dentes. — Você deveria ter contado a papai ou a Ismail Dayi. Qual é a idéia de me trazer aqui? Todo mundo vai se preocupar comigo e pensar no pior. Você considerou as conseqüências?

— Não estou preocupado. Vale a pena correr o risco para ver você a salvo.

— As conseqüências para *mim* — eu quase gritei.

Com expressão severa, Hamza explicou.

— Amin é um bandido que não será detido por nada.

— Por que você não me disse isso no ano passado quando meu pai falou pela primeira vez em noivado? Por que você não contou a papai na época?

Hamza engoliu o chá de sua xícara de um só gole e colocou-o sobre o pires com tal força que eu saltei. Senti os olhos da velha mulher deslizarem nervosos em nossa direção.

— Tive de passar anos em Paris porque alguém me entregou no palácio como traidor. Quando voltei, dois anos atrás, não demorou muito para eu ser acusado e perseguido de novo. Você acha que seu pai me ouviria? Ele me despreza. Despreza minhas idéias. Ele se tornou amigo de reacionários para avançar em sua própria posição. Tenho certeza de que foi ele quem me delatou à polícia secreta, então e agora.

— Eu não acredito nisso — rebati um tanto acalorada. — Papai nunca faria isso com seu próprio sobrinho. Você viveu em nossa casa, comeu nosso pão.

Hamza soltou uma risada curta e amarga e deu de ombros.

— Há muitas coisas que você não compreende, princesa.

— Isso é injusto comigo, Hamza. Conheço meu pai e não sou totalmente ignorante sobre o que acontece no palácio. Sei que há facções e intrigas. Talvez papai não compartilhe suas idéias, mas tenho certeza de que o sangue também conta. Nem sempre papai está certo em suas ações, mas ele é um bom homem. Quem lhe disse que foi papai que o traiu?

— Eu sei que foi ele.

— Tudo bem — eu explodi. — Faça suas acusações, mas se você se preocupa mesmo com a justiça preciosa que está sempre perseguindo, então me deixe ouvir as provas.

— Seu pai foi promovido à posição de conselheiro no Ministério do Exterior dias antes de acusações de traição contra mim serem enviadas daquele departamento para o Ministério da Justiça. Seu amigo, Amin, o apadrinhou naquela posição. Agora que Amin caiu em desgraça e foi transferido, a posição de seu pai está em perigo também. Nunca use um criminoso como padrinho — ele cuspiu.

— Bom, se for assim, não sobrariam muitas pessoas no governo, não? Papai foi seu padrinho — eu repliquei.

Hamza pareceu desconcertado. A conversa não era evidentemente o que ele esperara.

— Seu pai não me respeita — ele murmurou.

— Bobagem. Você não tem provas de que papai fez isso. Pode muito bem ter sido Amin. Ele não gosta de você. — Ocorreu a mim que Amin pode ter visto Hamza como um rival pela minha mão, mas eu não mencionei isso. Lembro-me da expressão em seu rosto na noite em que Hamza me cumprimentou na *soirée* em nossa casa. Teria sido típico de Amin remover o obstáculo à força em vez de tentar a tarefa mais complexa e longa de conquistar meu afeto.

— É possível — Hamza concordou, relutante. — Alguém me entregou depois daquela noite em sua casa. Tive de retornar a Paris ou correr o risco de ser preso.

Imaginei por que Hamza estava tão agastado com meu pai. Por que papai quis me casar com Amin? Então por que Hamza não se adiantou e fez ele mesmo uma proposta? Eu não estava ainda oficialmente noiva. Como meu primo, Hamza tinha direito à minha mão, não importa o que papai pensasse dele. Ele com certeza sabia que eu aceitaria. Olhei para ele cuidadosamente. Ele estava diferente de alguma forma, fora a barba, mas eu não consegui localizar o que me incomodava.

— Por que você me atacou na carruagem?

Ele ficou surpreso.

— Eu não a ataquei, Jaanan. Eu nunca faria uma coisa destas.

— Você usou clorofórmio! E o que aconteceu com Violet? Você não a machucou, não é?

Hamza pôs-se subitamente de pé.

— Jaanan, como você pode chegar a imaginar tais coisas? Eu tinha de impedi-la de gritar ou de tentar escapar quando você viu que havia outra pessoa na cabine. O risco era que você não me reconhecesse e causasse uma cena que atraísse atenção. A punição para traição é a morte, Jaanan. Não posso me dar ao luxo de ser percebido nem no menor detalhe. Violet está bem. Ela pulou da carruagem e fugiu. Está de volta em Nisantasi.

— Ela é muito expedita — ele acrescentou com um sorriso. — Atacou-me para salvá-la.

Era o sorriso charmoso e auto-reprovador que eu me lembrava de Chamyeri. Não consegui evitar a lembrança. Uma corrente cálida nos uniu de novo. O que eu tinha percebido antes era a ausência dela.

— Você ainda não me disse do que precisou me resgatar.

Hamza recostou-se no divã, colocando nossas xícaras na bandeja no chão. Pegou minhas mãos, com as palmas juntas, e as apertou entre suas mãos.

— Amin planeja... — ele parou, incerto, e continuou em voz baixa — fazer mal a você. Ouvi dizer que assim que você voltasse para a casa de seu pai ele planejava levar você de lá para sua *konak**. Uma vez que você fosse vista morando na casa de Amin, teria de casar com ele, querendo ou não.

— Levar-me de minha própria casa? — Eu zombei. — Como ele faria isso? Ninguém permitiria sua entrada. Ele subornou os criados? — Eu estava tão perplexa que quase não acreditei nele.

— Minhas fontes me dizem que ele fez um acerto com sua madrasta. — Desculpe — ele acrescentou com rapidez, vendo a expressão em meu rosto.

— Quem são suas fontes? São confiáveis?

— Sim.

— Não me trate como uma xícara de porcelana — eu disse a ele com impaciência. — Conte-me tudo.

— Ele está desesperado. Ele uma vez já reivindicou o direito a você. Isto tornaria as coisas irrevogáveis. Nem mesmo Ismail Hodja ou seu pai conseguiriam evitar a vergonha se você não se casasse com ele.

---

*Do turco. Mansão. (*N. do T.*)

— Ele não me ama, nem me respeita. O que quer de mim?

— Ele joga demais e tem um gosto caro com mulheres. Está profundamente endividado. Precisa desesperadamente de sua riqueza, e logo.

— Mas a riqueza é de papai e Ismail Dayi. Eu não tenho nada de meu.

— Quando você casar, vai ter um dote substancial, e mais tarde uma herança respeitável.

Não conseguia decifrar o rosto de Hamza. Seus olhos estavam focados em um ponto ao lado de minha cabeça. A corrente entre nós fora bloqueada, como nos dias em que era meu tutor. Ele estava recitando fatos.

Subitamente me vi engolfada pela raiva de Amin por roubar tanto minha infância quanto meu futuro, e de Hamza por não ter me pedido em casamento muito antes e me poupado desta dor. Ele deve ter sabido que eu concordaria e eu tenho certeza de que papai daria seu consentimento. Sabia que casamento agora seria difícil, mas isso certamente não importaria para Hamza.

— Então seus amigos lhe disseram que tia Hüsnü está ajudando aquele homem — eu não conseguia dizer seu nome — e que ele planeja me raptar de minha casa e me chantagear para casar comigo.

— Sim.

— E é por isso que você me trouxe aqui.

— Sim. Eu não sabia mais o que fazer. Não podia enviar uma mensagem a Chamyeri lhe dizendo que ficasse lá. Não tinha certeza de que você estaria segura lá também, apesar dos cuidados de Violet. E não estava certo dos motivos de Violet.

Interpretando mal a expressão em meu rosto, ele acrescentou rapidamente:

— Eu sei que você é próxima de Violet, mas você deve abrir os olhos. Há algo estranho nela, uma avidez. A maneira como ela a observa.

— É claro que ela me observa — eu me irritei, ainda defendendo minha acompanhante, apesar de minhas dúvidas crescentes. — Ela cuida de minhas necessidades. Quanto àquele... homem, qual é a possível vantagem que ele teria de fazer uma coisa destas? Ele deve saber que eu nunca me casaria com ele.

— Jaanan — ele espremeu as palavras entre os dentes — você não teria escolha. Acredite-me. É seu modo de se vingar do mal que você fez a ele.

Pensei por uns momentos. Talvez ele estivesse certo. Eu não era educada em muitos dos modos da sociedade, mas lembrava-me claramente das advertências e histórias que circulavam nos haréns de verão.

— E o que faremos agora? — Eu sabia que tinha de me colocar nas mãos de Hamza. Ele se inclinou para a frente e colocou a mão em meu ombro. Seus dedos brincaram com um cacho de cabelo que escapara do xale sobre minha cabeça.

— Não sei — ele disse em voz baixa. — Você estará segura aqui por um tempo, mas não poderá sair. As mulheres da vizinhança sentam-se nas janelas e observam quem vem e quem vai.

— Então eu troco uma prisão por outra — eu disse em voz baixa para mim mesma.

— É apenas por pouco tempo, até resolvermos o que fazer.

Nós... Hamza estaria sugerindo que se casaria comigo? Esperei que ele dissesse, mas ele não o fez.

Imaginei o que significaria meu desaparecimento. Eu tinha ainda uma reputação que pudesse ser prejudicada? Não tivera tempo de pensar sobre meu futuro, sobre as rotas que ainda estavam abertas para mim. Isso fechara outra rota? Até agora, as penas de outros haviam desenhado os traços do mapa que era minha vida.

Olhei para Hamza, ainda em silêncio.

— Quais você acha que serão as conseqüências disso para mim? — Eu perguntei a ele, esperando com sua resposta decifrar a caligrafia de sua vida nas finas páginas da minha.

— Conseqüências? Do quê?

— De eu estar aqui?

— Como assim?

— O mundo vai acreditar que fui raptada.

— Eu havia pensado nisso como um resgate — ele disse defensivamente.

Ficamos por um tempo ocupados com nossos próprios pensamentos.

— Posso falar com franqueza? — ele perguntou.

— Por favor, fale — eu disse, talvez com maior ênfase do que devia.

— Eu não quero feri-la, Jaanan. — Ele fez uma pausa, analisando minha expressão. — Mas desde o ataque de Amin as coisas têm sido difíceis para você. A sociedade não perdoa. Eu sei. — Havia um tom de amargura em sua voz que eu nunca percebera antes. Eu estava curiosa de saber qual poderia ter sido sua experiência. Ele nunca falara dela.

— Eu sei disso, Hamza. Mas não estou sozinha. Papai não me desamparará, nem Ismail Dayi. — Nem você, acrescentei para mim mesma, mas com menor certeza. — Você deve dizer a Ismail Dayi que estou segura — eu insisti.

— Vou eu mesmo dizer. — Hamza levantou-se e fez um sinal para o jovem.

Enquanto seu filho a abraçava, a velha mulher começou a tremer e a se lamentar em silêncio. Gentilmente, ele tirou as mãos dela de sua túnica e falou com ela de novo em ladino, vogais caindo qual chuva em seu rosto crestado e suplicante.

★ ★ ★

AMÊNDOAS VERDES, descascadas e comidas cruas, deixam uma sensação de língua ralada, como se você tivesse comido algo selvagem. O vendedor de amêndoas as exibia como jóias: uma pilha delas em suas finas cascas marrons colocadas sobre uma camada de gelo dentro de uma caixa de vidro e iluminadas por uma lamparina a óleo. Rodando com elas pelas ruas em noites quentes de primavera, o vendedor de amêndoas não tinha um bordão especial — sua carroça era uma coisa sagrada e as pessoas afluíam a ela.

Na noite seguinte, Hamza retornou e me trouxe um prato de amêndoas geladas. Sentamos no divã debaixo da janela, com o prato entre nós, e conversamos. Retirei com meu polegar a casca frágil. Ela escorregou subitamente, deixando entre as pontas de meus dedos uma lasca com a cintilância do marfim. A mulher judia havia se retirado para outro aposento nos fundos do apartamento. Estávamos a sós. Isso não me preocupava mais.

Hamza jogou a amêndoa dentro de sua boca sem descascá-la. Aproximou-se de mim num gesto rápido e me envolveu com seus braços. Meu rosto se espremia contra seu peito e meu xale de cabeça flutuou até o chão. Ele cheirava a couro.

— Jaanan. — Sua voz era grossa e agitada. Pensei nos cravos bordados em fios de ouro nas almofadas de veludo de mamãe. Eles arranhavam meu rosto quando eu o colocava contra o veludo suntuoso.

Não lutei. Este, então, é o caminho, pensei. Sem hesitação, abri o portão e saí.

33

O artesanato de usta Elias

Kamil não pode nem entrar no segundo pátio, nem voltar pelos portões de ferro trabalhado. Está sentado na casa da guarda e espera com impaciência crescente que os soldados o permitam entrar. Eles permanecem implacáveis em cada entrada do baixo edifício de pedra, empunhando seus rifles. O ar cheira ligeiramente a pederneira e couro. Kamil ficou parado esperando no portão externo do palácio Yildiz por mais de uma hora antes que pudesse avançar até a casa da guarda. Gastou seu tempo no portão com pensamentos agradáveis sobre Sybil, por quem foi convidado para jantar dali a duas noites.

Pelo menos, pensa, aqui me deixam sentar. No banco oposto senta-se um europeu claramente irritado e de nariz pontiagudo em vestes imponentes.

Um funcionário de turbante azul aparece na porta quando as sombras já se estendiam pelo pátio. Os guardas movem-se em poses rígidas e inclinam suas cabeças em uníssono, com suas couraças de couro estalando quando fazem o gesto de reverência. O funcionário vocifera com o soldado e acena peremptoriamente a Kamil para que o siga. O europeu também se levanta, na expectativa, mas um dos guardas para à sua frente, com a mão na adaga em seu cinturão. Com um comentário franco em sua língua o europeu senta-se de novo no banco. Kamil se curva mas o funcionário já está de costas, se afastando apressado. Kamil alarga seu passo para acompanhá-lo. A falta de decoro do jovem e sua presunção de importância o divertem. Naquele momento, o funcionário se volta e apanha a expressão no rosto de Kamil.

Com as faces queimando, ele exige.

— Você. Mostre o respeito apropriado. Não está no bazar.

A roupa de Kamil o identifica como um magistrado. Ele se surpreende com o tom desrespeitoso. O funcionário é muito jovem. Provavelmente educado no palácio, Kamil decide, um dos muitos filhos das concubinas do sultão. São educados e dão a eles responsabilidades sem que tenham sequer colocado os pés fora destes muros amarelos. Certamente nunca no bazar.

Kamil sorri para o funcionário e se curva ligeiramente.

— Estou honrado de ser recebido no palácio.

Alterado, o guarda gira nos calcanhares e se apressa a atravessar um portão ornamentado. De trás, Kamil vê os ombros débeis do rapaz se endireitarem quando mais guardas colocam suas armas em posição e o saúdam. Kamil nota, com prazer, que a parede está coberta de rosas amarelas, flores-da-paixão, verbena doce e heliotrópios. Pombos cinza-prateados caminham complacentemente pelo gramado. Mais adiante, atrás de um portal de mármore, Kamil vê a clássica fachada quadrada do Great Mabeyn, onde os negócios cotidianos do palácio são conduzidos por secretários, a correspondência do sultão é composta e para onde os espiões enviam seus relatos. Seu pai deve ter se reportado ao sultão naquele edifício, pensa Kamil.

Eles se aproximam de um edifício de dois andares tão comprido que escapa ao campo de visão em um dos lados. O funcionário o conduz através da porta, por um corredor estreito, e depois para fora de novo na luz intensa de um grande pátio. Pequenas oficinas se alinham na parte de trás do edifício. Vaza das janelas um surdo martelar e bater, um rangido estranho. O funcionário pára em uma sala maior do que as que tinham passado. Dentro dela, um grupo de homens de meia-idade em robes e turbantes marrons sentam-se tomando café em minúsculas xícaras de porcelana.

Quando o funcionário aparece, os homens inclinam as cabeças num cumprimento respeitável, mas não se levantam.

— Procuro o *usta** chefe. — A voz do funcionário é inusitadamente aguda.

Um homem com uma barba branca cuidadosamente aparada levanta a cabeça.

— Você o encontrou.

— Nosso padixá pede que você ajude este homem — ele olha Kamil com aversão — em suas investigações.

— E quem é este homem? — pergunta o artesão-chefe, olhando Kamil benignamente.

— Meu nome é magistrado paxá Kamil, *usta* bei. — Kamil se inclina e faz o sinal de reverência.

O *usta* estica a mão em direção ao divã, ignorando o funcionário parado na porta.

— Sente-se e tome um café.

O funcionário se volta abruptamente e sai. Kamil ouve risadas ecoarem pela sala, débeis como folhas se roçando.

Um criado prepara café em uma vasilha de cabo longo sobre um fogareiro de carvão a um canto e entrega a Kamil uma xícara fumegante apropriadamente coberta por uma espuma pálida.

— Então você é um dos novos magistrados.

— Sim, sou o magistrado de Beyoglu — Kamil responde modestamente.

— Ah. — Sinais aprovadores circulam pela sala. — Estou certo de que está com as mãos cheias com todos esses estrangeiros baderneiros.

---

*Do turco. Artesão. (*N. do T.*)

— É, suponho que sim, embora o mau caráter não conheça religião.

— Muito bem, muito bem. — O *usta* olha para a porta através da qual o funcionário saíra.

Depois dos floreios de praxe e de respostas às perguntas dos homens sobre notícias de fora do palácio, o chefe *usta* pergunta:

— Como podemos ajudá-lo?

— Estou procurando a oficina e o artesão que produziu este pendente. — Ele passa o globo de prata para o chefe *usta*, que o olha com olhos experientes.

— Isto é trabalho de usta Elias. Mas deve ter sido feito anos atrás. Ele se aposentou faz tempo. Quando suas mãos não se mantinham mais firmes, ele foi trabalhar como zelador do aviário do palácio Dolmabahçe. Não ouvimos falar dele há anos. Mas é definitivamente trabalho dele.

Ele sinaliza para que um criado traga uma lamparina e examina o interior da bola de prata.

— Sim, isto é uma velha *tughra*. Pertenceu ao sultão Abdulaziz, que Alá descanse sua alma.

— O reinado do sultão Abdulaziz terminou há dez anos. Pode ter sido feito depois disso?

O *usta* pondera a questão.

— Não teria sido oficialmente aprovado. Mas é verdade que, com a vontade de Alá, qualquer coisa pode ser feita a qualquer tempo.

— Elias precisaria de permissão para gravar uma *tughra*?

— Há de se obter uma permissão para cada item onde o selo seja colocado.

— Quem pode dar esta permissão?

— O próprio padixá. O grão-vizir e a administradora do harém. Mas ela precisaria de instruções de uma das mulheres mais velhas.

— Eu gostaria de falar com usta Elias.

— Enviarei a ele uma mensagem. Se ele concordar em encontrá-lo, farei saber de imediato.

Kamil tenta esconder seu desapontamento com ainda outra espera, mas precisa de permissão para abordar qualquer pessoa dentro do palácio.

— Obrigado. — Ele se inclina.

Outro homem se manifesta.

— E nos certificaremos de mandar um adulto com um bigode para apanhá-lo.

Sob o som das risadas, Kamil se inclina saindo da sala e segue o aprendiz através do labirinto de corredores e pátios até o portão de saída.

* * *

NO DIA SEGUINTE, o aprendiz aparece no escritório de Kamil com um bilhete.

É com grande pesar que informamos que usta Elias foi encontrado morto esta manhã no aviário do palácio. Que Alá descanse sua alma.

Com o papel ainda na mão, Kamil olha o nada pela janela. É o primeiro sinal de que está se movimentando em direção à verdade. Valia a vida daquele homem? Sente frio, mas como um sacrifício ao *usta* morto, não se mexe para fechar a janela contra o ar gélido.

34

O eunuco e o cocheiro

A Residência fica numa ala atrás do prédio da embaixada. Kamil empurra o portão que se abre para os jardins privados. O ar ainda está fresco na sombra dos olmos, mas há um delicado véu de calor além de seu perímetro. Kamil olha para o céu de azul esmaltado contra o qual as folhas prateadas dos olmos oscilam e cintilam. A visão o alegra momentaneamente, apesar das novas sombras que entraram em sua vida.

Seu pai tornou-se mais irritável e agressivo. Feride, com a ajuda de seus criados, reduz lentamente a quantidade de ópio em seu cachimbo. Ele anda pela casa a passos largos, golpeando objetos que caem no chão e se quebram. O barulho parece intensificar sua exaltação. Subitamente, cai em uma cadeira ou deita-se na cama e se encolhe como uma criança. Feride e suas filhas estão aterrorizadas e seu marido desgostoso com a disrupção. Kamil não está certo sobre onde isso levará. Não encontrou nada nos livros para o guiar e se preocupa de poder estar matando seu pai em vez de ajudá-lo. Sente-se muito envergonhado de pedir o conselho de Michel ou Bernie. Seus únicos amigos íntimos, ele percebe com surpresa. Talvez ele hoje possa levantar a questão dos pais com Sybil. Reluta em se revelar sobre algo tão pessoal, mas sente-se atraído a ver Sybil. Ainda que o problema de seu pai não seja mencionado, pensa, encontrará consolo na companhia dela.

Mary Dixon começou também a sombrear sua vida. Em sua última audiência com o ministro da justiça, paxá Nizam lhe perguntou incisivamente que progresso ele havia feito para descobrir seu assassino. Fazia quase um mês que seu corpo dera na praia atrás da mesquita de Ortakoy. Seus gestos impacientes implicavam que Kamil havia falhado não apenas com o ministério, mas com o império. E talvez seja assim. Se não conhecesse o embaixador inglês, poderia supor que o ministro estivesse sendo pressionado por ele. Mas Kamil acha que o pai de Sybil está muito perturbado para comandar um ataque consistente. Será que o governo britânico teria tal interesse em uma mera governanta para pressionar os mais próximos auxiliares do sultão, ou o próprio sultão? Haveria outra razão para o intenso interesse de paxá Nizam? — ele imagina. Lembra-se da insinuação de envolvimento do palácio no assassinato de Hannah Simmons, feita pelo velho superintendente de polícia. Estavam de olho para assegurar que desta vez ele achasse o assassino, ou que não o achasse?

E agora a morte inoportuna de usta Elias. Kamil se preocupa com Sybil. Duas mulheres inglesas já foram mortas.

A própria Sybil abre a porta no momento em que ele levanta a aldrava.

— Olá. — Ela ostenta um sorriso brilhante de boas-vindas.

— Bom-dia, *hanoum* Sybil. Espero não ter vindo muito cedo. — Ele acha momentaneamente constrangedor justificar sua presença. — Espero que me perdoe a intrusão. Eu sei que não era esperado até amanhã à noite.

— Recebi sua mensagem, bei Kamil. É sempre um prazer vê-lo. — Ela cora.

— Espero encontrá-la bem.

— Ah, muito bem. Muito bem, mesmo. Não está um dia glorioso? — Sybil sai porta afora e olha em torno de si com o sereno desfrutar de uma criança. Usa um vestido de um lilás pálido, ornamentado em castanho. As cores se refletem em seus olhos e dão a eles a mesma profundidade do céu. Ela caminha até a beira do pátio e mira abaixo os telhados avermelhados das casas penduradas no lado mais baixo da colina, suspensas sobre um mar de neblina.

Kamil fica a seu lado.

— Espesso como uma sopa de lentilhas, como acredito que vocês digam.

Sybil ri.

— Este é nosso prato nacional, não o de vocês. É sopa de ervilhas. Espesso como sopa de ervilhas. — Ela se volta para ele e toca em seu braço. — Não quer entrar? Já tomou o café-da-manhã?

— Sim, obrigado. Já tomei. Mas eu tomaria o seu chá delicioso.
— Para os britânicos, tomar chá parece um fim em si mesmo, ele pensa com alívio, um ritual ao qual ele pode ancorar sua visita.

Ela o leva para a sala no jardim e escancara as janelas duplas de vidro para deixar entrar a fragrante luz do sol.

— Como está seu pai? — ele pergunta.

— Bem, obrigado. Ocupado como sempre. Tem perguntado sobre alguns dos jornalistas que conhecemos. Aparentemente houve uma repressão e vários foram enviados ao exílio.

— Estes são dias perigosos, *hanoum* Sybil. Seu pai é um homem poderoso e protegido por seu cargo, mas mesmo assim deve ser cuidadoso. — O que ele quer dizer é que Sybil deve ser cuidadosa.

Sybil o encara por um momento.

— Você acha mesmo que papai está em perigo? Não consigo imaginar que alguém pudesse fazer mal ao embaixador britânico. Pense nas conseqüências para o seu regime. Seria um incidente internacional. Poderia até mesmo levar à intervenção militar pelos britânicos Com certeza ninguém em seu juízo arriscaria uma coisa destas.

— Infelizmente, nestes dias não se pode contar com o julgamento racional. Há também outras forças, que não estão sob nosso controle. Mesmo no palácio. Isso fica estritamente entre nós — ele acrescenta rapidamente.

— Claro. Eu não diria uma palavra.

O prazer dela com a confidência o inspira a continuar.

— O palácio destruiu outras pessoas poderosas que se tornaram, digamos assim, difíceis. Além disso, pode-se fazer com que estas coisas pareçam um acidente. Como você sabe, as relações entre nossos governos estão tensas. Alguém pode querer que elas se deteriorem mais ainda. Mas minha intenção não é preocupá-la, *hanoum* Sybil. Talvez não tenha sido político de minha parte lhe dizer isso. Mas sei o quanto você se importa com seu pai. Talvez uma palavra ou duas sobre cuidados, levar sempre com ele um séquito, seus funcionários, um dragomano, alguns guardas a mais. Há outros meios de se proteger que são menos importunos. Eu teria prazer de falar com ele sobre isso, se ele se sentir inclinado.

Aflita. Sybil balança a cabeça.

— Papai nunca foi cuidadoso. Tenho certeza que sua segurança não lhe importa o mínimo. Ele sempre viveu apenas para seu trabalho — ela diz com tristeza. — É como se ele tivesse posto para dormir todas as outras partes de sua mente, para não se distrair de suas tarefas. Mas se você achar necessário, tentarei fazer com que ele tome algumas precauções.

Kamil percebe, pela voz monocórdia dela, que o pai dela, como o seu, habita uma terra inacessível à sua família. Lembra-se de uma conversa que teve com Bernie sobre as civilizações ocidental e oriental. Bernie argumentara que as pessoas no Ocidente viam a si mesmas como indivíduos, cada um com seus direitos e responsabilidades, no controle de um destino, de sua realização. Isto poderia levar ao partilhamento, se houvesse os mesmos interesses, ou ao egoísmo, se não os houvesse. No Oriente, ao contrário, as pessoas eram antes de mais nada membros de sua família, sua tribo, sua comunidade.

Seus próprios desejos eram irrelevantes, e a solidariedade e a sobrevivência do grupo preponderavam. O egoísmo não podia ocorrer por não haver eus, e apenas pais e filhos, mães e filhas, maridos e esposas. A comparação de Bernie parecia fazer sentido, pelo menos de maneira geral, embora Kamil pudesse pensar em diversas exceções, incluindo ele mesmo. Mesmo assim, não podia negar que havia na sociedade otomana uma crença difundida no *kismet* e no olho mau que trazia o infortúnio. E o sentimento familiar era muito forte.

Lembrou, porém, de ter pensando que seus colegas em Cambridge, longe de casa pela primeira vez, não eram tão diferentes dos jovens que conhecera na escola, em Gálata Saray. Amava-se os pais, com certeza. Mas uma vez fora da supervisão deles, havia muita ambição pessoal e brincadeiras de mau gosto. Se, como os ingleses diziam, "meninos sempre serão meninos", por que então não "pais serão sempre pais", independentemente da sociedade à qual pertenciam? E eis Sybil, uma representante do Ocidente individualista, tomando conta de seu pai como uma boa filha otomana.

— Talvez você possa ser apenas uma mosca em sua orelha. O importante é estar consciente do risco.

Sybil dá uma risadinha.

— Uma pulga na orelha dele.

— Ah, claro. Embora eu ache esta expressão um tanto quanto insossa. Eu acho que preferiria uma mosca em meu ouvido. — Kamil ri. — Expressões inglesas. Nunca vou me acostumar com elas. Acho que tem de se nascer inglês.

— É a mesma coisa com os ditos turcos. Vocês têm ditos para tudo. Mas eu não os entendo, mesmo quando alguém os explica.

— É a inescrutabilidade oriental. Foi o que nos manteve independentes por tanto tempo. Ninguém entende o que dizemos, e assim não podem nos conquistar!

O sol que vara as portas tornara-se quente e Sybil se levanta para fechar as cortinas de renda. Ela se senta de novo no sofá e, com os olhos baixos, ajusta e reajusta as dobras de sua roupa. O aposento mergulha na quietude.

Depois de alguns momentos, agitada, ela levanta o queixo e diz:

— Ah, esqueci de seu chá.

— Isso seria adorável. Obrigado.

Sybil se levanta rapidamente e corre até o cordão de veludo ao lado da porta. Sua saia roça a perna de Kamil quando ela passa. Os dois esperam em um silêncio solidário que o chá seja trazido. Cada centelha de conversa é amortecida pelo ar parado e ambarino, e depois extinta, como se a atmosfera no aposento fosse frágil demais para sustentar um diálogo. O clicar da porcelana fina, o som do chá despejado e o delicado girar de colheres tomam o lugar da conversa.

Sybil coloca sua xícara e pires na mesa lateral. Subitamente eles parecem muito frágeis em sua mão. Sente-se entusiasmada com o que pensa ser a sua investigação, mas também teme nervosa a reação de Kamil.

— Encontrei *hanoum* Shukriye, a mulher que foi noiva do príncipe Ziya. Ela se lembrou de Hannah.

— Sei. — Ele parece surpreso. — Onde você a encontrou?

— Ela está em Istambul. Seu pai está morrendo. Ela veio lhe prestar os últimos respeitos.

Ela conta da morte dos filhos de Shukriye, suas acusações contra sua sogra, e a jovem *kuma*.

— Isto é bárbaro. Ela disse isso na frente dos outros? Havia outras visitas?

— Não. Eu me juntei a ela e sua irmã depois em uma sala privada.

— Como você conseguiu isso? — ele pergunta, sorrindo e balançando a cabeça com a audácia dela. — Achei que você não os conhecia.

— Sultana Asma e sua filha estavam lá e, quando se mudaram de sala, me levaram junto.

— O que você soube de Hannah?

— Shukriye e sua irmã Leyla lembram-se de Hannah de suas visitas à casa de sultana Asma, onde ela era empregada. Presumo que visitassem Perihan, que parece ser uma amiga íntima. Isto me surpreendeu, uma vez que Shukriye ficou noiva do homem que Perihan amava. Talvez Perihan seja uma alma mais generosa do que parece.

Kamil sorri da inocência da avaliação de Sybil. Ele sabe melhor da natureza imperdoável das intrigas reais que assolam tanto as mulheres quanto os homens.

Sybil relata a conversa como lembra: a crença de Shukriye de que a polícia secreta fora responsável pela morte de Ziya, e a descoberta de Ari Agha de que Hannah encontrava-se com alguém toda semana.

Interrompendo o fluxo natural de sua história, Sybil faz uma pausa e apanha seu chá.

— Uma carruagem? — ele a pressiona, impaciente.

Ela depositou o chá na mesa, tinindo a xícara.

— Sim. O eunuco disse a sultana Asma que o cocheiro tinha os cabelos claros como os de um europeu, mas bem cacheados, como os de um árabe. Ela acha que podia ser um curdo.

Neste ponto Kamil perde a fala. Bei Ferhat afirmara não saber nada do cocheiro. Talvez o eunuco tenha contado ao superintendente uma história diferente. Muitos elos nesta cadeia, Kamil pensa com irritação, e não sabe se um está ligado ao próximo.

Sybil olha para ele com um franzir preocupado.

— Eles sabiam para onde a carruagem ia? — ele pergunta abruptamente.

— Não. — Confusa, ela acrescenta: — Sultana Asma disse que seu eunuco contou tudo isso à policia.

— O superintendente não foi tão cooperativo quanto eu gostaria — ele admite. — O que mais você soube?

— As mulheres lembravam-se de Hannah com o pendente de prata. Não se lembram de Mary com ele. Disse a elas que o pendente foi feito no palácio, com o selo do sultão dentro. Acham que o pendente de Hannah pode ter sido um presente, talvez da pessoa que visitasse toda semana, talvez de um amante. Ou de alguém no harém.

— Você disse a elas tudo isso? — As costas de Kamil estão de repente tensas.

— Surgiu na conversa — Sybil soa ambígua, com desconforto. — Você está bravo?

— Não estou bravo, *hanoum* Sybil. Estou apenas muito preocupado. — Para se acalmar, ele apanha sua xícara. O chá mostrava traços oleosos na superfície mas ele o engoliu. A sala está sufocantemente quente.

— Você não deve repetir estas coisas para ninguém, entendeu? Shukriye acusando o palácio, o colar, ou o que há nele. — Ele pensa em usta Elias, morto entre seus pássaros. Questionara o aprendiz e soubera que o *usta* morrera de um coração fraco, mas que ninguém de sua família sabia que ele estava doente. Kamil tem certeza de que a morte do *usta* foi uma advertência para que não procurasse a porta para a qual o pendente era a chave.

Sybil está perplexa e um pouco ofendida pelo tom severo.

— Por que não? Afinal de contas, foi como consegui a informação sobre a carruagem. Disse às mulheres algo que levasse a conversa a começar na direção certa. É como colocar um grão de areia dentro de um molusco. Ela irrita o molusco, que a recobre um pouquinho de cada vez, até que no final você tenha uma pérola adorável e útil. — Sybil se orgulha de sua habilidade de obter informações, e de sua metáfora. Não entende por que ele ficou tão bravo, em vez de lhe agradecer.

O rosto de Kamil empalidece. Ele se levanta.

— Você não tem idéia do que acabou de falar, tem?

Sybil também se levanta. Estão face a face, separados por nem um metro.

— O que houve? Eu tento ajudá-lo e agora você está bravo comigo.

Sybil se afasta e se recosta na porta. Começa a chorar.

— O que foi que eu fiz? O que há de errado? Que mal pode haver nisso?

— Que mal? — Kamil ecoa rispidamente. — Você não tem a menor idéia. O que mais você disse àquelas mulheres? Que Alá a proteja, *hanoum* Sybil. Você achou que não havia espiões naquele quarto? Todas as palavras foram levadas à policia secreta, isso eu posso lhe assegurar.

Ele esfrega as palmas das mãos no rosto.

— Você não sabe que se colocou em grande perigo, e talvez a outras pessoas na conversa?

— Eu não sabia. — A pérola na base do pescoço de Sybil se ergue e cai rapidamente. Suas faces estão ruborizadas e molhadas de lágrimas.

— Desculpe. Meu tom foi imperdoável — ele diz em voz baixa. — Mas por favor, *hanoum* Sybil, me prometa que não irá ver essas mulheres de novo, pelo menos não sem minha aprovação.

Ela aquiesce, limpando as lágrimas.

— E que não irá a lugar algum sem escolta.

— Eu não serei uma prisioneira em minha própria casa. — Ela o encara, com as mãos apertadas ao lado do corpo. — Eu não suportaria isso.

— Claro que não — ele acrescenta tranqüilizadoramente. — Você é livre para sair, *hanoum* Sybil, mas lhe imploro que não saia sozinha, para sua própria segurança.

Ela concorda mais uma vez, mas vira o rosto.

Kamil fica na porta, com a mão escorregadia na maçaneta de latão, e a observa cuidadosamente por um momento.

— Estou apenas preocupado com você. Não estou bravo. Você me deu informações importantes e eu a agradeço por isso.

Ele caminha rapidamente pelo jardim. A neblina se dissipara, dando lugar a um véu de poeira levantado por animais e carroças. No portão, ele cospe os grãos que já tinham se acumulado entre seus dentes.

35

A poeira de sua rua

Nos dias que se seguiram, a velha mulher não falou mais comigo exceto para anunciar quando uma refeição estava pronta. Eu a entendi completamente e não a culpei. Ela pensara que estava abrigando uma jovem decente em perigo de vida, mas vira que sua casa se tornara um local de fornicação. Eu sorria para ela, mas levava meu prato para o quarto para comer sozinha. Sabia que assim ela se sentia mais confortável. Ela não podia se objetar a nossa presença por causa de seu filho.

Exceto por uma estreita fenda de luz onde as persianas se encontravam, o quarto estava sempre escuro, o que tornava difícil ler os livros e jornais que Hamza me trazia. Mas eu não me sentia aprisionada pela escuridão. Pelo contrário, foi lá que me tornei livre. Eu nadava nela como nadava no lago em Chamyeri, quando descobri meu corpo pela primeira vez. Meu único pesar era que mamãe, papai e Ismail Dayi estavam preocupados comigo. Mas Hamza prometera dizer a Ismail Dayi que eu estava a salvo.

Estava? Eu não tinha mais certeza do que aquilo significava. Em que ponto alguém se sacrificou o bastante para estar seguro? Versos de Fuzuli vieram à minha mente espontaneamente no escuro:

Não tenho lar, perdido
No prazer do maravilhamento
Quando por fim eu deverei habitar
Para sempre na poeira
De sua rua.

* * *

A VELHA MULHER sabia que alguma coisa estava errada. Seu rosto estava tenso e os tendões de seu pescoço saltavam. Não respondeu quando perguntei a ela o que acontecia, mas projetou uma fúria silenciosa. Como resposta, empurrou uma tigela de pimentões recheados de arroz em minha direção. A desconexão langorosa que havia amortecido meus pensamentos na semana anterior se dissolvera. Deixei a comida no prato e me retirei para meu quarto, fechando a porta. Sentei na cadeira ao lado da cama. Estava totalmente escuro. Sem nem mesmo uma sombra, o que era eu, a não ser um vaso moldado nas mãos de Hamza? Não conseguia chorar. Havia perigo demais.

* * *

FINALMENTE A VOZ DE HAMZA, e a mulher em sua pressa trancando o cadeado. Hamza entrou na sala, desgrenhado, com o turbante coberto de sujeira. A mulher disse quatro palavras, arremessando-as contra Hamza.

— Meu filho está desaparecido. — Ela estava com as costas contra a porta, as mãos torcidas no avental. — Ele parou de ir ao trabalho. — Sua voz era aguda, espantada, quase incrédula. Ela estava moldando suas memórias para suportar o futuro. — Ele nunca faltou um dia em 15 anos. Sempre foi totalmente confiável, meu filho. — A sala vibrava com seu medo.

Hamza sentou-se pesadamente no divã.

— Shimshek está morto, senhora — ele disse finalmente.

Ela não reagiu de imediato.

— O que aconteceu? — eu perguntei a ele. Hamza encolheu os ombros, exausto.

A velha mulher começou a tremer. Nem um som saía de sua boca, nem uma lágrima de seus olhos. Em vez disso, eu chorei por ela. Fui abraçá-la mas, ao sentir meu toque, ela começou a se debater e um grito tosco saiu de sua garganta frágil e decaída.

Hamza se levantou e a apanhou pelos ombros.

— Madame Devora, a senhora deve ficar calma. Por favor. Por favor.

Madame Devora. Era a primeira vez que ouvia seu nome. Sobre o ombro dele, seus olhos avermelhados me procuraram ao lado da janela.

— Dane-se, você.

Meus olhos fugiram dos dela. Eu estava angustiada por ter causado a ela tanta dor. Eu também estava triste em sentimento. Estava triste com um excesso de memórias que me privavam da clareza. Devia agir ou esperar? O que eu podia fazer? Ocorreu a mim lentamente que não apenas eu estava vivendo fora da sociedade e do tempo, mas que não havia caminho de volta. Minha sombra no mundo era o efeito que minhas ações haviam tido sobre minha família. Isso era tudo que ainda podia ser observado.

A velha mulher pegou o braço de Hamza e cuspiu.

— Tire-a daqui — indicando-me com o queixo.

— Eu farei o que tiver de fazer — ele vociferou. — Largue-me.

Fui até o quarto e trouxe meu *feradje* e meu véu e os deixei prontos no divã. Não tinha mais nada. Hamza ficou ao lado da janela aberta, observando através das cortinas.

— Falei com seu *dayi* — ele disse, sem tirar os olhos da rua. — Ele disse que você deveria voltar a Chamyeri.

Ele se voltou e olhou para mim diretamente pela primeira vez. Sombras escuras gravavam seu rosto. Suas mangas estavam rasgadas.

Peguei em seu braço.

— Você parece cansado, Hamza. Precisa descansar primeiro.

Eu o vi hesitar.

* * *

AMBOS OUVIMOS a voz na porta, a voz de um homem com a mesma inflexão da velha mulher.

— Madame, gostaríamos de falar com a senhora. É urgente.

Um vizinho? Sentia a tensão de Hamza, um animal decidindo para que lado saltar.

A voz na porta era calma, mas em minha mente eu já ouvia vizinhos sussurrando atrás de outras portas na rua. A velha mulher se recolhera ao canto extremo do divã. Fui até a porta e coloquei meu ouvido na madeira. O homem do outro lado e eu podíamos ouvir um ao outro respirando. Puxei o ferrolho mas Hamza saltou e me agarrou pelo braço. Enquanto ele me afastava, houve um estalido pronunciado. A madeira se estilhaçou e a tranca cedeu. Dois homens entraram. Um era baixo e atarracado, outro esguio e rápido, mas foi do pequeno que desconfiei instintivamente, como alguém que se esquiva de uma cobra antes de reconhecer o que ela é. Escondido atrás de mim, Hamza me segurou pelo pulso e me arrastou com ele em direção à janela. Confusa e com raiva, lutei para me soltar até que, com um palavrão, ele subitamente me libertou. Vi um lampejar branco na janela. O homem alto saltou através da sala e me apanhou enquanto eu cambaleava.

— Lá. — Ele apontou a janela com o queixo e o outro homem voltou-se e desceu correndo as escadas com uma agilidade inesperada para alguém com seu peso.

— Você está bem? — O homem alto me levou até o divã. — Sente-se, por favor. Não há nada com que se preocupar. Você está segura agora.

Eu aquiesci, tremendo.

Ele atravessou a sala em direção à velha mulher e se acocorou na frente dela.

— Você está aqui por causa de meu filho? — ela perguntou numa voz quase inaudível.

— Seu filho?

Como ela não respondeu, ele se virou e olhou para mim curiosamente.

— O filho de Madame Devora morreu — eu expliquei.

Seus olhos verdes me fitaram um momento, me avaliando.

— Você é a sobrinha de Ismail Dayi?

— Sim, como você sabe?

— Estivemos procurando você. — Ele se voltou para a mulher curvada no divã. Ela se balançava para frente e para trás, olhando incompreensiva para as palmas de suas mãos, firmemente juntas como mãos em uma paródia de oração.

— Madame — ele disse com voz baixa. — Nada sabemos da morte de seu filho. Viemos buscar a garota. Pode nos dizer o que aconteceu? Gostaríamos de ajudá-la.

Ela continuou a se balançar, como se não tivesse ouvido.

— Ela acabou de saber — eu expliquei.

— Mesmo ouvida pelo ouvido, por vezes demora tempo para que uma mensagem como essa seja entendida pela mente — ele disse para mim suavemente. — Mas nunca é entendida pelo coração — acrescentou, balançando tristemente a cabeça.

— Você é da polícia? — eu perguntei ansiosa.

— Nós não envolvemos a polícia. Eu sou Kamil, o magistrado de Beyoglu. O *kadi* de Gálata me pediu para encontrá-la. Meu associado — ele disse, apontando a porta com o queixo — trabalha para a polícia, mas como legista. Ele será discreto. Ninguém a não ser sua família saberá que você se foi.

Não respondi. A experiência de deitar com Hamza, que tanto me transformara, permaneceria então invisível, uma pegada na areia úmida a ser apagada pela próxima onda. Enquanto que a outra experiência com Amin no jardim, que mudou meu corpo mas não deixou outra marca, seria de conhecimento do mundo. Eu precisaria formular para minha família uma explicação que deixasse de fora tudo que era importante. Comecei a perceber que era mais arriscado oferecer a um homem o coração que o corpo.

* * *

VIZINHOS SE AGRUPAVAM na porta. O magistrado acenou para uma mulher robusta num casaco listrado de rosa que se apressou, sentindo-se importante.

Ele identificou sua posição para a mulher algo incrédula e disse a ela para tomar conta de madame Devora. Mandou outro vizinho buscar o rabino. Ocorreu-me que Madame Devora não perguntara a Hamza como seu filho tinha morrido.

O magistrado examinou a sala, afastou a multidão para a entrada e fechou a porta atrás de si. Madame Devora lamentava-se quieta e ritmicamente atrás das amplas costas listradas de sua vizinha.

— Você está bem? — ele me perguntou. — Está ferida? Há algo que possamos fazer por você antes de levá-la para casa?

— Casa? — Eu disse a palavra como se estivesse procurando significados possíveis. — Não posso ir para casa.

— Venha até aqui, por favor. — Ele me levou para o lado do divã mais afastado de madame Devora. Eu me sentei de novo e ele se ajoelhou pacientemente na minha frente. Estávamos cara a cara. Um homem bonito, pensei, mas duro.

— Diga-me o que puder, *hanoum* Jaanan. Ou, se quiser, podemos discutir isso mais tarde, depois de eu a ter levado à casa de seu pai. Tenho certeza que ficarão felizes de saber que você está a salvo.

— Não — eu insisti. — Eu não posso ir para lá.

— Seu pai com certeza vai acolhê-la de volta, *hanoum* Jaanan. Ele esta muito preocupado com seu desaparecimento.

— Você não compreende — eu expliquei num murmúrio apressado. — Não posso voltar porque lá estou em perigo. — Contei a ele sobre minha madrasta e a trama de efendi Amin. Não disse como eu soubera de tudo.

Ele acenou com a cabeça mas nada disse. Havia uma comoção do lado de fora. O associado do magistrado forçou caminho e fechou a porta decisivamente atrás dele. Estava sem fôlego e os lados de sua testa estavam lustrosos de suor. Parecia improvável para mim que aquele homem pequeno e corpulento fosse um legista. Coloquei meu *feradje* e *yashmak*, escondendo meu rosto, como era apropriado — embora se possa dizer que lembrei disso um tanto quanto tarde.

O magistrado fez um gesto para que ele ficasse onde estava, e se juntou a ele. Mas a sala era pequena e o som vazava sob o teto abobadado. Ainda respirando pesadamente, o legista disse ao magistrado:

— Ele subiu a rua correndo e entrou pela porta da frente de um prédio. Eu o segui, mas logo perto da entrada de trás há um grande *hamam*. Ele deve ter entrado na sauna por uma das portas de trás. Pode ter se escondido em qualquer uma das alcovas, ou mesmo corrido através delas para a rua na frente do *hamam*. Tentei, mas não consegui encontrá-lo.

— Viu seu rosto?

— Não, mas seu turbante caiu. Tinha cabelos pretos cacheados e uma barba. Foi tudo o que pude ver.

— Sinto muito. Sinto muito mesmo — eu disse a madame Devora.

Ela não respondeu. A vizinha, no entanto, fez uma carranca e eu me afastei.

— Alguém tomará conta dela? — perguntei ao magistrado. — Eu gostaria de ajudar, se pudesse.

— Avisarei se algo for necessário, *hanoum* Jaanan. Mas geralmente a comunidade cuida de sua própria gente.

Ele cruzou a sala até madame Devora e pediu à mulher de listras rosa que os deixasse a sós por um momento. Ela de novo franziu a sobrancelha, zangada, mas se afastou. O magistrado se agachou na frente de madame Devora para que seus olhos ficassem no mesmo nível. Eu podia sentir que ele desejava que ela o olhasse.

— Quem era o homem que correu daqui?

Madame Devora ficou imóvel, e apenas seus olhos se mexiam, percorrendo ansiosamente a sala. Olhei para ela com firmeza, querendo que ela não respondesse. Suas mãos avermelhadas estavam cerradas em seu colo.

— O que aconteceu com seu filho, madame Devora?

— Aquela mulher o matou. — Os olhos dela travaram-se nos meus.

— Isso não é verdade — eu gritei.

— O homem que correu daqui também estava envolvido?

— É impossível — madame Devora murmurou.

— Impossível? Por que a senhora diz isso?

— Eles eram amigos.

— Quem era?

— Deve ter sido... — Ela não continuou. Respirei aliviada.

O magistrado sinalizou a seu associado que trouxesse chá a madame Devora da chaleira que fervia na cozinha. O homem deu chá a madame Devora, tomou o lugar do magistrado ajoelhando-se na frente dela e se dirigiu a ela em ladino.

Os olhos de madame Devora varreram a sala e pararam em meu rosto com uma expressão de ódio. E ela respondeu com as sílabas onduladas de sua língua quase extinta.

— Não.

Aquela palavra eu entendi. Madame Devora colocou sua xícara de chá no divã a seu lado e colocou seu xale de cabeça de musselina branca cobrindo parte inferior de seu rosto, escondendo sua expressão e se recusando a dizer mais qualquer coisa. E começou a chorar.

O legista atravessou a sala e sussurrou para o magistrado. Posicionei-me para ouvir o que diziam. Passara longas horas naquela sala e sabia das qualidades do som projetado por suas paredes grossas e seus tetos arqueados.

— Ela me contou que esta mulher causou tudo. Se não fosse por ela, seu filho ainda estaria vivo.

— O que ela quis dizer com isso? Seu filho estava em um acidente? — O magistrado inclinou a cabeça para seu associado.

— Não acho. Acho que ele foi morto. Ela me disse que um turco, um muçulmano, trouxe a garota para cá. Ela afirma não saber seu nome. Seu filho a implorou que aceitasse, embora ela pensasse que era errado. Ela disse que quando concordou não sabia o que eles planejavam fazer aqui.

— E o que fizeram?

— Ela disse que transformaram a casa em um bordel.

Meu rosto ardeu.

— Entendo. — O magistrado olhou em minha direção especulativamente e se afastou mais. Não adiantou, porque eu ainda conseguia ouvir.

— Por que o filho dela concordou com isso?

— Do que sabemos dele, duvido que ele jamais tenha desonrado sua mãe de tal forma. Talvez ele tenha sido coagido por este turco a colocar a garota aqui. Isto pode ser o motivo para uma luta na qual ele foi morto. Apenas especulação, é claro.

— Há quanto tempo seu filho conhecia este homem?

— Há oito ou nove anos. Não sabe onde se conheceram. Seu filho disse a ela muito pouco, apenas que trabalhavam juntos.

— Em quê? — eu me pergunto.

O rabino de Gálata entrou apressadamente. Seu *kaftan* de veludo flutuava aberto atrás dele. Sua testa era emoldurada por um turbante vermelho enrolado em um chapéu de feltro. Os olhos do rabino examinaram a sala, avaliando a situação. Ao ver madame Devora,

tirou seus sapatos e se dirigiu a ela. Um jovem que o seguia carrega-
va o Livro Sagrado.

— Devemos ir. — O associado do magistrado continha no final
do corredor uma multidão de vizinhos curiosos, na maioria mulheres.

* * *

— LEVE-ME A CASA de meu tio em Chamyeri, por favor.

Uma multidão se ajuntara na rua. O legista estava de pé ao lado
de uma carruagem fechada, com os olhos dardejando em todas as
direções. O magistrado falou com ele em voz baixa. Logo que entramos, o homem desapareceu na multidão.

Quando nos acomodamos um em frente ao outro e a carruagem
começou a andar, o magistrado disse:

— Enviei um mensageiro à frente para saber a opinião de seu
pai sobre para onde você deve ir. — Ao ver meus olhos ansiosos, ele
me tranqüilizou. — Não revelei nada, mas lhe rogo que diga a ele o
que me disse. Ele é seu pai. — Depois de um momento, ele acrescentou: — Pode não ser como você imagina.

A atenção dele foi desviada por uma agitação na rua. Quando se
voltou de novo para mim, com o rosto golpeado pela luz das cortinas semicerradas, ele ofereceu:

— Se quiser, eu explico as coisas a ele.

— Não, obrigado, magistrado bei. Eu explicarei.

Uma corrente de contas de âmbar deslizou através de seus dedos
em padrões tão intricados quanto fumaça. Suas longas pernas estavam dobradas do outro lado da cabine, a uma discreta distância das
minhas. Seus olhos descansavam num afastamento respeitoso, no
assento vazio ao lado do meu.

— Como você me encontrou? — perguntei a ele enquanto a
carruagem se esforçava nas curvas íngremes e fechadas. Crianças em
gracejos nos seguiram subindo toda a rua Djamji.

— A mãe de meu associado.

— A mãe dele?

— As mulheres sabem de tudo o que acontece na vizinhança. Elas olham de suas janelas e fofocam.

Eu disse que aquilo soava assustador.

— Mas maravilhoso para reforçar a segurança pública. Embora — acrescentou —, não nos digam necessariamente o que vêem. Sua criada caiu da carruagem em uma curva e correu até um quintal para pedir ajuda. Aparentemente ninguém se ofereceu para ajudá-la, embora ela tenha dito que atraiu um bando de curiosos.

— Suponho que não queiram chamar a atenção da polícia — arrisquei —, porque a suspeita recairia sobre eles antes de mais ninguém.

Ele me lançou um olhar breve e curioso.

— Sim, suponho que esta seria uma das razões.

Ficamos em silêncio, enquanto a carruagem atravessava uma área de mercado, incapazes de competir com os gritos rudes de vendedores, alternativamente agressivos e persuasivos, e as vozes briguentas de potenciais compradores.

Quando viramos uma esquina e entramos na Grande Rue de Pera, ele continuou.

— Por sorte, sua criada se lembrou da direção da carruagem. Para o sul, em direção a Gálata. Acontece que meu associado vive em Gálata. Um dia, sua mãe visitou um parente na rua Djamji. Lá, algumas outras mulheres começaram a discutir sobre a senhora que morava do outro lado da rua, madame Devora. Durante algum tempo as janelas de seu quarto andavam fechadas durante o dia. As mulheres se preocuparam de ela estar doente, pois seu filho não parecia estar por lá para tomar conta dela e ninguém a tinha visto entrar ou sair. Mas um dia um vizinho a vira abaixando um cesto por uma corda para o vendedor de vegetais. Ela comprou tanto que mal conseguiu puxar o cesto de volta. Daí deduziram que pela quantidade de comida ela devia esperar convidados, mas ninguém viu nenhum.

— Provavelmente eles sabiam também quanto dinheiro havia no cesto — exclamei.

Ele riu.

— Se estas mulheres trabalhassem para nós, solucionaríamos muito mais crimes.

Um dente da frente era torto. A oculta imperfeição introduzida por seu autor em cada tapete que o marca como o trabalho da humanidade, não de Alá, que é unicamente perfeito. O magistrado sério e eficiente era apenas outro homem.

— Uma vez começado o falatório, posso imaginá-los trazendo todos os detalhes à tona. Alguém viu um estranho entrando no prédio, um trabalhador com ferramentas, mas ninguém ouviu barulhos. O homem aparentemente tentava ficar fora da vista, chegando no final da tarde, quando os maridos ainda não estavam em casa e as mulheres estavam ocupadas preparando o jantar, mas ele foi visto assim mesmo. Em uma noite quente os vizinhos colocaram seus tapetes na calçada para dormir ao ar livre. Disseram que os pernilongos os mantiveram acordados. Um estranho saiu do prédio na hora antes da convocação da prece da manhã. Infelizmente, não viram seu rosto.

Ele me olhou propositadamente antes de continuar.

— Daí, resolveram agir. Foram visitar madame Devora. Sabiam, é claro, que ela estava em casa. Sabem de tudo! Quando ela não atendeu a porta, convenceram-se de que algo estava errado, e disseram à mãe de meu associado que contasse a seu filho, que por sua vez veio até mim. Já havíamos procurado em Gálata, graças às informações de sua criada. E foi assim que a encontramos.

Assim eu estava descoberta e perdida ao mesmo tempo, em ambos os casos graças a línguas de mulheres, uma força que me envergonhou e me manteve reclusa por nada mais que perder um pedacinho de carne, e depois me resgataram de uma vergonha e uma reclusão que eu desejara. Paramos num prédio de aparência oficial e o magistrado desapareceu dentro dele. Ao voltar, trouxe com ele uma viúva taciturna toda envolta em um lenço negro que cobria até a parte baixa de seu rosto e que me acompanhou no resto do caminho até em casa.

* * *

EM CHAMYERI, Ismail Dayi me ajudou a descer da carruagem. A acompanhante, que durante toda a viagem ficou olhando silenciosamente pela janela acortinada de gaze, recusou um refresco e ordenou a carruagem que retornasse à cidade. Debaixo de seus trajes, os ombros de Ismail Dayi pareciam mais inclinados e estreitos do que eu me lembrava. Seu rosto estava atormentado, sua barba salpicada de branco, e pequenas manchas vermelhas brilhavam nas maçãs de seu rosto. Eu me inclinei perante ele, peguei sua mão e a beijei, depois a toquei em minha testa. Ele me ergueu.

— Jaanan, minha leoa.

— Onde está mamãe? — eu perguntei, entrando na penumbra além das portas.

Ele segurou minha mão.

— Venha para dentro, minha querida.

Violet me esperava na passagem de entrada. Um lenço amarelo-gema que envolvia sua cabeça enfatizava seus olhos negros abrigados por longos cílios, e as sobrancelhas como o arco de um arqueiro estendido através delas. Ela veio em minha direção e nos abraçamos. Inalei o cheiro defumado familiar de sua pele. Em meus lábios, sua face tinha o gosto de sal e leite. Mas o graveto não se alumiou de alegria. O barco do cozinheiro fora deixado à deriva, e queimara.

Saí de seu abraço e fui com Ismail Dayi. Ele me levou a seu estúdio, onde passáramos tantas noites felizes de inverno. Agora as janelas do jardim estavam abertas e o cheiro familiar de jasmim envolvia a sala.

Ismail Dayi se abaixou até o divã. Violet ajustou as almofadas em suas costas. Ele acenou com a mão indicando que ela deveria sair. Ela deixou o quarto com óbvia relutância. Por alguns momentos ficamos sentados em silêncio, com nossos membros agasalhados pelo calor fragrante do jardim.

Finalmente Ismail Dayi falou.

— Minha filha. — Sua voz estava rouca, será que de doença? Eu não sabia e me senti subitamente envergonhada de quanto o testara.

— Meu *dayi* querido — eu disse — foi o senhor que se preocupou e sofreu por todos nós. Lamento ter sido um peso extra para o senhor.

— Minha filha, nunca houve um peso doce como você. Agradeço a Alá por trazê-la à minha vida. — Ele fez uma pausa e continuou. — Jaanan, sinto muito, mas devo dizer a você. Sua mãe faleceu.

Não senti nada. Ou melhor, apenas um som impetuoso à distância, como se uma onda monumental se aproximasse mas estivesse ainda muito longe para que eu corresse buscando proteção. Como eu sabia destas ondas? Estavam no mar de Violet, nos dedos perdidos de Halil, o jardineiro. Eram os esmagadores e opressivos beemontes que torturaram o vidro marinho de Hamza em suas forjas de areia até que as pedras brilhassem de dentro delas como olhos azuis.

Fiquei sem fala. Que oportunidades eu tinha perdido? Minha mão lembrava a sensação de cetim frio, como um membro fantasma.

Ismail Dayi tentou pegar minha mão, mas a retirei.

— O que aconteceu? — Minha voz soou muito firme e muito direta, e me senti envergonhada também por aquilo.

— Ela apanhou uma corrente que foi para seus pulmões. Foi muito rápido. Que sua vida seja poupada, minha querida.

Ele apertou meu braço. Seu toque abriu um canal através do qual começou a fluir uma corrente de pesar. Mas eu resisti a ela. Outra veia de fraqueza, quando tanto em mim secara.

As ondas estavam mais próximas. Inclinei minha cabeça e deixei que elas me assolassem, mas não disse nada.

Ismail Dayi olhou com tristeza para o fogo.

— Nunca disse a ela que você estava desaparecida. Disse que você tinha ido à casa de seu pai. Não queria preocupá-la. Ela a amava demais, minha filha querida.

36

Vidro marinho

oi no final da primavera daquele ano que Mary veio finalmente me visitar. Eu não a via desde o outono. Peguei sua mão e a levei para a sala de recepção do harém. Agora que mamãe cortara o fio que a prendia ao mundo, eu era a senhora dos azulejos brancos e azuis e da água batendo. Meu corpo se movia com uma música diferente aprendida em Gálata. Sentia-me poderosa. Imaginei se algo em Mary se agitaria em resposta.

Sentamo-nos no divã. Pedi a Violet que nos trouxesse chá. Mary estava com um vestido branco solto bordado com flores vermelhas que ecoavam as flores esmaltadas da cruz de ouro que sempre trazia na base de seu pescoço. Tinha sido da mãe dela, disse-me quando a admirei. Um corpete de renda escondia a mancha de nascença em seu pescoço.

Violet estava na porta, com a bandeja de prata equilibrada em suas mãos.

— Coloque-a aqui, Violet — eu disse, com meus olhos estudando Mary. Ela parecia absorta no movimento da bandeja, acompanhando-a até a mesa baixa, observando as mãos fortes de Violet colocarem o café dentro das pequenas xícaras.

Esperamos Violet sair.

— Sinto muito pela morte de sua mãe. Achei que deveria vir vê-la.

— Obrigada, Mary. Isto é gentil de sua parte.

Não contei nada a ela sobre minha estada com Madame Devora. Fora uma união desejada que desfizera a outra, indesejada. Descobrira o colar com o vidro marinho de Hamza no fundo de minha caixa de jóias e agora o mantinha perto de meu peito.

Nossas xícaras tiniam no silêncio constrangedor.

— Tentei vê-la antes, mas sua criada disse que você não estava aqui. Não quis me dizer mais nada. Para onde você foi?

— Estava na casa de meu pai em Nisantasi — improvisei rapidamente.

— Claro. — Ela me olhou curiosa e temi subitamente que ela também tivesse me procurado lá. — Que pena que não soube. É tão mais perto. Por que você não mandou uma mensagem? Não soube que eu estava de volta? — Vendo meu olhar confuso, ela despejou: — Violet, de novo.

Olhei rapidamente a porta de relance e assenti com a cabeça.

— Não recebo cartas desde o inverno.

Eu via Mary lutando com sua raiva.

— Bom, estamos aqui agora. Sei que você não saiu muito desde que golpeou aquele canalha, Amin, no ano passado. Tenho certeza de que uma temporada na cidade lhe fez bem.

Eu estava surpresa pelo fato de a menção do nome dele não mais me afetar.

— Bem, não fui convidada a muitos eventos da sociedade desde então. Suponho que as pessoas me culpem, e talvez elas estejam certas. Eu fui muito estúpida. Sempre achei que podia andar por aí sem acompanhante, como qualquer mulher moderna.

— Na Inglaterra, jovens de qualidade — ela formou a palavra com desconforto em sua boca, como uma fruta mofada — também são guardadas por cães de guarda fêmeas. Não tem nada a ver com ser moderna. Nós ainda temos o controle de nosso próprio sexo.

Mulheres de qualidade. Mary não parece ser de qualidade do jeito inglês, que eu presumi significar quase a mesma coisa aqui — riqueza e indolência. Eu ainda era uma mulher de qualidade? Era rica, não era? E inativa, mais uma vez aprisionada em minha gaiola dourada em Chamyeri.

— Você deve ter ficado entediada aqui — ela continuou. — Aquela Violet não pode ser uma companhia agradável. Ela é tão azeda que é capaz de coalhar leite. — Eu não disse que o objeto de seu desdém estava provavelmente ouvindo do outro lado da porta. A descrição que ela fez de Violet me irritou.

— Ela era minha companheira quando éramos jovens e tem sido uma boa e leal criada de nossa família. Não há motivo para menosprezá-la.

Ela esticou sua mão e tomou a minha.

— Não quis ofender. Me perdoe.

Minha pequena mão se alojou na dela como um pequeno pássaro.

— Senti falta de você, Jaanan. Nós não nos vemos há um longo tempo, mas eu não esqueci. — Ela sorriu para mim, insegura. — Escrevi para você com freqüência. E tive de voltar a Inglaterra por um tempo. Espero que você não me culpe por não ter vindo vê-la depois de retornar. Era impossível chegar aqui. As estradas estavam intransitáveis e nenhum dos barcos quis me trazer. Eu tentei, acredite. E então, quando as estradas foram abertas, achei que você tivesse partido. Pena que eu não soubesse que você estava em Istambul — ela acrescentou nervosamente.

Olhei para dentro de seus olhos azuis-claros, da cor de contas usadas para espantar o mau olhado. Não respondi, e suas mãos levantaram a gaze de meu véu e o jogaram para trás de meus ombros. Senti-me subitamente nua, como nunca me sentira no quarto em Gálata.

Para ocultar minha confusão, eu disse com uma voz polida:

— Por favor, tome mais um café. — E toquei o sino de prata a meu lado.

Ficamos em silêncio até Violet chegar com o bule. Ela nos olhou furtivamente por baixo dos cílios.

Eu havia mudado, de alguma maneira fundamental? As pessoas se projetam na tela da sociedade como bonecos de sombra. Talvez a lamparina estivesse muito baixa e eu não fosse mais reconhecível. Esquecera minhas falas? Havia mesmo uma trama? Eu não acreditava mais.

Violet derrubou um pouco de café no braço de Mary e tentou limpá-lo com a mão. Embaraçada, eu a tirei de perto de Mary e pedi que saísse. Esfreguei levemente o braço de Mary com um pano bordado. Violet vinha sendo uma sombra incansável de cada movimento meu desde meu retorno. Pedi a ela que dormisse em seu velho quarto no fundo da casa, mas a encontrava me esperando onde quer que eu fosse ou de onde viesse. Entendia que ela devia sentir-se culpada de me deixar naquela carruagem, mas expliquei a ela que aquilo não trouxe nenhum mal. Eu pedira a Ismail Dayi que achasse um marido para ela, o que era um dever dele como seu benfeitor. Suponho que ela soubesse disso, pois ouvia atrás das portas.

Violet ficou parada na porta, e seus olhos negros seguiam intensamente cada movimento de minha mão como se a devorasse. Mary também percebeu e mudou de posição, desconfortável.

— Faça um café fresco. — Eu não conseguia esconder a irritação em minha voz. Enquanto eu estava longe, ela saíra do controle.

Os pés de Mary, calçados com meias, pendiam frouxamente do divã, e seus chinelos quedavam-se no tapete. Eu esperava agradá-la com a sala de recepção de mamãe, mas ela parecia não notar o espaço circundante. Endireitei o bracelete de ouro em seu pulso que Violet entortara num revés e minha afeição redescobria seus canais costumeiros. Fui lembrada de sua grande gentileza, e meu corpo se relaxou com a proximidade dela.

— Vim lhe dizer que estou de partida.

— De Istambul? — Senti pesar e alívio. Coloquei meu véu sobre meus seios. — Quando?

— Daqui a dias.

Era logo demais.

— Aconteceu alguma coisa? — Tremi com o temor de perder minha amiga. A força de meu sentimento me surpreendeu.

— Uma coisa boa, Jaanan — ela disse com um sorriso largo. — Eu ainda não consigo acreditar.

— Diga-me — exigi. — Estou muito curiosa.

— Bem — ela disse, alongando as palavras — eu agora sou uma mulher de meios.

— Meios?

— Rica, Jaanan. Estou rica! — Ela saltou no divã.

— Puxa, isto é maravilhoso. — Eu ri com alívio. — Estou feliz por você, amiga querida. Parabéns.

— Isso significa que posso fazer o que quiser. Ninguém pode lhe dizer como viver quando você tem dinheiro.

— Como aconteceu? — Eu assumira que, como trabalhava, Mary pertencia a uma família sem riqueza, mas me dei conta de que ela nunca me falara sobre sua família.

— Meu pai morreu.

— Oh, sinto muito. Saúde para sua mente, minha querida. — Estiquei os braços para confortá-la mas ela se inclinou para trás para poder ver meu rosto, apertou meus braços e sorriu para mim, radiante.

— Não estou triste, Jaanan. Nem um pouco. Meu pai me botou para fora de casa quando eu era jovem. Foi assim que acabei em uma pensão, trocando o trabalho de cozinha por moradia.

Eu ofeguei.

— Como uma coisa assim é possível?

— Ele falou que eu tinha inclinações estranhas, foi o que disse. E não gostava de meus amigos.

— Mas você não tinha outros familiares a quem recorrer? Mãe? Irmãos?

— Minha mãe morreu quando nasci — ela explicou, e um lampejo de tristeza passou por seus olhos enquanto seu dedo acariciava a cruz de ouro em seu pescoço. — Não tenho irmãos ou irmãs. Não é como aqui, onde você pode se apoiar em dezenas de pessoas que chama de família. Na Inglaterra, você fica por sua própria conta.

— E seus amigos?

— Bem, eu lhe falei sobre meus amigos. Eles se mostraram menos que imprestáveis. Nisso meu pai tinha razão.

— Isso é terrivelmente triste, Mary, querida. Mas você tem aqui uma família e amigos. Estou aqui para você, e minha família é a sua.

Os olhos de Mary se inclinaram para um lado.

— Eu sei — ela murmurou. — Muito obrigada. Na verdade, Jaanan — rápida, quase imperceptivelmente, a ponta rosa de sua língua molhou seus lábios — eu vim aqui para lhe pedir uma coisa.

Há momentos em que você sabe que alguma coisa vai acontecer antes que saiba o que é. Há uma desconfortável suspensão do peso na parte de trás de seu pescoço. O tempo boceja para mostrar sua indiferença, e depois corre para cima de você numa velocidade estonteante.

— Você viria comigo para a Inglaterra?

Fiquei atônita.

— Seria muito divertido. Poderíamos viver num grande lugar, muito mais agradável que aqui. — Ela abarcou com um movimento de mão o salão de recepção. Os lábios dela roçaram em meu ouvido. — Podemos ficar juntas o tempo todo.

Confusão e compreensão se atropelavam em meu coração. Mary era minha amiga e eu a amava. Agora ela me oferecia uma vida nova, uma vida de novidade e aventura, como haviam predito. Eu considerei a idéia cuidadosamente. Que vida me restara em Istambul? Talvez este fosse meu *kismet*.

Mary interpretou meu silêncio como uma recusa.

— Se você está preocupada em sentir falta de sua família, Jaanan, você pode viajar para cá quando quiser. A Wagons-Lits Company está construindo uma linha de trem direta. Logo você vai poder subir no Orient Express em Londres e descer em Istambul. — Ela bateu palmas. — Não seria maravilhoso? Poderíamos ter uma vida e tanto juntas.

Hamza, eu pensei. Minhas mãos brincavam com o vidro marinho pendurado em meu pescoço. Hamza nunca sairia daqui. A Inglaterra seria o exílio.

— Eu não sei, Mary — eu disse com lentidão. — Deixe-me pensar nisso.

Mary se aproximou mais para poder ler em meu rosto o que não conseguia ouvir de minhas palavras, mas com certeza minha confusão me tornava ilegível.

Ela acariciou minha face e puxou de volta o véu sobre ela.

— Esperarei pacientemente enquanto você decide, Jaanan.

* * *

DEPOIS QUE MARY saiu, encontrei Violet na cozinha brigando com um peixe que resistia no balde a seus pés, tentando colocá-lo na tábua de cortar. Ela estocou seu pescoço com a ponta da faca e ele enrijeceu.

— Onde está a cozinheira? — perguntei a ela.

— A mãe dela está doente, e ela foi para casa mais cedo. Eu disse a ela que prepararia a comida.

As escamas espirravam da faca enquanto ela raspava a firme carne azul. Observei enquanto ela segurava o peixe e, entrando em sua garganta, deslizou a faca delicadamente pelo peito e ao longo da barriga. Seus rubis secretos derramaram-se em suas mãos.

* * *

ENCONTREI A CARTA sob uma pilha de manuscritos numa estante no estúdio de Ismail Dayi. Eu procurava uma cópia ilustrada do romance de Fuzuli, *Leyla e Mejnum*, que Ismail Dayi encontrara para mim no livreiro. Seria um presente para Mary, uma recordação de nossa amizade, uma celebração de sua nova vida. A carta estava em um pergaminho comum do tipo usado por funcionários em departamentos do governo, mas eu reconheci de imediato a letra de Hamza. Estava datada de dois dias depois de eu chegar à rua Djamji. A mensagem começava com uma fórmula padrão de cumprimento, e depois seguia numa espécie de eloqüência convoluta:

Aconselha-se ao honorável Hodja que certas ações necessárias sejam tomadas de imediato para alterar para o bem de todos as circunstâncias infelizes que prevalecem hoje. Se o senhor conseguir mudar mentes em direção ao bom e único caminho para uma sociedade moderna isso beneficiará a muitos, mas especialmente a alguém que lhe é próximo.

* * *

ISMAIL HODJA SENTAVA-SE rigidamente no divã, com chá intocado na mesa baixa à sua frente. Sentei ao lado dele, segurando a carta em minha mão.

— Por que nunca me falou sobre isso, *dayi*?

— Parecia uma carta inócua, na aparência. Não dizia nada sobre rapto. Eu nem estava certo de que quem a escrevera estava me pedindo para fazer alguma coisa. Levei-a ao *kadi* porque era uma carta estranha, deixada em minha porta enquanto você não estava. Possivelmente era um pedido para que eu apoiasse os reformistas. Mas quem quer que a tenha escrito era esperto demais da conta. Disfarçou suas intenções a tal ponto que eu não consegui entendê-las. Mesmo assim, acreditei que podia haver uma ameaça implícita na carta, que se eu não fizesse aquilo alguém próximo a mim poderia sofrer. Eu não queria arriscar nada, minha leoa. Você estava desaparecida e eu não tinha idéia de onde você tinha ido.

— Mas você sabia com quem eu estava.

Ismail Dayi me olhou com curiosidade e pegou meu queixo com sua mão.

— Claro que não, Jaanan. Se soubesse, teria podido encontrá-la antes.

— Ninguém lhe procurou?

— O que você quer dizer com isso?

— Achei que você soubesse — suspirei, meio para mim mesma.

— O homem que a raptou nunca foi identificado, Jaananjim. Não temos como conhecer sua motivação.

Ao dizer isso Ismail Dayi me olhou com estranheza, como se adivinhasse que escondia algo dele. Hamza desaparecera pela janela em Gálata e de minha vida. Depois de minha volta, me pareceu inapropriado falar de Hamza para meu *dayi*, e embaraçada evitei o assunto, apenas lhe garantindo que eu estava intacta. Então Hamza mentira sobre ter falado com Ismail Dayi e ele nunca soube que eu estava a salvo. Sobre o que mais ele mentira? O pensamento me enfureceu. Ele mentira e desaparecera de novo.

Era verdade que a única pessoa que poderia ter identificado Hamza, o filho de madame Devora, estava morto, mas me surpreendia que ninguém soubesse que fora Hamza quem fugira por aquela janela. Eu tinha certeza, por exemplo, que o associado de aparência astuciosa do magistrado soubera seu nome de madame Devora. Enquanto falavam ladino, tinha certeza de ter ouvido o nome de Hamza entre as palavras não familiares. Eu disse a meu *dayi* que fora Hamza que me "resgatara" da trama de Amin e me mantivera em Gálata. Ele pareceu chocado.

— É difícil acreditar que Hamza faria uma coisa destas. Eu pensei imediatamente em efendi Amin, que ele lhe seqüestrara e enviara esta carta — ele disse. — Mas pareceu uma coisa estranha de ele fazer. Eu acho que ele sabe que uma pitada de prosperidade tem mais valor que uma okka* de vingança. Ele está agora no exílio em Creta e tem sido cuidadoso em não criar mais afrontas. Quer melhorar suas chances de voltar para a capital. Seria estúpido da parte dele, e pouco

---

*Do turco. Medida de peso otomana, equivalente e cerca de 1,3 quilo. (*N. do T.*)

improvável do homem que conheço, escrever uma carta de oposição ao regime. Amin é um covarde de coração.

Ismail Dayi deu um tapinha em minha mão.

— Mas ele pode não estar inteiramente sem culpa. Hamza pode bem estar certo. Amin certamente está em débito. Ele poderia ter planos para você, mesmo em Creta. Cúmplices são baratos. Certamente seu pai acreditou no que você lhe disse sobre o plano de Amin de tirá-la de casa. Seu pai baniu Hüsnü de sua vida. A espada de Amin causou estragos. Que loucura. — Ismail Dayi estalou a língua em desaprovação. Não sei dizer se de Amim, meu pai, tia Hüsnü ou da humanidade.

Efendi Amin fora mil anos atrás, pensei. Coloquei minha mão no braço de Ismail Dayi, com raiva da dor desnecessária que o silêncio de Hamza havia imposto a este homem, meu pai escolhido. Na verdade Hamza escrevera uma carta chantageando meu tio. A linguagem expressava perfeitamente seu desejo hostilizante de aprovação e uma motivação mais sombria que eu tinha vislumbrado brevemente no apartamento na rua Djamji. Ismail Dayi olhou, pensativo, para a carta sobre suas pernas.

— Você acha que foi Hamza quem me enviou isso?

— É a letra dele. O que o *kadi* disse quando mostrou a carta a ele?

— Ele me mandou ao magistrado Kamil, que tem mais experiência com estas coisas. Ele achou que devíamos levar a sério o significado implicado, que se eu não ajudasse os reformistas, algo poderia acontecer com você. Ele sugeriu que aumentasse a freqüência de encontros com uma variedade de gente altamente situada aqui em casa. Na superfície, pareceria que eu fazia o que a carta exigia. Mas não discutiríamos as reformas necessariamente. Ele disse que podíamos debater sobre o preço das tâmaras em Esmirna, se quiséssemos, enquanto parecesse a um observador casual que algo acontecia, possivelmente algo político.

— E qual é o preço das tâmaras, *dayi* querido?

— Eu não saberia lhe dizer, pequenina.

Ambos rimos, embora meu riso estivesse misturado à dor. Pensei nos versos de Nedim:

Você e minha mente tratam um ao outro como estranhos
Como se você fosse um convidado em meu corpo — você, meu
  coração.

Para me salvar, eu tinha amarrado meu pequeno artesanato a uma miragem.

* * *

SENTEI NA BEIRA da água, embalando o vidro marinho em minhas mãos, imaginando o que teria suportado para merecer sua beleza, e então o deixei cair lentamente de minha mão de volta a seu elemento.

37

Princípios duradouros

As últimas folhas do outono farfalham sob os pés atrás do pavilhão. Um rouxinol trina na escuridão, talvez sonhando. A lua que prateara o rosto de Mary engordou no céu e depois desapareceu de novo até o mundo estar vestido com as sombras do luto. Dez milhas ao sul, Kamil estuda uma gravura da *Gymnadenia*, antes que o sono faça seus dedos caírem das páginas do livro. Uma sombra se insinua pela porta da cozinha de Ismail Hodja e se move agilmente pelos corredores até seu estúdio. A luz brilha por baixo da porta. A figura pausa, pressiona o ouvido contra a porta e, não ouvindo nada, a abre.

Ele vê dois homens ajoelhados frente a frente perante uma mesa baixa. Jemal está todo de branco, com uma larga camisa de algodão e calças largas. Seu cabelo desce por suas costas como um rio de tinta. Sem seu turbante, Ismail Hodja parece frágil, com uma franja de cabelos ralos expondo um pálido couro cabeludo. Em sua mão há um pincel, suspenso sobre um pedaço quadrado de pergaminho através do qual se estende um elegante traço de escrita caligráfica. Na mesa onde está o papel há um vidro de tinta preta e diversos outros pincéis. Jemal segura em sua mão direita uma tigela de cerâmica turquesa. Ambos estão mergulhados em concentração, e nenhum dos dois ouve a porta se abrir. Há tempo bastante para o intruso notar o ombro musculoso pressionando a camisa do acompanhante de Ismail Hodja. Ele esperava que Ismail Hodja estivesse sozinho. Jemal se vira de repente e, antes que o homem possa fugir, pula e se enrola nele como uma cobra, com seus olhos raivosos e pintados de *kohl* próximos do rosto do homem. A tigela cai pesadamente no tapete. Uma poça de água cinzenta se espalha rapidamente pela lã colorida.

Ismail Hodja abandona seus pincéis e se levanta.

— Ora, Hamza, seja bem-vindo. Não o esperava a esta hora. — Ele faz um gesto a Jemal para que solte Hamza. Jemal o faz com óbvia relutância e se agacha perto, próximo do alcance.

— Quase não o reconheci — Ismail Hodja acrescenta, apontando a surrada roupa de trabalhador de Hamza e sua barba.

— Vim pedir sua ajuda.

— Claro, Hamza, meu filho. Farei o que estiver em meu poder. Do que você precisa?

— Desculpe me intrometer, meu *hodja* — Hamza diz com voz baixa, olhando nervosamente para a janela. — Estou indo amanhã para a França e gostaria de ver Jaanan. — Seus olhos se voltam para a tigela caída e o tapete. — Desculpe. — Levanta os olhos, ansioso. — Jaanan, ela está aqui?

Ismail Hodja o olha cuidadosamente e sugere:

— É bastante tarde para se ver uma jovem.

— Por favor, eu preciso falar com ela.

— Desculpe, meu filho. Minha sobrinha foi para a França.

O rosto de Hamza reflete sua confusão.

— França? Mas por que... Quando?

— No mês passado. Nós vínhamos discutindo isso há algum tempo — Ismail Hodja responde gentilmente. — Sabemos como a vida foi difícil para ela neste último ano.

— Eu queria protegê-la — Hamza diz, meio para si mesmo. — Ela está em Paris? — ele pergunta, impaciente.

— Sim, suas muitas histórias sobre a cidade causaram uma impressão nela. Ela quer estudar. Está lá agora, segura, vivendo com a família.

— Eu pensei... — Hamza começa, e pára.

Ismail Hodja o olha pensativamente, esperando que continue.

— Por que ela decidiu ir? — Hamza pergunta.

— Ela perdeu os amigos e pensamos que seria melhor se ela se recuperasse longe de qualquer coisa que a fizesse lembrar disso.

Hamza senta-se pesadamente no divã e coloca a cabeça entre as mãos.

— Eu não pretendia desaparecer por tanto tempo. Suponho que ela tenha pensado que eu estava morto, ou pior, que não me importava com ela. Mas quando chegar a Paris explicarei tudo.

— Não é sua ausência que ela pranteia — Ismail Hodja explica. A cabeça de Hamza se ergue de supetão. — Embora ela goste muito de você.

— Quem, então? — Hamza cobra.

— Sua amiga inglesa, Mary Dixon.

Hamza parece confuso.

— O que Jaanan tem a ver com Mary Dixon? Eu não compreendo.

— Elas se encontraram em um evento na embaixada e se tornaram amigas. Minha sobrinha estava muito só e me deu grande prazer vê-la florescer com aquela amizade. A pobre mulher se afogou.

— Sim, eu sei.

— Então você provavelmente sabe também que a polícia acredita que ela foi drogada antes de cair no Bósforo. Ou mesmo jogada, que Alá não o permita. O mundo seria mesmo um lugar infeliz se não fosse pela força de nossa fé. No dia seguinte a criada de Jaanan, Violet, sofreu um acidente e quase se afogou. Mas ela sobreviveu, graças a Alá. De qualquer maneira, é prudente que Jaanan esteja em um lugar seguro, pelo menos até que o suspeito seja apanhado, antes que seu olho mau recaia sobre outra mulher. — Ele olha o rosto perplexo de Hamza. — O que você quer dizer a ela, meu filho? Eu posso passar a mensagem. Ou, se preferir escrever, faço a carta chegar a ela.

— Nada. Eu... não era nada. — Hamza se põe de pé. — Se eu pudesse ter seu endereço, eu a verei quando chegar a Paris. Isso é, se ela desejar me ver.

Ismail Hodja estuda o rosto de Hamza por um longo momento, e diz:

— Ela está com o irmão de seu pai perto de Arly.

— Sim, eu conheço o lugar. — Hamza inclina a cabeça. — Muito obrigado, meu *hodja*.

— Sei que você e minha sobrinha foram amigos por longo tempo, mas eu aconselharia a não conjeturar sobre este laço do passado. — Ismail Hodja franze a sobrancelha. — Muita coisa aconteceu. Você terá de reconquistar a confiança dela.

— Eu entendo, meu *hodja*. — Hamza pausa, e gagueja — Na verdade, vim aqui lhe pedir algo.

Ismail Hodja estende a mão em direção ao divã.

— Vamos sentar juntos e conversar.

Hamza não se move.

— Nós temos de ter um parlamento para controlar o sultão — ele despeja. — Eu lhe imploro que peça ao ulemá, aos estudiosos religiosos, aos juízes e a seus amigos no governo para que pressionem o sultão.

— E por que eu faria isto?

— Ele é um tirano, meu *hodja* — ele começa, ansioso — prendendo pessoas, arruinando-as por capricho. Seus gastos estão quebrando o país.

Ismail Hodja olha Hamza com curiosidade.

— Meu filho querido, você sem dúvida sabe que tentei ficar longe da política. Tenho minhas próprias atividades. Eles resistiram — ele mostra com a mão sua biblioteca e a caligrafia sobre a mesa — e sobreviveram a vidas menores e intrigas de homens ambiciosos. Conhecimento, beleza e o reconhecimento de Alá são os três princípios duradouros. A política é apenas uma sombra fugaz jogada contra um muro pelo sol.

A voz de Hamza assume um tom persuasivo.

— Você tem enorme influência, Ismail Hodja. Como pode deixar de usá-la para o bem? Uma palavra sua levaria homens importantes a considerar suas posições. Se o ulemá baixasse um édito em favor do restabelecimento do parlamento, o sultão teria de ouvir.

Ismail Hodja balança a cabeça de um lado para outro.

— Você superestima minha influência. Eu sou apenas um poeta e um erudito. Não sou um político. Tenho um posto oficial menor. Sou um professor, um observador, nada mais.

— Você é um xeque Nakshbendi. Tem amigos em todo o governo. Eu sei que as pessoas vêm aqui pedir seu conselho.

— Como você sabe disso?

— Tenho observado o que acontece aqui. Príncipes e ministros chegando secretamente em qualquer hora. Você não pode me dizer que não está envolvido em política.

— Não quero discutir política com você, meu filho. — Ismail Hodja estende as mãos e suspira profundamente. — Mas você está exagerando as falhas do sultão Abdulaziz. Ele fez muito para modernizar o império. E apesar de suas idiossincrasias, se importa com seus súditos.

— Você está do lado errado, meu *hodja*. Continuaremos a trabalhar por um Parlamento e uma Constituição a partir do exílio, e conseguiremos. O próprio sultão pode ter de ser eliminado. Vim avisá-lo e pedir que se junte a nós antes que seja tarde demais.

Ismail Hodja olha para Hamza com um interrogador franzir de sobrancelhas.

— Há algo que venho querendo perguntar a você, meu filho. Sei que foi você quem raptou Jaanan. Você me mandou uma carta ameaçando fazer mal a ela se eu não apoiasse seu projeto?

— O quê? Eu nunca a ameacei.

— Mas a carta parece ser de sua letra. Jaanan disse tê-la reconhecido.

— Jaanan viu a carta?

— Sim. Não a mostrei a ela. Ela a encontrou entre meus papéis. Hamza está pálido.

— Eu não pretendi ameaçá-la.

— Nós fomos sua família desde que você era um menino. Meu cunhado apadrinhou sua carreira. Você comeu de seu pão. Todos nós temos carinho por você, e minha sobrinha mais que todos. Como você pode ter chegado a pensar em feri-la?

— Eu nunca feriria Jaanan. Era apenas para conseguir apoio às reformas. Eu nunca faria nada que a prejudicasse. Mas agora ela nunca acreditará nisso. Eu só quis ajudá-la.

— Raptando-a e não dizendo a ninguém onde ela estava? Você a deixou acreditar que sabíamos que ela estava a salvo.

— Eu pretendia vir falar com o senhor, mas... coisas aconteceram e me impediram. Meu cocheiro foi morto, e temi pela minha vida. Não ousei vir aqui. De outra forma, eu mesmo teria explicado a carta. Não continha uma ameaça a Jaanan, apenas um pedido de sua ajuda.

— Por favor, sente-se — Ismail Hodja oferece mais uma vez. — Somos sua família. Tudo pode ser discutido e, com a ajuda de Alá, chegaremos a um entendimento.

Hamza não responde, com os lábios pressionados rigidamente.

— Agora acabou. Ela nunca... — Ele não termina a frase. Subitamente seu punho cerrado esmurra a madeira da porta. Jemal se move para contê-lo, mas Ismail Hodja capta seu olhar e com um ligeiro movimento de queixo indica que não. Hamza examina sua mão machucada como se pertencesse a outra pessoa.

— Você acha que é minha família? — ele diz finalmente, com voz amarga. — Eu tive minha própria família. Ela foi destruída, graças a você e pessoas como você. Vocês são todos hipócritas! — ele grita.

— Olhe para si mesmo! — Ele olha Jemal, posicionado para pular sobre ele. — O que aconteceria se todos soubessem a verdade sobre o respeitável *hodja*?

Ismail Hodja senta-se no divã e balança a cabeça, incrédulo.

— É isso que você planeja fazer, filho? — pergunta com tristeza. — Não pode usar mais minha sobrinha como alavancagem e agora ameaça minha reputação?

— São pessoas como você que estão destruindo o império. Vocês esmagam pessoas como minha família sem pensar duas vezes. Você e aquele bufão, o sultão. Vocês são o mal, autocratas dissolutos, brincando de vida e morte.

— É sua dor que fala, meu filho. Não o jovem honorável que eu conheço. Sua família vive em Aleppo, não?

— Deixe minha família fora disso!

— Seu pai era um *kadi*, não? O que aconteceu com ele?

— Você sabe perfeitamente o que aconteceu com ele. Foi coisa sua e do sultão. Vocês envenenaram a vida dele — Hamza diz, sufocado.

— O veneno entrou em suas veias, meu filho. Devemos drená-lo. Seu pai desviou fundos do tesouro real, lembro-me bem.

— Isto não é verdade. — Hamza se lança contra Ismail Hodja, mas Jemal é mais rápido e segura seus braços. Hamza se contorce sob o domínio de Jemal.

— Pode ser, pode ser. — Ismail Hodja suspira. — Não seria a primeira vez que o palácio recorre a um artifício para se livrar de um oponente. Mas seu pai deu informação aos árabes, não é? Ele tentou recrutar apoio francês para uma revolta. Um *kadi* agindo contra seu próprio governo.

Hamza o encara.

— Como você sabe disso?

— Os que foram presos deram informações sobre o papel de seu pai.

— Ele sempre teve no coração os interesses do império. Isso não significava ter de seguir o que o sultão mandava, se fosse contra o que ele achava certo.

— O dinheiro era para o movimento, então.

— Que dinheiro? Do que você está falando?

— E é isso que você está fazendo agora, não é? Deixando de lado as regras da lei, moralidade e sentimento humano para agir conforme acha estar certo. O que você está tentando fazer?

— Olhe quem está falando de moralidade! — Hamza cospe as palavras, olhando propositalmente para Jemal sobre seu ombro. Jemal torce seu braço até Hamza gritar de dor.

Ismail Hodja sorri com tranqüilidade.

— Você não sabe de tudo que acha que sabe. E o que você sabe, outros também sabem. — Ele balança a cabeça. — A insolência dos jovens. Não há o que lucrar com isso, meu filho.

Hamza parece confuso.

Ismail Hodja cofia a barba pensativamente e fixa em Hamza um olhar resoluto.

— Eu não vou ajudá-lo em seu objetivo político, meu filho. Não apoio a violência ou, que Alá o proteja, a derrubada do sultão.

— É o único jeito.

— Não acredito nisso. Não apoiarei a volta do Parlamento sob tais condições. Há outros modos, mais civilizados.

— Você pode mudar de idéia — Hamza diz com ferocidade.

— Se Alá assim o quiser. Deixe-o ir, por favor, Jemal.

Jemal torce mais uma vez os braços de Hamza antes de soltá-los.

Quando Hamza chega à porta, Ismail Hodja o chama.

— Hamza, meu filho. Como vai sua mãe? Você tinha uma irmã, não tinha?

Hamza vira-se e pula para agarrar o pescoço de Ismail Hodja, com Jemal logo atrás dele. Os dois lutam no chão, virando a mesa e espalhando folhas de papel. Impassível, Ismail Hodja mira tristemente a escuridão se comprimindo contra a janela. Xícaras de porcelana e outros pequenos objetos caem no chão. O narguilé de vidro se vira, derramando água no tapete.

— Não ouse mencionar minha irmã — ruge Hamza, lutando contra o golpe de Jemal. — Ela será a última de suas vítimas. Eu vou me assegurar disso.

— Alá é misericordioso, meu filho. Que o veneno em suas veias possa ser limpo agora. Examine seus verdadeiros motivos nisso. Você sabe que é um bom homem. — Ele inclina a cabeça. — *Selam aleikhum.* Que a paz esteja com você.

Jemal levanta Hamza e o empurra porta afora. Assim que saem das vistas de Ismail Hodja, Jemal o chuta e ele cai no chão. Com um movimento, Jemal o levanta e o coloca sobre seu ombro. Carrega-o até o portão e o joga de barriga para baixo sobre seu cavalo, solta os arreios e dá um tapa na anca do animal. Quando o cavalo desaparece na estrada escura, Jemal retorna à casa, parando na cozinha para apanhar um copo de água para Ismail Hodja antes de voltar para o escritório. Foi ele quem encontrou a carta de Hamza na porta. Ele faz de seu trabalho saber de qualquer coisa que possa colocar em perigo seu mestre. Não acredita na drenagem pacífica do veneno.

* * *

HAMZA PRAGUEJA enquanto tenta se ajeitar na sela. O anestésico da raiva está rapidamente cedendo lugar à dor, e as memórias de sua família perdida se misturam à constatação de que perdera Jaanan também. Ele a encontrará em Paris, pensa, e explicará tudo. Mas sabe que vai ser difícil, senão impossível, recuperar sua confiança. Apruma-se e monta apropriadamente. Com determinação, esporeia seu cavalo na estrada sem luar e se dirige para o sul, rumo à cidade. O que ela tinha com Mary Dixon?, ele pensa, lançando os olhos para trás, na cortina de árvores atrás da qual Hannah também o abandonara.

O cavalo estaca. Alguém puxa o arreio. Hamza ouve uma voz com um ligeiro sotaque.

— Pensei que você fosse um cavaleiro mais qualificado, Hamza. Você estava sentado no cavalo ao contrário. Deixe-me ajudá-lo. Ah, vejo que você se endireitou. Não importa.

Mãos fortes puxam Hamza da sela. Ele cai desequilibrado, mas com os dois pés no chão. A poeira que chuta o faz tossir. Consegue distinguir apenas a forma do homem, negro contra negro. Ele é baixo e corpulento. Hamza se vira e tenta fugir, mas o homem é rápido. Uma lâmina brilha brevemente, como um pirilampo. Em um segundo, está na garganta de Hamza.

— Você vai vir comigo — diz o homem.

— Quem é você? — Os olhos de Hamza dardejam a floresta, mas ele não pode correr. A lâmina belisca sua garganta e cada movimento a torna mais ameaçadora. Tenta acalmar sua respiração. Ousa limpar a garganta.

— Você têm alguma coisa a dizer? — A lâmina se move quase que imperceptivelmente. Hamza não a sente, mas sabe que ela ainda está lá.

— Quem é você? O que quer de mim? Tenho pouco dinheiro, mas pode levá-lo.

O homem-sombra sorri, como se tivesse ouvido uma grande piada.

— Pode levar o cavalo também — acrescenta Hamza, nervosamente. Há algo de muito familiar no homem, mas Hamza não sabe o que é. Ele se contorce mas a lâmina o alcança novamente.

— O que você quer?

— Quero saber por que você voltou.

O homem assobia agudamente e uma carruagem se aproxima. As sombras de três homens forçam Hamza para dentro dela.

38

Um cachimbo partilhado

Kamil aceita o longo cachimbo que o criado de Ismail Hodja enchera com um fragrante tabaco, recolhe as pernas e se recosta nas almofadas do divã no escritório do *hodja*. A cavalgada da manhã fora revigorante e Kamil está satisfeito com o sabor entre seus lábios. O *hodja* fuma um narguilé, com a longa corda dando uma volta em seu braço e o bocal de âmbar em seus dedos finos. O criado checa o carvão em cima do frasco de vidro cor-de-rosa. Quando Ismail traga do bocal, o carvão brilha abaixo do tabaco, a fumaça borbulha através do líquido resfriado e sobe pelo tubo até a boca do *hodja*. Seu rosto embaixo do turbante aparenta calma, mas seus olhos estão perturbados e avermelhados pela exaustão.

— Soube de alguma coisa, magistrado Kamil? — ele pergunta em voz baixa. — Ontem à noite a polícia me disse que prenderam Hamza e queriam que eu fizesse uma queixa contra seu comportamento violento. — Seus olhos param no vão da porta. — Eu declinei, é claro. — Ele acrescenta, enfurecido:— Não posso imaginar como presumem saber o que acontece dentro de minha casa.

— Visitei Hamza na cadeia a caminho daqui, pela manhã — diz Kamil. — A polícia o acusa de ter matado as duas inglesas.

— O quê? Isso é ridículo.

— Hamza admite que traiu sua hospitalidade ontem à noite, mas desmente ter qualquer coisa a ver com os assassinatos. Devo admitir que para mim sua prisão foi uma surpresa. A polícia diz ter provas de que Hamza se encontrou com Hannah Simmons no pavilhão de seu jardim na noite em que ela foi morta. — Ele olha para Ismail de um jeito curioso por baixo das sobrancelhas, respeitosamente evitando o contato do olhar.

Ismail Hodja parece surpreso.

— Quando minha sobrinha era uma menina, Hamza costumava vir a Chamyeri para ensiná-la e depois passava a noite na ala dos homens. Eu o bani de minha casa depois que meu cavalariço Jemal o viu escapar numa noite e levar uma mulher para o pavilhão.

— O senhor não contou isso à polícia?

— Nunca contei a ninguém.

— Seu cavalariço identificou a mulher?

— Não. Pode perguntar a ele, se quiser. Foi nos meses antes daquela pobre mulher ser encontrada morta. Jemal disse que não viu a mulher de perto mas achou que ela podia ser estrangeira, por causa da sua roupa. Lembro-me porque ele ficou preocupado de poder ser a governanta de minha sobrinha. Mas checamos seu quarto, e ela estava dormindo. — Ele sopra do narguilé. — Suponho que pode ter sido Hannah Simmons.

O narguilé de Ismail Hodja se apaga. Ele gesticula para o criado, que pega um novo pedaço de carvão e o coloca no frasco.

Ismail Hodja continua com voz urgente, quando o criado se afasta para a extremidade da sala.

— Não há provas de que Hamza cometeu este crime. Conheço bem Hamza, e não acredito que ele seja capaz disso.

— Jemal viu uma carruagem?

— Sim, e o cocheiro. Ele estava estacionado na estrada, ao lado da porta. Jemal foi perguntar a ele a quem esperava e aparentemente recebeu uma resposta insolente. — Ele sorri, ternamente. — Jemal não costuma levar insultos para casa.

O pulso de Kamil acelera.

— De que cor eram seus cabelos?

— Não lembro se Jemal disse algo sobre o cabelo dele. Podemos perguntar a ele. Já se passou muito tempo, mas como ficamos tão preocupados na época, é possível que ele se lembre.

— Você disse que baniu Hamza de Chamyeri algum tempo antes da morte de Hannah.

— Sim, mas há algo que devo lhe dizer. Tive uma longa conversa com minha sobrinha antes de ela ir para Paris. Ela admitiu que Hamza desconsiderou o banimento e continuou a vir aqui para vê-la. Ele tinha um chamado secreto, como um rouxinol, para dizer a ela quando estava no pavilhão. Na época ela era uma criança e eles eram muito próximos. Ela disse que quando ele vinha, ficavam no pavilhão lendo e jogando.

— Então é possível que ele tenha continuado a usar o pavilhão de noite para seus encontros amorosos.

— Sim, suponho, mas a indiscrição não faz de um jovem um assassino. Foi há um longo tempo, quando ele era um rapaz de sangue quente — ele sorri para Kamil — como acredito que todos fomos em algum momento. Não acredito que ele tenha tido qualquer coisa a ver com a desafortunada morte daquelas duas mulheres.

— Por que ele veio aqui ontem à noite?

— Queria ver minha sobrinha. E pedir alguns pequenos favores que, desafortunadamente, não pude lhe conceder.

Kamil espera, mas o *hodja* não dá detalhes.

O relatório de prisão afirmava que Hamza havia ameaçado Ismail Hodja.

— Sua recusa o deixou enraivecido?

— A raiva de Hamza é dirigida a si mesmo e àqueles que o amam. Odiamos aqueles que nos viram fracos, magistrado bei. Nosso ódio mais profundo é reservado àqueles que nos viram envergonhados e vulneráveis e responderam com generosidade. Ser o objeto da generosidade de alguém é, de alguma forma, ser humilhado. Meu cunhado tratou o filho de sua irmã como seu, deu a ele uma casa, apoiou sua educação, lhe ajudou a achar um posto no governo. O que você pode não saber é que, sem a ajuda de seu tio, Hamza poderia não ter tido vida alguma. Seu pai havia dissipado seu futuro antes mesmo que Hamza tivesse uma oportunidade de reivindicá-lo. Por azar, a fruta não cai longe da árvore.

— Seu pai era o *kadi* de Aleppo, acredito.

— Sim, um homem rico e poderoso, mas com hábitos perdulários e com um senso pragmático de lealdade. O pai de Hamza atuou como elo entre alguns de nossos súditos árabes e os franceses que esperavam separar a província da Síria do império. Isto foi no tempo do sultão Abdulaziz, que sua memória seja abençoada. O pai de Hamza ficou arruinado quando os planos foram descobertos. Ele foi acusado de se apropriar de dinheiro do tesouro para financiar uma revolta, embora seja possível que o tenha feito para pagar suas próprias dívidas. Foi destituído de sua posição.

— Foi exilado?

— De certa forma. Foi proibido de pisar de novo na capital.

— Hamza sabia da causa do banimento de seu pai? — Kamil acena ao criado para que reacenda seu cachimbo.

— Ele estudava na França na época. Quando retornou a Aleppo, parece ter encontrado seu pai sentado numa cadeira no meio de um apartamento vazio. Os credores haviam levado seu *konak* e até sua mobília. Seu pai se recusava a comer ou falar, apenas ficava sentado olhando a parede. Hamza tentou animá-lo, falou a ele sobre Paris, seus planos para uma carreira. Prometeu cuidar dos gastos da família, mas seu pai nem chegou a olhar para ele. — Ismail Hodja pausa para dar outra tragada em seu narguilé. E exala uma fina corrente de fumaça — Meu cunhado soube de tudo isso através de uma carta de sua irmã — ele continua. — Depois de ler a carta, me inclinei a considerar o comportamento de Hamza com mais compaixão. Também tenho certeza de que não desejou fazer mal a Jaanan. Muito pelo contrário. — Ele franze o sobrolho e balança a cabeça. — Tentei dizer isso a minha sobrinha, mas não estou certo de que ela se convenceu disso. Ela teve mais do que sua parcela de decepções.

— Estou contente de que ela não tenha sofrido algum dano maior.

— Senti-me tentado a pensar mal de Hamza quando soube que ele é que a levara para Gálata. Ela nunca falou disso até recentemente. Achava que eu sabia, pois Hamza havia lhe prometido me dizer onde ela estava. Ele nunca o fez. Ontem à noite me disse que estava desde então escondido, temendo por sua vida, e que por isso não pôde cumprir sua promessa de me dizer. Disse que seu cocheiro havia sido assassinado. — Ele levanta os olhos para Kamil. — É o mesmo homem que Jemal viu?

— Sim. Deve ser. Um homem chamado Shimshek Devora. *Hanoum* Jaanan ficou na casa da mãe dele. Shimshek foi morto na mesma semana. Supostamente em um acidente.

— Que descanse sob os cuidados de Alá.

Permanecem em silêncio por uns momentos, pensamentos envoltos em rolos de fumaça. Pássaros fazem barulho do lado de fora.

Finalmente, Ismail Hodja continua.

— Desde então vim a crer que Hamza dizia a verdade. Meu cunhado, pai de Jaanan, acha que é possível que efendi Amin planejava raptar Jaanan de sua casa, com a conivência de... bem, isto é um assunto de meu cunhado. Satisfaria o desejo de vingança de efendi Amin contra a família e, se conseguisse forçar um casamento, também sua necessidade de dinheiro. Então percebo que Hamza, de seu jeito desencaminhado, estava tentando proteger minha sobrinha. Quanto às desafortunadas inglesas, meu coração se recusa a aceitar que ele as faria mal. Na verdade, dado o que aconteceu à sua irmã, eu esperaria que ele fosse gentil com as mulheres.

— O que aconteceu com sua irmã?

— Ah, a pobre garota. Como a filha sem recursos de um traidor, ela não conseguiu contratar um casamento. Quem se arriscaria a trazê-la para a família e cair no desfavor do governo? Era muito atraente, me disseram, e muitas famílias boas perguntaram sobre uma possível combinação enquanto seu pai ainda era um *kadi*. Ela tinha o coração ligado ao de um jovem em particular, e por isso recusou os outros. Seu pai morria de amores por ela e não insistiu, mas desaprovava o homem que ela preferia por ele ser meramente um mercador, embora bastante rico. Depois do desastre, até aquela família retirou seu pedido. Ela se atirou no fosso da cidadela de Aleppo quando ele transbordava por causa da chuva e se afogou.

Ismail Hodja dá outra longa tragada de seu bocal e deixa a fumaça se dissipar antes de prosseguir. Seus ombros caem com a exaustão.

— Não sei lhe dizer, meu caro magistrado *efendi*, o que qualquer destas coisas tem a ver com a morte daquelas jovens inglesas. É verdade que depois da morte da irmã, Hamza, tornou-se mais arredio. Mas daí a se transformar em um homem capaz de matar há uma longa distância. Para assassinar, precisa-se de um alimento poderoso, ódio, ganância, ciúme ou ambição, e não do ralo mingau do desprezo por si mesmo.

39

A ponte dos colhereiros

Kamil espera em um banco embaixo de um enorme plátano na praça Beyazit, que um poeta uma vez chamou de árvore do ócio. Atrás dele preenchem o espaço o muro externo da universidade e os domos da mesquita Beyazit, com seu jardim visível através do portal de pedra. A praça fervilha com tráfego, vendedores de refrescos de frutas e pães assados apregoando seus produtos, carregadores assobiando para abrir caminho através da multidão, cavalos trotando, carroças e crianças brincando de pega-pega.

Kamil espia o cabelo ruivo de Bernie chegando em meio a um mar de turbantes e cabeças vestidas de *fez*.

— Oi. Esperando há muito tempo?

— Não muito. Bom ver você. Sente-se, por favor. Gostaria de tomar um refresco?

— Obrigado, mas tenho que recusar. Meu estômago não agüenta nem o chá nem o café daqui. Os dois são espessos como alcatrão. Não sei como você bebe tanto isso. Sem querer ofender.

— Tudo bem. São mesmo muito fortes.

— Talvez pudéssemos caminhar um pouco. Não conheço muito bem esta área.

— Você já viu o mercado dos livreiros? Há um bom lugar para se comer por perto.

Kamil o conduz através do tropel até um portão ao lado da mesquita.

— Esta é a Ponte dos Colhereiros. — Ao ver o olhar inquisitivo de Bernie, ele encolhe os ombros. — Ignoro por que se chama assim.

Entram em uma praça quieta, salpicada pelo sol. Cada pequena loja em torno dela está lotada até o teto de livros e manuscritos. Alguns aprendizes passam apressados carregando pacotes a serem entregues a fregueses em suas casas. No centro há outro plátano, e embaixo dele um banco ao lado de uma pequena fonte. Bernie senta-se no banco e estica os braços nas costas, apreciando os velhos prédios cobertos de heras.

— *Keyif* — ele murmura contente.

Kamil segura uma xícara de estanho acorrentada à fonte sob a corrente de água e toma um gole.

— Você devia experimentar esta água. É de uma nascente.

Bernie aponta o antigo portal de pedra no extremo da praça.

— E qual o nome daquela ponte?

— O quê? Ah. É a Ponte dos Gravadores.

— É claro.

Com a xícara ainda na mão, Kamil franze a sobrancelha na direção da ponte.

— Parece que hoje você tem um enxame de cupins debaixo de sua roupa, velho amigo.

Apesar da constatação, Kamil ri.

— Isto é repulsivo.

— Bem, é verdade. Algo não anda bem com você. Nem um pouco. Talvez falar ajude.

— Há coisas demais acontecendo, Bernie, e não estou certo do que pensar.

— O quê, por exemplo? — Bernie move o braço para dar espaço a Kamil no banco.

— Houve uma prisão.

— Por causa da morte de Mary? Isto é ótimo. Quem é o bandido?

— E da morte de Hannah também.

— Você está brincando. — Bernie se apruma e encara Kamil.

— Não, não estou, não. — Ele percebe que o sangue escureceu o rosto de Bernie, que parece queimado de sol. — Tudo bem com você?

— Sim, claro. Morrendo de curiosidade. Quem foi preso?

— Hamza, o jornalista. Meu associado, Michel Sevy, calhou de estar por perto quando Hamza invadiu a casa de Ismail Hodja ontem à noite e o ameaçou. Aparentemente, Hamza confessou.

— Michel Sevy — Bernie repetiu lentamente, e pergunta: — O que Hamza confessou?

— Ele desmentiu tudo quando falei com ele esta manhã, mas no caminho de volta de Chamyeri passei em meu escritório e ouvi que ele admitiu ter matado Hannah e Mary. Não compreendo. Vou visitá-lo esta tarde. Quero ouvir de sua própria boca. Suponho que haja alguma lógica nisto — ele reflete. — Chamyeri parece estar no fim de cada linha de investigação, mas suponho que elas poderiam também levar a Hamza.

— Qual é a ligação?

— Nenhuma prova além da confissão. Este é o problema. Apenas coincidências. Hamza é um parente distante de Ismail Hodja. Há alguns anos, ele supostamente usou o pavilhão do jardim do *hodja* para se encontrar de noite com uma mulher estrangeira. Isto foi na época em que o corpo de Hannah Simmons foi encontrado.

— Você acha que era com Hannah que ele se encontrava?

— O cocheiro era o mesmo homem que a apanhava toda semana.

— Admirável trabalho de detetive.

— Obrigado, mas devo parte da informação a *hanoum* Sybil.

— Espera aí. Sybil? O que Sybil tem a ver com isso?

— Ela decidiu investigar por contra própria. É culpa minha. Suponho que a encorajei no início. Ela estava tão ansiosa em ajudar, e achei que ela podia recolher algumas informações com as mulheres. Eu não posso falar com elas em particular, é claro. Achei que não havia mal nisso.

— Deus do céu! Sybil. Achei que ela estivesse apenas fazendo visitas sociais.

— Pelas descrições, acho que o cocheiro era um jovem judeu chamado Shimshek Devora. Tinha cabelos diferentes, enroladinhos como os de um árabe, mas de cor clara. Um cocheiro de profissão.

— Você falou com ele?

— Não. Ele foi assassinado. Caiu debaixo de uma carruagem. Aparentemente um acidente, mas Hamza parece pensar de outra maneira. Há outra ligação entre Hamza e Chamyeri, mas não sei o que fazer com ela. Há alguns meses, Hamza raptou a sobrinha do *hodja* e a deixou no apartamento da mãe de Shimshek Devora. Contou que a protegia de... bem, isso é irrelevante. Acho que ele não quis fazer mal à garota.

Bernie levanta a sobrancelha, cético.

— Ele a raptou para o próprio bem dela?

Kamil sorri com indulgência.

— Como você sabe, os motivos orientais são com freqüência inescrutáveis. De qualquer maneira, Michel e eu a achamos com alguma ajuda da mãe dele, que vive na mesma vizinhança, mas Hamza fugiu. Na verdade, eu não sabia que era Hamza até esta manhã, quando o *hodja* me contou. Saiu correndo quando encontramos a garota e nunca vimos seu rosto.

— A mãe dele? — Bernie murmura.

— Perdão?

— Nada. O que mais?

— Este Shimshek estava envolvido com Hamza, como sabemos agora, em algum tipo de negócio, mas nunca descobrimos o quê. Ele morreu enquanto a garota estava em cativeiro.

Bernie se levanta do banco e fica de pé ao lado da fonte, olhando o escorrer da água no cano de metal. Estica a mão e gira a torneira. A água continua a fluir. Volta-se para olhar Kamil. Com os braços cruzados protegendo o peito, parece vulnerável, uma criança em um corpo crescido.

— Este Shimshek. Onde ele mora?

— Gálata, o bairro judeu. Por quê?

— Só curiosidade.

— Kamil olha Bernie com atenção.

— Você o conhecia?

Bernie franze a sobrancelha e não responde de imediato.

— Ouvi este nome em algum lugar, mas não me lembro onde. Se me lembrar eu digo. Então este Shimshek costumava apanhar Hannah e a levava ao pavilhão do jardim do *hodja* para ela se encontrar com Hamza.

— O pavilhão fica a uma distância curta do lago. Hamza poderia facilmente ter estrangulado Hannah, jogado seu corpo lá e ido embora.

— Mas Hamza ainda não revelou quaisquer detalhes?

— Não que eu saiba. Logo depois da morte de Hannah, Hamza foi para Paris e ficou lá diversos anos. Suponho que agora saibamos por quê.

— Você não parece convencido.

Kamil respira fundo.

— Eu não sei. Ele também tinha razões políticas para viajar. Tenho certeza que a polícia secreta o tinha sob vigilância. Havia rumores de que era um radical e escrevia artigos inflamados para um jornal reformista.

— Mas por que ele teria matado Hannah?

— Isso é que me perturba. Não consigo pensar em um motivo. — Ele cruza as pernas, tira um cigarro da cigarreira e ergue o olhar sem acendê-lo. — Talvez Hannah estivesse grávida. Não está no relatório policial, mas é possível.

— Parece um tanto improvável, se você me perguntar. O que você não fez. — Bernie faz que não com a cabeça à oferta de um cigarro por Kamil.

Kamil coloca o cigarro de volta na cigarreira de prata, deposita-a no bolso e tira seu colar de contas de âmbar.

— Não seria a primeira vez. Ele não parece ser o tipo que quer se acomodar.

— Eu acharia que isso faria Hannah querer matá-lo, e não o contrário.

Os dois partilham uma risada.

— Talvez ele estivesse com raiva o bastante para despejar toda sua irritação contra ela. Afinal de contas, ela era empregada do palácio. Se ele era procurado como um radical, ela poderia entregá-lo com uma palavrinha à pessoa certa.

— Despejar a irritação, amigo, a irritação.

— Certo. A irritação.

Bernie imita um gesto de exasperação.

— Eu não sei. Se Hannah estivesse grávida, não faria muito sentido ela entregar o pai de seu filho à polícia. E Mary? Por que você pensa que ele a matou?

— Eu não penso. Mas a polícia afirma que ele confessou. Talvez ele fosse amante dela também. Por que as pessoas matam? Vingança? Talvez as duas o tenham rejeitado.

Bernie senta-se no banco ao lado de Kamil.

— Vou aceitar um daqueles agora — fazendo um gesto em direção ao bolso de Kamil. Ele pega a cigarreira, abre-a e oferece um cigarro a Bernie. Os dois ficam sentados quietos por diversos minutos, Bernie fumando em silêncio e Kamil perdido em pensamentos, com as contas de âmbar escorrendo como areia entre seus dedos.

— E ainda há o inexplicável pendente. — Kamil quebra o silêncio. — Com a inscrição chinesa. — Olha curiosamente para Bernie.

— Não se encaixa em nenhum dos motivos. Tanto Hannah quanto Mary o tiveram. Suponho que Hamza pode tê-lo dado como presente primeiro a uma, depois à outra. Talvez tenha sido tirado de Hannah quando ela morreu.

— Que pensamento mórbido.

— Mas é um presente estranho. Como ele o conseguiu? Tenho certeza de que foi feito no palácio.

Bernie não responde. Ele mira a fonte sem vê-la.

— Você não parece surpreso.

— Bem, eu achei que fosse, ainda mais com a assinatura do sultão. A menos que fosse uma falsificação.

— Não acho. Eu mostrei ao artesão chefe e ele a identificou como o trabalho de um artesão em particular do palácio Dolmabahçe.

Bernie encara Kamil.

— E ele lhe disse para quem o fez?

Kamil retorna o olhar.

— Não. Foi encontrado morto no dia seguinte ao que pedi para encontrá-lo. Disseram que seu coração falhou.

Kamil se levanta e caminha até a fonte. Olha intensamente para ela, como se esquecesse sua serventia.

— Sua família diz que ele não tinha um coração fraco. — Vira-se para Bernie. — Mas suponho que seja possível.

Bernie se inclina para a frente, cotovelos nos joelhos, cabeça entre as mãos.

— Kamil, meu velho — ele resmunga — é melhor você tomar cuidado.

— Com o quê?

— Você não acha coincidência demais o velho morrer logo quando você anuncia que quer conhecê-lo?

— Claro que acho suspeito. Não acredito em coincidências. Alguém no palácio não quer que eu saiba para quem foi feito aquele pendente — ele acrescenta, pensativo. — Deve ser uma pessoa poderosa para orquestrar estas mortes e alguém com um motivo igualmente poderoso para se arriscar tanto. O grão-vizir? Um ministro? O próprio sultão?

— Cobrindo seus rastros.

— Sim. — Ele suspira e se volta para Bernie. — O palácio está fora da minha jurisdição. Você tem razão em dizer que qualquer um que olhe naquela direção está em perigo. Se eu fosse mais esperto, deixaria de lado o assassinato de Hannah. — Ele pensa com maior simpatia em bei Ferhat e sua pensão miserável.

— Então por que não faz isso? — Bernie sugere.

— Por que devo resolver o caso da morte de Mary Dixon. O ministro da justiça, paxá Nizam, parece ter tomado um interesse particular em meu progresso neste caso. Talvez tenha sido pressionado pelos britânicos. Não sei. De qualquer maneira, a evidência sugere que a chave para a morte de Mary está em decifrar a de Hannah.

Bernie se volta subitamente para Kamil e pergunta:

— Como calhou de este Michel estar na casa de Kamil na hora de prender Hamza? É muito estranho.

— Não sei — Kamil admite. — Imagino que ele tenha sido alertado por seus informantes.

40

17 de julho de 1886

Caríssima Maitlin,

Fiquei tão feliz de ter recebido seu telegrama hoje de manhã.

Por favor, não me julgue ingrata em desconsiderar seus conselhos, depois de tê-la importunado por eles em tantas de minhas próprias cartas. Estou consciente das dificuldades de me tornar esposa de um maometano, como você coloca. Em minhas cartas, tenho tentado pintar um quadro mais amplo da sociedade daqui para aliviar sua mente. Kamil foi educado na Inglaterra e é um total cavalheiro moderno. É charmoso e tem tal posição na sociedade — sendo um paxá, afinal —, que tenho certeza que conquistará até mesmo a velha Lady Bartlethwaite, certamente o osso mais duro de roer em Essex. Na verdade, não há razão para aflição, apenas a maior felicidade pelo meu futuro. Com certeza é este o futuro e a aventura, minha querida irmã, que você sempre desejou para mim.

Tenho pouco a lhe contar, pois tenho estado mais em casa recentemente. Kamil botou na cabeça que as mulheres do palácio são perigosas e me pediu que não as visite mais. Ele pensa assim porque nunca esteve dentro dos haréns imperiais. Há muita intriga, mas qualquer confusão parte de mulheres tentando se colocar umas na frente das outras na hierarquia do palácio. Não vejo como isso possa ter a ver comigo. Sou apenas uma estrangeira convidada para o chá, um entretenimento que pode ser explorado para se obter informação do mundo exterior. Na realidade elas são mais entediadas do que perigosas, e se perigosas, apenas para elas mesmas.

Ainda assim, fiquei tocada pela preocupação de Kamil, que tomo como apenas outro sinal de sua afeição. De qualquer forma, não sofro nenhum dano me ocupando com os negócios da embaixada. Papai tem deixado cada vez mais as coisas do cotidiano em minhas mãos, o que nem sempre é agradável mas ajuda a passar o tempo. Foi nomeada uma nova secretária para a embaixada, mas ainda demorará um mês para chegar. Estou preocupada com papai, Maitlin. Não tenho sido tão honesta com você como deveria sobre a situação. Imagine que eu tenho de persuadi-lo a tomar banho. Ele agora dorme em seu escritório, e não na Residência, e seus empregados arranjaram outra sala onde ele pode receber visitas. Sei que você acha que eu deveria pedir aos membros da embaixada que enviassem um relatório sugerindo que ele se aposentasse, mas isso não é minha função. Estão começando a falar, mas o fato é que, quando está trabalhando, papai ainda é uma figura impressionante. Lê seus relatórios, toma decisões, até discursa, embora não viaje como antigamente. Alguns diriam simplesmente que ele trabalha demais, mas eu me preocupo com algo além disso, e não consigo pensar numa solução. Acho que ele morreria, Maitlin, se tivesse de retornar à Inglaterra. Há também a questão egoísta de que eu desejo permanecer aqui, e não vejo como isso possa ser possível se papai voltar. Kamil ainda não propôs a solução óbvia, e até que ele o faça, eu me viro para as coisas funcionarem na embaixada.

Preciso desesperadamente de uma distração. Bernie voltou a seu alojamento na faculdade para trabalhar em seu livro. Hoje de manhã cedo um mensageiro trouxe um convite — na verdade, uma intimação — de sultana Asma para visitá-la em seu palácio de verão em Tarabya. É uma área adorável de floresta no norte do Bósforo para onde a sociedade turca viaja para escapar do calor do verão. A embaixada tem uma vila de veraneio perto mas está em reforma, e por isso não tenho tido muita oportunidade de sair. Kamil com certeza não pode reclamar de eu passar uma agradável tarde com uma matrona pomposa em seu palácio de veraneio. É um encontro muito informal, disse o mensageiro, e sultana Asma enviará uma carruagem para me buscar.

Agora é melhor eu parar de escrever e me aprontar. Lembro de ser um longo caminho, mas talvez eu exagere, pois não vou lá há anos. Não pode ser tão longe, se me convidam para ir e voltar no mesmo dia. Tenho de me assegurar de estar de volta a tempo para o jantar, porque Kamil estará conosco esta noite. Escrevo mais quando voltar. Vou prestar atenção especial em tudo, para poder lhe dar um relatório completo.

41

Bela maquinaria

Voltando de Beyazit, Kamil encontra uma multidão na extremidade da ponte de Gálata, indo para o lado de Karakoy. Ele chama um grupo de jovens gendarmes e pergunta a eles o que está acontecendo.

— Bei, um criminoso foi empalado.

Kamil faz uma careta. Despreza o velho costume de empalar a cabeça de um criminoso em áreas públicas, ostensivamente, como uma lição para as pessoas de que este será o destino delas caso se desviem do caminho. Atualmente, os criminosos são pendurados em postes de luz, para causar o mesmo efeito. Sob o atual sultão, no entanto, as sentenças de morte têm sido raras. Não há execuções há algum tempo. Ele se preocupa com o que a comunidade estrangeira dirá quando descobrir o que acontece aqui, o que certamente ocorrerá. Desta vez, a estaca foi colocada bem na base da colina que leva a Pera. O lado de Karakoy da ponte está dentro da jurisdição de seu tribunal, mas ele não tem conhecimento de alguém ter sido sentenciado à morte. Talvez tenha sido uma questão decidida pela corte de inquérito provincial. Mas mesmo esta corte tem de ter suas sentenças de morte ratificadas pelo grão-vizir, em nome do sultão. De qualquer forma, ele deveria ter sido informado. Kamil esporeia seu cavalo para a ponte.

Os gendarmes vão à sua frente, tirando as pessoas do caminho. Ao chegar à extremidade da ponte, pára bem defronte à estaca. Na base dela, um sinal pendurado: Traidor. A cabeça não foi corretamente separada do corpo, um trabalho apressado e amador. O homem deve ter sido simplesmente assassinado. A pele ainda parece flexível. A ponta de sua língua se projeta de uma barba endurecida pelo sangue seco. Suaves cachos negros caem para a frente, sobre a testa inclinada de forma artificial. Kamil olha mais de perto o rosto manchado de sangue. Os olhos de Hamza estão bem abertos, como se surpresos.

* * *

KAMIL JOGA O ARREIO para um cavalariço e entra correndo em seu escritório, assustando os funcionários que limpam suas penas ao final de um dia de trabalho.

— Quem ordenou a execução? — ele grita.

O chefe dos funcionários se adianta, cabeça curvada, e faz o sinal de mesura.

— Magistrado *Efendi*, o senhor autorizou. A ordem oficial tem sua assinatura e selo.

— Eu nunca autorizei tal coisa.

— Mas o documento dizia que o senhor estava executando os desejos da corte, que a decisão fora ratificada e que a execução deveria acontecer imediatamente.

— Eu não a escrevi. Quem o entregou a você?

— O próprio efendi Michel o trouxe, para que pudéssemos registrá-lo. Depois ele a levou ao diretor do presídio.

— Michel. Onde está ele?

— Não sei, bei.

Os funcionários não simularam voltar para as pastas e papéis nas mesas à frente deles, em vez disso sussurravam nervosamente entre eles.

Kamil bate a porta com força e senta-se pesadamente na cadeira atrás de sua mesa. Sua corrente de contas se agita em torno de sua mão.

Michel não tem autoridade para ordenar uma execução. E ele, o magistrado, será julgado responsável pela execução de um homem sem qualquer julgamento ou aprovação do grão-vizir. Que motivação Michel poderia ter tido para fazer aquilo, assassinando Hamza e colocando a carreira de Kamil em risco? Hamza sabia de alguma coisa que ameaçava Michel?

O que ele, Kamil, realmente sabe sobre o legista? É verdade que freqüentaram a escola juntos, mas apenas vieram a se conhecer muito tempo depois. Como se encontraram? Isso mesmo. Ele trombou com Michel em uma rua de Gálata. Isso faria sentido. Michel morava lá com sua mãe. Não morava?

As contas estacam em silêncio.

A mãe de Michel, que os levara diretamente a Jaanan — e Hamza — na casa de madame Devora. Kamil nunca conheceu a mãe de Michel. É impróprio levar para dentro de casa um homem que não seja um parente, e ele tinha apenas o relato de Michel sobre onde vivia.

Kamil pensa nisto um pouco. Como Michel pode ter sabido que Hamza estaria na casa de Ismail Hodja na noite anterior? Ele deveria estar à espera dele.

Kamil odeia coincidências. Mas não consegue imaginar uma ligação entre Michel e Hamza. Por que Michel estava interessado em Hamza? Como ele sabia que ele estava associado a Chamyeri? Como ele saberia até a aparência de Hamza?

Ele abre a porta e chama o chefe dos funcionários.

Mantendo sua voz equilibrada, ele diz:

— Se efendi Michel retornar, por favor diga a ele que fui para casa e que gostaria de vê-lo assim que possível, no mais tardar amanhã cedo antes da segunda chamada às preces.

— Como desejar, bei. — O funcionário se curva.

Kamil atravessa a porta a passos largos e dá a volta no edifício, até os estábulos. Escolhe um cavalo descansado e espera ansiosamente que o cavalariço o sele. Lembra-se subitamente do gatinho desaparecido. Michel mentira sobre o chá que encontraram na piscina marinha? Se soubesse que o bule continha datura e que Mary havia sido morta lá, teria um tempo de vantagem para descobrir o assassino. E talvez Michel tivesse provas de que Hamza tivesse matado Hannah também. Por que esconder a informação dele? Não estavam ambos procurando a mesma coisa? Não trabalhavam para as mesmas pessoas?

Quando o cavalo fica pronto, Kamil monta e se força a cavalgar num ritmo constante. Assim que se afasta da vista da ponte, vira seu cavalo para o norte e o esporeia para o galope.

* * *

UM SURPRESO YAKUP corre para a frente da casa e toma os reios do cavalo agitado enquanto Kamil desmonta. Kamil limpa o suor de seu rosto com a mão empoeirada. Sem uma palavra, adentra a vila e sobe a escada para o escritório, que foi um dia o quarto de sua mãe.

Caminhando até a escrivaninha, destranca uma gaveta e tira dela o revólver de seu pai. Segura a arma em sua mão por uns momentos, acariciando a madeira polida e examinando as ranhuras do cano entalhado. A bela maquinaria da conquista e da morte. Acende uma lamparina para enxergar melhor, carrega o revólver e enche uma bolsa de couro com munição extra. Coloca um coldre na cintura, enfia a arma em sua bainha e a munição em seu bolso. Respira fundo, sem saber o que fazer a seguir.

Com a lâmpada na mão, anda até seu quarto e mergulha uma caneca na jarra de barro de sua penteadeira. Toma um longo gole da água fresca, volta-se e desce a escada num ritmo mais calculado. Seus pés o levam através do corredor que vai até a parte de trás da casa, atravessam a sala de estar e vão até a porta de vidro colorido, escurecida pela umidade. É a entrada para suas mais queridas posses. Ao entrar, o ar carregado e perfumado o faz vibrar, como sempre acontece. Uma suave luz esverdeada aviva a sala envidraçada. Ele caminha por uma trilha entre palmeiras de folhas amplas e bromélias. Descuidou-se de calçar os chinelos caseiros, e suas botas estalam nos ladrilhos. Ele coloca a lamparina cuidadosamente sobre uma pequena mesa.

No meio do jardim de inverno, sombreado pelas plantas maiores, há uma bancada quadrada cheia de calhaus umedecidos que contêm trinta potes de barro pequenos, cheios de delgados arcos verdes repletos em seus caules ou em suas pontas de uma infinidade de formas coloridas. Lembra-se dos fogos de artifício celebrando o fim do Ramadan. Ele pára em uma grande flor e abaixa seu rosto até as pétalas aveludadas, inalando o perfume — uma mistura, pensa, de baunilha e jasmim. O faz lembrar do pudim de leite favorito que Fatma fazia para ele quando criança, e do lugar entre as brancas coxas da garota circassiana. O *speculum* de azul brilhante parece observá-lo cautelosamente. Ele resiste ao ímpeto de passar as pontas dos dedos sobre a pele negra das pétalas.

Vozes altas o tiram de seu devaneio. Ele se vira e se depara com uma perturbada Fatma à porta.

— Bei, há um homem na porta insistindo que o senhor quer falar com ele. Não quis dizer seu nome. Yakup ainda está no estábulo, e por isso fui atender a porta.

— Como é ele?

— Se veste como um comerciante, mas muito asseado. Não me parece um comerciante de jeito nenhum. Mas age como se o conhecesse. Perdão. Devo perguntar seu nome de novo? — Ela parece aterrorizada com a possibilidade de ter de fazê-lo. — Eu disse a ele que esperasse no saguão.

— Obrigado, Fatma. Deixe-o lá. Eu já vou. Volte para a cozinha e avise a Yakup que ele deve voltar para a casa.

316

Ele ainda ouve o arrastar dos chinelos dela se afastando quando a porta se abre e Michel entra.

— Feche a porta — Kamil diz rapidamente. — Há uma corrente.

Michel tem a cor da areia, do bigode até seu *shalwar* marrom-claro. Seu cabelo está lustroso de suor e há uma capa jogada sobre um de seus braços. Ele respira pesadamente.

Michel encara Kamil.

— Entendo que você queria me ver.

Kamil assume automaticamente um novo nível de alerta.

— Queria perguntar sobre a execução de efendi Hamza. Quem assinou a ordem?

Verdade e decoro.

— Você assinou, bei.

— Não fiz nada disto. Não houve julgamento.

— Eu também pensei nisso. Mas me deram a ordem e pediram que a levasse ao diretor da prisão para que a sentença fosse executada imediatamente. Tinha todos os selos corretos, até os do grão-vizir.

— Quem a entregou a você?

Kamil nota a pausa momentânea antes da resposta de Michel.

— Foi levada à delegacia de polícia, eu presumo que por um mensageiro. Meu assistente a deu a mim. Não entendi por que você a enviou a mim primeiro e não diretamente ao diretor da prisão, mas pensei que você deveria ter suas razões. — Os olhos de Michel não se desviaram do rosto de Kamil.

Pode um homem que mente manter uma face tão inexpressiva?, Kamil imagina. O próprio Michel levara o documento para o tribunal de Beyoglu e depois para a delegacia de polícia. Talvez a imobilidade seja um sinal do esforço requerido para manter os músculos de seu rosto sob controle, aqueles que de outra forma o trairiam. Kamil gostaria de se sentir ultrajado pelas mentiras patentes de Michel, mas contra o seu próprio julgamento estima se há alguma verdade nelas. Talvez outra pessoa tivesse escrito a ordem de execução e falsificado as assinaturas. O próprio grão-vizir poderia tê-la ordenado, passando por administradores de menor escalão como ele. Só há uma maneira de descobrir.

— Onde está a ordem agora? — ele pergunta a Michel. — As assinaturas vão nos dizer quem a autorizou. Não serão nem minha letra ou minha assinatura no documento.

A expressão de Michel não oscila. Ele não está surpreso, Kamil pensa.

— Eu a entreguei ao diretor da prisão.

Kamil subitamente tem a certeza de que o documento jamais será encontrado. O diretor a colocará em uma pasta, e a pasta desaparecerá. Ele suspira, com as pernas e ombros cansados de ficar em pé.

— Venha — ele oferece, andando ao lado das orquídeas e indicando duas cadeiras sob as folhas de uma pequena palmeira.

— Vamos sentar e discutir isso.

— Não posso ficar.

— Você deve. Ainda estou curioso sobre outros aspectos do caso. — Ele anda até uma das cadeiras e se senta. Ainda segurando seu manto, Michel se aproxima até estar ao lado da outra cadeira, mas permanece de pé.

Kamil levanta os olhos para o rosto imóvel de seu associado, imaginando onde está o homem que pensara chamar de amigo. Esta é a casca exterior, mas o homem que existe por trás daqueles olhos castanhos líquidos é um estranho.

— Como você prendeu Hamza?

— Todas as indicações apontavam para Chamyeri. Você mesmo disse isso.

— Sim, mas outras pessoas moram em Chamyeri. Ismail Hodja, sua sobrinha, seus criados. Apenas Hamza não vive lá. Ainda assim você escolheu prendê-lo.

— Que diferença faz? Ele confessou os crimes.

— Quando falei com ele esta manhã, ele desmentiu.

— Você sabe que a polícia tem meios mais eficientes de conseguir a verdade além de apenas perguntar. — Michel exibe uma fileira de dentes pequenos, meio sorriso, meio esgar.

Kamil pondera. É verdade que a negação dos homens cede prontamente sob coerção, mas isso também acontece com a vontade deles. Ele nunca acreditou que palavras tiradas à força de um homem fossem provas. Era apenas um expediente.

— Ainda estou curioso. Antes de mais nada, como você sabia que tinha de prendê-lo? O que o fez associá-lo com Chamyeri e Hannah Simmons, ou Mary Dixon?

— Shimshek Devora, o cocheiro. — Michel encolhe os ombros. Estava tão imóvel que Kamil se assusta com o movimento repentino. — Sabemos que Shimshek apanhava Hannah — Michel continua com a voz monótona de um professor —, e a levava a Chamyeri para encontrar Hamza. Hannah foi encontrada morta em Chamyeri. Quem mais poderia ter sido? Foi Hamza que raptou a sobrinha de Ismail Hodja e a levou para a casa da mãe de Shimshek. — Ele mostra sua mão a Kamil. — São como dedos da mesma mão, não é?

— Como você soube que era Hamza?

— Por madame Devora, é claro.

— Ela não me disse isso. — Kamil pausa. — E nem a você. Só descobri isso esta manhã. Ismail Hodja me contou, e ele próprio apenas recentemente soube por sua sobrinha. Você era o único que sabia disso, e ainda assim não me contou nada.

Ele encara Michel, que permanecia imóvel. Kamil estava mais uma vez diante do homem marrom, absolutamente parado até que o surpreendam.

— É ambição, Michel? Você quer o crédito por resolver o caso sozinho? Para mim, tanto faz. — Kamil gesticula despreocupadamente com sua mão. — Mas você é um legista. Sua promoção não depende de resolver casos.

— Não sei do que você está falando. Não escondi nada de você.

— Como você soube que Hamza estava em Chamyeri na noite em que o prendeu?

— A casa de Ismail Hodja estava sendo vigiada. Hamza iria aparecer uma hora ou outra.

— Por que você procurava Hamza, quando nós no tribunal seguíamos um rastro inteiramente diferente? — Kamil não conseguia evitar a amargura e o desapontamento destilando em sua voz. — E o pendente? Hamza não tem ligação com o palácio. Como sabemos se não há mais coisas na história?

Michel sorri melancolicamente.

— Não é problema meu se o honorável magistrado está desinformado. Eu faço meu trabalho.

Kamil sente raiva, e o coração galopa em seu peito. Fecha os olhos por um momento, inala o perfume da sala e tenta se acalmar.

Michel se aproximou mais.

— Estamos do mesmo lado, Kamil — ele diz com voz de intimidade. — Precisamos de estabilidade e segurança, não deste sonho chauvinista e nacionalista que viraria um pesadelo para as minorias. Não somos muçulmanos ou turcos, somos otomanos. É uma fórmula que deu certo para os judeus e para todo o mundo por muito tempo. Gente como Hamza quer desestabilizar o império e vendê-lo em pedaços como os destroços da carroça de um negociante de quinquilharias. Então, quando restarem apenas turcos, será um império turco muçulmano, sem lugar para gente como a gente. Nacionalismo europeu... essa idéia maluca de que cada povo com sua própria língua e religião merece sua própria nação. Isso infectou os jovens otomanos. Guarde minhas palavras. Em breve eles vão deixar cair suas máscaras e revelar o que realmente são, jovens turcos. E onde *nós* iremos, eu pergunto? Para uma nação *judaica*? Não existe tal coisa na terra.

— Entendo sua preocupação, Michel, mas estamos do lado da justiça imparcial. Não importa o que Hamza possa ter feito, ele merecia um julgamento. Sem isto a execução é injusta, ainda que ele fosse culpado. Isso trai nosso país e seus princípios tanto quanto os radicais. Você, acima de todos um legista, um cientista, deveria saber disto.

Michel dá de ombros.

— O destino pode ser injusto.

— Destino — Kamil cospe a palavra. — Ouça só isto. Você tomou o destino deste homem em suas mãos e o esmagou. A decisão foi sua, e não partiu da mão de Alá. De qualquer forma, paxá Nizam não concordará — ele acrescenta, com raiva. — Ele insiste no mecanismo da lei, e não no de adivinhar o destino de um suspeito.

— Você ficaria surpreso com o quanto a mente de paxá Nizam pode ser aberta — Michel responde.

Kamil levanta os olhos para ele, perplexo. Até onde se estende esta conspiração de injustiça?, ele imagina.

— Suponho que não deva me surpreender que a corrupção é tão resistente à mudança. Achei que ao fazer parte deste novo sistema judiciário, poderíamos trazer algo novo para esta cidade, mas as mesmas coisas prosseguem, as mesmas pessoas — ele olha diretamente para Michel —, enlameando o chão que pisamos.

Kamil vê um clarão de ódio no rosto de Michel quando ele gira nos calcanhares, o manto ondulando na ponta de seu braço. E ele se vai. Um grande barulho faz Kamil se levantar. O canteiro de orquídeas virou de lado, espirrando seixos sobre os ladrilhos. Em cima dos seixos e fragmentos de cascas de árvore e solo, há um emaranhado de cores. Kamil se ajoelha e procura freneticamente encontra a orquídea negra e a levanta com cuidado. Suas folhas estão intactas, mas o talo está quebrado.

Um soluço áspero emerge de sua garganta quando ele apanha o revólver e atravessa correndo a porta, afastando Yakup, que viera prontamente por conta do barulho.

— Você viu para onde ele foi? — ele pergunta a Yakup.

— Não, bei. Não vi ninguém. Mas esta mensagem acaba de chegar de *hanoum* Feride. — Yakup pega uma carta de sua cinta e entrega a ele. — O mensageiro pediu que lhe dissesse que ela gostaria que o senhor fosse para lá imediatamente.

Kamil rompe o selo e desdobra a carta.

Caro irmão,

Papai caiu do terraço. Não tem consciência de nada, mas ainda vive. O médico disse que ele não pode sentir dor. Isto é uma bênção, mas pode ser que ele não fique muito tempo entre nós. Por favor venha imediatamente.

Sua irmã Feride.

42

O eunuco

Uma carruagem fechada se detém em frente ao portão da embaixada. O porteiro atravessa apressado o caminho, seguido de uma figura negra com um robe branco brilhante e um grande turbante.

— Chegou uma carruagem para minha senhora — o porteiro anuncia sem fôlego.

O guarda da Residência pergunta a Sybil se ela gostaria de um acompanhante.

— Acho que não, obrigada. Tenho certeza que o palácio cuidou disso. — Ela tem prazer em visitar casas em Istambul sem fanfarra e um cortejo de guardas armados da embaixada, uma relíquia preciosa da normalidade, simplesmente uma dama convidada para o chá.

O eunuco se inclina para a frente, tocando a testa e o peito com a palma da mão, e espera impassível para levar Sybil à carruagem. Ela não colocou um véu, mas o eunuco parece não se dar conta. Não é o mesmo eunuco autoconfiante de ombros largos que acompanhara sultana Asma antes. Este é alto e rijo, com um rosto vincado da cor de fumaça e mãos compridas e poderosas. Ele não fala ou olha para ela, mas Sybil tem a sensação de não ser por desrespeito, e sim por aversão.

Criados e guardas se amontoam nas janelas, sussurrando. A maioria deles nunca viu um eunuco negro a não ser à distância, a cavalo, escoltando as carruagens de damas da realeza.

Sybil segue o eunuco até uma carruagem decorada com flores pintadas com esmero. Não é o costumeiro veículo pomposo com assentos para quatro ou cinco damas do harém, mas um modelo menor, feito para a velocidade. O eunuco a ajuda a subir os degraus, com sua mão negra contra seu punho. Quando ela se acomoda nas almofadas de veludo, ele fecha a janela com uma cortina diáfana, para que ela possa olhar para fora sem ninguém olhar para dentro, e rosna um comando para o cocheiro. O eunuco monta um garanhão branco, de sela enfeitada com filamentos dourados e cravejado de rubis e esmeraldas. Seu braço carrega uma longa espada curva. Ela nota com surpresa que não há um séquito, mas supõe que o eunuco armado seja suficiente em um passeio informal.

A carruagem serpenteia colina abaixo e se volta para o norte na estrada da costa, ganhando velocidade. Logo, passam pela entrada do palácio Dolmabahçe. Depois disso, a estrada se afasta do mar e entra em áreas de floresta e vilarejos marginais construídos em torno de braços de mar. A carruagem fechada é quente e cada vez mais desconfortável à medida que o sol sobe no céu. A estrada se transformou em uma trilha e Sybil é jogada para a frente e para trás. Ela esquecera o tédio da viagem até a residência de veraneio. Muitos anos se passaram desde que ela acompanhou sua mãe à residência britânica em Tarabya, embora elas tivessem ido com mais conforto, em um barco. Ela gostaria de abrir a cortina. O tecido translúcido cobre a paisagem e bloqueia o ar. As almofadas de veludo grudam em suas costas molhadas de suor.

Ela começa a se preocupar que fora um erro aceitar o convite. Poderá permanecer apenas por pouco tempo, antes de voltar para casa na hora do jantar. Mesmo que Kamil não comparecesse, ela teria de retornar para jantar com seu pai. Tornou-se um ritual deles comerem juntos. Ele se torna agitado quando os rituais não são cumpridos. Talvez Kamil tenha razão de me julgar muito precipitada, ela pensa, e se repreende por sua falta de cautela. Maitlin, ela conclui, teria agido da mesma maneira sem se torturar com dúvidas.

Três horas mais tarde, a carruagem deixa a estrada. Sybil espia pela cortina e avista uma vila branca, uma casa de conto de fadas com telhados em declive, ornamentos imitando renda, pequenas torres decoradas, terraços e pátios. O eunuco abre a cortina e destrava a porta. Ela ignora a mão dele e desce da carruagem desajeitadamente, com as pernas endurecidas pela imobilidade. O eunuco vai até o final da entrada de veículos e espera. Sybil não o segue de imediato, mas em vez disso permanece de olhos fechados, respirando o perfume dos pinheiros, do mar e da madeira aquecida pelo sol. Percebe que se sente feliz e otimista com a vida quando deixa o terreno da residência. Pensa em como seria adorável viver em uma casa como aquela, com Kamil — menor, é claro, mas debruçada sobre a água. Ele dissera que sua casa ficava em um jardim sobre o Bósforo, não dissera?

Enlevada por este pensamento, ela procura em torno um criado. Trouxe como presente flores de cera sob vidro, a última moda na Inglaterra. O território parece deserto. Sybil aponta a caixa grande na carruagem. O eunuco a apanha e ela o segue para dentro da casa. Atrás dela, as correias fazem um ruído enquanto o cocheiro vira a carruagem.

43

O fim dos sonhos

Kamil acaricia a mão imóvel de seu pai. Ele parece ileso, com a ferida na cabeça escondida pelo travesseiro e os membros quebrados debaixo da colcha. A colcha se move para cima e para baixo lenta e irregularmente com a respiração do velho homem. Seu rosto está inchado, e seus olhos, fechados.

— Ele parece estar dormindo — Feride diz em uma voz rouca pelo choro. — Como se fosse acordar a qualquer momento.

— Você disse que a criada o viu subir na balaustrada? — Kamil está esvaziado de qualquer emoção, mas sabe que é um estado temporário, um adiamento do ajuste de contas final.

— Ela disse que ele sorria e tentava alcançar alguém. Talvez achasse que ia encontrar mamãe?

— Sim, talvez é para lá que ele tenha ido.

— Eles logo estarão juntos. É o que ele queria mais que tudo. — Feride inclina a cabeça sobre o peito de seu pai. — Papai. — Ela se enrijece. — Papai?

A colcha pára de se mover. Os traços do paxá foram acentuados pela morte, mas permanece a estampa pálida de um sorriso, a marca mais longínqua da vida de um homem.

Feride começa a gritar de dor.

Kamil está quieto, e a tempestade se arma em seu peito. Ele coloca seu braço em torno de Feride e a segura.

— Oh, o que nós fizemos? — ela chora. A pergunta atinge Kamil e ele começa a tremer.

— Não, minha irmã querida. Não há culpa. Nós apenas queríamos ajudá-lo a viver de novo.

— Nós o matamos — ela lamenta. — Devíamos desejar que ele estivesse presente, que fôssemos uma família normal de novo. Fomos egoístas. Devíamos ter permitido seus sonhos.

— Sim — Kamil reconhece com tristeza. — Deve-se permitir às pessoas seus sonhos.

* * *

UMA HORA DEPOIS. Kamil galopa pelas curvas fechadas que sobem a colina repleta de árvores do Robert College. Grandes carvalhos e sicômoros obscurecem o céu e lançam um manto verde sobre a estrada, como se ele estivesse debaixo da água.

No topo da colina, ele acena para um jovem e pergunta onde mora o professor. Esporeia o cavalo, e logo se encontra batendo na porta de uma casa vitoriana de tábuas na beira da floresta.

Kamil demora um momento para reconhecer Bernie quando ele abre a porta. Bernie está de óculos.

— Ora, olá — ele diz, tirando os óculos. Seu cabelo está despenteado e ele veste uma velha camisa e calças até os joelhos.

— Você não me vê em meu melhor estado, mas entre.

Kamil o empurra para passar. No aposento parcamente mobiliado, ele se volta e diz:

— O que você sabe de Michel Sevy? Você o conhece, não? Você reconheceu o nome dele hoje de tarde.

— O que deu em você? — Olhando Kamil mais atentamente à luz da lamparina, Bernie senta-se no braço do sofá e pergunta: — O que houve?

— Executaram Hamza. — Ele não menciona seu pai. A memória é crua demais para ser tocada.

— O quê? Mas ainda nem houve um julgamento.

— Eu sei. Foi feito sem meu conhecimento. Por Michel Sevy.

— Maldição. — Bernie ergue os olhos para Kamil, que ainda está de pé no meio da sala, com as mãos na cintura. Ele respira fundo. — Kamil, meu amigo, sente-se e deixe-me apanhar alguma coisa para você beber.

— Eu não quero... — Kamil ainda treme de raiva e arrependimento.

Bernie se levanta e acena com a mão.

— Então, apenas sente. Vou lhe dizer tudo o que precisa saber. Mas antes precisa se acalmar.

Quando Bernie volta com dois copos de uísque, Kamil parece mais calmo, mas seus nervos simplesmente se soldaram em uma determinação férrea. Ele pega o copo das mãos de Bernie, mas não bebe. Coloca-o sobre a mesa com força demais, derramando o líquido sobre alguns papéis que lá se encontram. Bernie se apressa e enxuga os papéis com um lenço.

— Meu livro novo — ele sorri encabulado. Percebendo o olhar intensamente focado de Kamil, vira uma cadeira e se senta.

— Michel é um legista da polícia?

— Sim, você sabe disso — Kamil dispara. Ele se levanta e vai até Bernie. — Ou você me diz quem ele é ou arrancarei isto à força.

— Ei, ei, amigo. Sem violência. De qualquer maneira, é tarde demais agora para o pobre Hamza.

— Você o conhecia *também*?

— Sim. Posso confiar que você não vai passar esta informação a seus superiores?

— Não. — Kamil ainda está de pé, com uma das mãos rodando sua corrente de contas para a frente e para trás num ritmo constante. Ele respira pesadamente.

— Meu Deus! O que diabos aconteceu para deixá-lo em tal estado de agitação? — Ele tira um cigarro.

Kamil balança a cabeça com impaciência.

Bernie suspira.

— Você vai precisar de mais que um cigarro para digerir esta informação. Por que não toma um gole de seu uísque?

— Apenas fale.

— Tudo bem, então. Mas em nome da amizade... ainda *somos* amigos, não?, imploro que mantenha isto entre nós.

— Eu gostaria de ouvir primeiro. — Ele não desmente nem reconhece a amizade. No momento, ela é irrelevante.

Bernie cruza as pernas, as descruza e se inclina para a frente.

— Tudo bem. Espero que você tenha o juízo de manter isso com você, depois de ouvir. Há oito anos, Hamza fazia parte de um grupo que tentava engendrar um golpe contra o sultão com ajuda britânica. O sultão acabara de dissolver o Parlamento e havia muitos reformistas raivosos, mesmo em seu próprio ninho. O príncipe Ziya era um deles. Ele colocou os britânicos em contato com alguém no palácio. Hannah era a mensageira, com Hamza recebendo informação fora do palácio e passando-a adiante.

— Como você sabe disso tudo?

Bernie não responde de imediato. Levanta-se e caminha pelo aposento como se procurasse uma saída. Sua outra mão ainda segura o copo de uísque. Finalmente, pára em frente a Kamil e olha para ele longamente.

— Você é meu amigo, Kamil. Não quero que você se envolva mais fundo nesta sujeira. Você já está com ela pelo colarinho.

— Você está envolvido nisso? — Kamil pergunta com tristeza.

— Bem, não exatamente.

Bernie e Kamil se encaram por um longo tempo. As contas de Kamil se movimentam num ruído constante.

— Preciso de sua garantia de que isso fique entre nós.

Kamil o encara.

— Não posso lhe dar tal garantia.

Bernie senta-se na cadeira de repente.

— Tudo bem, que seja — ele murmura furioso. — Estou farto de ficar me escondendo. Para quê? Para que mais pessoas sejam mortas? Eu fui enfiado nisso e estou pronto para cair fora.

— Nisso o quê?

Bernie olha Kamil de soslaio e diz:

— Serviço secreto britânico.

— O quê? Você? Você é um americano.

— Bom disfarce, hein? Sim, sou americano, mas um de meus parentes na Inglaterra trabalha no Ministério do Exterior, o cunhado de Sybil, na verdade. Eles acharam que seria menos óbvio. Quem suspeitaria que de um americano saísse algo que não rudeza e mau gosto?

Kamil não sorri. Puxa uma cadeira e senta.

— Prossiga. — O quebra-cabeças do caso o acalma, como se cada parte encaixada redimisse uma peça de sua vida estilhaçada.

— Hamza estava tendo um caso com Hannah. Nosso correspondente no palácio mandou fazer o pendente e Hamza o deu a Hannah como presente. Se alguém de dentro quisesse se comunicar com ele, teria de esperar até que ela o tirasse; colocasse um aviso dentro dele, e ela o levaria ao encontro de Hamza. Foi bem arquitetado. Precisava-se de uma chave, mas a fechadura era invisível a não ser que você soubesse que ela estava lá. Ela provavelmente nem sabia como abri-lo. Usávamos para agendar nossa operação.

— E o chinês, foi uma contribuição sua?

— Não, nosso contato no palácio teve a idéia. Ele tem algum tipo de interesse na China e copiou os caracteres, embora não perfeitamente. É por isso que me chamaram na história. Eu consigo ler os caracteres. Fiquei intrigado por aquele poema em particular, mas não consegui entender, além de uma possível conexão com o revolucionário Kung. Talvez tenha um significado pessoal para quem o enviou do palácio.

— E quem foi?

— Nunca descobrimos. Nem Hamza sabia. As mensagens passavam pelo harém, mas não sabemos quem a enviou. Sempre assumimos que fosse paxá Arslan, o atual grão-vizir. As mulheres mais poderosas daquela parte do harém onde Hannah trabalhava eram relacionadas com ele.

— Então você usou Hannah?

— Sim, embora nunca tivéssemos pensado que ela poderia se prejudicar.

— O que Hamza fez foi prejudicial.

— Você quer dizer dormir com ela, ou seja lá o que faziam naquele pavilhão? Isso era problema dele. De qualquer modo, ele era um homem livre. Não tínhamos autoridade sobre o que ele fazia ou deixava de fazer.

— Ele a matou?

— Não acredito — Bernie diz, refletidamente. — Não havia razão para isso. Ele parecia um garoto muito bom. Acho que ele se importava com Hannah genuinamente. Não sei o que o motivou, se foi patriotismo ou outra coisa. Ele parecia acreditar na modernização do império, mas havia nisso um amargor, como se para ele houvesse nisso algo de pessoal, não sei. — Bernie levanta as mãos. — Bom, por volta daquela época, alguém levantou a lebre.

— Como assim?

— Alguém estava atrás de nós e nos entregou. A polícia secreta agiu. Pegaram o príncipe Ziya. Foi assassinado em Paris. Acho que para advertir quem mais pensasse em derrubar o sultão. Então Hannah apareceu morta. Nunca soubemos como descobriram sobre Hannah. Quem a delatou. Eu caí fora logo, e Hamza também. Ele tinha um cocheiro, Shimshek Devora, que devia saber disso tudo também, mas alguém finalmente o encontrou e o calou para sempre. Sempre assumimos que a polícia secreta fosse responsável pela morte de Hannah. Acho que provavelmente pela de Mary também, e depois incriminariam Hamza. Isso seria típico. Dois coelhos com uma cajadada só. Hamza volta mais tarde do exílio e pimba, usam

Mary como isca para a armadilha. A polícia secreta tem memória longa. Mantém fichas sobre tudo. Seu governo deve ter depósitos cheios de relatórios secretos. Talvez seja por isso que fiquem construindo novos palácios. Precisam de espaço, com tanto papel acumulado.

— E o que isso tem a ver com Michel?

— Lembra-se daquela noite em que saímos para a cidade e aquele cachorro quase me jantou? Aquele animal pertencia a seu associado Michel Sevy.

— Como você sabe?

— Eu o vi desaparecer por uma ruela depois que atirei no cachorro. Eu o reconheci. Fiquei muito surpreso quando você me disse o nome de seu associado. Fiz uma visita a seu escritório e, claro, era o mesmo sujeito em nosso encalço oito anos antes. Michel Sevy. O Camaleão, como o chamávamos. Ele nem se importava de mudar seu nome. Ele não trabalha para você ou para a polícia. É um dos homens do sultão. Acho que ele não gostava de me ver bisbilhotando.

— Isto é bizarro. Michel na polícia secreta?

— Por que não? Você suspeitava de Hamza até ele jogá-lo em seu colo?

— Não. A maior parte das pistas apontava em outra direção.

— Lembro que você tinha um instinto de que algo estava errado. Pergunte você mesmo a ele como ele soube de Hamza.

— Eu perguntei. Ele disse que o mantinha sob observação. Escondeu provas de mim. Mas não me disse por quê.

— Então agora você sabe. Tendo matado ou não aquelas mulheres, Hamza seria considerado culpado pois isto levou a polícia secreta a agarrá-lo. Não sei por que não atiraram nele numa noite escura e acabaram com tudo no minuto em que ele pisou de volta no país. Mas agindo dessa forma teriam liquidado qualquer chance de descobrirem quem era seu contato no palácio.

Kamil pula da cadeira, punhos cerrados, derrubando o copo no chão.

— Somos um país civilizado, Bernie — ele grita. — Temos um sistema judiciário. Não saímos atirando em pessoas na rua como na América.

Bernie ri.

— Isto é o que você gostaria de acreditar, meu amigo. Não é de seu feitio desconsiderar todas as evidências. — Ele solta a ponta de seu cigarro, que queimou entre seus dedos. — Ouça você mesmo falando. Como um padre com uma vara enfiada no rabo.

Kamil dá um passo na direção dele.

— Como você ousa?

— Ei, ei. Espere aí. — Bernie se levanta e se afasta, com as mãos na defensiva à sua frente. — Que diabos há com você hoje?

O rosto de Kamil se contorce grotescamente com o esforço de conter suas emoções. Ele está chorando, sabe disso sente a umidade em suas faces, mas não tem o poder de parar.

Bernie parece perplexo.

— Kamil, meu velho. Acalme-se agora. Obviamente não sei a história toda. Algo aconteceu. Agora, por que você não senta ali? — Ele aponta o sofá. Kamil não se mexe. — Eu já volto. — Ele se move aos poucos e com cautela em direção à porta.

Kamil ouve o estalo de um armário se abrir, e depois o ruído surdo e o esparramar de uma concha de metal de água descendo em uma jarra de barro cheia de água de beber. Bernie volta um momento depois, carregando um copo de água. Kamil está sentado no canto do sofá, com as mãos na cabeça.

Bernie empurra o copo até seu alcance em uma mesa lateral e puxa uma cadeira para se sentar em frente a Kamil. Espera em silêncio enquanto Kamil levanta a cabeça, e lhe entrega o copo.

— Sybil me disse que você gosta de um gole de água para sossegar os nervos — ele admite timidamente.

Kamil toma um gole, e outro. Recosta-se e fecha os olhos por uns momentos. Pede um cigarro a Bernie quando sua respiração começa a voltar ao normal. Sentam-se quietos, fumando. Bernie beberica seu uísque.

Kamil é o primeiro a falar. Gostaria de contar a Bernie sobre seu pai, mas não o faz.

— Se Hamza não matou aquelas mulheres, quem matou? — Sua voz mantém um pequeno tremor, mas ele sente ganhar força. Falará a Bernie sobre seu pai mais tarde, quando se controlar novamente.

— Michel é um soldado. Pode ter sido ele, ou alguém como ele. Descobriram sobre Hannah, e ela virou um alvo. Talvez tenham pensado que ela pudesse dizer quem era o traidor no palácio. Estavam realmente atrás dele. O tubarão na piscina do sultão. Mas ela não sabia, e portanto não tinha nada a lhes dizer. Nenhum de nós sabia. — Ele desvia o olhar. — Espero que ela não tenha sofrido muito. Era uma garota legal. — Um gole de uísque. — Eles provavelmente a matariam de qualquer maneira.

— A corda de seda. Era um aviso aos golpistas.

— O quê?

— Ela foi estrangulada com uma corda de seda, o método tradicional de executar membros da família real.

— Achei que ela tinha se afogado.

— Foi enforcada antes.

Bernie desejava perguntar mais, mas decide que prefere viver com uma pergunta do que com uma resposta. Os dois estão juntos no silêncio. Cada um deles avaliando o peso de seus próprios pensamentos.

— E Mary Dixon? — Kamil pergunta finalmente. — Por que a polícia secreta iria querer matá-la? Ela fazia parte disso?

Bernie se levanta e vai até a janela. De costas para Kamil ele diz, pensativamente.

— Esta é uma dificuldade. Há algo acontecendo, mas que eu saiba Mary não teve nada a ver com isso. Eu quase engoli minha língua quando você me mostrou o colar que ela estava usando.

— O que está acontecendo? — Kamil pergunta com cuidado, preparando-se para uma resposta que ele está certo de não querer ouvir.

— Você se lembra daquele caso Chiraghan poucos anos atrás? Outra tentativa dos jovens otomanos de substituir Abdulhamid por seu irmão Murad. O sultão está sendo encurralado desde então. Entendo que ele possa estar um pouco magoado depois que os britânicos ocuparam o Egito, mas isso foi há quatro anos, são águas passadas. Não há razão para ele nos dar as costas e começar a ter relações amigáveis com os alemães. Isso nunca é uma boa idéia. E ele está ameaçando liderar algum tipo de movimento islâmico internacional. Esses jogos são perigosos. Temos de nos manter juntos. Com a Rússia desmantelando os países em torno, como um urso faminto, estamos apenas um pouco preocupados de os otomanos se tornarem sua próxima refeição. Já deram algumas mordidas.

— Eu conheço a situação — Kamil diz secamente. — O que isso tem a ver com Mary Dixon?

Bernie chacoalha seu uísque em sua direção.

— Não quero ofender. Só analisando o cenário, por assim dizer. — Ele toma um longo gole. — Bem, como eu disse, não gostamos da direção que o sultão está tomando. Precisamos de seu império estável para contrabalançar os russos na Europa. Consegue-se isto melhor com a proteção britânica, e não indo para a cama com os alemães e com movimentos islâmicos radicais. A oposição, os jovens otomanos, foram bastante esmagados depois do caso Chiraghan. Mas no ano passado recebemos uma nova comunicação de alguém de dentro do palácio, uma carta postada em Paris e endereçada a uma casa segura em Londres. Continha os mesmos dois caracteres de pincel e corda de arco. Propunha nossa assistência em um golpe em troca do controle britânico sobre a Síria. Damos um pouco de dinheiro, um pouco de ajuda humana e em retorno fortalecemos nossa posição na região. Bem, parece o tipo bom de barganha.

— O leão mantém o urso à distância para que possa despedaçar as ancas de sua presa sem ser perturbado — Kamil comenta azedamente.

Bernie dá um gole em seu uísque e sorri para Kamil com indulgência.

— Kamil, meu amigo. Isso é política, não filosofia. Como você acha que seu império ficou tão gordo como é? Roubando comida da mesa de outros impérios. — Ele encolhe os ombros. — Além disso, seu controle sobre esta província é bastante tênue nos dias de hoje, de qualquer forma. É apenas uma questão de tempo. Melhor contabilizar suas perdas agora e deixar os britânicos lidarem com isto. Eles têm muita experiência em disputar territórios que estão tentando derrubar seus governantes.

Kamil o olha de modo penetrante.

— Prossiga.

— Bom, vim aqui para investigar, para me assegurar de que era sério. Desta vez decidimos cortar qualquer intermediário, como o príncipe Ziya. Hamza já estava de volta, mas como a polícia sabia dele, manteve seu papel nisso em silêncio.

— Qual era seu papel?

— Tentar fazer uma conexão com a pessoa no palácio. Eu não tinha idéia de que estava usando Mary, ou o pendente, de novo. Achamos que o pendente estava perdido até você encontrá-lo no corpo de Mary.

Kamil está perplexo.

— Uma jovem inocente perde sua vida neste esquema doido e vocês tentam de novo, com o mesmo cúmplice degenerado? Mary não tinha idéia, tinha?

— Provavelmente não, levando-se em conta o que aconteceu. E não consigo pensar em outra razão para Mary estar usando aquele pendente. Concordo com você sobre Hamza. Ele faz seu papel bem demais. Fazia. Pobre filho da mãe. — Ele olha um momento para seu copo, e encara Hamza. — Não é uma profissão bonita, magistrado bei. E para lhe dizer a verdade, estou cansado dela. Esta é minha última missão. Só quero voltar a escrever meu livro.

— Então você na verdade é um erudito?

Bernie parece ofendido.

— É claro.

— Quem mais aqui sabe sobre isso?

— Ninguém, a não ser eu, Hamza e a pessoa controlando as coisas no palácio. Mantemos o círculo pequeno. — Ele toma um gole do uísque. — E agora a polícia secreta, que Deus os abençoe. Mas não consigo imaginar como eles saberiam desta última comunicação. Estamos apenas no começo do jogo. Na verdade, não há jogo. Nunca recebemos qualquer mensagem depois daquele primeiro contato.

— E Shimshek Devora?

— O cocheiro de Hamza? Eu imagino Hamza limpando seus rastros. Ele é meticuloso quando se trata de autopreservação. — Ele balança a cabeça lentamente. — Difícil entender que pudesse matar um amigo. Ele ficou muito mal por Hannah. Mas se a espada do executor está mirando sua cabeça, você provavelmente colocaria embaixo dela quem tivesse que colocar para sair do caminho.

— E o pendente?

— Eu ainda não sei como Mary o obteve. Talvez Hamza o tenha resgatado quando Hannah foi assassinada, acho que isso o faz parecer bastante suspeito, e o deu mais tarde a Mary para usar no harém, achando que alguém o veria e colocaria uma mensagem nele, como antes. Jogando a isca. Mas eu ainda acho difícil acreditar que ele mataria as mulheres.

Ele verte uísque em um copo e o entrega a Kamil, que desta vez o aceita.

— Imagino quem tem tal acesso livre ao harém — Bernie continua. — Talvez um dos eunucos. Ele poderia ir e vir, levar a mensagem para quem quer que estivesse fora do harém e que estivesse orquestrando a coisa toda. Nós simplesmente não sabemos.

Kamil inclina o copo e vê o líquido dourado girar, e toma um gole.

— Quem quer que tenha delatado Hannah pode ainda estar por lá, ter visto o pendente com Mary e delatado de novo.

— Um espião no harém. Talvez. — Bernie responde, enrolando a palavra em sua boca. — Mas por quê? Isso colocaria aquela pessoa em perigo com as demais por trás da trama. Eu ficaria surpreso se quem quer que tenha delatado da primeira vez estivesse ainda no mesmo harém, e vivo. Você entrega um grupo de pessoas, mas não percebe que elas são peixe pequeno. Atrás delas há um grande martelo esperando para cair sobre você. Quem quer que saiba sobre a trama, e o pendente, seria um alvo.

Kamil levanta de um salto.

— Que Alá a proteja. *Hanoum* Sybil! Ela falou às mulheres sobre o pendente.

Bernie se vira e olha Kamil.

— Que mulheres?

— Ela visitou a noiva do príncipe Ziya, *hanoum* Shukriye.

— Meu Deus, achei que ela estivesse morta.

— Ela se casou com alguém em Erzurum. Mas está de volta à cidade, e Sybil foi vê-la. *Hanoum* Sybil disse às mulheres que Hannah e Mary tinham o mesmo pendente, com uma *tughra* dentro. Provavelmente também falou a elas do poema. *Hanoum* Shukriye aparentemente pensa que foi punida porque o sultão achou erroneamente que o príncipe Ziya fazia parte do complô para derrubá-lo. — Ele olha para Bernie. — Talvez ninguém tenha feito a ligação — ele acrescenta esperançoso.

— Quem mais estava lá?

— A irmã de Shukriye, Leyla, a mulher de paxá Ali, sultana Asma, e sua filha Perihan.

Bernie fecha os olhos.

— Meu Deus.

44

O passado é o recipiente do futuro

Sybil e o eunuco atravessam em silêncio os enormes salões de tetos altos, com vasos mais altos que um homem e mesas de pedras semipreciosas equilibradas sobre pedestais elegantes. Toda superfície está coberta de vasos e estátuas. Os objetos dos salões são multiplicados por espelhos enormes em molduras douradas que se alinham nas paredes. Sybil pára para admirar um cachorro em tamanho natural de jade translúcido. Ela não vê a pequenina figura, uma estátua ganhando vida em meio à multidão, se aproximando dela no espelho.

Sultana Asma usa um vestido marrom sem adornos com um simples véu de gaze enrolado em sua cabeça, vestimenta simples se comparada ao local. Ela pega Sybil pela mão e a leva ao pátio pavimentado de azulejos coloridos de padrão detalhado, com vista para o Bósforo. Lá, atrás de um quebra-ventos, há uma mesa com doces e petiscos e uma bandeja de prata com frutas. O eunuco magro aguarda perto do braseiro pronto para fazer café. Sybil se pergunta onde estão os outros criados. Ela não viu mais ninguém.

— Desculpe minha informalidade, *hanoum* Sybil. Como você vê, isto é mais um piquenique que uma refeição informal, e espero que você não se importe. Estou honrada com sua visita, mas na minha idade, prefiro boas companhias sem a pompa usual e as quinquilharias.

Sybil está surpresa com o domínio que sultana Asma tem do inglês. Falaram turco em encontros anteriores, e ela assim assumira que sultana Asma não sabia inglês.

— Obrigada, vossa majestade. Eu mesma prefiro assim.

— Foi o que ouvi.

Sybil ajeita a saia e tenta se lembrar das maneiras corretas. Lembra-se de que é rude olhar alguém diretamente nos olhos. No harém as mulheres geralmente sentam-se próximas umas às outras, mas aqui ela está cara a cara com sua anfitriã. Ela desvia o olhar para um ponto acima do ombro esquerdo de sultana Asma.

— Seu inglês é impecável, vossa majestade. Onde o aprendeu?

— Com minha mãe, uma mulher rara. Tinha uma mente brilhante, um apetite pela vida. Cercou-se da melhor arte e literatura do globo, em francês, inglês, persa e até chinês. Particularmente, a arte desenhada ou criada por mulheres. Minha mãe era russa, como você sabe. Cresceu em Paris e viajou muito antes de ser capturada de um barco e vendida para o harém. Uma vez aqui, no entanto, fez bom uso do poder e da riqueza que tem uma mulher na casa do sultão, especialmente se fisga o olhar dele.

— Estas artistas eram todas mulheres? — Sybil pergunta, curiosa.

— Algumas eram mulheres ricas, como minha mãe, que encomendava arte e até tinha um papel no desenho delas. Mas estas pessoas existem, mulheres artistas e eruditas. São menos conhecidas porque, tristemente, apenas os homens acham benfeitores. Minha mãe era uma grande benfeitora. Eu lucrei ao crescer cercada por tal riqueza de cultura e conhecimento estrangeiros. Em certo sentido, fui o último projeto do patronato dela. Poucos conseguem apreciar isso em uma mulher — ela acrescenta, com uma insinuação de amargura. — Talvez como uma diversão, quando se é recém-casada, mas não dura muito. Qual a utilidade que alguém tem para tais novidades em um harém, não é? É melhor se sair bem com bordado que com línguas. Esta tem sido a visão de minha filha, embora eu não possa dizer que a tenha ajudado.

Sybil não sabe o que dizer e olha para suas mãos.

— Como disse a você na semana passada, minha filha tinha expectativas diferentes. Ela tolamente se apaixonou pelo seu primo Ziya. Eu gostava de meu sobrinho e lutei pela união, mas meu marido a deu a uma família com a qual queria uma aliança. O que seria da política sem noivas, *hanoum* Sybil? Impérios se paralisariam e começariam a se desmanchar. Perihan é infeliz, mas não reclama. Eu digo a ela que escapou do destino de Shukriye, casada na província. — Ela ri ternamente. — E ela passa tanto tempo quanto possível com sua querida mãe.

— Acho que é uma mostra de espírito generoso Perihan ser tão próxima de Leyla e Shukriye.

— É, ela as vigia.

Sybil sente-se desconfortável de discutir a vida pessoal de Perihan tão detalhadamente sem a presença dela. Sente-se envergonhada por Perihan.

Para mudar de assunto, ela diz:

— A senhora deve ter tido uma infância maravilhosa. — Ela apanha uma torta recheada com carne moída de carneiro de um prato e dá uma mordida.

— Suponho que tive, mas foi uma infância em uma centena de salões. Nunca permitiram que eu saísse para o mundo e o visse com meus próprios olhos. Ainda assim, sinto ter minha mão no pulso do mundo. Minha mãe me deu isto. — Sultana Asma olha silenciosamente a costa do outro lado como se procurasse alguma coisa. — Lembro-me do dia exato em que ela morreu, 15 de fevereiro de 1878, no velho palácio. O exército russo estava às portas da cidade. Dava para ver as fogueiras de seus acampamentos. — Ela sorri. — Eu não conseguia deixar de imaginar se os generais eram nossos parentes. É quase como se estivessem sinalizando a mamãe, dizendo a ela que se segurasse, que estavam quase chegando.

Sybil se move desconfortavelmente em sua cadeira. Uma brisa começa a soprar e ela sente frio.

— Mas era tarde demais. — Sultana Asma volta-se para Sybil. — Ela caiu da janela de uma pequena torre de observação onde ia com freqüência para se afastar das outras mulheres. Ela me disse uma vez que de lá imaginava poder ver Paris e São Petersburgo. Disseram que foi um acidente, mas eu nunca acreditei. — Sua voz é amarga. — Ela nunca teria se inclinado naquela janela. Ela tinha medo de altura.

— É horrível — Sybil exclama, tremendo com o frio e uma ansiedade desconhecida. — Quem teria feito algo assim?

— Ela era russa, *hanoum* Sybil. O inimigo estava às portas da cidade. Talvez a tenham ouvido em sua silenciosa comunhão com seus tios. Estou certa de que o sultão Abdulhamid a temia. Ele destruiu a ela como destruiu a meu pai.

Sultana Asma subitamente empurra a cadeira para trás e fica de pé. Encaminha-se para um divã num pedaço mais aconchegante do terraço.

— Vamos sentar aqui. É mais confortável. Fale-me de sua vida, *hanoum* Sybil— ela diz com leveza, como se nada importante tivesse sido revelado.

Sybil se afunda nas almofadas macias e envolve os ombros com o xale, agradecida.

— Não estive quase em lugar nenhum. Vim para cá quando era jovem. Tenho memórias do campo em Essex, de uma estada muito breve em Londres, e depois de Istambul. Que é adorável — ela acrescenta apressadamente.

— Ah, então você viajou muito mais longe que eu, minha querida. Fale-me de Essex. Você falava sobre isto outro dia, mas fomos interrompidas.

* * *

ENQUANTO ELAS TROCAM reminiscências, o sol se inclina para perto das colinas florestadas. O eunuco serve café.

Quando Sybil termina de beber da pequena xícara de azul-cobalto, sultana Asma a apanha e a vira de cabeça para baixo em seu pires. Ela sorri astuciosamente.

— Eu posso ler seu futuro.

— Vossa alteza tem talentos inesperados — Sybil ri. Ela se sente irrequieta, mas também se delicia com a fruta como uma jóia em seu prato, o brilho da imensidão da água a seus pés, a memória preciosa já se emoldurando em sua mente, de jantar com a realeza no lugar mais bonito do mundo.

Sultana Asma testa o fundo da xícara várias vezes com seu dedo fino. Quando julga que esfriou o bastante, apanha-a, coloca-a na posição correta e observa atentamente dentro dela. Depois de uns momentos, ela a inclina um pouco para mostrá-la a Sybil.

— Vê? Lá estão seu passado e seu futuro. — Ela aponta para os coágulos e filigranas de um rico marrom que cobre os lados da xícara, um café moído tão fino como pó.

— Pode ler meu futuro, vossa alteza? — Kamil deve estar lá, ela pensa com a esperança de que seu desejo seja revelado como um fato.

— Claro, minha querida, claro. — Sultana Asma escrutiniza a parte interior da xícara, virando-a para cá e para lá, até Sybil sentir que não suporta mais esperar.

Finalmente, sultana Asma diz:

— O passado é o recipiente do futuro. Vamos tentar entender primeiro a forma do recipiente.

— Sim, claro — Sybil responde desapontada.

— Um homem, um velho homem que a conheceu toda a vida. Aqui está ele. — Ela aponta uma longa linha que se estende do fundo à borda da xícara.

— Deve ser meu pai.

— Há também lá uma mulher, uma mãe, sua mãe, acho. Você era muito próxima dela.

— Sim, sim.

— Aqui ela desaparece de sua vida. — Apontando a xícara, ela levanta o olhar. — Sinto muito por sua perda.

— Obrigada, vossa alteza. — Gaivotas gritam asperamente no céu bem acima. — Ela se foi há alguns anos.

— E aqui há outras mulheres da mesma idade que a sua.

— Uma deve ser minha irmã, Maitlin. Não conheço as outras. Quem podem ser?

Sultana Asma gira a xícara e a segura próxima de seus olhos.

— São inglesas. Posso ver por seus vestidos.

— Meu Deus — Sybil exclama. — Você consegue ver tanto detalhe? Ela fixa seus olhos negros em Sybil.

— Sim, minha filha. Consigo.

— Duas inglesas? Em meu passado? Minha tia, talvez.

— Passado recente. A xícara está escurecida pelo tempo e agora estou indo em direção ao futuro.

— Então talvez alguém na embaixada.

— Há uma mulher importante para você? Uma simples empregada não apareceria em sua xícara.

Sybil pensa.

— Realmente, não consigo pensar em uma inglesa. Tenho uma conhecida próxima, mas ela é italiana.

— Não. — O leve tom de impaciência na voz de sultana Asma é imediatamente encoberto pela resignação. — Ah, minha tola garota. Você não vê sua vida com tanta clareza como a vê o olho desta xícara.

Chateada, Sybil sugere:

— Talvez eu tenha melhor sorte com meu futuro.

— Não, não podemos prosseguir até que o passado tenha sido plenamente explorado. Estas mulheres, olhe aqui, os sinais delas desaparecem. Talvez tenham voltado para a Inglaterra?

— Nossa. Devem ser as duas governantas. Elas tiveram um papel muito proeminente em minha vida recentemente.

— Governantas?

— Hannah Simmons e Mary Dixon. As governantas que foram mortas. Falamos delas outro dia com *hanoum* Shukriye.

— Claro. Mas por que elas estão no recipiente do passado? Você deve tê-las conhecido bem, para elas terem um papel tão grande em sua vida.

— Não, eu nem conheci Hannah e encontrei Mary apenas algumas vezes. Mal nos falamos. Suponho que apareçam na xícara por conta de seus assassinatos. Venho ajudando com a investigação. — Sybil mal pode esconder o orgulho em sua voz.

— Sei. — Os olhos de sultana Asma se fecham por um momento. — Por favor, continue.

— Bem. — Ela hesita. — Parece que as duas mortes podem estar ligadas.

— Ligadas? Como?

— Para começar, ambas eram empregadas do palácio. E foram encontradas na mesma área.

— Onde foi isso?

— Uma em Chamyeri e outra em Ortakoy.

— Há uma distância entre estes lugares.

— As roupas de Mary foram encontradas em Chamyeri.

— Sei. Mas isso pode ter sido coincidência. Há outras ligações? Sybil hesita de novo, lembrando da advertência de Kamil, mas decide que o cavalo já escapou do estábulo.

— Ambas tinham a mesma corrente.

— E por que isto teria algum significado? Talvez freqüentassem o mesmo joalheiro.

— Mas tinha uma *tughra* e uma inscrição em chinês.

— O que a inscrição dizia?

— Perdão, vossa alteza. Eu não me lembro. — Sybil está entusiasmada. — Algo sobre uma corda de arco.

Há uma pausa antes de Asma perguntar:

— Isso é incomum. Mas o que teria a ver com a morte delas?

345

— Não é trivial quanto parece. É possível que seja um código secreto para um golpe contra o sultão. — Ela tenta ser objetiva, mas a excitação e o orgulho permeiam sua voz.

Sultana Asma sorri levemente.

— Isso é muito importante. Então são estas as duas mulheres moldando seu futuro.

— Eu não diria isso, vossa alteza. Estou ajudando nas investigações, nada mais.

— Quem mais partilha de sua teoria de uma trama centrada naquela corrente?

— A idéia é do paxá Kamil, não minha.

— Quem é este paxá Kamil?

— Magistrado da Corte Baixa de Beyoglu, vossa alteza.

— Ah, o filho do paxá Alp.

— Você o conhece? — Sybil pergunta, incapaz de conter a excitação em sua voz.

Preocupada, sultana Asma responde:

— Conheci a mãe dele. Você gosta muito do magistrado?

— Ora, não. — Ela cora. — Quer dizer, eu acho que ele é um esplêndido investigador. Se alguém pode descobrir a verdade no caso, este alguém é ele.

— Sei. E quem ele acha que está por trás desta trama, ou são tramas? Ele já prendeu alguém?

— Acho que ele ainda não sabe. Suponho que Hannah e Mary não poderiam estar envolvidas na mesma trama, sendo que há tantos anos entre elas. Mas é estranho que as duas tivessem a mesma corrente, não é?

— Perdão. Isso soa muito fantasioso.

— Sim, quando eu conto assim, soa mesmo. — Sybil sorri palidamente.

O inquérito intencional de sultana Asma a deixa desconfortavelmente ciente de que quebrou sua promessa a Kamil. Perdera qualquer vontade de ter seu futuro previsto. A sombra da vila caíra sobre o pátio, e seu xale não é mais suficiente para aquecê-la. Sybil considera as longas sombras e fica preocupada com o tempo. Subitamente, está ansiosa para ir embora.

— Vossa alteza, foi um grande prazer falar com a senhora e agradeço sua hospitalidade, mas devo pedir para retornar a minha casa ou me atrasarei para o jantar. Papai não gosta que eu me atrase.

— Claro, claro. Fico feliz de ver que você é uma filha dedicada. Pais esperam muito da gente. Você espera o magistrado para jantar hoje, não?

— Como a senhora sabe? — Sybil está agitada.

— Você mencionou isto outro dia na casa da Leyla.

— Ah, claro. — Sybil sorri e fica de pé. — Foi uma tarde tão agradável. Muito obrigada.

— Antes de você ir, minha querida, gostaria de lhe mostrar uma coisa. Venha até aqui.

Sybil segue sultana Asma até uma área do pátio protegida por uma treliça de pedra.

— Vou mostrar a você algo muito especial. Poucas pessoas sabem disso. Uma das protegidas de minha mãe era uma arquiteta. Ela o projetou especialmente. Arif Agha, vá e segure *hanoum* Sybil.

O eunuco aparece ao lado de Sybil, pega seu braço com seus longos dedos de aço e olha com expectativa para sultana Asma. Sybil está desconfortável e quer escapar, mas o eunuco segura seu braço com firmeza. Quando ela puxa o braço, os dedos dele a apertam.

— Não fique alarmada — a senhora diz, suavemente. A mão dela desliza pela pedra entalhada e pára sobre uma saliência. — Veja esta alavanca aqui. Quando você a abaixa, acontece uma coisa extraordinária.

Ela abaixa a alavanca e a parte do chão em que Sybil e o eunuco estão começa se mover para baixo com um rangido quase imperceptível. O eunuco solta o braço de Sybil. Ela corre para a beirada e tenta se agarrar nos ladrilhos, que se afastam.

— Não é maravilhoso? Este engenho permite que as mulheres do harém pesquem e tomem banho sem jamais serem vistas por alguém de fora.

Sybil se agarra aos azulejos, mas não consegue se erguer para sair. Logo o pátio está muito acima dela. Vê a cabeça de sultana Asma em silhueta contra o céu. Ela continua a explicar.

— Você pode nadar em total privacidade. Minha mãe passava tempos aí, pescando. Extraordinário, não? Ela dizia que lembrava de sua infância, quando era livre. Quando meu pai morreu, ela foi enviada com as outras mulheres dele para o velho palácio. Ela nunca mais saiu de lá. Disse que este era o lugar do qual mais sentia falta.

— Por favor me ponha onde estava, vossa majestade. Eu adoraria ouvir mais sobre sua mãe. Ela parece uma mulher fascinante. Vossa alteza? — A voz de Sybil parece oca, refletindo nas paredes cavernosas.

— A água do mar vem através da grade atrás de você. Você está perfeitamente segura. Ninguém pode vê-la.

— Por favor, me erga agora, Meu pai ficará preocupado. Vão chamar os guardas se eu não aparecer para o jantar.

Sultana Asma se aproxima mais da beirada, no pátio bem acima.

— Arif Agha — ela diz. — Outra mulher européia, Arif Agha. Você não é surdo. Você a ouviu. Ela tem os ouvidos, e talvez algo mais, do magistrado. — Ela ri ofegante. — Você já não teve demais? Seu destino está ligado ao meu. É assim que as coisas são. Você sabe o que tem de fazer. — Ela pausa, olhando as sombras abaixo, e continua com a voz suave. — Algumas coisas não podem ser recuperadas, Arif Agha, mas outras podem. — A voz dela endurece de novo. — E há muito a perder.

O eunuco ouve fascinado, a cabeça virada para o céu, de boca aberta. Sybil pensa tê-lo ouvido gemer. Quando ela olha de novo para cima, a abertura contém apenas o céu.

A voz áspera de sultana Asma está longe.

— O passado é o recipiente do futuro, *hanoum* Sybil. Bem como eu disse.

— Não entendo. Por que está fazendo isso?

Não há resposta, e ouve-se apenas a água do mar passando através da grade colocada em um dos extremos do local. Sybil olha o teto alto em arco do espaço subterrâneo. É pintado para lembrar o céu, com um lado azul de nuvens, e o outro anoitecendo, decorado com pequenas estrelas e uma lua crescente. Ela mal pode enxergar que a plataforma na qual ela e o eunuco estão é uma ilha de cerca de 15m² e repousa logo acima da água.

O eunuco anda de um lado para o outro, com os olhos fixos no quadrado de céu sobre eles.

Sybil se vira e pergunta a ele em turco:

— O que está acontecendo? Ela não vai voltar?

O eunuco pára. Seus olhos brilhantes se fixam em Sybil. Eles ouvem o som de remos movimentarem a água além da grade de ferro, e depois sumir.

— Você sabe sair daqui? Deve haver um jeito de subir. Não acredito que as sultanas se deixariam ficar detidas aqui à mercê de alguém.

Ela fala com o eunuco em turco para manter seu espírito aceso, ainda que ele não tenha dito uma palavra.

— Tenho certeza que alguém virá nos apanhar. Os funcionários da embaixada sabem para onde vim. — No mesmo momento em que diz isto, ela não se sente certa de ter dito aos funcionários o destino exato. Eles podem pensar que fui para o palácio, raciocina. Mas com certeza eles encontrariam sultana Asma e perguntariam sobre mim.

Uma percepção súbita toma conta de Sybil. Sultana Asma pode dizer que não me viu, que foi um engano de minha parte, que devo ter sido convidada por outra pessoa. Não há prova de que sultana Asma tenha me convidado. Foi uma mensagem verbal dita por um criado. Mas fui apanhada pelo eunuco de sultana Asma. Todos o viram. Ele terá se identificado no portão da embaixada.

O eunuco olha para o céu, tenso, ouvindo. Sybil se ajoelha e olha por sobre a beira da plataforma. A água não é muito profunda. As paredes subterrâneas são decoradas com relevos em mármore de árvores e flores mosqueadas pela tinta descascando. Um pequeno barco a remo bate contra uma parede. Ela olha ansiosamente em torno para um caminho acima que talvez seja outra alavanca, mas vê apenas uma escada de mármore apoiada contra a plataforma, que dá para o fundo da água. Para que as mulheres possam nadar, pensa.

Ela caminha pela plataforma e depois se senta a um canto, tentando puxar conversa com o teimoso e calado eunuco. Acima dela, o quadrado de céu lentamente se torna listrado de rosa, e se mistura mais e mais à metade mais escura do teto.

Sybil sente frio e suas pernas estão tensas. Cansada de ficar parada, segura sua saia e a dobra sobre o braço, pisando cuidadosamente na escorregadia escada de mármore. Ao descer até o ponto em que a água chega a seu peito, seus pés encontram o chão. Sua saia está encharcada e pesada. Ela olha para o eunuco, que não se mexeu, sobe parcialmente de volta, remove a saia e a deposita sobre a plataforma. Desta vez há menos resistência quando ela abre caminho pela água em direção ao bote. Não sabe nadar, e por temer uma mudança de profundidade, põe cada pé à frente com cuidado, mas o chão é plano e ela chega ao barco sem dificuldade. Dentro deles há os restos de um tapete de veludo, almofadas de seda e dois remos. Uma lamparina de latão pende da proa entalhada. Ela puxa o barco de volta para a plataforma para examiná-lo. Treme de frio. O eunuco se agacha e a fita sem uma palavra.

— Bem, achamos um barco, embora eu não saiba como vamos fazer para passá-lo por esta grade de ferro. — Subitamente ela olha a água abaixo. Ainda está da mesma altura. — Não temos de nos preocupar com a maré alta, temos? — ela pergunta ansiosa.

O eunuco não responde.

— E temos uma lamparina. Vamos ver se consigo acendê-la.

Ela olha para dentro e diz, excitada:

— Veja, há óleo nela. — Num pequeno recipiente na base, ela acha uma pederneira e acende a lamparina. O eunuco se vira, como

se a luz ferisse seus olhos. Sybil sobe no barco e rema com dificuldade até a parede. Mantendo a lanterna acesa, examina cada centíme-
tro dela, com os dedos raspando as lascas de tinta, procurando um
mecanismo que faça a plataforma subir. Logo está tão escuro que ela
não mais distingue o eunuco na plataforma — apenas o brilho
fantasmagórico de seu robe branco.

45

Uma lâmina fina

A Srta. Sybil foi apanhada por um eunuco em uma carruagem hoje de manhã. Ela disse que ia visitar um membro da família real otomana — o mordomo anuncia de maneira subserviente.

Kamil tenta permanecer calmo.

— Você lembra quem ela ia visitar? — Bernie anda impaciente atrás dele.

— Não, senhor. Sinto muito. Eu não sei. — Um tom de ansiedade se intrometeu em sua voz. — Aconteceu alguma coisa?

Bernie se coloca à frente e confronta o mordomo.

— Freddie, você não é o responsável por saber o que acontece aqui?

— Sim, senhor.

— Então como você pode não saber para onde a Srta. Sybil foi?

— Ela não me disse, senhor. E não seria apropriado de minha parte perguntar.

Bernie o olha com repulsa.

— É seu trabalho descobrir, Freddie, e não deixar que qualquer um a leve.

Freddie grita com um criado para que ele chame o chefe da portaria. O jovem sai correndo.

Kamil pergunta gentilmente ao constrangido mordomo:

— Quando se esperava que ela voltasse?

Os olhos do mordomo se movem na direção da poeira que se infiltra pelas janelas da residência.

— Ela geralmente volta em tempo para o jantar.

Kamil volta-se para Bernie.

— Eu era esperado para o jantar uma hora atrás.

— O embaixador acabou de terminar de jantar, senhor. Sinto muito. — O mordomo parece envergonhado. — Quando a Srta. Sybil não está, ele come em seu escritório — ele explica.

A voz de Bernie é ameaçadora.

— E você não pensou em ficar alarmado quando a Srta. Sybil não retornou, mesmo tendo um convidado para jantar?

— O que eu poderia fazer, senhor? Ela provavelmente está apenas atrasada — ele acrescenta, incerto.

Kamil puxa Bernie de lado e pergunta:

— Devemos contar ao embaixador?

Bernie balança a cabeça.

— Seria pior. Meu tio é um bom homem mas, cá entre nós, está mais para lá do que para cá.

— Eu sei o que você quer dizer. — Kamil está aliviado de não ter de lidar com o pai de Sybil agora. Ele quer encontrar Sybil, e é tudo que pode fazer para se impedir de sair correndo porta afora.

— Os criados sabem de alguma coisa? — ele pergunta a Bernie.

— Não. Falei com todos. A criada que ajudou Sybil a se vestir disse que ela falou que iria visitar alguém no palácio. Isso é tudo. Vamos dar uma olhada no quarto dela. — Ele sobe a escada dois degraus por vez, com Kamil logo atrás.

Com alguma inquietação por estar invadindo o reinado proibido de uma mulher, Kamil segue Bernie até o quarto de Sybil. O quarto é frugal mas feminino, todo branco e bege, com os contornos marcados por tecidos macios orlados por delicadas rendas.

— Ali. — Bernie indica um pedaço de papel sobre a escrivaninha de Sybil.

Eles lêem juntos a carta de Sybil. Kamil fica surpreso com a revelação de que ela espera que ele a peça em casamento.

— Maldição. Vamos encontrá-la. — Bernie chama o mordomo. — Chame Sami. Precisamos do faetonte. — Ele se volta para Kamil. — Será mais ligeiro.

Quando descem as escadas, Freddie havia saído, mas o porteiro estava lá. Perguntaram quem havia apanhado Sybil pela manhã.

— O, bem... o eunuco — o porteiro enrubesce ao pronunciar a palavra — o negro, ele me deu um papel. — Exibe um pedaço de pergaminho caro com um timbre gravado em dourado. Nele há duas linhas de otomano em uma caligrafia elaborada, selada em vermelho. — Não consegui ler, senhor.

Bernie arranca o papel de sua mão.

— Nunca ocorreu a você perguntar a alguém o que dizia? Se algo acontecer à Srta. Sybil, vai sobrar para você.

— A Srta. Sybil? — ele gagueja. — O que aconteceu com ela?

Ignorando-o, Bernie mostra o papel a Kamil.

— O que diz? Tenho dificuldade com esta escrita floreada.

— É um convite para um almoço.

— De sultana Asma.

— Não. De *hanoum* Shukriye. — Eles se entreolharam, mudos. Kamil acrescenta:

— É o selo da família dela.

— Mas que diabo...? — Ele olha por cima do ombro de Kamil. — Onde?

— Não diz. Apenas especifica a data e a hora em que o criado de *Hanoum* Shukriye viria apanhá-la.

— Mas o eunuco a trouxe quando veio buscá-la. Não foi mandada antecipadamente.

— Deve ter sido uma mensagem anterior. Esta, é claro, foi feita para enganar alguém que procurasse por ela.

— Céus. Se Sybil não tivesse deixado aquela carta, estaríamos em um mato sem cachorro. Entre aqui. Rápido, homem.

Bernie corre para uma sala que dá para o saguão principal, tira um volume da estante e extrai dele uma chave. Destranca uma gaveta e tira dela duas pistolas. Checa para ver se estão carregadas, e entrega uma a Kamil. Kamil aponta para seus pés.

— Estou armado.

— Você quer dizer com aquele objeto religioso patético em suas botas? — Bernie resfolega. — Não vai protegê-lo contra uma bala!

Kamil puxa da bota uma lâmina fina como uma agulha.

— Alá ajuda àqueles que se ajudam. — Abre o casaco para revelar o coldre em sua cintura. — Preciso de um papel.

Bernie aponta uma escrivaninha.

Kamil pega uma folha em branco e escreve diversas linhas em otomano, as letras fluindo suavemente da direita para a esquerda. Assina com um floreio, vasculha a gaveta e pega um cilindro de cera de selar. Remove um selo de latão de seu bolso e imprime a insígnia de seu cargo no pé da página e mais uma vez no envelope.

Sami espera na porta com o faetonte. Kamil o chama de lado e lhe entrega o envelope.

— Você deve montar o cavalo mais rápido de seu estábulo e cavalgar à nossa frente até Ortakoy. Sabe onde é?

— Sim, *efendi*. Conheço bem a área.

— Leve esta carta diretamente ao mestre de Ortakoy. Ela pede que ele junte seus filhos e vá até o comandante dos gendarmes, e não à polícia. A vida de *hanoum* Sybil pode estar em perigo. Entendeu?

— Sim, *efendi*. Não à polícia.

— Vá com ele. O mestre deve mostrar a eles esta carta. Ela ordena os gendarmes que lhes dêem armas e que os acompanhem imediatamente à casa de veraneio de sultana Asma, em Tarabya. Se Alá o permitir, a presença deles será supérflua.

Kamil pula no faetonte. Bernie já está sentado, inclinado para a frente e inquietamente chacoalhando os arreios.

— Se alertássemos os guardas britânicos, teríamos de contar ao embaixador — Kamil grita. — E não estou mais certo da lealdade da polícia. Melhor assim.

Os cavalos descem o caminho em direção ao portão.

46

Uma centena de tranças

Eu queria uma celebração, um cenário apropriado para minha resposta a Mary. Violet insistiu em ir, dizendo que preparara comidas especiais para nós. Quando chegamos à piscina marinha e o cocheiro foi despachado com instruções para voltar em três horas, a orla do céu derramava magenta. Mas dentro das paredes da piscina, víamos apenas o azul do céu sem nuvens, olhando Violet enquanto ela espalhava os cobertores, acendia o braseiro e desembrulhava as panelas de cobre com *dolma*, tortas de queijo, frutas e petiscos. Era um banquete. Tirei meu *feradje*, revelando um novo vestido da mais diáfana seda cor de damasco sob uma túnica listrada de cetim rosa e gengibre. Meus seios estavam envoltos numa nuvem transparente de gaze de seda. Meu cabelo estava enfeitado com uma centena de tranças, envolvidas por diamantes e pérolas.

Mary tirara seus sapatos. Seus delicados pés brancos balançavam sobre a piscina. Na água, ela era escorregadia como uma enguia. Como a maioria das mulheres, não sabia nadar, mas a água ali não era muito profunda. Lembro-me que ela ficou ansiosa quando mergulhei sob a superfície. Costumava deslizar por baixo das pranchas e irromper com um borrifo atrás dela, para que ela gritasse de medo. As paredes do *hamam* nos protegiam do vento, e o estreito ali era manso, estendendo-se continuamente como um sopro brando sobre a areia. A água era tão clara que se podia tomá-la por uma sombra.

Imaginei se alguém havia estado lá desde que abandonamos o lugar no ano anterior. A umidade do verão tinha empenado algumas tábuas. Notei que nosso colchão, o colchão que fora trazido por alguém pago por Mary antes de nossa primeira visita, estava manchado onde antes não havia mancha. Suponho que qualquer um pudesse ter vindo enquanto estávamos longe, talvez garotos excitados em ser mestres de uma prática que logo seria proibida, *haram*, perigoso. Mas assim que espalhamos nosso acolchoado estávamos quase como antes.

— Por que você trouxe sua criada? — ela murmurou, olhando para Violet sentada em um cubículo perto do braseiro.

— Violet? Ela pode nos servir. Você não gosta de ser servida? — Levantei minha cabeça, mas não vi se ela acreditava no que eu dizia.

— Bom, suponho que sim.

— Ela insistiu em vir e eu não pude dizer não. Ela anda tão alterada com tudo, que não quis ficar sozinha apesar de meu pai lhe ter arranjado um bom marido.

Mary me olhou ansiosa, mas eu não disse mais nada.

Sabia que Mary não gostava de se despir na presença de estranhos, e por isso naquela noite ela não entraria na água. De qualquer modo, estava frio demais.

— Nós vamos só conversar, então. — Puxei o acolchoado para fora da passarela circundando a água e me deitei nele com o rosto voltado para o céu. Ela veio e se sentou perto de mim.

— Deite-se, Mary. Venha ver as estrelas.

Ela se deixou deitar, usando os cotovelos, e arranjou sua saia de modo a cobrir suas pernas. Vestia uma simples blusa branca. Seu cabelo exibia um brilho dourado no escuro.

Com o cetim forrado contra as palmas de nossas mãos, olhamos para o quadrado do céu da noite revelado pela geometria das paredes do *hamam*.

— Parece seu cabelo, Jaanan. Envolto em diamantes — ela sussurrou.

Eu segurei sua mão.

47

Villa em Tarabya

Uma lua quase cheia inunda o Bósforo de luz e coloca em evidência as árvores e arbustos que passam rápido enquanto o faetonte corre em disparada para o norte.

— Se alguma coisa acontecer com *hanoum* Sybil — Kamil assinala — a culpa cairia sobre *hanoum* Shukriye, pois o convite está escrito em seu nome. Engenhoso. Pergunto-me por que *Hanoum* Shukriye. Ela não é uma ameaça para ninguém.

— Bem, alguém com certeza não gosta dela.

Depois de um tempo, Kamil acrescenta:

— *Hanoum* Sybil disse que acha que *hanoum* Perihan estava com raiva porque ela queria se casar com o príncipe Ziya, e em vez disso ele ficou noivo de *Hanoum* Shukriye. Aparentemente *hanoum* Perihan é infeliz no casamento.

Bernie chicoteia com as rédeas as costas dos cavalos.

— É motivo para odiar Shukriye e envolvê-la. O que você sabe da mãe dela, sultana Asma?

— Uma mulher um tanto formidável mas inofensiva, de acordo com *hanoum* Sybil.

Bernie faz uma careta.

— Todos os perfumes da Arábia não adoçarão sua pequena mão.

— Como?

— Shakespeare. *Macbeth*.

— Pode ser que Perihan esteja na villa, e não sua mãe — adverte Kamil.

— Bom, vamos ver o que temos a enfrentar. A mulher ou sua filha. Ou talvez o harém todo. — Ele ri nervosamente e volta o rosto afogueado pelo vento para Kamil. — Acha que damos conta disso?

Kamil não sorri.

— Não sabemos quem mais vai estar lá. Talvez o próprio grão-vizir. — E acrescenta, severamente: — Mas estou pronto para uma luta.

Bernie abre um sorriso.

— Posso apostar que está. — Ele dá uma palmadinha em seu coldre. — Estou feliz de estar aqui junto com este amigo neste passeio.

Quando Kamil e Bernie alcançam o desvio além do vilarejo de Tarabya, a lua havia se encolhido ao tamanho de um disco estampado.

— A vila de sultana Asma é mais ao norte, acredito. — Kamil usa seu lenço para limpar a poeira de seu rosto quando o faetonte reduz a velocidade num cruzamento

— Vamos — Bernie incita os cavalos.

As estradas voltam a ficar íngremes e os cavalos se esforçam. Uma parede de pinheiros e ciprestes bloqueia a vista até ela se abrir e revelar uma vastidão de água leitosa sob a luz da lua. O faetonte ganha velocidade. Em seguida, eles se arremessam de novo colina abaixo. Kamil distingue a enorme silhueta de uma casa contra a luz refletida.

— Deve ser aqui — Bernie aponta. — Estranho, não vejo nenhuma luz.

— Eles podem ter fechado as persianas.

O faetonte se detém no portão de ferro trabalhado.

— Deveria haver um vigia noturno — observa Kamil ao pular para o chão. — Provavelmente está dormindo.

Ele olha em torno do portão, mas a casa da guarda está vazia. Bernie está a seu lado.

Bernie observa a casa escura através do portão.

— Parece que não há ninguém em casa. Você acha que estamos na casa errada?

— Combina com a descrição que nos deram no vilarejo.

— Ela não tem outra? É filha de um sultão. Eles têm rios de dinheiro.

— É possível. Suponho que o convite possa ter sido para a villa de *hanoum* Perihan mesmo a do grão-vizir. Todos têm seus *konaks* e casas de veraneio.

— Você sabe onde elas ficam? Teríamos de checar uma a uma.

— Não sei. — Kamil se retesa. — Teríamos de voltar ao vilarejo e perguntar ao mestre.

— Bem, então vamos em frente. — Bernie olha Kamil com atenção, concentrando-se na villa escura. — O que foi?

Kamil dá de ombros e se volta.

— Não sei. Acho que vocês têm um ditado: "Um corvo andou sobre meu túmulo".

— Este eu nunca ouvi, amigo.

— Sabe, o velho nome grego deste vilarejo, Tarabya, era Pharmakeus. — Ele pensa que neste mesmo momento o corpo de seu pai está sendo lavado na mesquita, para o enterro na manhã seguinte.

— Pharmakeus, o homem da medicina?

— O envenenador. Afirma-se que Medéia jogou fora o veneno dela aqui.

— Bem, este lugar me dá calafrios. Vamos cair fora. — Ele sobe no faetonte. Segurando os arreios, ele diz a Kamil: — Você não supõe que ela realmente foi visitar *hanoum* Shukriye?

— Suponho que seja uma possibilidade. Mas por que ela escreveria algo diferente em sua carta?

Bernie balança a cabeça.

— Talvez se exibindo para sua irmã. Sempre houve uma espécie de rivalidade entre elas. Maitlin é a que deu certo. — Ele estala os arreios. O faetonte se esforça atrás dos cavalos. — Sybil é a fantasiosa. Ela está aqui há muito tempo tomando conta de meu tio. Não surpreende que ela tenha inventado todo um Oriente para si mesma.

48

A rede

A lua apareceu em nosso quadrado de céu, nos iluminando de branco.

Mary voltou sua cabeça para mim.

— Obrigada por ser uma boa amiga. Eu não teria ficado aqui durante tanto tempo sem você. — Ela aproximou seu rosto e me beijou castamente nos lábios.

Eu apertei sua mão. Ela estava deitada com a cabeça para trás, deixando que a luz da lua se infiltrasse em seus olhos. Ouvi o resfolegar da chaleira fervendo no carvão.

Depois de um longo tempo, ela sussurrou.

— Você se lembra das amêndoas açucaradas?

Não me lembrava.

— É claro.

— Da vez em que pegamos um peixe aqui.

— Você o pegou com suas próprias mãos.

— Ele estava fraco e cansado. Quem sabe há quanto tempo estava tentando escapar?

— É cruel ter uma rede em torno da piscina.

— Eles têm medo que as mulheres escapem? — ela perguntou, rindo de sua própria brincadeira.

— Acho que é mais para evitar que os homens olhem para dentro.

— Os homens entrarão de qualquer maneira — ela disse com uma certeza resignada.

Apoiei-me em meu cotovelo e olhei para ela. Seu cabelo estava branco. Deixei-o escorrer por minha mão.

— Juntas estamos seguras — assegurei a ela.

Ela se voltou para mim, surpresa. O azul de seus olhos voltou ao foco.

— Você vai vir? — ela perguntou, hesitante.

Fiz que sim e deixei minha cabeça descansar ao lado da dela, nossos olhares fixos no céu. A lua havia se tornado um disco pequeno e duro de ouro. Um cachorro selvagem latiu perto.

Violet colocou uma xícara de chá ao lado de Mary e me deu outra, retirando-se para as sombras de seu cubículo. Eu via apenas as faíscas vermelhas do carvão saindo do braseiro embaixo das panelas ferventes.

49

O palco flutuante

Sybil senta-se tremendo na plataforma, segurando a lamparina. Sua roupa está amarrotada, jogada às pressas sobre seu corpo molhado. Sua garganta está rouca de gritar. Seus olhos permanecem perscrutando as paredes.

Levanta os olhos e vê o eunuco. Ele está sentado logo fora do círculo de luz, de olhos fechados. Imagina que tipo de vida os eunucos levam. Afirma-se que são poderosos, mas os ombros deste homem são estreitos e sua face é uma máscara inflexível. Suas grandes mãos estão enlaçadas na frente de seus joelhos.

— Arif Agha — ela chama, achando que ele pode responder a seu nome.

Ele não responde, mas ela vê uma centelha de luz sob suas pálpebras.

— Gostaria que você dissesse algo. Acho que você pode entender meu turco. Você fala inglês? — Exasperada, ela acrescenta: — Olhe, temos de sair daqui. *Parlez vous français?*

Falar francês a faz lembrar de sua visita a *hanoum* Shukriye. Ela achou sua história horrorosa porém fantástica, como se Shukriye fosse uma personagem em uma ópera oriental. Pensa com estranheza que ela também é uma atriz em uma peça potencialmente trágica, uma inglesa e um eunuco presos em uma plataforma flutuante. E se descobre rindo. Os olhos agora abertos do eunuco registram surpresa e, ela teme, desaprovação.

Estou sendo histérica, pensa, forçando-se a parar. Outra expressão que ela enxergou nos olhos do eunuco — malevolência — a coloca em alerta. Ela se move para mais perto do bote.

Lembra-se subitamente onde ouvira antes o nome de Arif Agha.

— Foi você quem falou com a polícia sobre a mulher britânica, Hannah, sobre a carruagem que a buscava.

Ela não tem certeza por causa da luz pálida, mas acha que o eunuco fez uma careta.

Sem obter resposta, Sybil murmura:

— Nunca encontraram quem a matou.

Observa-o desconfiado através da treva que se aprofunda. Ocorre a ela que Mary trabalhou para Perihan, e que Arif Agha provavelmente também a encontrou. Sybil deseja saber para onde vão os eunucos quando se aposentam. Arif Agha parece ter se aposentado em pleno campo de visão.

— Outra mulher foi morta recentemente, Mary Dixon. Você a conhecia também?

Ainda sem uma resposta, Sybil se força a se levantar e caminhar em direção a ele, com as mãos na frente do corpo num gesto conciliatório.

— Olhe, Arif Agha, não me importa o que aconteceu. Agora só quero sair daqui. Temos de nos ajudar ou vamos apodrecer juntos. — Ela tropeça na palavra turca "apodrecer". — Ninguém nos encontrará. Vamos morrer de fome.

Sybil pára ao chegar a um braço de distância de Arif Agha.

— Se você está preocupado em se complicar, eu posso ajudá-lo. Quando sairmos daqui, eu o levarei ao magistrado de Beyoglu e você poderá falar com ele, dizer o que viu. A polícia ficará grata se você ajudar. Eles não vão machucá-lo, eu prometo. — Ela está ciente da duplicidade de tal promessa, mas precisa da cooperação de Arif Agha, ou pelo menos de sua boa vontade. Pensa com ansiedade se o perigo vindo do eunuco é tão grande quanto o de estar presa em uma câmara submarina.

Ela decide puxar conversa, manter a atenção dele e, ao mesmo tempo, controlar seu medo crescente.

— Você trabalha com sultana Asma há muito tempo?

Com um guincho distorcido e agudo, o eunuco se afasta rápido para trás como um caranguejo e se agacha no extremo da plataforma.

— Dá para ver por que você tem medo dela. — Ela olha para cima e vê o céu agora escuro. Subitamente animada, se aproxima mais do eunuco e diz: — Tenho uma idéia. Acho que posso proteger você de sultana Asma. Sou amigo da filha dela e de outras pessoas importantes. Posso garantir que alguém tomará conta de você. — Sorrindo, Sybil abre os braços. — Posso dizer que você salvou minha vida.

O eunuco se levanta repentinamente com um movimento violento e pula em Sybil. Sua boca está escancarada mas emite apenas um som estrangulado. Com seus braços, ela afasta as mãos dele, procurando no escuro por seu pescoço. A lamparina ilumina seus rostos enquanto lutam. No fundo da caverna escura de sua boca há uma massa informe de tecido cicatrizado. Sua língua fora cortada.

A lamparina rola para dentro da água. Sybil grita na escuridão.

50

Um som quase inaudível

Quando Mary olhou de novo para mim, seus olhos estavam negros como carvão. Ela piscava e girava o olhar pela plataforma.

— Está tão escuro. Está difícil de enxergar. — Ela se sentou com dificuldade, e depois se colocou de pé. — Gostaria de ir para casa. Não estou me sentindo bem.

Eu me levantei e a peguei pelo cotovelo.

— O que aconteceu? — Observei atentamente seus olhos.

— Não sei. Não consigo enxergar. — Ela afastou minha mão com um safanão.

— Você está se resfriando. Tome mais um pouco de chá. — Sinalizei a Violet que enchesse de novo nossas xícaras.

— Não consigo mexer meu braço. — A fala de Mary estava desarticulada, com um tom histérico.

Ela tropeçou se afastando de mim, chutando a sua xícara de chá. A luz da lua atingiu a borda do *caftan* de Violet.

— Violet, venha me ajudar. Mary está doente. — Subitamente me dei conta de que a carruagem não voltaria em pelo menos uma hora e que o vilarejo estava a meia hora de caminhada.

Ouvi um som de algo cair na água atrás de mim e girei o corpo. Mary sumira. Corri para a piscina, ajoelhei nas tábuas e olhei por sobre a borda. A água obsidiana refletia cacos oscilantes da lua.

— Traga a lamparina — gritei. Virei-me e entrei na água. A luz da lamparina tornava a superfície mais brilhante, mas não revelava nada além dela. Esforcei-me no interior da piscina, lutando contra minha roupa que se avolumava, rosto contra a água, sentindo a água abaixo da superfície com as duas mãos.

— Vou encontrá-la.

Olhei para cima. O esbelto corpo moreno de Violet projetava uma sombra negra contra as paredes. Ela deslizou para dentro da água com um som quase inaudível.

51

O vaso ming

ernie puxa os arreios.

— Por que você diminuiu a marcha?

— Acho que ouvi alguma coisa.

A noite vibra com sons de animais, trinados súbitos, peixes pulando na água logo além da estrada. Uma coruja pia na floresta.

— De novo — Bernie sussurra. — Um grito estranho, fraco como se fosse abafado.

— Deve vir da villa de sultana Asma — grita Kamil. — Não há outra casa por aqui.

Bernie vira o faetonte, chicoteia os cavalos e, despencando de volta pela estrada, eles param no portão e saltam.

— Vamos acender as lamparinas para enxergarmos melhor.

— O portão está trancado. — Kamil trepa no azevinho que cobre o muro como uma manta verde. Reaparece do outro lado do portão de ferro trabalhado e o destranca.

O ferro range quando eles abrem as pesadas portas.

Eles andam rapidamente da entrada de carruagens para a casa. Kamil abre a porta da frente, destrancada. Manchas de luz correm contra a parede à medida que eles se movem do saguão de entrada e entram num corredor. Emergem em um salão tão vasto que suas lamparinas iluminam apenas pedaços do chão de assoalho de madeira, e as bases de pilares de mármore da largura de um homem.

— Esta deve ser a sala de recepção — Kamil nota.

A lamparina de Bernie se afasta e logo se perde na treva. Kamil ouve um estilhaçar de louça. O ar subitamente se preenche de sombras quando Bernie acende um lampião de gás na parede.

— Santa mãe de Deus! — Bernie olha o objeto despedaçado no chão.

— O que é isso?

— Um vaso ming. Não tem preço.

Eles olham em torno. O salão tem enormes espelhos dourados que multiplicam a iluminação.

Estacam, ouvindo com atenção.

— Nada — Bernie diz finalmente.

— Ela deve estar em algum lugar desta casa. Devemos agir em silêncio, caso os outros ainda estejam aqui. Temos a vantagem da surpresa.

— Ao inferno com a surpresa. — Bernie diz, e grita — Sybil!

52

O olho da piscina

Eu estava na água até a cintura arrancando minhas roupas quando a cabeça de Violet emergiu embaixo de minhas pernas.

— Onde está ela? — Gritei. — Por que você não a encontrou?

Violet ergueu-se na plataforma com seus braços musculosos, a água escorrendo por seu corpo.

— Ela está presa na rede.

— Que Alá nos salve! Você não consegue tirá-la? — Subi com dificuldade para a plataforma para retirar as calças largas que me impediam de submergir o suficiente para ajudar na busca.

Ela foi rapidamente até a pilha de roupas e voltou com uma pequena faca. Seu corpo cortou a negra superfície da água.

Removi o resto de minhas roupas, prendi a respiração e mergulhei atrás dela. Minhas mãos arrastavam-se na água como caranguejos. Mãos cheias de areia. Debaixo das tábuas, até a lua desaparecera. A corda viscosa arranhou a palma de minha mão. Mantive o controle e, apoiando meus pés na rede atrás de mim, comecei a rastejar lateralmente ao longo dela. Subi à superfície para tomar ar quando meu fôlego acabou. Meus pés se enroscaram na corda enquanto eu lutava para me livrar dela. De repente, braços poderosos me envolveram e me soltaram.

— Saia da água e procure-a daqui de cima — Violet exigiu, me empurrando para os degraus. Quando tentei voltar à água, ela advertiu: — Se ela morrer, será culpa sua. Não posso cuidar de vocês duas ao mesmo tempo. Você ficará melhor aí. Ande logo.

Tremendo, subi na plataforma. Agachei-me tensa perto da água, rastreando a superfície em busca de sinais de movimento. Violet desaparecera há um longo tempo, e comecei a me preocupar que ela também estivesse presa na rede. Eu me agitava de um lado para o outro sem saber o que fazer. Ouvi minha voz, rezando uma prece entre dentes que batiam. Por fim a cabeça de Violet apareceu.

— Ela morreu. Não acho que seja uma boa idéia trazer o corpo dela para cima.

Comecei a entrar na água de novo.

— Ela ainda deve estar viva.

Violet bloqueou meu caminho.

— Eu a vi. Tarde demais. Ela se embrulhou na rede. Não consegui soltá-la.

— Que Alá nos proteja — gritei, lutando para me livrar dela. Eu já vira a morte de perto, mas esta era uma morte com a qual me envolvi inteiramente. O braço de Violet circulou minha cintura e ancorou meu corpo às tábuas de madeira. Soltou-me quando me exauri pelo esforço.

— O que vamos fazer? — Ajoelhei ao lado da piscina, perto da lamparina, cega pelas lágrimas. Os olhos de Violet estavam no escuro, mas eu sentia a intensidade de seu olhar.

— Podemos deixar a corrente levá-la — ela disse casualmente, como se estivesse jogando fora restos da cozinha. — Ninguém vai saber onde ela morreu, ou como. Pela manhã, ela estará brincando com os golfinhos em Mármara. Mas temos de deixá-la mais longe, onde a corrente é mais forte.

Parecia brincadeira. Não sabia se ficava horrorizada com a leviandade de Violet ou absurdamente confortada pela imagem de Mary, cabelos dourados escorrendo, montando um golfinho como uma divindade grega.

— Temos de chamar a polícia — eu disse entorpecida. — Ismail Dayi saberá o que fazer.

— E dizer o quê? Que três mulheres estavam sozinhas de noite numa piscina marinha abandonada e uma delas morreu? Como vamos explicar a morte dela? Vão culpar você, e você sabe disso.

Ergui os olhos para ela.

— Por que eu? Foi um acidente.

— Eles sempre culpam a pessoa mais fraca. O vaso trincado estilhaça primeiro. — Seu rosto, iluminado parcialmente, estava distorcido pela lamparina.

Mexia-me sem direção, com os olhos na janela negra da água.

Violet mergulhou de novo. Depois de um período, suas mãos jogaram sobre a plataforma um sapato, depois outro, a saia, blusa e roupa de baixo de Mary. Eu me agachei ao lado da pequena pilha dolorosa.

— As roupas fariam o corpo boiar — ela explicou, tomando fôlego e saindo da água. — Não consegui tirar as jóias. Vou tentar de novo. — O bracelete de ouro torneado do Bedestan onde nos encontramos a primeira vez. O pendente de prata que eu tirara com avidez infantil do pescoço de Hannah Simmons e dera muitos anos mais tarde a Mary, que adorava joalheria otomana. De Mary pendia corrente de uma mulher que se afogara, e ela sofrera o mesmo destino.

Amedrontada, detive Violet com a mão em sua coxa.

— Deixe.

Ela explicou em uma voz tranqüilizadora, como se para uma criança.

— Vou para o lado de fora agora. Há um píer na frente. Se eu pular lá, posso puxá-la através da rede pelo lado de fora. Há uma corrente forte perto. Fique aí. — Ela desapareceu no corredor mal iluminado. O cão latiu, e abruptamente silenciou.

Sentei-me em um acolchoado molhado, com o cetim mancha-do pela água, olhando as roupas de minha amiga com quem preten-dera naquela noite me juntar em vida. Estavam dispostas diante de mim como os restos de uma criatura marinha sem vida. Puxei a lamparina para mais perto. O olho negro da piscina me encarou male-volamente. O som de um espadanar cortou o silêncio. Uma fina li-nha moveu-se na água.

53

Caos na tapeçaria da vida

Eles se movimentam cautelosamente pelos salões opulentos, tentando ouvir uma resposta a seus chamados.

Bernie vê à sua volta os vasos de porcelana do tamanho de homens, os gabinetes de porcelana, biombos dourados, estátuas, tapeçarias nas paredes.

— A pessoa que colecionou tudo isso é obcecada pela China. Tudo isso é antiguidade chinesa, peças extraordinárias.

— Sultana Asma?

— É o que parece.

Bernie pára numa estante que contém fileiras de pergaminhos. Ele desenrola um deles e o segura perto da luz. Sinaliza para Kamil se aproximar.

— Veja isso: um manuscrito chinês. Alguém aqui sabe ler isso.

— Sultana Asma é o seu contato dentro do palácio? — Kamil pergunta, incrédulo.

— É o que parece. — Bernie balança a cabeça, pasmo. Por que ela quer derrubar Abdulhamid? O marido dela é o grão-vizir.

— Talvez ela esteja infeliz com seu marido.

— Isso daria um motivo à metade das mulheres do mundo, mas elas não ficam por aí tramando com governos estrangeiros a derrubada do chefe do marido delas para que ele seja demitido. Além disso, ela estaria prejudicando seu próprio bem-estar.

— Na verdade, não. Como filha de um sultão, sultana Asma tem sua própria riqueza.

— Bem, o pai dela foi deposto e depois se matou, e por isso acho que isso poderia fazê-la culpar quem quer que seja que o tenha substituído.

Eles andam de sala em sala, chamando por Sybil.

Kamil emerge de uma série de quartos ao longo do corredor.

— É uma casa enorme, mas parece abandonada. Talvez tenha pertencido à mãe de sultana Asma. Ela deve ter se mudado para o velho palácio depois da morte do marido.

— Então talvez seja a mãe dela quem busca vingança. Por raiva de ter sido chutada para fora do palácio quando o marido foi deposto. Combina com o poema. A mãe dela ainda está viva?

— Não sei.

Bernie gira o lampião pela sala e chama pelo nome de Sybil de novo.

— Temos de encontrá-la. Fico pensando se sultana Asma matou Hannah. Quando a polícia secreta começou a farejar, ela pode ter eliminado qualquer pessoa que a levasse até ela. Ela provavelmente pensa que Sybil sabe de algo que a denunciaria.

Ele segura o lampião na altura do rosto de Kamil.

— Você não pode mandar prendê-la?

— Prender um membro da família real? — Ele não olha nos olhos de Bernie. — Não, meu amigo. Minha jurisdição não vai até aí. — Kamil responde lentamente, protegendo seus olhos da luz.

Ele se lembra do tom evasivo de bei Ferhat, que interpretou como incompetência. Talvez o velho superintendente tenha tido mais coragem que ele, Kamil, o burocrata racional que amolda sua moralidade à sua jurisdição. Ele alcança suas contas no bolso, mas elas não oferecem conforto.

— De qualquer forma, posso ficar desempregado. Meu superior, efendi Nizam, ficará deliciado em me responsabilizar por executar Hamza sem um julgamento.

— Graças a nosso amigo Michel. — Ele lança um olhar de esguelha para o rosto grave de Kamil. — De qualquer maneira eu apostaria meu dinheiro na polícia secreta por trás de todos estes assassinatos, e não em sultana Asma. Provavelmente quiseram saber das garotas quem era o contato delas dentro do palácio. O problema é que elas não sabiam de nada. Eu gostaria de saber quem as denunciou.

Um som de vidro ecoa sob suas botas.

— O que é isto? — Bernie aproxima o lampião de um objeto quebrado no chão. — Bem, isso não faz parte do ambiente. — Ele toca o objeto com a extremidade da bota.

— O que é isso?

— São flores de cera num globo de vidro, a última moda na Inglaterra. Parece que alguém a deixou cair aqui. Um pouco incongruente numa casa cheia de arte chinesa, não lhe parece?

Eles se olham, imersos na luz da lamparina.

— Sybil teria trazido um presente.

Bernie grita.

— Sybil! — e sua voz se perde na sala cavernosa.

— Checamos a casa toda. Ela não está aqui.

— Vamos olhar lá fora — Bernie abre as portas de vidro e destrava as persianas. Eles saem no pátio.

Kamil faz um gesto para que parem e escutem. Há o ruído baixo de água ecoando, mas nenhum outro som.

— O que é isso? — Bernie anda até a ponta do pátio e olha por sobre a balaustrada. — Veja. A água entra por baixo da casa.

— Isto é para que os residentes possam entrar em seus barcos diretamente da casa. — Kamil perscruta a escuridão abaixo da balaustrada. — Pode haver alguma espécie de casa de barcos lá embaixo.

Passos fazem com que os dois se virem pondo as mãos nas armas.

O motorista da embaixada, Sami, surge da casa com outra lamparina.

— Muito bem, Sami. — Bernie o cumprimenta com um movimento de cabeça. — Fico feliz de nos ter encontrado. Os outros estão vindo?

— Sim, *efendi*. Estarão aqui logo. Vim na frente.

Eles andam pelo pátio, levando as lamparinas em todas as direções.

— Aqui. — Kamil segura sua lamparina sobre uma mesinha onde há comida. — Está fresca. — Ele enfia sua outra mão na bota e tira a lâmina fina.

— Maldição. Aposto que o outro convidado era Sybil. Onde diabos ela se meteu? — ele grita. — Sybil!

— Socorro! Me ajudem! Socorro! — A voz de Sybil está fraca e curiosamente distorcida. É seguida por um bater de água e pelo silêncio.

Kamil grita.

— Sybil! Continue falando. Onde você está? — Ele olha para Bernie, que está com os lábios comprimidos. — Veio de lá. — Ele aponta a extremidade do pátio. — Tenha cuidado.

Bernie chama de novo, mas não há resposta. Ele saca seu revólver.

Os homens se espalham e movem-se lentamente através dos ladrilhos em direção ao muro no final do pátio. Ao chegarem mais perto, Kamil sussurra:

— Veja. Não é um muro. É um biombo entalhado. Deve haver algo atrás dele.

Ele levanta sua lamparina e olha através do biombo.

— Que Alá nos proteja. Há um buraco no chão. Que bom termos as lamparinas.

— Ela está lá — diz Bernie, e se joga no chão. — Qual a profundidade disso? Meu Deus, se ela tiver caído...

Kamil e Sami deitam-se também de bruços olhando o quadrado escuro abaixo deles. Suas lamparinas captam um lampejo de água em torno do que parece ser uma ilha central. A ilha está vazia.

— Olhem. — Os outros movem suas lamparinas na direção que Kamil indica. Bem abaixo, uma figura de turbante branco com água até a cintura luta para chegar a algo perdido nas sombras. Sami pendura sua lamparina sobre a orla da abertura e a abaixa. A sombras fogem, revelando Sybil, de pé sobre um pequeno bote batendo contra a parede, com um remo na mão. A figura se move em direção a ela inexorável mas cautelosamente, como se tivesse medo da água.

Sybil grita. Eles enxergam seu rosto, e sua boca aberta.

— Apaguem as lamparinas — ela berra. — Ele me enxerga com elas. Tirem-me daqui.

Ela estivera escondida na escuridão absoluta, temendo que qualquer som pudesse revelar sua posição ao eunuco.

— Não se preocupe. Vamos tirar você daí — Bernie responde. — Mas precisamos da luz.

Bernie mira sua arma contra o eunuco mas hesita. Sybil está muito perto.

Kamil puxa Bernie para trás.

— A bala pode ricochetear.

Bernie examina a água abaixo.

— Não podemos pular. É raso demais. — Ele se volta para Sami. — Você tem uma corda?

— Não, *efendi*. Vou procurar uma.

— Sybil, como chegamos aí?

— A alavanca. Há uma alavanca no biombo. — O eunuco agora está próximo dela e ela está de pé, de costas contra a parede, o remo erguido.

— Fique de olho nela — Bernie diz a Sami. Ele e Kamil começam a examinar sistematicamente o biombo.

— Esperem — eles ouvem Sybil gritar. — Se vocês puxarem a alavanca o solo vai subir e me prender aqui embaixo. Acho que ele não entende inglês, então tentem isto. Digam-me quando encontrarem a alavanca, mas não façam nada até eu dizer para puxá-la.

— Sim — Kamil responde. — Vamos fazer isto.

— Acho que encontrei. — Bernie agarra a ponta de uma saliência na pedra, disfarçada como uma árvore no entalhe da pedra. Ele a puxa ligeiramente. Há um rangido.

— Ainda não — Sybil grita.

— Achamos — Bernie diz. — Diga-nos quando estiver pronta.

— Afastem suas lamparinas — ela pede.

— Tem certeza? — Kamil pergunta, ansioso.

— Agora! — Sybil grita. Abaixo deles, vêem-na apontando o remo para o turbante branco. Depois tudo fica escuro. Sami tirou do alcance as lamparinas, ainda acesas.

Eles escutam com atenção, mas ouvem apenas água batendo.

— Agora. — A palavra ecoa. Bernie puxa a alavanca e o ranger recomeça. Eles ouvem um ruído abafado e a água borrifando.

Quando a ilha aparece, Sybil está deitada de barriga para baixo com a saia curta sobre uma calça larga e uma *chemise*. Assim que o chão aflora com a plataforma, Bernie se precipita para ela e a vira. Os olhos dela estão abertos.

— Bem, prima! — ele diz, ofegante. — Espere até Maitlin ouvir isto.

Kamil mantém o rosto virado até Bernie a enrolar com uma manta, e depois toma os ombros dela em suas mãos.

— *Hanoum* Sybil. — É tudo quanto ele consegue dizer. Seus olhos se fixam em seu roliço pescoço seccionado por duas dobras, como o punho de um bebe. Não a olha nos olhos. Ela ainda ri, mas começa a tremer violentamente. Sob o pretexto de ajustar o manto, ele a envolve em seus braços por um momento, e a entrega a Bernie. Os ingleses, diferentemente dos otomanos, como ele sabe, consideram primos parentes próximos demais para casar. Ainda assim, ele se sente enciumado quando Bernie a acomoda no faetonte na circunferência de seus braços.

Kamil monta na frente e assume os arreios. Ele tem ciúme, reconhece. Sente-se momentaneamente desleal a seu pai, pelo fato de que uma emoção trivial como esta possa crescer dentro dele.

Na estrada, reencontram o mestre, seus filhos e um grupo de gendarmes armados a caminho da villa de sultana Asma. Kamil os detém para lhes dar instruções de como encontrar Sami, deixado com a guarda da câmara oculta, e vibra os arreios.

— Aquele era Arif Agha, o eunuco de sultana Asma — Sybil exclama entre dentes trêmulos. — Aquele que relatou os passeios de Hannah para a polícia.

Kamil e Bernie trocam um olhar.

— Ele provavelmente também fazia denúncias para a polícia secreta naquela época.

— O superintendente de polícia insinuou que Arif Agha recebia subornos. Achei que fosse apenas da polícia municipal. Não me ocorreu que ele também vendesse informações para os espiões do sultão. Um eunuco que sabe demais e fala demais — Kamil reflete.

— Um rato com outro nome qualquer.

Ao ver o olhar intrigado de Kamil, ele responde:

— Shakespeare. *Romeu e Julieta.*

— Um tolo.

— Por que ele a atacou daquela maneira? — Bernie pergunta a Sybil, esfregando os ombros dela.

Ela encolhe os ombros.

— Não faz sentido. Afinal, lá embaixo estávamos os dois no mesmo barco. Disse a ele que se me ajudasse a sair eu o protegeria contra sultana Asma dizendo a todos que tinha salvado minha vida. Ele seria um herói. Foi quando ele pulou em mim. O pobre homem — ela murmura. — Sua língua foi cortada. Ele está provavelmente aterrorizado.

Os olhos de Sybil passeiam pelas camadas de água que aparecem e desaparecem abaixo deles enquanto percorrem as colinas arborizadas.

Depois de um momento, ela continua.

— Sultana Asma disse algo a ele lá embaixo antes de partir. Disse que seu destino estava ligado ao dela, e que ele sabia o que fazer. Talvez ela estivesse dizendo a ele para me atacar.

— Pode ser. — Bernie esfrega as mãos de Sybil para aquecê-las. — Você viu todos aqueles objetos chineses?

— Sim, vi. Pertenceram à mãe de sultana Asma. Eu ia falar sobre isto.

Surpreso, Kamil se vira e pergunta:

— Você sabia disso?

— Ouvi na casa de Leyla outro dia. Planejava lhe contar hoje no jantar. Ontem você estava preocupado demais comigo para ouvir. — Ela sorri feliz.

— Como você vê, eu tinha razão para me preocupar. — Mas Kamil também sorri. Bernie olha de um para o outro, deleitado.

— A coleção chinesa era a peça que faltava — ele disse.

— Do quê?

— Sultana Asma encomendou aquele pendente. Ela é nosso correspondente no palácio.

— Sua correspondente? — Sybil sente-se confusa.

— É uma longa história, prima. Conto quando estivermos quentes e confortáveis na frente de uma lareira.

Kamil vira-se para Bernie.

— Imagino se a filha dela estava envolvida.

— É uma trama? — Sybil pergunta, entusiasmada. — Havia mesmo uma trama? — Ela bate palmas de prazer. — Esperem até Maitlin saber disso.

— *Hanoum* Sybil — Bernie diz, com fingida seriedade — devo lembrá-la de que quase foi morta?

— Pois é, não é maravilhoso? — Os três explodem em gargalhadas. Kamil vira o rosto para esconder as lágrimas de alívio, misturadas às de pesar, que turvam sua visão.

— Perihan e sua mãe são muito próximas — Sybil explica. — Não consigo imaginar como uma faria uma coisa sem a outra ficar sabendo. — Ela pensa por um momento. — Sultana Asma disse uma coisa estranha esta tarde. Falávamos sobre o fato de Perihan e Leyla serem amigas, e ela disse que Perihan a vigiava. Você acha que ela espionava Leyla?

— Elas vigiam Leyla — Kamil pensa alto. — Elas tentam incriminar Shukriye pelo desaparecimento de *hanoum* Sybil. — Ele percebe com um choque que quase disse morte. — Por quê?

— Leyla informa a polícia secreta? — Bernie arrisca.

— Isso a tornaria muito perigosa para sultana Asma.

Por um tempo eles caminham em silêncio. Bernie mantém seu braço em torno do ombro de Sybil. Uma filigrana de luz da lua ilumina o escuro túnel da estrada através das árvores. As costas dos cavalos tremeluzem. Kamil considera seu feito como uma criança que espanta a escuridão. Sybil está a salvo. Ele se permite um olhar sobre seu ombro. O cabelo dela escapara dos grampos. Os olhos dela se encontram com os seus e ele rapidamente desvia o olhar, mas não sem antes ter visto seu sorriso. Hamza, um traidor, responsável por seduzir e possivelmente matar duas jovens, fora detido. Se, em vez disso, a polícia secreta matou Hannah e Mary, elas, como sultana Asma, estão além de seu alcance e devem se submeter a Alá para seu julgamento.

Mas papai, papai, cujo sonho ele roubara.

Talvez seja verdade que somente Alá é perfeito e os esforços humanos intrinsecamente falhos. Por outro lado, num universo ordenado e racional, Alá teceu o caos em parte da vida de todo homem como um lembrete.

Depois de um instante, o faetonte emerge num declive com vista para vinhas e as vastas águas cintilantes do estreito. O lado superior da estrada está tomado por arbustos de amoras silvestres. Pirilampos salpicam as vinhas abaixo, exalando luz. Longe, à distância, pescadores da noite remam na água prateada.

54

A morte é fácil demais

O rio Sena está congelado. Não consigo vê-lo de minha janela, mas caminhei em sua margem. A neve me lembra Istambul, as longas sombras dos ciprestes, o cintilar brilhante das colunas de gelo pendendo de todos os telhados, um *gerdanlouk* para nossa casa em Chamyeri. Nacos brancos como vidros marinhos comuns derretendo. Não esperava que Hamza morresse, não daquela maneira, ou de qualquer outra. É verdade o que dizem os filósofos, que as palavras têm o peso de uma espada e devem ser manejadas com o mesmo cuidado. Em minha raiva, arremessei palavras para o mundo, falei o nome de Hamza e o empalei nele. Como eu iria saber que minhas palavras o colocariam naquele lago com Hannah, ele a abraçando por cima, e ela por baixo? Nem posso acreditar que ele leu contos de fada para mim de tarde e a matou de noite. Mas isso não importa agora. Eu o matei. E Mary me deu a vida. Mary. Minha amiga, meu amor, rainha dos cabelos dourados dos golfinhos. É por causa dela que estou aqui agora neste mundo.

Vingança. Outra palavra. Talvez você diga que manejei muitas palavras e devia agora ficar quieta, que não se pode confiar em minhas palavras. Mas vamos deixar claro, eu não o agradei com minha coleção de sentenças, meus sussurros, minha honestidade? Não sou uma assassina.

E Violet? — você pergunta. O lago na floresta atrás de Chamyeri vê tudo. Violet possuía a água, ou assim ela pensava. Mas eu aprendera que alguém pode se afogar com água na altura dos joelhos, especialmente com os sentidos obscurecidos e os membros entorpecidos por um chá especial. Eu servi a ela o mesmo chá que ela serviu a Mary. Quando Violet escorregou nas rochas do lago, segurei sua cabeça e acariciei seu cabelo negro escorrendo na água. No último momento, peguei a mão dela e a virei para que visse o céu. Eu a salvei para que o arrependimento fosse dela, e não meu. Para que ela se lembre. A morte é fácil demais — eu aprendi quão terrivelmente a morte é fácil.

Descobri o segundo pote de chá quando voltei para a piscina marinha no dia seguinte. Queria ter certeza de que não estava sonhando, descansar minha mão em seu túmulo. Naquele pote não havia chá, mas feixes longos e grossos. Clorodendros vermelhos, como aquelas que Violet preparara como uma infusão para mamãe respirar, para abrir seus pulmões e acalmar sua tosse. Eu atirei o pote na água, como se fosse uma cobra, mas o veneno já havia feito seu trabalho há tempos. Quando a confrontei, Violet admitiu que manteve Mary debaixo da água até a exaustão. Foi para me salvar, Violet insistiu. Fui salva de mim tão inteiramente que quedei com uma estranha, respondi antes de levá-la ao lago. Lá nosso laço foi forjado, e agora está cortado.

Mary, porém ela não está morta, mas é uma daquelas princesas de minha juventude pregadas na areia, esperando. Minhas palavras ainda a tornam viva de novo. Seus pés como leite fresco envolvidos por minhas mãos.

Um fogo queima baixo na lareira, mas o quarto está aquecido pelas cores de casa. Meu *dayi* me enviou tapetes e livros e mesmo um samovar para que eu pudesse sentir sua proximidade. Passo meus dias estudando e aprendo a manejar muitos tipos de palavras, medindo seus pesos. O segredo é como você segura a espada, o torcer do pulso.

Agradecimentos

Estou profundamente agradecido a meu agente, Al Zuckerman, e a Amy Cherry, minha editora, pela fé deles neste livro e pelo aconselhamento técnico. Também quero agradecer a Stephen Kimmel, Edite Kroll, Elizabeth Warnock Fernea, Roger Owen, Donald Quataert, Kevin Reinhart e Corky White por lerem e comentarem o manuscrito; Feride Çiçekoğlu por seu presente de uma romã. E Carl Leiden por ter colocado as coisas em marcha. Obrigada a Linda Barlow, amiga e mentora. Tenho uma dívida especial de gratidão com Michael Freeman, editor incansável, muso e conselheiro, que acreditou que aconteceria.

Este livro foi composto na tipologia Stone Serif, em
corpo 10/16, e impresso em papel off-white 80g/m²
no Sistema Cameron da Divisão Gráfica
da Distribuidora Record.

Seja um Leitor Preferencial Record
e receba informações sobre nossos lançamentos.
Escreva para
RP Record
Caixa Postal 23.052
Rio de Janeiro, RJ – CEP 20922-970
dando seu nome e endereço
e tenha acesso a nossas ofertas especiais.

Válido somente no Brasil.

Ou visite a nossa *home page*:
http://www.record.com.br